HEYNE BÜCHER

SCIENCE FICTION

Herausgegeben
von Wolfgang Jeschke

Von Iain M. Banks erschienen in der Reihe
HEYNE SCIENCE FICTION & FANTASY:

DER CULTURE-ZYKLUS:

Bedenke Phlebas · 06/4609
Das Spiel Azad · 06/4693
Einsatz von Waffen · (in Vorb.)

Die Brücke · 06/4643
Die Wespenfabrik · 06/4783
Barfuß über Glas · 06/4852

IAIN BANKS

BARFUSS ÜBER GLAS

Roman

Aus dem Englischen übersetzt
von Irene Bonhorst

Science Fiction

WILHELM HEYNE VERLAG
MÜNCHEN

HEYNE SCIENCE FICTION & FANTASY
Band 06/4852

Titel der englischen Originalausgabe
WALKING ON GLASS
Deutsche Übersetzung von Irene Bonhorst
Das Umschlagbild malte
Michael Hasted/XING Art Productions, München

Redaktion: Wolfgang Jeschke

Printed in Germany 1991
Umschlaggestaltung: Atelier Ingrid Schütz, München
Satz: Schaber, Wels
Druck und Bindung: Elsnerdruck, Berlin

ISBN 3-453-05373-7

Für meine Mutter
und meinen Vater

INHALT

TEIL EINS

□ Theobald's Road

Er wandelte durch die weißen Flure, vorbei an den Anschlagtafeln mit ihren Angeboten von kleinen Zimmern und alten Autos, vorbei an der Cafeteria, wo Leute an Tischen saßen, vorbei an einem Loch in dem weißen Boden, wo ein alter Stuhl als Sicherheitsposten über einem geöffneten Kanalschacht stand, der von einer Fackel ausgeleuchtet wurde und in dem ein Mann herumkroch, und beim Hinausgehen sah er auf die Uhr:

DIE 28
pm 3:33

Er blieb eine Sekunde lang auf den Stufen stehen und lächelte über die Ziffern auf der Anzeige der Uhr. Drei drei drei. Ein gutes Omen. Heute war ein Tag, an dem die Dinge aufgehen würden, ein Tag, an dem die Ereignisse in Einklang kämen.

Es war grell draußen, selbst nach der aufgepinselten Helligkeit des marmorgefleckten Flurs. Die Luft war warm, ein wenig feucht, jedoch nicht schwül. Der Spaziergang wäre heute ein reines Vergnügen. Das war ebenfalls gut, denn er wollte bei ihr nicht erhitzt und außer Atem ankommen; vor allem nicht heute, da sie am Ende des Spaziergangs stand, nicht angesichts der zarten, doch unmißverständlichen Verheißung, die dort wartete, für ihn bereit.

Graham Park trat hinaus auf den breiten grauen Gehsteig vor der Schule und huschte während einer Unterbrechung des Verkehrsstroms über die Theobald's Street zur Nordseite hinüber. Er mäßigte seinen Schritt und spazierte auf dem Gehsteig an der Kneipe ›White Hart‹ vorbei, wobei er an seiner Seite die große schwarze Mappe lässig an ihrem Griff schlenkern ließ. Zeichnungen von ihr.

Er blickte zum Himmel hinauf, über die Häuserblocks und die gedrungenen Türme der mittelhohen Bürogebäude, und lächelte über seine blauen, vom Schmutz der Stadt getrübten Teilabschnitte.

Alles erschien ihm heute frischer, heller, wirklicher, als ob seine recht normale, ziemliche durchschnittliche Umgebung bis zu diesem Punkt aus Akteuren bestanden hätte, die hinter einem dünnen Kulissenvorhang herumhampelten, in dem Bemühen herauszukommen, und die jetzt endlich auf der Bühne standen, mit einem erstarrten Ausdruck des Triumphes auf den Gesichtern, mit ausgebreiteten Armen und einem gewaltigen ›Schnätterätang‹. Ihm war diese Euphorie des Frischverliebtseins in ihrer Heftigkeit fast peinlich; sie war etwas, das er mit Entzücken erlebte, das er entschlossen war zu verbergen und sich hütete zu erforschen. Es reichte zu wissen, daß es da war, und seine schlichte Alltäglichkeit war in gewisser Weise tröstend. Andere mochten durchaus auch so gefühlt haben, mochten jetzt ebenso fühlen; es wäre niemals dasselbe, niemals identisch. *Suhle dich darin,* dachte er, *warum nicht?*

Ein ausgezehrter und verwahrloster alter Mann stand mit dem Rücken gegen die Wand eines weiteren großen grauen und ziegelroten Gebäudes. Er trug einen schweren graugrünen Mantel, selbst bei dieser Hitze, und einer seiner Schuhe klaffte an den Zehen auf und entblößte die nackte Haut darunter. Er hielt zwei große Schachteln mit Pilzen in den Händen. Ein derartiger Anblick — die Armut, das Fremdartige — erschütterte Graham normalerweise zutiefst.

Es gab so viele seltsame Menschen in London. So viele Arme und Behinderte, die von der Gesellschaft verwundet herumliefen; und das Schrapnell wühlte weiter. Im allgemeinen bedrückten und ängstigten sie ihn, diese Menschen, die wenig Beängstigendes zu bieten, dafür um so mehr zu befürchten hatten. Heute jedoch nicht; heute war der alte Mann, schwitzend in seinem dicken Mantel, mit blinzelnden Augen in dem grauen Gesicht, die knorrigen Hände um die Zwei-Pfund-Schachteln mit Pilzen verkrampft, für ihn lediglich eine interessante Erscheinung, allenfalls ein mögliches Modell für eine Zeichnung. Er ging an der Post vorbei, wo ein junger Schwarzer, hochgewachsen und gut gekleidet, dastand und mit sich selbst sprach. Auch kein Grund zur Angst. Ihm dämmerte die Erkenntnis, daß er letztendlich doch, wenigstens ein bißchen, der Einfaltspinsel war, der nicht zu sein er sich so angestrengt bemüht hatte. Er war so wild entschlossen gewesen, sich nicht wie ein Bauerntölpel, sondern wie ein alter Großstadtfuchs zu benehmen, daß er dabei vielleicht etwas übertrieben und deshalb in allem eine Bedrohung gesehen hatte, was die Stadt zu bieten hatte. Erst jetzt, da ihm die Kraft, die *sie* ihm geben mochte, verheißen war, konnte er sich den Luxus leisten, so direkt über sich selbst nachzudenken (man mußte für die Stadt gerüstet sein, man mußte wissen, wo man stand).

Er hatte auf ein kühles, beherrschtes Verhalten gesetzt, und jetzt erkannte er, daß trotz all der Sicherheit, die ihm das beschert hatte — er lebte hier nun schon im zweiten Jahr, immer noch zahlungsfähig, mit gesundem Herzen, nicht unter die Räder gekommen und sogar in seinem Studium erfolgreich, entgegen allen Befürchtungen seiner Mutter —, jede Abwehr ihren Preis hatte, und er hatte mit einsamer Abgeschiedenheit bezahlt, mit Unverständnis. Vielleicht war der junge Schwarze nicht verrückt; manche Menschen sprachen nun mal mit sich selbst. Vielleicht war der alte Mann mit dem aufklaffenden Schuh gar kein verzweifelter Stadtstreicher mit zwei Handvoll gestohlenen Pilzen; vielleicht war er eine ganz normale Person, deren Schuhnaht eben in dieser Mittagspause aufgegangen war, während er einen Einkaufsbummel machte. Selbst wenn sie nicht ... selbst wenn *alles* das Traum war, war seine Hoffnung nicht ... ach, und doch wäre es so. Er spürte es.

»Laß die Finger von diesem Hirngespinst, Park, du kennst seine Herkunft nicht.«

Er drehte sich schnell zu der Stimme um, und dort war Slater, der die Treppe der Holborn-Bibliothek heruntergewankt kam, bekleidet mit anderthalbbeinigen Jeans, einem blitzblanken schwarzen Schuh an einem Fuß und einem kniehohen Stiefel am anderen; die Jeans waren auf Paßform zurechtgeschnitten, so daß ein Bein normal mit einem handgestichelten Saum bis zu dem Schuh reichte, während das andere direkt über der Oberkante des Stiefels sein ausgefranstes Ende hatte. Darüber war Slater angetan mit einer abgetragenen Noppenjacke über einem schwarzen Hemd und einer schwarzen Fliege, die anscheinend mit vielen kleinen stumpfroten Steinen besetzt war. Auf seinem Kopf saß eine Mütze mit Schottenkaro, überwiegend in Rot gehalten. Graham betrachtete seinen Freund und lachte. Slater reagierte darauf mit einem Blick vorgetäuschter Kühle. »Ich sehe nichts, was einen solchen Heiterkeitsausbruch rechtfertigt.«

»Du siehst aus wie ...« Graham schüttelte den Kopf und wedelte mit einer Hand in Richtung von Slaters Jeans und Fußbekleidung, während er einen Blick auf seine Mütze warf.

»Ich sehe aus wie jemand«, sagte Slater, wobei er auf ihn zukam und Graham am Ellbogen packte, um mit ihm weiterzugehen, »der ein altes Paar Luftwaffenpilotenstiefel an einem Flohmarktstand in Camden entdeckt hat.«

»Und sie mit einem Messer bearbeitet hat«, ergänzte Graham mit einem Blick hinunter auf Slaters Beine und einem Achselzucken, um seinen Arm aus der leichten Umklammerung zu befreien, mit der er festgehalten wurde.

Slater lächelte und schob die Hände in die Taschen seiner verschandelten Jeans. »Hier tritt mal wieder deine vollkommene Ahnungslosigkeit zutage, junger Mann. Wenn du genau hingesehen hättest oder wenn du dich ausreichend auskennen würdest, hättest du voller Anerkennung bemerkt, daß dies in Wirklichkeit eigens für einen bestimmten Zweck konstruierte Pilotenstiefel sind, die mit Hilfe einer Reihe von Reißverschlüssen sich in etwas verwandeln lassen, das in den vierziger Jahren zweifellos ein hübsches Paar Straßenschuhe war. Der ganze Witz dabei war, daß ein unerschrockener Flugzeugführer, der bei der Bombardierung des Gegners über feindlichem Gebiet vom Himmel geschossen wurde, einfach die Reißverschlüsse seiner Stiefelschäfte öffnen konnte und ein Paar zivil wirkende Schuhe an den Füßen hatte; auf diese Weise wurde er für einen Einheimischen gehalten und entging den abscheulichen SS-Männern in ihren engen schwarzen Uniformen. Ich habe nur übernommen, was ...«

»Du siehst albern aus«, unterbrach ihn Graham.

»Du sagst wenigstens geradheraus, was du denkst«, sagte Slater. Sie gingen jetzt langsam; Slater hielt nichts von Eile. Graham war nur ein kleines bißchen ungeduldig, und er war klug genug, Slater nicht anzutreiben. Er war sehr frühzeitig aufgebrochen, es bestand kein Anlaß zur Hast. Es war viel Zeit zum Auskosten der Vorfreude. »Aber ich weiß einfach nicht, *warum* du mich überhaupt so anmachst«, sagte Slater; dann sah er dem anderen jungen Mann aus nächster Nähe eindringlich ins Gesicht und sagte spitz: »Hörst du mir eigentlich zu, Park?«

Graham schüttelte den Kopf und grinste schwach, sagte jedoch: »Ja, ich höre dir zu. Du brauchst nicht solchen Zoff mit mir zu machen.«

»Ach Gott, *entschuldige*«, sagte Slater melodramatisch, wobei er sich mit einer Hand vor dem Brustkorb herumfuchtelte. »Ich habe wohl den armen Heteroknaben beleidigt, was? Dazu ist er noch unter einundzwanzig; oh, sag jetzt nur nicht, das stimmt nicht!«

»Du bist nicht echt, Richard«, sagte Graham und wandte sich seinem Freund zu, um ihn genau zu mustern. »Manchmal glaube ich, du bist nicht einmal richtig schwul. Wie auch immer« — er ging weiter und versuchte, ihr Schrittempo ein wenig zu beschleunigen — »was hast du in letzter Zeit so getrieben? Ich habe dich schon länger nicht mehr gesehen.«

»Aha, Themenwechsel.« Slater lachte und blickte geradeaus. Er verzog das Gesicht und kratzte sich in dem kurzgeschnittenen schwarzen Haar, wo es unter seiner Schottenmütze hervorsah. Sein mageres, blasses Gesicht verzerrte sich zu einer Grimasse, als er sagte: »Nun, ich möchte nicht in die schlüpfrigen Einzelheiten gehen ... die facettenreichen Niederungen des Lebens, sondern ein reineres, wenn auch enttäuschenderes Geschehnis aufgreifen: Während der vergangenen Woche habe ich versucht, den hübschen Dickson-Knaben zu verführen, du weißt schon, den mit den Schultern.«

»Was?« entfuhr es Graham verächtlich, ärgerlich. »Dieses Riesenbaby mit den gebleichten Haaren im ersten Semester? Der hat doch nicht alle Tassen im Schrank.«

»Hmm, na ja«, sagte Slater und wiegte den Kopf im Bogen — eine Bewegung, die irgendwo zwischen einem Nicken und einem Schütteln angesiedelt war — »er ist wirklich nicht ganz dicht, das stimmt, und nicht übermäßig pfiffig, aber mein *Gott*, diese Schultern! Diese Taille, diese Hüften! Sein Kopf ist mir egal, vom Hals an abwärts ist er ein Genie.«

»Idiot«, sagte Graham.

»Das Blöde ist«, sagte Slater gedankenversunken, »entweder merkt er nicht, um was es mir geht, oder er macht sich nichts draus. Und er hat diesen entsetzlichen Freund, Claude heißt er ... Ich sage ihm immer wieder, wie derb er meiner Ansicht nach ist, aber bei ihm fällt der Groschen nicht. Also, er ist wirklich beschränkt. Vor ein paar Tagen habe ich ihn gefragt, wie er Magritte findet, und er dachte, ich spreche von einem Mädchen aus dem ersten Semester. Und ich *kann* ihn einfach nicht von Roger losreißen. Ich *sterbe,* wenn er schwul ist. Ich meine, wenn er zuerst zum Ziel kommt. Ich bin sicher, daß Roger nicht wirklich blöd ist, es ist nur sein Freund, der ansteckend wirkt.«

»Ha ha«, sagte Graham. Ihm war immer etwas unbehaglich zumute, wenn Slater sich über sein Schwulsein ausließ, obwohl sein Freund selten von jemandem im besonderen sprach und Graham so gut wie nie direkt einbezogen wurde — er hatte zum Beispiel in der ganzen Zeit erst einen einzigen von Slaters — vermutlich — zahlreichen Liebhabern persönlich kennengelernt, jedenfalls soweit er davon wußte.

»Weißt du«, sagte Slater plötzlich mit aufgehellter Miene, während sie die John Street überquerten. »Ich habe eine wahnsinnig gute Idee gehabt.«

Graham knirschte mit den Zähnen. »So? Was ist es diesmal? Wieder mal eine neue Religion oder nur eine Methode, um haufenweise Geld zu verdienen? Oder beides?«

»Diesmal ist es eine literarische Idee.«

»Wenn es *Stundenglas der Liebe* ist, dann habe ich die Geschichte schon mal gehört.«

»Das war ein echter Knüller. Nein, diesmal ist es kein romantisches Phantasieprodukt.« Sie blieben an einer Straßenecke stehen und warteten, bis die Ampel Grün anzeigte. Ein paar Punks auf der anderen Seite, die ebenfalls darauf warteten, die Straße überqueren zu können, deuteten auf den selbstvergessenen Slater und lachten. Graham warf einen Blick gen Himmel und seufzte.

»Stell dir mal vor, sei so gütig«, sagte Slater dramatisch und fuchtelte dabei heftig mit den Armen herum, »daß ein ...«

»Mach's kurz!« wies ihn Graham zurecht.

Slater machte ein beleidigtes Gesicht. »Es ist so etwas wie eine byzantinische Zukunft, ein degeneriertes technokratisches Reich mit ...«

»O nein, nicht schon wieder Science Fiction.«

»Nein, eigentlich nicht, Schlauberger«, entgegnete Slater. »Es ist eine Fabel. Ich könnte daraus statt dessen auch ein Märchen machen, wenn ich wollte. Egal. Es spielt in der Hauptstadt des Reiches; ein Höfling beginnt eine Affäre mit einer der Prinzessinnen; die Anforderungen, die sie und der Kaiser jeweils an seine Zeit stellen, werden ihm langsam zuviel, deshalb läßt er heimlich einen Androiden anfertigen, der ihn bei den endlosen höfischen Ritualen und langweiligen Empfängen vertritt; niemand merkt etwas davon. Später läßt er das Gehirn des Androiden aufrüsten, damit er ihn auch bei Jagdausflügen und Treffen unter vier Augen vertreten kann, ja sogar bei Kabinettsdiskussionen in Anwesenheit des Kaisers, nur um noch mehr Zeit mit dem Beschmusen der Prinzessin verbringen zu können. Doch er kommt bei einem übermäßig energiegeladenen Liebesspiel ums Leben. Der Androide erfüllt weiterhin all seine Pflichten bei Hofe und wird sogar zu einem engen Vertrauten des Kaisers, und die Prinzessin entdeckt, daß er einen noch besseren Liebhaber abgibt als das Original. Der Androide kann allen ihren Anforderungen gerecht werden, weil er niemals Schlaf braucht. Doch er entwickelt ein Gewissen und muß dem Kaiser die Wahrheit sagen. Der Kaiser lächelt, öffnet eine Lade mit Bedienungsknöpfen in seiner Brust und sagt: ›Nun, wie's der komische Zufall so will ...‹ Ende der Geschichte. Ganz gut, oder? Was meinst du?«

Graham holte tief Luft, dachte nach und sagte dann: »Diese Piloten — sie konnten also ihre Stiefel verwandeln. Was war mit ihren Uniformen?« Er runzelte ernst die Stirn.

Slater blieb stehen, sein Gesichtsausdruck spiegelte Entsetzen und Verwirrung wider. »*Was?*« sagte er entgeistert.

Plötzlich wurde Graham bewußt — mit einem schwachen Gefühl der Aufregung im Magen —, daß sie direkt vor einem Laden standen, der ihm jedesmal Unbehagen bereitete.

Es war nur ein kleines Bilderrahmengeschäft, in dem außerdem Drucke und Poster und überdurchschnittlich geschmackvolle Lampenschirme verkauft wurden, doch es war der Name, der bei Graham unangenehme Assoziationen auslöste: Stock. Der Name ließ ihn frösteln.

Stock war sein Rivale, die große Bedrohung, die Wolke, die über ihm und Sara hing. Stock, der Motorradrokker, das nie genau gesehene Macho-Abbild eines Rachegottes in schwarzem Leder. (Er hatte den Namen im Londoner Telefonbuch nachgeschlagen; es gab anderthalb Spalten davon; ausreichend für eine ganze Anzahl von zufälligen Übereinstimmungen, selbst in einer Stadt mit über sechseinhalb Millionen Einwohnern.)

Slater sagte gerade: »... damit zu tun?«

»Das ist mir nur so eingefallen«, sagte Graham abwehrend. Er wünschte, er wäre nicht darauf verfallen, Slater zu reizen.

»Du hast mir überhaupt nicht zugehört«, fauchte Slater. Graham nickte, um anzudeuten, daß sie weitergehen sollten.

»Natürlich habe ich«, sagte er. Als nächstes kamen sie an Terrys Obststand vorbei, von dem ein Duft nach frischen Erdbeeren ausging, und dann an einer Drogerie. Sie befanden sich an der Kreuzung Clerkenwell Road und Rosebery Avenue. Vor dem Gray's Inn-Gebäudekomplex, der sich ein Stück die Avenue entlang erstreckte, führte ein großer grüner Bauzaun neben dem Gehsteig über einen Teil der Fahrbahn und schirmte irgendwelche Bauarbeiten ab. Graham und Slater gingen durch die schmale Gasse, die durch das bröselige, zerfallende Mauerwerk auf der einen Seite und das gestrichene Holz auf der anderen gebildet wurde; Graham sah das schmutzige Glas von zerbrochenen Fenstern, verblassende politische Plakate flatterten im leichten Wind.

»Aber findest du nicht, daß es lustig ist?« sagte Slater und versuchte, Graham zu überholen, um sein Gesicht von vorn mustern zu können. Graham wich dem Blick seines Freundes aus. Er fragte sich, ob Slater wohl die Absicht hatte, ihn auf der ganzen Strecke zu begleiten, oder ob er nur bis zur Air Gallery mitkommen würde, die jetzt gerade auf der gegenüberliegenden Straßenseite war und wo er manchmal nachmittags hinzugehen pflegte. Graham machte es nichts aus, daß Slater über Sara Bescheid wußte — schließlich hatte er sie miteinander bekanntgemacht —, aber diesen heutigen Tag wollte er zu seiner Privatsache machen. Außerdem war es ihm peinlich, wie die Leute Slater anstarrten, auch wenn Slater selbst davon keine Notiz zu nehmen schien. Zumindest, dachte Graham, könnte er diese alberne Schottenmütze absetzen.

»Es ist ... ganz nett«, räumte er ein, als sie aus dem Durchgang zwischen den zerfallenden Bauwerken und den grünen Zaunlatten traten, »aber ...« — er lächelte und sah Slater an — »deinen Tagesjob solltest du deswegen nicht aufgeben.«

»Plappere mir nicht meine eigenen Worte nach, du unreifer Spund!«

»Okay«, sagte Graham und sah Slater erneut an. »Bleib bei der Keramik.«

»Du tust so, als würde ich Blech reden.«

»Das hast du gesagt.«

»Oh-ho«, sagte Slater. »Na gut, touché, oder jedenfalls Tusch.« Er blieb an dem Fußgängerüberweg stehen, der über die Rosebery Avenue zu dem klotzigen roten Backsteingebäude der Air Gallery hinüberführte. Graham drehte sich um und sah ihm ins Gesicht. »Aber gefällt dir mein neuestes Werk denn nicht?«

»Na ja«, sagte Graham zögernd und kam zu dem Schluß, daß es besser wäre, etwas Freundliches zu sagen. »Es ist gut, aber vielleicht muß es noch etwas ausgefeilt werden.«

»Pah«, sagte Slater, machte einen Schritt zurück und verdrehte die Augen. Er trat wieder vor, kniff die Augen zusammen und schob sein Gesicht so dicht vor Grahams, daß der jüngere Mann ein wenig zurückwich. »›etwas ausgefeilt‹, wie? So, damit ist *dein* Auftrag von der National Portrait Gallery futsch, wenn ich einmal berühmt bin.«

»Gehst du dort rüber?« Graham deutete zur anderen Straßenseite.

Slater erschlaffte ein wenig und nickte, wobei er zu der Galerie hinübersah.

»Ich glaube schon. Du versuchst, mich loszuwerden, was?«

»Nein.«

»Doch. Du hetzt mich schon die ganze Zeit.«

»Nein, das stimmt nicht«, widersprach Graham. »Du gehst nur so unheimlich langsam.«

»Ich habe mit dir gesprochen.«

»Na, ich kann gleichzeitig gehen und zuhören.«

»Oh, wuff! Der Gerry Ford der Kunstschule. Jedenfalls, keine Sorge, ich wette, ich weiß, wohin du unterwegs bist, hm?«

»Ach ja?« sagte Graham und versuchte harmlos auszusehen.

»Ja, ich weiß es«, sagte Slater. »Du brauchst dich gar nicht anzustrengen, so verdammt gleichgültig auszusehen.« Ein Lächeln überzog sein Gesicht wie eine Ölschicht ein stehendes Gewässer. »Du bist scharf auf unsere Sara, stimmt's?«

»Oh, wahnsinnig«, sagte Graham und versuchte, es

ins Lächerliche zu ziehen; er konnte Slater ansehen, daß er sich nicht darauf einließ. Es war nicht so; es war nicht so grob vordergründig, und selbst wenn es so war, durfte man nicht in dieser Art davon sprechen; nicht in diesem Stadium, noch nicht.

»Sie sind es nicht wert, Junge«, sagte Slater und schüttelte dabei traurig und weise den Kopf. »Sie wird dich abblitzen lassen. Früher oder später. Das machen sie immer.«

Graham war bei diesem direkten Angriff wohler; das war typische schwule Miesmacherei, und als solche nicht einmal echt, sondern nur wieder eine von Slaters Rollen. Er lachte und schüttelte den Kopf.

Slater zuckte die Achseln und sagte: »Na ja, wenn es schiefgeht, dann weißt du wenigstens, daß du zu mir zurückgelaufen kommen kannst.« Er klopfte sich mit der linken Hand auf die rechte Schulter. »Ich habe sehr gute Schultern, um sich daran auszuweinen.«

»Bestimmt nicht«, sagte Graham lachend, »solang du diese Mütze trägst, Kumpel.« Slater kniff die Augen zusammen und rückte die Schottenmütze auf seinem Kopf zurecht. »So«, fuhr Graham eilends fort, »jetzt muß ich aber wirklich gehen«, und machte ein paar Schritte rückwärts.

»Na gut«, seufzte Slater hämisch. »Treib all die Dinge, von denen ich nicht einmal träumen würde, aber vergiß nicht, was dein Onkel Richard dir gesagt hat.« Er grinste, warf Graham eine Kußhand zu, winkte mit einer Hand und betrat während einer Lücke im Verkehrsstrom schnell den Überweg. Graham winkte zurück und marschierte dann davon. »Graham!« rief Slater plötzlich von der anderen Straßenseite herüber. Er wandte sich seufzend um und blickte hinüber.

Slater stand vor der Galerie, vor einem ihrer großen Fenster. Er schob eine Hand in die Jackentasche, und fast gleichzeitig leuchtete seine Fliege auf, die kleinen roten Steine waren echte Lämpchen. Sie blinkten: an —

aus, an — aus. Slater brach in ein Lachen aus, während Graham den Kopf schüttelte und auf der Rosebery Avenue weiterging. »Eine Blitznummer, ein Lichtakt!« blökte Slater über die Entfernung.

Graham lachte vor sich hin und mußte dann im Schritt innehalten, weil ein langhaariger Motorradrokker in einem verdreckten Jeansanzug eine schwere Moto Guzzi direkt vor ihm über den Bürgersteig wuchtete und weiter in den Eingang zu einem Innenhof zwischen Gebäuden, die Rosebery Square genannt wurden. Graham sah den motorradschiebenden Mann finster an, doch dann schüttelte er den Kopf und ermahnte sich, nicht so töricht zu sein. Der Mann sah ganz anders aus als Stock, das Motorrad unterschied sich wesentlich von der großen schwarzen BMW, die Stock fuhr, und die Sache mit guten und schlechten Omen war sowieso Unsinn. Stocks Zeit war vorbei; das war eindeutig daraus zu entnehmen, was Sara morgens am Telefon gesagt hatte.

Er holte tief Luft und warf die Schultern zurück, während er die große schwarze Mappe von einer Hand in die andere verlagerte. Was für ein blauer Himmel! Was für ein herrlicher Tag! Alles um ihn herum erregte ihn, ganz gleich, was es war; die Helligkeit des Junitages, Kochgerüche von minderwertigen Speisen und der Gestank von Auspuffgasen; singende Vögel, plaudernde Menschen. Heute würde, heute *konnte* nichts schiefgehen; er sollte eigentlich einen Wettladen aufsuchen und etwas Geld auf ein Pferd setzen. Er fühlte sich vom Glück begünstigt, so ungeheuer gut, so sehr im Einklang mit der Welt.

□ Mr. Smith

Gefeuert!

Mit gespannten Lippen, geballten Fäusten, zusammengekniffenen Augen, angehaltenem Atem, durchgedrücktem Rücken, eingezogenem Bauch, herausgestreckter Brust, gestrafften Schultern stapfte Steven Grout weg von dem Straßenbaudepot, wo man ihn soeben rausgeschmissen hatte, weg von der stumpfsinnigen Arbeit und jenen schrecklichen Leuten. Er kam zu einem an der Bordsteinkante abgestellten Wagen, blieb stehen, holte tief Luft und ging dann weiter. Egal, wie die Straße hieß, dachte er; man würde den Namen sowieso ändern. Er betrachtete die Autos und Busse und Lieferfahrzeuge und Lastwagen, die an ihm vorbeifuhren, und stellte die Berechnung an, wie weit er noch bis zum nächsten abgestellten Auto gehen müßte, das ihn gegen sie abschirmen würde.

Das Pflaster des Gehsteigs wies viele Reparaturstellen auf, und es war schwierig, die Schritte so gleichmäßig einzurichten, daß jeder Fuß immer genau auf die Ritzen zwischen die Pflastersteine traf, doch mit etwas Konzentration und einigen wenigen spielerischen Halbschritten schaffte er es; dann kam er zu einem langen blaugrauen Asphaltstreifen, wo offensichtlich eine Rohrleitung repariert worden war, und er setzte seinen Weg statt dessen darauf fort, frei von der Sorge um die Pflastersteine zwischen den Ritzen.

Er fühlte sich immer noch heiß und klebrig vom Angriff der MIKROWELLENPISTOLE. Er dachte noch einmal zurück an die Auseinandersetzung in Mr. Smiths Büro.

Natürlich hatte er gewußt, daß sie die Mikrowellenpistole bei ihm einsetzen würden; sie taten es jedesmal, wenn er sich mit jemandem anlegte, zumindest jedesmal, wenn er sich im Nachteil befand und alle nur erdenkliche Hilfe brauchte, jedesmal, wenn er zu einem Vorstellungsgespräch für eine Stelle ging oder wenn er von den Beamten der Sozialversicherung oder auch nur von den Postangestellten etwas gefragt wurde. Bei diesen Gelegenheiten machten sie bei ihm davon Gebrauch. Manchmal setzten sie sie bei ihm ein, wenn er darauf wartete, von einem Barkeeper bedient zu werden oder auch wenn er nur dastand und wartete, daß er eine belebte Straße überqueren konnte, doch meistens geschah es, wenn er mit einer amtlichen Person sprach.

Er hatte die Symptome erkannt, als er in Mr. Smiths Büro stand.

Seine Handflächen schwitzten, seine Stirn war naß und juckte, er fühlte sich zittrig, seine Stimme bebte, und sein Herz schlug rasend schnell; sie kochten ihn mit der Mikrowellenpistole, badeten ihn in ihren üblen Strahlen, erhitzten ihn so, daß er in schäumenden Schweiß ausbrach und wie ein aufgeregtes Kind aussah.

Schweinehunde! Er hatte die Pistole niemals gefunden, natürlich nicht; sie waren sehr klug, sehr klug und listig, wirklich. Er hatte es aufgegeben in angrenzende Zimmer zu stürmen, herumzurennen, um im Unter- und den oberen Geschossen nachzusehen, mit gerecktem Kopf und verdrehtem Hals aus Fenstern zu spähen und nach schwebenden Hubschraubern Ausschau zu halten, doch er wußte, daß sie irgendwo dort waren, er wußte, was sie im Schilde führten.

Also mußte er hier stehen, im Aufsichtsbüro der Bauleitung im Bezirk Islington, Seven Sisters Road, Hoch- und Tiefbau, Abteilung Straßeninstandsetzung, Depotverwaltung, schwitzend wie ein Schwein und sich überlegend, warum sie die Sache nicht einfach durchzogen und ihn rausschmissen, während er Mr. Smith zuhörte und seine Augen weh taten und ihm wieder einmal sein eigener Körpergeruch in die Nase stieg.

»... haben alle gehofft, daß dieser Zustand nicht anhalten würde, Steve«, sagte Mr. Smith; er sprach leiernd und nasal hinter seinem Kunstholzschreibtisch in seinem niedrigen Büro im ersten Stock des Lagerhauses, »und daß Sie in der Lage wären, Ihre Stellung hier zu festigen, und zwar durch den Aufbau einer gedeihlichen Arbeitsbeziehung zu den übrigen Mitgliedern des Straßenbautrupps, die — in aller Fairness, und ich bin sicher, Sie sind der erste, der mir darin zustimmt — ihr Bestes getan haben, um ... nun ja ...«

Mr. Smith, ein Mann von ungefähr vierzig Jahren mit großen weichen Säcken unter den Augen, beugte sich über seinen von Papieren übersäten Tisch und blickte auf den No-Nonsense-Stift hinunter, mit dem er herumspielte. Steven war in den Anblick des Stiftes versunken, einen Moment lang wie hypnotisiert.

»Ich bin wirklich der Ansicht ... ähm ... Steve — oh, bitte zögern Sie nicht, mich zu unterbrechen, wenn Sie das Gefühl haben, etwas zum Ausdruck bringen zu wollen; dies hier ist nicht der Hohe Gerichtshof, nicht die Sternenkammer. Ich möchte, daß Sie eine tragende und bedeutende Rolle in dieser Unterredung spielen, wenn Sie das Gefühl haben, daß wir dadurch ... ähm ... zu einer Lösung ...«

Was war das? Er war nicht sicher, richtig gehört zu haben. Hatte der andere etwas von einer Sternenkammer gesagt? Was sollte das denn sein? Was bedeutete es? Es hörte sich nicht so an, als paßte es in diesen Zeitabschnitt, in diese Szene, in diese Epoche oder wie immer man es nennen wollte. Sollte Mr. Smith vielleicht auch ein KRIEGER oder eine Gestalt noch weiter oben in der Hierarchie der PEINIGER sein, als er gedacht hatte?

O Gott! Diese Schweinehunde und die Pistole! Er spürte, wie sich Schweiß in den Furchen seiner Stirn und in den Augenbrauen sammelte. Bald würde er an seiner Nase entlang hinabrinnen, und dann? Man mochte denken, er weinte! Es war unerträglich! Warum warf man ihn nicht einfach hinaus? Er wußte, daß es das war, was sie wollten, was sie seit langem geplant hatten, warum *taten* sie es dann nicht einfach?

»... Lösung kommen, um dieser scheinbaren Ausweglosigkeit auf eine zuträgliche Weise abzuhelfen, zum Ersprießen der Leistungsfähigkeit dieser Abteilung. Ich glaube nicht, daß ich hier ein sehr straffes Regiment führe, Steve; wir wiegen uns gern in dem Glauben, daß die Leute anerkennen ...«

Steven stand in ordentlicher Habachtstellung mitten in dem Büro, den Sicherheitshelm unter dem rechten Arm dicht an sich gedrückt. Aus dem Augenwinkel sah er Dan Ashton, den Vorarbeiter des Straßenbautrupps und Gewerkschaftsvertreter. Ashton lehnte gegen den Türpfosten und hatte die dicken, gebräunten Arme vor der Brust verschränkt. Er war ungefähr fünfzig, aber der gesündeste und gleichzeitig der älteste Mann des Trupps. Er stand mit einem unangenehmen Grinsen da; die Mütze hatte er sich auf dem Kopf zurückgeschoben, und eine durchfeuchtete, nicht angesteckte selbstgedrehte Zigarette hing ihm im Mundwinkel. Grout roch seine muffige Ausdünstung trotz des starken Dufts von Mr. Smiths *Aramis*.

Ashton hatte ihn auch nie gemocht. Niemand mochte ihn, auch nicht die zwei oder drei, die sich ständig über ihn lustig machten und ihn reizten oder ihm Streiche spielten.

»... Kopfstände gemacht, um Ihnen entgegenzukommen, aber es sieht nun wirklich so aus, befürchte ich, als ob dieser Vorfall mit dem Kanalschacht und der Katze das Faß zum Überlaufen gebracht hat ... ähm ... Steve. Wenn ich Mr. Ashton hier richtig verstanden habe« — Smith nickte in Richtung des älteren Mannes, der die Lippen kräuselte und zurücknickte — »dann mußte

Mr. ... ähm ...« — Mr. Smith wühlte kurz durch seine Papiere auf dem Schreibtisch — »... ach ja, Mr. Partridge ins Krankenhaus gebracht werden, um eine Tetanusspritze zu bekommen und genäht zu werden, nachdem Sie ihn mit einer Schaufel geschlagen hatten. Nun, wir glauben nicht, daß er auf einer Strafanzeige besteht, doch Ihnen muß klar sein, daß Sie, wenn er es täte, mit einer Anklage wegen Körperverletzung rechnen müßten, und da dies ihre anderen mündlichen und schriftlichen Verwarnungen ergänzen würde — alles in allem, so muß ich leider feststellen, Steve« — Mr. Smith setzte sich mit einem Seufzer in seinem Stuhl zurück und blätterte erneut durch einige der Papiere auf seinem Schreibtisch — »wenn man bedenkt, wie lang Ihre Anstellung bei uns nun schon dauert und wie kurz die Zeitabschnitte waren ... und angesichts Ihrer früheren Vergehen ...«

Partridge! Er wünschte, er hätte ihm den Kopf ganz abgeschlagen! Wie konnte er ihn mit solchen Worten beschimpfen? War er vielleicht ein Schwein? War er vielleicht verrückt? War er vielleicht beschränkt, was? Dieser fette Cockney mit seinen blöden Tätowierungen und seinem albernen Benehmen und seinen dreckigen Witzen, er hätte *ihn* in den Kanalschacht werfen sollen!

Der Schweiß sammelte sich in seinen Augenbrauen, bereitete sich darauf vor, an seiner Nase herunterzurinnen und an der Spitze einen Tautropfen zu bilden, der entweder sehr auffällig dort baumeln und ihn zum Niesen reizen würde, oder ihn zwingen würde, die Aufmerksamkeit darauf zu lenken, indem er ihn wegwischte. Sich über die Stirn zu reiben wäre andererseits ebenso ein Zeichen von Schwäche; das würde er auf keinen Fall tun. Sie sollten seine stolze Verachtung sehen. Sie würden ihn nicht in die Knie zwingen, o nein! Diese Genugtuung würde er ihnen nicht verschaffen.

»... in Anerkennung dessen, was Sie gesagt haben von wegen nicht die Absicht gehabt zu haben, jemandem zu nahe zu treten, kann ich doch nicht Ihre Version in Übereinstimmung bringen mit der Ihrer Arbeitskollegen, Steve, die leider beharrlich behaupten, daß es Ihnen allem Anschein nach vollkommen ernst damit war, den Kanalschacht mit dem Schotter auszufüllen, der eigentlich als Belag für ... ähm ... Colebrook Row gedacht war. Was Mrs. Morgans Katze angeht, können wir nichts anderes tun als ...«

Sie sprachen über Katzen, und das mit ihm! War er doch einer der mächtigsten Kriegsherren in der Geschichte des gesamten Daseins, und sie sprachen über zermatschte Katzen. Oh, wie weit war es mit den Mächtigen gekommen, recht geschah es ihnen!

Der Schweiß verließ seine rechte Augenbraue. Er rann nicht an seiner Nase hinunter, sondern lief ihm direkt ins Auge. Ein schrecklicher, rasender, hilfloser Zorn erfüllte ihn, erweckte in ihm den Wunsch, um sich zu schlagen, zu schreien und brüllen. Das konnte er jedoch nicht tun; er mußte kühles Blut bewahren, trotz der MIKROWELLENPISTOLE, und nur auf das eingehen, was man ihm sagte. *Disziplin:* das war entscheidend.

»... ich gehe wohl recht in der Annahme, daß Sie nichts mehr dazu zu sagen haben?« schloß Mr. Smith seine Rede. Grout sog die Luft ein; wurde von ihm erwartet, daß er etwas sagte? Warum drückten die Leute die Dinge nicht *klar* aus? Doch was sollte das Ganze eigentlich? Man konnte doch genausogut die Sache so schnell wie möglich hinter sich bringen.

»Ich habe nur Spaß gemacht!« hörte er sich sagen.

Das war ihm nur so herausgerutscht. Doch es stimmte; es war nur ein Zeichen ihrer Dummheit — oder ihrer Angst? —, daß sie ihn so ernst nehmen. Natürlich hatte er nicht die Absicht gehabt, den ganzen blöden Kanalschacht aufzufüllen! Dazu hätte er den ganzen Tag gebraucht, selbst wenn sie wirklich genügend Schotter hinten auf dem Lieferwagen gehabt hätten! Es war nur so etwas wie ein wütender Scherz, weil der Rest des

Trupps, vor allem Ashton, nicht mit ihm einer Meinung war, was die beste Art zum Füllen von Schlaglöchern war. Aber sie würden schon sehen; diese Löcher, die sie am frühen Morgen in der Upper Street geflickt hatten, würden bald beweisen, daß er recht hatte!

Natürlich wußte er, daß es nichts brachte, seine Meinung offen zu sagen, aber manchmal konnte er es sich einfach nicht verkneifen. Er *mußte* es den Leuten sagen, wenn sie die Dinge auf die falsche Weise machten.

Es überstieg für ihn das Maß des Erträglichen, wenn er rings um sich herum all die Dummheit mitansah und sie schweigend ertragen sollte. Das würde ihn zum Wahnsinn treiben, dorthin, wohin man ihn haben wollte; an einen Ort, an dem es noch viel schwieriger wäre, den SCHLÜSSEL zu finden; eine Anstalt, ein Krankenhaus, wo sie einen mit allen möglichen ekelhaften Medikamenten vollstopften und einen absichtlich so dumm hielten wie die übrigen. Das gehörte natürlich zu ihrem Spiel; man überließ ihm die Suche nach einem Fluchtweg, jedoch für sich allein. Wenn er versuchte, andere seiner Sorte zu finden, andere KRIEGER, hätten sie einen Vorwand, um ihn hinter Schloß und Riegel zu setzen. Es war eine ausgekochte Heimtücke.

»... eine echte Entschuldigung für Ihr Tun, Steve. Wir wollen gerecht sein, ich bin nicht der Ansicht, daß es für Mrs. Morgan einen großen Unterschied macht, auch nicht für ihre Katze ...«, sagte Mr. Smith, und ein kleines Lächeln umspielte seine Lippen, während er Dan Ashton einen Blick zuwarf, der einen Grunzlaut von sich gab und auf seine Füße hinabsah. Mr. Smith fuhr fort: »... ob Sie im Spaß oder ernst gehandelt haben.«

Die zweite Augenbraue entließ ihren Schweiß, der in Grouts anderes Auge rann. Er blinzelte ärgerlich, fast blind, mit roten, brennenden Augen. Unerträglich!

»... lasse jetzt Ihre letzte schriftliche Abmahnung tippen; aber ehrlich, Steve, ohne daß ich in irgendeiner Art und Weise bevormundend sein möchte, ich glaube wirklich, daß Sie Ihr Verhalten ganz entschieden überdenken müssen wenn Sie ...«

»Stimmt!« schrie Steve heiser, wobei er den Kopf schüttelte, heftig die Nase hochzog und mit den Augen blinzelte, alles gleichzeitig. »Meine Verachtung für ... für Sie alle, das *ist es!* Ich werde Ihnen nicht die Genugtuung verschaffen! Ich haue in den Sack; ich kündige; ich werfe das Handtuch! So, ich habe es vor Ihnen ausgesprochen! Erzählen Sie mir nicht, ich könnte das nicht; ich bin stärker, als Sie ahnen!« Er spürte, wie seine Lippen zitterten; er bemühte sich, sie unter Kontrolle zu bekommen. Mr. Smith seufzte und beugte sich über seinen Schreibtisch nach vorn.

»Also, Steve ...« begann er müde.

»Was erlauben Sie sich mit Ihrem Also-Steve!« schrie Grout, bebend dastehend. »Für Sie heißt das *›Mr. Grout‹!* Ich kündige hiermit; geben Sie mir meine Papiere! Ich verlange meine Papiere, wo sind meine Papiere?« Er trat vor zu Mr. Smiths Schreibtisch. Smith lehnte sich überrascht zurück. Grout sah, daß er mit Dan Ashton Blicke wechselte, und bildete sich ein, bei dem älteren Mann zu bemerken, daß er nickte oder Mr. Smith irgendein Zeichen oder Signal gab. Sicher war, daß der Vorarbeiter sich nicht mehr gegen den Türpfosten lehnte, sondern jetzt ordentlich dastand, die Arme nicht mehr verschränkt. Vielleicht befürchtete er, Steven könnte Mr. Smith tätlich angreifen; nun, mochte er diese Angst haben! Er würde es ihnen schon zeigen. Er hatte vor keinem von ihnen Angst.

»Ich glaube wirklich, Sie handeln etwas überstürzt mit dieser ...«, setzte Mr. Smith an, doch Steven unterbrach ihn.

»Ich glaube, ich habe meine Papiere verlangt. *Bitte.* Ich gehe nicht ohne meine Papiere. Und nicht ohne mein Geld. Wo sind die Sachen? Ich kenne meine Rechte.«

»Steve, ich glaube, Sie lassen sich von Ihrem durchaus verständlichen ...«, fing Mr. Smith an und schob seinen Stuhl ein Stück vom Schreibtisch zurück. Sonnenstrahlen funkelten auf seinem diskret getragenen Abzeichen der Sozialistischen Demokratischen Partei.

»Das reicht!« brüllte Steven. Er machte einen weiteren Schritt nach vorn und tat mit der rechten Hand so, als wollte er auf Mr. Smiths Schreibtisch schlagen. Sein Sicherheitshelm, den er in der rechten Armbeuge hielt, rutschte an seiner Seite ab und fiel zu Boden, wo er noch kurz weiterrollte. Steven bückte sich schnell, um ihn aufzuheben, wobei er beim Aufstehen mit der Stirn heftig gegen die Vorderkante von Mr. Smiths Schreibtisch schlug. Er fuhr sich mit einer hastigen Bewegung über den Kopf und spürte, daß sein Gesicht rot anlief. Verdammt sollte die PISTOLE sein!

Mr. Smith war jetzt aufgestanden. Dan Ashton war herangetreten und beugte sich von der Seite her über Mr. Smiths Schreibtisch, um seinem Chef etwas ins Ohr zu flüstern. Grout ließ die beiden nicht aus den Augen, während er sich den schmerzenden Kopf rieb. Oh, ihm entging nicht, was die beiden im Schilde führten!

»Nun«, hob Mr. Smith erneut an und wandte sich mit einem gequälten Gesichtsausdruck wieder an Grout, »wenn Sie wirklich das Gefühl haben, Steve ...«

Dan Ashton lächelte dünnlippig.

Zu guter Letzt hatte er also gewonnen. Er hatte ihnen nicht die Genugtuung gegeben, ihn dort und dann zu feuern; er hatte sie die Verachtung spüren lassen, die er für sie empfand ... sollten sie ruhig leiden!

Danach hatte ihn eine seltsame heiße Freude erfüllt, und er hatte kaum noch etwas von dem gehört, was Ashton oder Smith ihm gesagt hatte. Sie hatten ihm irgendwelche Papiere überreicht, und jemand war zur Kasse gegangen, um sein Geld zu holen (das jetzt eine hübsche dicke Beule in seiner Gesäßtasche bildete; er tätschelte sie beim Gehen dann und wann, nur um sicherzustellen, daß es noch da war), und schließlich hatte er noch irgendwas unterschrieben. Er hatte eigentlich nichts unterschreiben wollen, doch sie sagten, sie würden ihm das Geld nicht geben, wenn er es nicht täte, also gab er vor, die Papiere gründlich durchzulesen, und dann unterschrieb er sie.

Ashton hatte danach versucht, ihn hinauszugeleiten, und er wollte ihm sogar die Hand schütteln, doch Steven hatte ihm vor die Füße gespuckt und ihn mit einer beleidigenden Geste bedacht.

»Du mieser kleiner Wichser«, hatte Ashton daraufhin gesagt, was typisch für ihn war. Steven hatte ihm entgegnet, er sei ein aus dem Mund stinkender ungebildeter Affe, und dann hatte er seine verschiedenen Papiere und Unterlagen rasch in die Hosentaschen gesteckt und war davongegangen. »Hier!« hatte ihm Ashton hinterhergerufen, als er mit hocherhobenem Kopf die Seven Sisters Road entlanggeschritten war. »Dein P45. Du hast es fallen lassen!« Jedenfalls dachte Steven, daß er das gerufen hatte; vielleicht war es eine andere Zahl gewesen, aber so etwa hatte es sich angehört. Er hatte zurückgeblickt und Ashton im Eingang des Depots stehen sehen, von wo er ihm mit einem Stück Papier zuwinkte. Grout wandte sich ab, straffte den Rücken und reckte den Kopf in die Luft, um Ashton deutlich seine Nichtzurkenntnisnahme zu demonstrieren, während er stolz weitermarschierte.

Ashton hatte sich in Bewegung gesetzt, um hinter ihm herzulaufen; Steven hörte seine stampfenden Schritte hinter sich; also rannte er ebenfalls und reagierte nicht auf die Rufe des älteren Mannes, bis er schließlich eine so große Entfernung zwischen ihn und sich gebracht hatte, daß er sie nicht mehr hörte. Ashton hatte ihm zuletzt noch etwas zugerufen, doch da war Steven bereits zu weit weg, mit keuchendem Atem und einem Ausdruck des Triumphs im Gesicht. Er war ihnen entkommen. Es war nur eine kleine Flucht, eine harmlose Probe, aber es war immerhin etwas.

Jetzt marschierte er also dahin, immer noch wütend auf sie, aber froh darüber, entkommen zu sein, froh darüber, zumindest etwas zu retten vor einem weiteren ihrer Versuche, ihn in die Knie zu zwingen, ihn klein zu machen, ihn zur Verzweiflung zu treiben.

So leicht würde ihnen das nicht gelingen! Sie hatten ihn mit Schrecknis und Dummheit umgeben, mit all dem Drum und Dran sogenannter menschlicher Ausschweifung, und sie hatten erwartet, daß es ihn kaputtmachen, ihn noch weiter von dem einst stolzen Zustand entfernen würde, von dem er abgesunken war, aber sie würden keinen Erfolg haben. Sie versuchten, ihn zu zerstören, aber sie würden versagen; er würde den SCHLÜSSEL finden, er würde den AUSWEG finden und diesem ... Witz entfliehen, diesem furchtbar einsamen Gefängnis für HELDEN; er würde sie alle hinter sich lassen und seinen rechtmäßigen Platz in einer großartigen Realität wieder einnehmen.

Er war GEFALLEN, aber er würde sich wieder ERHEBEN.

Irgendwo fand der KRIEG statt. Er wußte nicht wo. Es war nicht unbedingt ein Ort, an den man von hier aus reisen konnte, ausgehend vom London des späten zwanzigsten Jahrhunderts auf der Erde, sondern im Irgendwo und Irgendwann. Es war der Krieg schlechthin, die letzte Auseinandersetzung zwischen Gut und Böse, und er hatte eine entscheidende Rolle in diesem Krieg gespielt. Aber irgend etwas war schiefgelaufen, er war betrogen worden, hatte eine Schlacht gegen die Kräfte des Chaos verloren und war vom eigentlichen Schlachtfeld abgezogen worden, um hier zu verschmachten, in dieser Jauchengrube, die man ›Leben‹ nannte.

Es war zum Teil eine Bestrafung, zum Teil eine Prüfung. Er konnte vollkommen versagen, natürlich, und noch weiter absinken, ohne die geringste Hoffnung auf ein Entkommen. Das war es, was *sie* wollten, diejenigen, die die Drahtzieher dieser ganzen erbärmlichen Schau waren; die PEINIGER.

Offenbar wollten sie, daß er versuchte, ihren Bluff aufzudecken, aufzustehen und zu sagen: ›Jawohl, ich weiß, was gespielt wird, ihr könnt die Masken fallen lassen. Kommt heraus, wo immer ihr euch verstecken mögt, damit wir es hinter uns bringen‹, aber darauf fiel er nicht herein. Diese Lektion hatte er bereits als Kind gelernt, als die anderen ihn auslachten und man ihn zum Klapsdoktor der Schule schickte. Das würde er nicht noch einmal probieren.

Er fragte sich, wie viele der Leute, die in den psychiatrischen Anstalten des ganzen Landes — oder eigentlich der ganzen Welt — einsaßen, in Wirklichkeit gefallene KRIEGER waren, die entweder bei dem Versuch, in diesem Höllenloch zu leben, an der Anstrengung zerbrochen waren oder schlichtweg die falsche Entscheidung getroffen und gemeint hatten, die Prüfung ziele daraufhin, das Ganze zu durchschauen und dann den Mut zu haben, sich dagegen aufzulehnen und sich nicht vor der Herausforderung zu scheuen.

Nun, er würde nicht wie einer dieser armen Schweine enden. Er würde es bis zu Ende durchziehen, er würde den AUSWEG finden. Und vielleicht gäbe er sich nicht einmal damit zufrieden, einfach zu fliehen, vielleicht würde er auch den ganzen faulen Mechanismus ihrer Prüfungs- und Gefängnisapparatur — dieses ›Leben‹ zerschlagen, wenn er schon mal dabei war.

Ein Gefühl der Schwäche überkam ihn, als ob er ohnmächtig würde. Er mußte noch zehn Schritte bis zum nächsten abgestellten Wagen zurücklegen, zwischen dessen Rädern er geschützt wäre gegen die Laserachsen des vorbeiflutenden Verkehrs.

Der ganze Verkehr, jedes einzelne Fahrzeug, das an ihm vorbeifuhr, war mit Lasergeräten in den Achsen ausgestattet; sie konnten eine Ladung auf ihn loslassen, es sei denn, er befand sich über ihnen oder war abgeschirmt durch eine Wand oder zwischen den Rädern eines abgestellten Wagens oder hielt die Luft an. Natürlich wußte er, daß die Laserstrahlen ihm nicht weh taten; man sah sie nicht, und sie fügten einem an sich keinen Schaden zu, doch er wußte, daß sie eine weitere Methode waren, durch die sie — die PEINIGER — Punkte gegen ihn sammelten. All das wußte er aus Träumen und weil er durch Nachdenken darauf gekommen war. Als Kind hatte er das gleiche getan, nur so zum Spiel, um das Leben interessanter zu machen, ihm einen Sinn zu geben ... dann hatte er angefangen, davon zu träumen, zu erkennen, daß es die *Wirklichkeit* war, daß ihm eine Einsicht beschert gewesen war, als er angefangen hatte, das Spiel zu spielen. Jetzt *mußte* er es tun, es war ein schrecklich unangenehmes Gefühl, wenn er versuchte, damit aufzuhören, selbst wenn er nur einmal ausprobieren wollte, wie es war, eine Straße entlangzugehen und ›normal‹ zu atmen. Es war das gleiche Gefühl, das ihn zu überkommen pflegte, wenn er ein anderes Spiel aus seiner Kindheit spielte, nämlich das des Augenschließens und Gehens einer bestimmten Anzahl von Schritten auf einem — zum Beispiel — breiten Parkweg. Egal wie sicher er sich kurz vor dem Schließen der Augen war, daß er vor sich jede Menge Platz hatte, egal wie überzeugt er während des Gehens mit geschlossenen Augen war, daß unter seinen Füßen Schotter war und kein Gras, fand er es ungeheuer schwierig, wenn nicht unmöglich, mehr als etwa zwanzig Schritte mit geschlossenen Augen zu gehen. Er war sicher, felsenfest davon überzeugt, daß er gegen einen Baum, einen Pfosten oder ein Schild prallen würde, das er übersehen hatte; oder sogar, daß ihn jemand hinter einem Baum beobachtet hätte und im Begriff war, herauszustürzen und ihm einen Fausthieb auf die Nase zu versetzen.

Es war auf jeden Fall besser, die Augen offen zu halten, besser, seinen Instinkten zu vertrauen und zwischen abgestellten Autos tief Luft zu holen. Man konnte gar nicht vorsichtig genug sein.

Er gelangte zu dem Wagen und blieb ihm gegenüber stehen, tief durchatmend. Er nahm seinen Sicherheitshelm ab und fuhr sich über die Stirn, nachdem er nach einem Gerüst Ausschau gehalten hatte. Der Sicherheitshelm war eine weitere seiner Entdeckungen, seiner guten Einfälle. Er wußte, wie empfindlich die Köpfe der Leute waren und wie wertvoll sein eigener war. Er wußte, daß *sie* nur allzugern einen kleinen ›Unfall‹ inszenieren würden, bei dem ein Balken oder ein Ziegelstein von einem Gebäude herabfiel, oder — noch naheliegender — von einem Gerüst. Also hatte er die ganze Zeit über den Sicherheitshelm getragen, sogar schon, bevor er von zu Hause weggegangen war. Egal welche Arbeit er zu verrichten hatte, im Freien trug er stets diese Kopfbedeckung. Die Männer vom Bautrupp hatten ihn ausgelacht; für wen hielt er sich denn? sagten sie. Wichtigtuerische Ingenieure trugen Sicherheitshelme, wo sie gingen und standen, aber doch nicht Arbeiter. Oder hatte er Angst vor Tauben? Wurde es bei ihm oben drauf ein bißchen spärlich, genau wie innen drin, was? Ha ha. Sollten sie doch lachen. Sie würden nicht erreichen, daß er den Helm absetzte. In seinem Zimmer bewahrte er zwei Ersatzhelme auf, für den Fall, daß sein normaler verlorenginge oder daß ihn jemand stahl. Es wäre nicht das erstemal, daß jemand das machte.

Er setzte sich wieder in Bewegung, wobei er sorgfältig darauf achtete, auf die Ritzen zwischen den Pflastersteinen zu treten. Ein bedachter, gleichmäßiger Schritt war in jedem Fall wichtig. Gut fürs Atmen und den Herzschlag. Manchmal starrten ihn die Leute an, wie er von einem Pflastersteinrand zum nächsten hüpfte und zwischendurch einen halben Trippelschritt vollführte, sein Gesicht seltsame Farbtönungen annahm, je mehr die aufgestaute Luft in seiner Lunge knapp wurde, und er unter einem Sicherheitshelm schwitzte, obwohl weit und breit keine Baustelle in Sicht war, aber das konnte ihm nichts anhaben. Eines Tages würde es ihnen leid tun.

Während er so dahinschritt, überlegte er sich, was er heute mit seiner neugewonnenen Freiheit tun sollte. Er hatte viel Geld, vielleicht würde er sich betrinken — die Kneipen würden bald aufmachen. Ihm fiel ein, daß er sich eigentlich arbeitslos melden müßte; sollten die Leute beim Arbeitsamt doch wissen, daß er wieder mal keinen Job hatte. Er wünschte, er hätte sich erinnert, was man tun mußte, um sich arbeitslos zu melden, aber er vergaß es immer wieder. Offenbar war das ganze Arbeitslosen- und Sozialversicherungs-System so eingerichtet, um ihn zu verwirren, zu ärgern und zu entmutigen. Er hatte sich immer vorgenommen, sich Notizen zu machen, genau die einzelnen Schritte aufzuschreiben, die man unternehmen mußte, welche Formulare man wie auszufüllen, welche Ämter man aufzusuchen, mit welchen Leuten man zu sprechen hatte, aber er vergaß es immer wieder. Er sagte sich sowieso jedesmal, daß es das letztemal sei; daß er diesmal einen wirklich guten Job finden würde, in dem er wirklich gut zurecht käme und wo man seine Begabungen anerkannte und die Leute ihn mochten und er all seine PEINIGER überraschen würde, so daß keine Veranlassung bestünde, das ganze aufreibende und kräftezehrende Unterfangen des sich Meldens noch einmal durchzumachen. Er faßte dumpf den Entschluß, in Mrs. Shorts Pension zurückzugehen und Papier und Kugelschreiber zu holen.

Er würde in sein Zimmer zurückkehren. Dort ging es ihm stets besser, und er hatte immer noch das Bedürfnis, sich gründlich zu waschen; er mußte all diesen Schweiß und die Feuchtigkeit loswerden und all den Staub und das Blei von seinem Gesicht und seinen Händen abwaschen. Das könnte er bei Mrs. Short erledigen. Er würde Kraft daraus beziehen, wieder bei seinen Büchern zu sein, bei seinem Bett und all den kleinen Dingen, die er besaß. Er könnte einen Blick auf das BEWEISMATERIAL werfen, wieder einmal; das würde ihm guttun. Er könnte anfangen, ein Buch noch mal zu lesen.

Er besaß viele Bücher. Die meisten davon waren Science Fiction oder Fantasy. Schon lange war ihm klar geworden, daß er, wenn er Aufschlüsse zur Auffindung des AUSWEGS und über die Lage und Erkennungsmerkmale des SCHLÜSSELS bekommen wollte, die Chance ziemlich groß war, daß sie ihm diese Art von Lesestoff lieferte. Er erkannte das an der Art, wie er sich davon angezogen fühlte. Es war eine untaugliche Sauce von nichtswürdigen Hinweisen, etwas, das sie sich glaubten leisten zu können, aber er könnte vielleicht trotzdem etwas damit anfangen. Offenbar dachten sie, daß sie durch die Preisgabe dieser Dinge eine Entschuldigung dafür hätten, wenn sie ihn abschoben, sobald er versuchte, ihren Bluff aufzudecken. ›Ha!‹ könnten sie dann nur noch sagen. ›Der spinnt doch; hat wohl zuviel SF gelesen. Total plemplem, wir wollen ihn wegsperren und unter Beruhigungsmittel stellen, und dann gibt er Ruhe.‹ Das war ihre Denkart.

Diese Erkenntnis sollte ihn abschrecken, aber er war zu gewitzt für sie. Er kaufte sich alle phantastischen ›unrealistischen‹ Romane, die er fand und die er sich leisten konnte; nach den Regeln mußten sie irgendwo darin einen Hinweis versteckt haben, der ihm Aufschluß gab. Eines Tages würde er ein Buch öffnen — wahrscheinlich eine neue Trilogie des Schwert-und-Zauberei-Genres —, und beim Lesen irgendeiner Stelle würde etwas in seinem Gehirn ausgelöst, das dort verborgen war. Das konnte der Name einer Gestalt sein (es gab bereits einen, von dem er sicher war, daß er sehr vertraut klang; das war ein Mosaiksteinchen seines BEWEISMATERIALS), es konnte die Beschreibung eines Ortes oder die Abfolge von Ereignissen sein ... er brauchte lediglich diesen bestimmten SCHLÜSSEL.

Wirklichkeitsflucht nannten sie das. Oh, sie waren ganz schön raffiniert!

Sein Zimmer war vollgestopft mit Büchern, dicke, mit Eselsohren versehene Taschenbücher mit greller Umschlaggestaltung und durchgebogenem Rückgrat. Sie lagen aufeinandergestapelt am Boden, weil er keine ordentlichen Regale hatte. Der Boden seines Zimmers war wie ein Irrgarten mit wuchtigen Türmen aus Büchern, die ganze Mauern auf dem dünnen Teppich und dem durchlöcherten Linoleum bildeten, so daß nur noch schmale Durchgänge blieben. Er konnte vom Bett zum Fenster und zum Tisch, zum Schrank und zur Tür und zum Ofen und zum Waschbecken gelangen, aber nur auf bestimmten Strecken. Das Bett zu machen war schwierig. Zum einwandfreien Herausziehen der Schubladen des Geschirrschrankes bedurfte es großer Geschicklichkeit. Wenn er betrunken nach Hause kam, besonders wenn er den Lichtschalter nicht fand, spielte sich der absolute Horror ab; wenn er morgens erwachte, bot sich ihm ein Anblick wie Manhattan nach einem überaus schlimmen Erdbeben. In Taschenbuchausführung.

Aber es war die Sache wert. Er brauchte diese beiden Fluchtwege: das Trinken, weil man dabei das Gefühl von Flucht hatte, von einem AUSWEG aus der trostlosen Wirklichkeit, jedenfalls für eine Weile ... und die Bücher, weil sie ihn ausgeglichen machten, weil sie ihm Hoffnung spendeten. Er mochte sich manchmal in den Büchern verlieren, aber vielleicht fand er dort auch den SCHLÜSSEL.

Ein Wagen, auf den er zusteuerte, um den nächsten Atemzug zu tun, fuhr plötzlich davon. Steven fluchte im stillen und mußte auf eine niedrige Mauer steigen, die die Höhe der Laserachsen überragte, um seine Lunge zu leeren und wieder zu füllen. Er sprang von der Mauer herunter und setzte seinen Weg fort.

Eines Tages würde er es ihnen allen zeigen. All den Leuten, die ihn zum Narren gemacht und ihn verletzt und verwirrt und nicht ernst genommen hatten. Sogar jene, deren Namen er vergessen hatte. Wenn er den SCHLÜSSEL fände, würde er es ihnen heimzahlen. Leuten wie Mr. Smith, Dan Ashton und Partridge. Er würde diesen AUSWEG finden, aber er würde nicht weggehen, bevor er sie alle wieder ausfindig gemacht hätte. Sie kämen nicht davon.

Konnten nicht mal einen Spaß verstehen. Man brauchte nur eine Schaufel voll Schotter in einen Kanalschacht zu schmeißen, und schon drehten sie völlig durch. Es war nicht seine Schuld, daß er dabei über die Katze gestolpert war. Er wußte, daß er das Tier nicht hätte erschlagen dürfen, aber er war erzürnt gewesen. Dann hatte Partridge versucht, ihn in einen Ringkampf zu verwickeln; später behauptete er, er hätte sich nur bemüht, ihn ›zurückzuhalten‹. Es hatte nicht lange gedauert, bis Partridge ebenfalls wütend und aufgebracht war, denn bei seinem Kampf mit Steven fiel ihm ein Heftchen aus der Hosentasche und landete auf dem Fußsteig des Schachtes, und die anderen Männer hoben es auf und sahen, daß es ein ganz scharfes Heftchen war, und sie lachten und schrien und trieben ihre Späße mit Partridge; Partridge versuchte, Steven zu Boden zu ringen, doch Steven hatte sich befreit und zog dem anderen Mann eins mit der Schaufel über, die immer noch blutig war, weil er damit die Katze in Stücke gehackt hatte, und schließlich, als das Heftchen bereits in Fetzen zerfleddert war, weil die anderen Männer so sehr daran herumgezerrt hatten, und als Partridge benommen auf dem Fußsteig in das Blut der Katze gestürzt und fast in den Kanal abgerutscht wäre, hatte Dan Ashton ernüchtert gesagt, daß genug genug sei und daß sie am besten Mr. Smith, den Bauaufseher, holen sollten, weil es so nicht weitergehen könne. Sie brachten die Arbeit nicht zu Ende.

Das Ganze war schrecklich primitiv, doch je mehr er darüber nachdachte, abgesehen davon, daß es eine Katastrophe war, war das Verlassen der Straßenbaufirma eindeutig ein Schritt nach vorn. So toll war der Job sowieso nicht gewesen; am Anfang hatte es sich für ihn so angehört, als ob er dabei viel unterwegs wäre, aber so war es ganz und gar nicht.

Bestimmt würde er später noch in die Kneipe gehen, beschloß er. Es war ein Tag zum Feiern. Aus zweierlei Gründen, rief er sich ins Gedächtnis. Nicht, daß es besonders viel bedeutete, denn wenn man genauer darüber nachdachte, war das eigentlich kein Grund zum Feiern, aber heute, am 28. Juni, hatte er Geburtstag.

Er blieb stehen, natürlich neben einem Auto, und betrachtete sein Spiegelbild in einer Schaufensterscheibe. Er war groß und dünn. Er hatte ziemlich langes, schütteres dunkles Haar, das er nicht häufig genug wusch. Es kräuselte sich strähnig unter seinem roten Sicherheitshelm hervor. Seine Hose war eine Idee zu kurz und enthüllte purpurfarbene Nylonsocken und die teergefleckten Saharastiefel. Sein Hemd mit dem Paisley-Muster paßte nicht allzu gut zu dem grauschleierigen C&A-Pullover, den er statt einer Jacke trug, und er wußte, daß er dreckige Fingernägel hatte. Aber das war eine hervorragende Verkleidung, sagte er sich selbst. Großartige KRIEGER vermieden es stets, allzuviel Aufmerksamkeit auf sich zu lenken, solang sie versuchten, sich einen AUSWEG aus ihrer Strafzeit in *dem* Krieg schlechthin auszudenken.

Eine junge Frau, die gerade die weiblichen Schaufensterpuppen des Wäschegeschäftes anzog, in dessen Scheibe Steven im selben Moment starrte, sah ihn mit einem finsteren Stirnrunzeln an und warf ihm einen argwöhnischen, mißbilligenden Blick zu, den er gerade noch rechtzeitig bemerkte, um auf sie aufmerksam zu werden. Dann erst sah er die halbnackten Puppen und ging schnell weiter, noch einmal kräftig durchatmend, bevor er den Schutz eines abgestellten Wagens verließ.

»Allerherzlichsten Glückwunsch«, sagte er zu sich selbst; dann rülpste er plötzlich und legte sich die Hand vor den Mund, während er sich umsah. Was war das, was sie *sagte?*

Eindimensionales Schach

Quiss legt beim obersten Fenster an der Wendeltreppe eine Pause ein. Sein alter Körper, bei all seinem Umfang, seiner stattlichen Größe und der scheinbaren Muskelkraft, war alles andere als gut in Form und auch nicht entsprechend warm. Die kalte Luft der Burg dampfte aus seinem Mund, während er sich ausruhte, um Atem zu holen. Es war dunkel in dem Turmaufgang, denn das einzige Licht kam durch ein kleines offenes Fenster hinter der nächsten Biegung der steilen Treppe. Die dampfenden Schwaden seines Atems wurden zunächst vom Licht von oben eingefangen und dann langsam mit dem Luftzug aus der gleichen Quelle weggezogen. Er fragte sich, ob Ajayi das Spiel wohl schon beendet hatte.

Wahrscheinlich nicht. Pflichtvergessene Frau! Er seufzte und machte sich an den weiteren Aufstieg über die steilen Stufen, wobei er sich mit den Händen an dem dicken, gefrorenen Seil hochhangelte, das außen an der Treppe angebracht war — ein Zugeständnis der Burg an ihre vor langer Zeit vorgebrachte Forderung nach einem Handlauf entlang der oft von Glatteis überzogenen Treppe.

Ajayi war immer noch im Spielzimmer, eingehüllt in ihre Pelze über den kleinen Tisch gebeugt, riesig wie ein Bär, auf einem kleinen Schemel hockend, der fast gänzlich verborgen war unter den Pelzen und Kleidern, die ihr altes Gestell umwallten. Sie blickte nicht auf, als Quiss — heftig keuchend — auf der obersten Stufe der

Treppe erschien und sich einen Weg durch den dürftig beleuchteten Raum bahnte. Sie schien ihn erst zu bemerken, als er näherkam, zu seinem Stuhl ging und sie über den kleinen, vierbeinigen Tisch mit dem dumpf schimmernden roten Edelstein in der Mitte hinweg ansah. Ajayi lächelte und nickte, vielleicht dem Mann, vielleicht auch der schmalen, schwankenden Reihe von Quadraten zu, die über dem kleinen runden Tisch in der Luft zu hängen schien.

Die schmale Reihe der Quadrate — abwechselnd schwarz und weiß, wie winzige getrennte Kacheln aus Schatten und Nebel — verlief über den Tisch und anschließend zu beiden Seiten durch die Luft, überlagerte heruntergefallene Schieferplatten, streifte verrostete Schmiedeeisensäulen und verschwand irgendwo in den gegenüberliegenden Seitenwänden des breiten Spielzimmers. Die flache Schnur von Quadraten flackerte leicht, gerade soviel, um zu zeigen, daß es sich um eine Projektion handelte, nichts Reales; doch obwohl es offensichtlich war, daß die Linie aus Quadraten an sich lediglich ein Bild war, standen auf ihrer Oberfläche anscheinend echte und massive Schachfiguren, die aus schwarzem und weißem Holz geschnitzt waren und auf dieser seltsamen Linie aufgestellt waren wie winzige einsame Wachttürme auf einer karierten Grenzmauer.

Ajayi blickte zögernd zu ihrem Gefährten auf, wobei sich ihr altes, gefurchtes Gesicht allmählich zu einem Lächeln verzog. Quiss sah zu ihr hinunter. Vielleicht hat sie etwas von einem Reptil in sich, dachte er. Vielleicht wird sie bei Kälte träge. Als ob ich nicht schon genug Probleme hätte.

»Na?« sagte die alte Frau.

»Na was?« sagte Quiss, der noch immer nach dem anstrengenden Treppenaufstieg von der unteren Ebene der Burg schwer keuchte. Was fiel ihr ein, *ihm* Fragen zu stellen? Er war der einzige, dem das Fragen zustand. Warum hatten sie das Spiel noch nicht beendet? Warum saß sie denn immer noch da und starrte nur darauf?

»Was haben sie gesagt?« fragte Ajayi nachsichtig und lächelte ein wenig.

»Ach so«, sagte Quiss und schüttelte den mächtigen bärtigen Kopf schnell, als wäre die ganze Angelegenheit von zu geringer Bedeutung, um überhaupt erwähnt zu werden. »Sie sagten, sie würden sehen, was sich machen ließe. Ich habe ihnen angedroht, falls wir nicht bald hier oben mehr Licht und Wärme bekämen, noch ein paar weitere von ihnen in Stücke zu reißen, doch danach haben sie alle nur angefangen, sich blödsinnig zu gebärden, und außerdem werden sie es sowieso schnell wieder vergessen; das ist bei ihnen immer so.«

»Dann hast du also nicht mit dem Majordomus persönlich gesprochen?« sagte Ajayi. Sie hörte sich enttäuscht an, und ein kleines Runzeln kräuselte ihre Stirn.

»Nein, er war zu beschäftigt, hat man mir gesagt. Ich habe nur mit den zwergenhaften Mißgeburten gesprochen.« Quiss ließ sich schwer auf seinen kleinen Stuhl fallen und raffte noch ein paar Felle um sich herum, um sich zu wärmen. Er starrte betrübt den hellen Streifen an, der in der kalten Luft über dem niedrigen Tischchen zu schweben schien. In der Mitte der kunstvoll geschnitzten Oberfläche des Tisches schimmerte der Juwel, der die Farbe von Blut hatte, wie etwas Warmes.

Ajayi deutete auf eine der Schachfiguren — die schwarze Königin — und sagte: »Nun, ich finde, du behandelst sie zu hart. Das ist nicht der richtige Weg, um etwas zu erreichen. Übrigens, ich glaube, das hier ist Schachmatt.«

»Du hast ja keine Ahnung ...«, setzte Quiss an und hielt gleich wieder verdutzt inne, als bei ihm durchgesickert war, was seine Gegenspielerin gesagt hatte. Er legte die Stirn in tiefe Falten und betrachtete die schmale Linie von schwarzen und weißen Feldern, die vor ihm in der Luft hing. »Was?« sagte er.

»Schachmatt«, sagte Ajayi, und ihre alte Stimme klang etwas brüchig und krächzend. »Glaube ich.«

»Wo?« fragte Quiss entrüstet und lehnte sich mit einem Lächeln zurück, das irgend etwas zwischen Verärgerung und Erleichterung ausdrückte. »Das ist erst Schach; ich kann immer noch etwas draus machen. Da.« Er beugte sich schnell vor, griff nach einem weißen Läufer und setzte ihn ein Feld vor, direkt vor seinen König. Ajayi lächelte und schüttelte den Kopf, sie fuhr mit einer Hand zur einen Seite der leuchtenden, projizierten Linie und schien mit etwas Unsichtbarem in der Luft herumzuhantieren. Ein schwarzer Springer erschien, wie aus tiefstem Schatten, an der Oberfläche des unvorstellbar schmalen Brettes. Quiss holte Luft, um etwas zu sagen, doch dann unterdrückte er es.

»Tut mir leid«, sagte Ajayi, »jetzt ist es Matt.« Sie sprach leise, doch gleich darauf wünschte sie sich, sie hätte überhaupt nichts gesagt. Sie runzelte über sich selbst die Stirn, doch Quiss war zu sehr davon in Anspruch genommen, auf das Brett zu starren — wobei er den Blick verzweifelt darüber auf und ab schweifen ließ und nach verwertbaren Figuren suchte, die nicht da waren —, um darauf zu achten, was sie gesagt hatte.

Ajayi schob sich auf ihrem kleinen Schemel zurück und reckte sich. Sie streckte die Arme zur Seite und nach hinten und drückte die Wirbelsäule durch, während sie sich dumpf fragte, warum es für angemessen oder nötig befunden worden war, sie mit derart alten Körpern auszustatten. Vielleicht um den Gedanken der Vergänglichkeit der Zeit, der schlichten Sterblichkeit, im Vordergrund ihres Denkens zu halten. Falls das zutraf, war es eine übertriebene Maßnahme, selbst an diesem seltsamen und einzigartigen Ort, selbst in Anbetracht ihrer merkwürdigen frostigen Umgebung (wie die Burg, so waren auch sie gefroren; doch während die Burg langsam zerbröselte, verharrten sie in ihrem Zustand, nur ihre Hoffnungen, ihre Aussichten zerfielen). Sie stand mit steifen Gliedern vom Tisch auf, mit einem letzten Blick auf den Mann mit der finsteren Miene, der versuchte, einen Ausweg aus seiner hoffnungslosen Situation zu finden, dann ging sie, ein wenig humpelnd, über den verkratzten Glasboden des Raums in die grelle Eisigkeit des Balkons hinaus.

Sie lehnte sich schlaff gegen den viereckigen Stützbalken in der Mitte der Reihe von Säulen, die das Zimmer von der Veranda trennten, und blickte in die schneebedeckte Weite.

Eine glatte Ebene aus Weiß erstreckte sich bis zum fernen Horizont, und nur schwächste Abstufungen des Lichts deuteten eine Abwechslung in dem fast toten flachen Land an. Sie wußte, wenn sie sich nach rechts über den Balkon hinauslehnte (was sie nicht gern tat, da sie etwas unter Höhenangst litt), könnte sie den Steinbruch sehen sowie den Anfang der schmalen, ebenfalls schneebedeckten und baumlosen Kette von kümmerlichen Hügeln. Sie hatte keine Lust, sich hinauszulehnen. Sie spürte kein sonderlich starkes Verlangen, die Hügel oder den Steinbruch zu sehen.

»Aaah!« brüllte Quiss hinter ihr, und sie drehte sich gerade noch rechtzeitig um, um zu sehen, wie er in einer Geste voller Wut und Enttäuschung mit dem Arm über die Oberfläche des schmalen künstlichen Schachbretts fuhr. Schachfiguren purzelten von dem Brett, erloschen jedoch im selben Moment, in dem sie unter die Ebene des Bretts fielen, wie hinter einem unsichtbaren Schlagbaum verschwunden. Mit Ausnahme von ein paar Läufern, die sofort zu nichts wurden, sobald sie das Brett selbst verlassen hatten. Das Brett flackerte etwa zwei Sekunden lang, dann verblaßte es allmählich, bis es ebenfalls ganz verschwunden war, und Quiss blieb zurück, wütend den kleinen Holztisch anstarrend. Der schwache Schimmer des Juwels in der Mitte der filigran geschnitzten Oberfläche wurde dunkler, erlosch.

Ajayi hob die Augenbrauen und wartete darauf, daß

der Mann sie ansehen würde, was er aber nicht tat; er saß einfach da, den Oberkörper nach vorn geneigt, einen Ellbogen aufs Knie gestützt, das behaarte Kinn in eine Hand gelegt. »Scheißblöde Läufer«, sagte er schließlich. Er blickte finster auf den Tisch.

»Nun«, sagte Ajayi, während sie den offenen Durchgang zum Balkon verließ, nachdem ein leichter Wind aufgekommen war und ein kleines Schneegestöber um ihre mit Stiefeln bekleideten Füße verursacht hatte, »wenigstens ist das Spiel jetzt vorbei.«

»Ich dachte, wir hätten ein Patt.« Quiss schien zu dem Tisch zu sprechen, nicht zu seiner Gegenspielerin. »Wir hätten eine Vereinbarung getroffen.«

»Auf diese Weise ging es schneller.« Ajayi setzte sich auf den kleinen Schemel auf der anderen Seite des Tisches. Diffuses Licht von der Decke glitt über das geschnitzte Holz, das Quiss immer noch anstarrte. Ajayi sah ihrem Gefährten in der düsteren Beleuchtung ins Gesicht. Quiss hatte ein breites, dunkelgraues Gesicht, zum größten Teil bedeckt mit schwarz und weiß gescheckτem Haar. Seine Augen waren klein und gelb, eingebettet in ein Netzwerk aus tiefen Falten, die strahlenförmig von den Augen ausgingen wie Wellen in einem kleinen stillen Teich. Er sah sie immer noch nicht an, deshalb schüttelte sie langsam den Kopf, entmutigt, und ließ den Blick durch den Raum schweifen.

Er war lang und breit und sehr dunkel, mit vielen Säulen. Das meiste Licht fiel durch die Öffnungen zum Balkon herein. Es hätte eigentlich Licht von oben und unten scheinen sollen, doch tatsächlich kam von dort fast nichts, und das war zum einen Teil der Grund dafür, neben der Tatsache, daß es entschieden kälter war, als es hätte sein dürfen, daß Quiss vor ungefähr einer Stunde aufgebrochen war, um jemanden von der Dienerschaft der Burg zu finden. Er hätte höflich um etwas mehr Hitzezufuhr für ihre Etage bitten sollen, doch nach dem, was er berichtet hatte, hatte Ajayi den Verdacht, daß er sich wieder auf seine polternde und drohende Art benommen hatte. Sie wäre lieber selbst gegangen, aber ihr Bein war zur Zeit besonders steif und schmerzte, und sie war nicht sicher, ob sie den Ab- und Aufstieg über die Treppe geschafft hätte.

Sie sah zur Decke hoch, wo eine von den vielen seltsamen Säulen des Raums in dem flachen, dicken blaßgrünen Glas verlief. Eine einzelne geschlängelte Welle, die milchiges Licht verströmte, bewegte sich in dem kalten trüben Wasser über ihnen.

Es war eine der vielen Eigenarten der Burg, daß die Innenbeleuchtung mittels verschiedener Sorten leuchtender Fische erzeugt wurde.

»Wo ist die Glocke?« fragte Quiss plötzlich, wobei er sich im Sitzen aufrichtete und sich im Raum umsah. Er stand so schnell von seinem Sitz auf, wie es ihm die dikken Pelze und seine alten Muskeln erlaubten, stieß mit dem Fuß einige Schieferplatten und Bücher, die ihm im Weg lagen, über den Glasboden und machte sich an die Untersuchung einer einige Meter entfernten Stützstrebe. »Sie haben sie wieder verschoben«, murmelte er. Er fing an, einige der näheren Stützen und Säulen zu begutachten, wobei bei jedem seiner Schritte seine Stiefel über die Glasfliesen scharrten. »Aha«, sagte er, als er fast außer Sicht war, nicht weit weg von der schmalen Wendeltreppe, über die er ein paar Minuten zuvor in den Raum gekommen war. Ajayi hörte ein entferntes knarrendes Geräusch, als Quiss an der Glockenkette zog.

Ajayi hob eine kleine, dünne Schieferplatte vom Boden am Fuße der Stütze hinter ihr auf. Sie drehte die Platte nach allen Richtungen um und versuchte die sonderbaren Zeichen zu entziffern, die in die schwarz-grüne Oberfläche eingeritzt waren, und fragte sich beiläufig, von welchem Teil der Wand die Schieferplatte wohl abgefallen sein mochte. Gleichzeitig rieb sie sich den Rücken, weil ihr das Bücken bis zum Boden weh tat.

Quiss kam zum Tisch zurück, wobei er den Umweg

an einem zweiten kleinen, aber immerhin etwas größeren Tisch auf der anderen Seite des Raums vorbei machte, wo einige schmutzige Tassen und gesprungene Gläser in einem kleinen Becken unter einem tropfenden Wasserhahn standen. Der Wasserhahn war angeschlossen an ein leicht verbogenes Stück Rohr, das aus einer anscheinend aus fest zusammengepreßtem Papier bestehenden Wand herauskam. Quiss goß sich ein Glas Wasser ein und trank es in einem Zug leer.

Als er wieder beim Spieltisch angekommen war, setzte er sich auf seinen Stuhl mit der geraden Rückenlehne und schaute zu Ajayi hinüber, die die Schiefertafel, die sie so eingehend betrachtet hatte, aus der Hand legte. »Natürlich funktioniert das verdammte Ding wahrscheinlich nicht«, sagte Quiss mürrisch. Ajayi hob die Schultern. Sie raffte die Pelze fester um sich zusammen. Der Wind heulte durch das Balkonfenster.

Die Burg hatte zwei Namen, was ihrer zweifachen Besitzerschaft angemessen war. Die Seite, der Quiss angehörte, nannte sie Burg Türen, Ajayis Seite hatte sie Vermächtnisburg getauft. Keiner der beiden Namen schien einen Sinn zu ergeben. Soweit sie wußten, war sie das einzige, was es hier gab, wo immer ›hier‹ sein mochte. Alles andere war Schnee; die weiße Ebene.

Sie waren hier schon ... sie wußten nicht, seit wie langer Zeit. Quiss hatte sich als erster an diesem Ort wiedergefunden, und nach einer Weile, als ihm klar geworden war, daß es weder Nacht noch Tag gab, sondern nur das ewig gleiche fahle, öde Licht vor den Fenstern, hatte er angefangen, eine Strichliste darüber zu führen, wie oft er schlief. Die Striche waren in den Boden einer kleinen Zelle eingeritzt, die in einem Seitenflur jenseits des Spielzimmers lag, seines Schlafzimmers. Es waren jetzt bereits annähernd fünfhundert Kratzer in dem Glasboden.

Eines Nachts tauchte Ajayi auf, scheinbar auf einem der hohen, flachen, mit Geröll übersäten Dächer der

Burg abgesetzt; damals hatte Quiss gerade dreiundachtzig Kratzer gemacht. Sie waren am nächsten ›Tag‹ aufeinandergestoßen und entzückt, sich gefunden zu haben. Quiss hatte sich einsam gefühlt, solange er nur die scheue und zwergenhafte Dienerschaft der Burg zur Gesellschaft gehabt hatte, und Ajayi war froh, jemanden gefunden zu haben, der sich in dem kalten, abweisenden Koloß aus Stein, Eisen, Glas, Schiefer und Papier, der die Burg war, bereits auskannte.

Sie hatten nicht lange gebraucht, um herauszufinden, daß sie aus unterschiedlichen Lagern in den Therapeutischen Kriegen stammten, aber das hatte nur zu kleineren Reibereien geführt. Sie hatten beide von diesem Ort gehört, sie wußten beide, warum sie hier waren. Sie wußten beide, was sie zu tun hatten und wie schwer die Flucht sein würde; sie wußten, daß sie einander brauchten.

Sie hatten jeweils auf ihrer Seite der Kriege einen Kreis von Förderern (es war übrigens natürlich kein Krieg zwischen Gut und Böse, wie Nichtbeteiligte jeder Gattung immer annahmen, sondern zwischen Banal und Interessant), und es wurden große Dinge von ihnen erwartet, die sie nach Abschluß ihrer Ausbildung und Schulung vollbringen sollten. Doch sie hatten beide etwas Törichtes gemacht, etwas, das ihre Eignung für den Aufstieg in einen höheren Rang grundsätzlich in Frage stellte, und jetzt waren sie hier, in der Burg, mit einem Problem, das gelöst werden mußte, und Spielen, die gespielt werden mußten; man hatte ihnen eine letzte Chance gegeben, eine Langzeitbehandlung, was eine unglaublich harte Methode war.

Und eine unglaubliche Kulisse.

Welcher seltsame Achitekt hatte dieses Bauwerk konstruiert? Ajayi ertappte sich oft dabei, daß sie darüber nachdachte. Die Burg, die sich auf einem einsamen Felsenbuckel erhob, war zum Großteil aus Büchern gebaut. Die Wände bestanden auf den ersten Blick überwiegend aus Schiefer, anscheinend ganz normalem gemasertem Gestein, das durch einen vollkommen üblichen physikalischen Prozeß der Schwemmlandverschiebung entstanden war. Doch wenn man einen der Schieferblöcke aus der Burgwand herauslöste — ein leichtes Unterfangen, da die Burg ohnehin allmählich zerbröselte — und die Schichten abspaltete, wurde auf jeder dieser so entstehenden Flächen eine Vielzahl von eingekerbten und eingeritzten Zeichen freigelegt, angeordnet in Reihen und Spalten, einwandfrei mit Wortzwischenräumen und Zeilenabständen und etwas, das wie eine Interpunktion aussah. Quiss hatte bereits einen beträchtlichen Teil der Burg auseinandergenommen, bis er zum erstenmal diese Entdeckung machte und nicht glauben wollte, daß die Steine, jeder einzelne, all die Zehntausende von Kubikmeter, aus denen die Burg zusammengesetzt sein mußte, all diese Tonnen von Gestein tatsächlich bis zum letzten Fleck voll waren mit versteckten, nicht entzifferbaren Schriftzeichen. Der Trupp einfältiger Maurer und Bauhandwerker, die an der Burg arbeiteten, waren immer noch damit beschäftigt, den Schaden zu beheben, den der alte Mann angerichtet hatte, indem er die Wände eingerissen hatte, um zu beweisen, daß diese verborgenen Zeichen die spezielle Abart einer Schrift waren und nicht — was sie tatsächlich waren — etwas, das man überall fand. Das verursachte viel Geschimpfe und Beschwerden, da die Maurer auf dem Standpunkt standen, sie fochten ohnehin einen aussichtslosen Kampf gegen den sich beschleunigenden Verfall der Burg, ohne daß ihnen die Gäste die Arbeit auch noch erschwerten.

»Sie haben gerufen?« krächzte ein dünnes Stimmchen. Ajayi schaute zur Tür der Wendeltreppe, in der Erwartung, einen Diener zu sehen, doch die Stimme war von hinten gekommen, und sie sah, daß Quiss' Gesicht rot anlief, seine Augen groß wurden und die Falten darum herum sich noch weiter ausbreiteten.

»Verpiß dich!« schrie er über Ajayis Schulter in Richtung Balkon. Die Frau drehte sich um und erblickte die rote Krähe, die auf dem Geländer hockte, mit den Flügeln schlug wie ein Mensch, der sich warm halten will, und mit seitlich geneigtem Kopf zu ihnen hereinsah. Ein Auge, das wie ein kleiner schwarzer Knopf glänzte, war fest auf sie geheftet.

»Ihr habt also das Spiel aufgegeben?« krächzte die rote Krähe. »Ich hätte euch gleich sagen können, daß die Schlesische Verteidigung im eindimensionalen Schach nicht funktioniert. Wo habt ihr gelernt zu ...?«

Quiss stand schwankend auf und wäre beinahe gefallen; er hob ein flaches Stück Schiefer vom Boden auf und schleuderte es in Richtung der roten Krähe, die aufkreischte und aus der Wurfbahn hüpfte; sie breitete die Flügel aus, ließ sich fallen und entschwebte in die kalte, klare Luft unterhalb des Balkons, wobei ihr letzter Schrei noch kurz nachhallte, wie Gelächter. Das Schieferstück, das Quiss geworfen hatte, segelte durch die Balkontür hinaus, dem Vogel hinterher, eine steinerne Nachahmung seines Fluges. »Lästiges Pack!« fauchte Quiss und setzte sich wieder.

Die Dohlen und Krähen, die in den zerfallenden hohen Türmen der Burg hausten, konnten sprechen; sie waren mit den Stimmen von Quiss' und Ajayis jeweiligen Widersachern, untreuen Geliebten und verhaßten Vorgesetzten ausgestattet. Von Zeit zu Zeit erschienen sie und peinigten das alte Paar, indem sie sie an ihr vergangenes Leben, ihr Versagen und ihre Fehler erinnerten, aufgrund deren sie in diese Burg gebracht worden waren (obwohl sie nie Einzelheiten preisgaben — so daß Quiss und Ajayi niemals voneinander erfuhren, was der andere getan hatte, um zu rechtfertigen, daß man ihn hierhergeschickt hatte; Ajayi hatte vorgeschlagen, sie sollten ihre Geschichten austauschen, aber Quiss hatte abgelehnt). Die rote Krähe war die bösartigste und giftigste und im Quälen von beiden Teilen des alten Paares gleichermaßen erfolgreich. Quiss ließ sich leichter reizen, deshalb neigte er dazu, mehr als gerechterweise angemessen gewesen wäre, unter den Schmähungen des Vogels zu leiden. Manchmal zitterte er ebenso vor Wut wie vor Kälte.

Es war kalt, weil irgend etwas im Heizungsraum der Burg nicht in Ordnung war. Das ganze Heißwassersystem war defekt, bedurfte der Reparatur. Eigentlich hätte warmes Wasser unter und über jedem Geschoß zirkulieren sollen. Im Spielzimmer, das von Säulen aus Schiefer und Eisen gestützt wurde, hielt ein Raster von Eisenstreben die niedrige Glasdecke. In dem Glas war Wasser, etwa einen halben Meter hoch, leicht flockiges, salzig-trübes Wasser, das die Boiler warm halten sollten. Das gleiche galt für das Glas des Fußbodens, ein weiterer halber Meter Wasser befand sich unter den durchsichtigen Fliesen, die den Boden bildeten, blubbernd unter der zerkratzten Oberfläche und um die Schieferpodeste herum, auf denen die Stützstreben standen. Längliche gelatineartige Luftblasen bewegten sich wie blasse Amöben unter dem unechten Eis des Glases.

Leuchtfische lebten in dem Salzwasser. Sie schwammen wie lange, gummiartige Lichtstreifen durch die sanfte Strömung des Wassers und tauchten die Räume, Flure und Türme der Burg in ein allgegenwärtiges seidiges Licht, in dem sich Entfernungen oft schlecht abschätzen ließen und das der Luft ein dickes Aussehen verlieh. Am Anfang, als Ajayi angekommen war, war das Spielzimmer gerade recht gewesen, durch die zirkulierende warme Flüssigkeit darüber und darunter auf einer gleichbleibenden angenehmen Temperatur gehalten und außerdem von einem wohltuenden Licht durchflutet, dank der Fische. Das merkwürdige System funktionierte allem Anschein nach.

Doch jetzt war etwas damit nicht in Ordnung, und die meisten Fische hatten sich in die noch wärmeren Gefilde der unteren Burggeschosse zurückgezogen. Der mit einem schwarzen Kapuzenumhang bekleidete Majordomus der Burg hatte bei früherer Gelegenheit ein finsteres Gesicht aufgesetzt, wenn Quiss ihn in der Küche erwischt und gefragt hatte, was los sei und was er dagegen zu tun beabsichtige. Er brachte fadenscheinige Ausflüchte hervor und erzählte etwas von der Korrosionswirkung von Salzwasser und wie es den Rohren schadete und überhaupt wäre Material heutzutage so schwer zu bekommen — wann ist *heutzutage*, hatte sich Quiss aufbrausend erkundigt. Es gab doch nur einen einzigen Tag, nicht wahr, oder hatten sie hier Tage, die einfach sehr, sehr lang waren? Daraufhin war der Majordomus verstummt und hatte sein mageres graues Gesicht wieder in der Kapuze seines Umhangs versinken lassen, während der riesige Mensch vor ihm stand und ihn angaffte und vor hilflosem Zorn bebte.

Die Zeit war ein weiteres Problem auf Burg Türen. Sie verging schneller, je näher man einer Uhr kam. Je weiter weg von einem Zeitmesser man sich befand, desto träger schleppte sie sich nicht nur scheinbar, sondern tatsächlich dahin. Die Uhren in der Burg waren nicht von der Stelle zu bewegen, und außerdem verwunschen; manchmal gingen sie schneller, manchmal langsamer. Irgendwo tief unten im wärmeren Bereich der Burg war ein riesiger Uhrmechanismus vergraben, ein gewaltiges Gebilde mit knarrenden Zahnrädern und Zapfen, das alle Zeiger auf den Zifferblättern im ganzen baufälligen Burggehäuse antrieb. In den Wänden verborgene Kurbelwellen übertrugen die Kraft von der Hauptmaschine auf die einzelnen Uhrwerke, an manchen Stellen polternd, an anderen quietschend und überall Öl verlierend.

Das Öl vermischte sich mit dem warmen Salzwasser, das an vielen Stellen aus der Decke sickerte, und das war einer der Gründe, warum sie um so etwas wie ein Geländer entlang der schmalen Wendeltreppe gebeten hatten. Der Geruch nach Öl und Salzlauge durchdrang die Burg und weckte in Ajayi die Erinnerung an alte Häfen und Schiffe.

Warum die Zeit schneller verging, wenn man in die Nähe einer Uhr kam, wußten sie nicht, und auch keiner der Bediensteten und Hausbesorger der Burg hatte eine Erklärung dafür. Quiss und Ajayi hatten Experimente durchgeführt, indem sie identische Kerzen gleichzeitig angezündet hatten, eine ganz in der Nähe eines Uhrwerks, die andere mitten im Zimmer, wo sie selbst sich befanden; die Kerze in der Nähe der Uhr brannte beinahe zweimal so schnell ab. Sie hatten einige ungenaue Formeln aufgestellt, aufgrund deren sie diesen Effekt ausnützen wollten, um die empfundene Zeit, die sie brauchten, um die ihnen auferlegten Spiele zu spielen, zu verkürzen, doch die Burguhren, oder die Burg selbst, waren nicht zur Kooperation bereit gewesen. Sobald der Spieltisch in die Nähe einer Uhr getragen wurde, funktionierte er nicht mehr; der rote Juwel in der Mitte schimmerte nicht mehr, die Projektion des Bretts und der Figuren verschwand. Doch damit nicht genug — auch die einzelnen Uhrwerke waren verwunschen; oft wurden sie einfach langsamer, und die Zeit verging um so schleppender, je näher man ihnen kam.

Was immer es war, das die Größe der vergehenden Zeit beeinflußte, es schien dem umgekehrten Gesetz der Quadratpotenz zu gehorchen, da das Phänomen offenbar durch jedes einzelne Zifferblatt erzielt wurde, während gleichzeitig eine allgemeinere Wirkung von dem gewaltigen Hauptmechanismus ausging, der irgendwo in einem der vielen unteren Geschosse der Burg vergraben war und dort unten alles viel schneller ablaufen ließ.

Der chaotische Küchentrakt, in dem der Majordomus sein Büro hatte und wo riesige Mengen von Essen ständig unter Bedingungen äußersten Wirrwarrs, unerträglichen Lärms und größter Hitze zubereitet wurden, schien der am schlimmste betroffene Ort überhaupt zu sein. Ajayi stiegen die Küchengerüche aus Quiss' zerlumpten Pelzen in die Nase, während sie dasaßen und warteten.

»Aha, hier sind Sie also«, sagte eine dünne Stimme. Ajayi blickte auf, Quiss wandte sich um, und dort, auf der obersten Stufe der Wendeltreppe, stand ein Diener. Der Diener war klein, ungefähr halb so hoch wie einer der beiden Menschen. Er war bekleidet mit einer Art schäbiger grauer Soutane, die mit einer roten Schnur in der Taille zusammengerafft wurde. Die Soutane hatte eine dünne Kapuze, die mit etwas, das wie die Krempe eines alten, abgetragenen roten Hutes aussah, auf dem Kopf des Dieners festgehalten wurde; sie war tief heruntergedrückt, und die Spitze der Kapuze sah oben heraus, wo der Hutdeckel hätte sein sollen. Das Gesicht des Dieners war hinter einer jener Masken aus Pappmaché verborgen, wie sie von allen Bediensteten und Hausbesorgern getragen wurden. Die Maske war mit einem Ausdruck tiefster Traurigkeit versehen.

»Na ja, besser spät als gar nicht«, schimpfte Quiss.

»Tut mir unendlich leid«, quiekte das Dienerlein, während es näher heranschlurfte. Kleine rote Stiefel, ziemlich glänzend, blitzten unter dem Saum der Soutane auf, wenn es sich bewegte. Es blieb kurz vor dem Tisch stehen und verbeugte sich, wobei es die kleinen, in Handschuhen steckenden Hände jeweils in den gegenüberliegenden Ärmelaufschlag des Gewandes schob. »Sie haben das Spiel also beendet? Sehr gut. Wer hat gewonnen?«

»Das kann dir egal sein, wer gewonnen hat«, kläffte Quiss ihn an. »Du weißt, warum wir dich gerufen haben, nicht wahr?«

»Ja, ich glaube schon.« Das Dienerlein nickte, doch seine piepsende Stimme war keineswegs so sicher, wie es den Worten angemessen gewesen wäre. »Sie haben eine Antwort, ist es das?« Es zog leicht die Schultern hoch oder senkte den Kopf ein wenig, als ob es befürchtete, geschlagen zu werden, falls seine Vermutung sich als falsch erweisen würde.

»Wir haben eine Antwort, in der Tat«, sagte Quiss höhnisch. Er warf Ajayi einen Blick zu, die ihn ihrerseits anlächelte und eine Handbewegung in Richtung des kleinen Dieners machte. Quiss räusperte sich und beugte sich zu der schmächtigen Gestalt vor, die wegschrumpfte, ohne eigentlich einen Schritt zurück getan zu haben. »Also«, fuhr Quiss fort, »die Antwort auf die Frage ist: Man kann nicht beides in ein und demselben Universum haben. Hast du das begriffen?«

»Ja«, nickte das Dienerlein. »Ja, ich glaube, ich habe es begriffen: ›Man kann nicht beides in ein und demselben Universum haben.‹ Sehr gut. Sehr logisch. So hörte es sich für mich an. *Ich* habe das auch schon gedacht. Das hört sich ...«

»Es kümmert uns einen *Dreck*, was du auch schon gedacht hast«, unterbrach ihn Quiss, wobei er die Zähne bleckte und sich noch weiter zu dem Dienerlein vorbeugte — das noch mal um so viel zurückschrumpfte, daß Ajayi das sichere Gefühl hatte, es würde das Gleichgewicht verlieren und nach hinten fallen. »Tu, was du zu tun hast, und laß uns sehen, ob wir aus diesem Drecksloch herauskommen können.«

»Wie Sie meinen, richtig, ja, es wird geschehen, es wird geschehen«, sagte das kleine Wesen und wich zurück, halb nickend, halb sich verneigend, während es rückwärts zur Wendeltreppe ging. Es stolperte über ein Buch und wäre fast hinuntergesegelt, doch es gelang ihm, aufrecht zu bleiben. Es drehte sich um und entfernte sich hastig in die Dunkelheit. Sie hörten, wie seine tippelnden Schritte in der Ferne verhallten.

»Hmm«, sagte Ajayi. »Ich möchte wissen, was er vorhat, wohin er geht.«

»Wen interessiert das, solang es sich um die richtige Antwort handelt«, erwiderte Quiss, schüttelte den Kopf und kratzte sich dann am Kinn. Er wandte sich zu der Stelle um, wo sich die Tür zur Dunkelheit der Wendeltreppe öffnete. »Ich möchte wetten, der kleine Idiot vergißt sie.«

»Ach, das glaube ich nicht«, widersprach Ajayi.

»Nun, ich schon. Vielleicht sollten wir ihm folgen. Herausfinden, wohin er geht. Vielleicht sind wir in der Lage, diesen ganzen lächerlichen Vorgang abzukürzen.« Er drehte sich um und sah voller Erwartung Ajayi an, die ihn mit einem Stirnrunzeln bedachte und sagte:

»Ich glaube *nicht,* daß das eine gute Idee ist.«

»Wahrscheinlich stellt sich heraus, daß es etwas wirklich Einfaches ist.«

»Hast du Lust, darauf zu wetten?« fragte Ajayi. Quiss öffnete den Mund, um zu sprechen, doch dann überlegte er es sich anders. Er räusperte sich statt dessen und fuhr mit einem fleischigen, gelbgrauen Stummelfinger einen Teil des Musters auf der Oberfläche des kleinen Holztisches zwischen ihnen nach. Ajayi sagte: »Vielleicht könnten wir einfach eins von den Wesen fragen. Frag das von vorhin, wenn es zurückkommt; hören wir mal, was es sagt. Vielleicht verrät es uns etwas.«

»Wir dürften es eigentlich überhaupt nicht nötig haben, es etwas zu fragen. Nicht, wenn das die richtige Antwort ist«, sagte Quiss und sah die alte Frau an. »Es war deine Antwort, erinnerst du dich?«

»Ich erinnere mich«, sagte Ajayi. »Die nächste kann deine sein, wenn diese nicht stimmt, aber wir sind übereingekommen, es so zu halten; es war nur ein glücklicher Zufall, daß meine die erste ist. So haben wir es vereinbart, erinnerst du dich?«

»*Das* war auch deine Idee«, sagte Quiss, ohne sie anzusehen; statt dessen hielt er den Blick weiterhin gesenkt und betrachtete seinen Finger, der über das eingekerbte Muster auf dem Tisch fuhr.

»Fang jetzt bloß nicht mit irgendwelchen Beschuldigungen an, mehr verlange ich nicht«, sagte Ajayi.

»Das tue ich doch gar nicht.« Quiss riß die Augen auf und streckte die Hände nach oben aus, und seine Stimme klang plötzlich wie ein trotziges hohes Nachmaulen, so daß er Ajayi wie ein sehr großes Kleinkind vorkam. »Es wird aber lange dauern bis wir wieder mal eine Chance bekommen, ist es nicht so?«

»So sind die Dinge nun mal vorgesehen«, sagte Ajayi. »Ich kann nichts dafür.«

»Ich habe doch nicht gesagt, daß du etwas dafür kannst, oder?« sagte Quiss.

Ajayi ließ sich im Sitzen nach hinten sinken und zog die Handschuhe wieder an. Sie sah zweifelnd zu dem Mann auf der anderen Seite des Tisches hinüber. »Na gut«, sagte sie.

Sie hatten fast zweihundertundfünfzig von Quiss' Tagen gebraucht, um zu entdecken, welcher Weg hinausführte. Sie mußten eine einzige Frage beantworten. Doch zuvor mußten sie eine Reihe von merkwürdigen Spielen spielen, für eins nach dem anderen die Regeln erarbeiten und jedes bis zu einem endgültigen Schluß spielen, ohne Betrügereien oder Absprachen. Am Ende jedes Spiels hatten sie eine Chance, und wirklich nur eine einzige Chance, das Rätsel zu lösen, das ihnen gestellt worden war. Dies war ihr erstes Spiel, ihr erster Versuch, die Frage zu beantworten. Eindimensionales Schach war gar nicht so schwer gewesen, nachdem sie sich einmal die Regeln erarbeitet hatten, und jetzt wurde ihre erste Antwort weitergeleitet oder überbracht oder vorgetragen — was auch immer —, und zwar von dem winzigen Dienerlein mit den kleinen roten Stiefeln.

Die Frage, die sie beantworten mußten, war ziemlich leicht, und der Majordomus hatte ihnen verraten, daß *ihm* gesagt worden sei, daß es sich um eine empirische Frage handle, und nicht etwa um eine rein theoretische, obwohl er außerdem zugegeben hatte, daß er das kaum glauben konnte, da selbst die geheimnisvollen Kräfte und Mächte, die die Drahtzieher in den Kriegen waren, nicht die Herrschaft besaßen über das Absolute ... Die Frage lautete: Was geschieht, wenn eine unaufhaltsame Kraft auf einen unbeweglichen Gegenstand trifft?

So einfach. Nichts Komplizierteres oder Beschränkteres; nur das. Ajayi hielt es anfangs für einen Witz, doch bis jetzt hatten alle Bewohner der Burg, alle Hausbesorger und Diener, die zwei oder drei untergeordneten Gestalten, die sie noch entdeckt hatten, der Majordomus selbst und sogar die stets zu unerträglichen Späßen aufgelegten Dohlen und Krähen, die die zerfallenden oberen Stockwerke mit Beschlag belegt hatten, die Frage mit uneingeschränktem Ernst behandelt. Das war ein echtes Prüfungsrätsel, und wenn sie die richtige Antwort fänden, würden sie aus der Burg entkommen, würden dieser Vorhölle entfliehen und ihre Pflichten und Aufgaben in den Therapeutischen Kriegen wieder wahrnehmen können, von aller Schuld entlastet.

Oder sie könnten sich umbringen. Das war eine unausgesprochene Alternative (oder zumindest von allen unausgesprochen mit Ausnahme der roten Krähe, die frohgemut dieses Thema bei jedem dritten oder vierten Besuch wieder aufbrachte), die den einfachsten Ausweg bedeutete. Der Sturz vom Balkon des Spielzimmers war lang; die Burgapotheke hielt eine Reihe von tödlichen Giften und Tinkturen bereit; es gäbe Wege aus der Burg hinaus, einen oder zwei Hinterausgänge, und einen schmalen, gewundenen Pfad durch die lockeren Steine und das bröselnde Mauerwerk, die rings um das Burgfundament wie Steinschlag herabfielen, und anschließend einen langen kalten Marsch durch die verschneite Stille ...

Es hatte Zeiten gegeben, da hatte Ajayi diesen Ausweg in Betracht gezogen; nicht als reizvolle Möglichkeit für den Augenblick, sondern für den Fall, daß keine Hoffnung mehr bestünde — irgendwann in weiter Zukunft. Doch selbst mit diesem Gedanken im Kopf fiel es ihr schwer sich vorzustellen, daß sie jemals so verzweifelt sein könnte. Die Zeit mußte sich noch eine ganze Weile länger hinschleppen, als sie es bis jetzt getan hatte, sie müßte dieses alten, zeit-gefrorenen Körpers noch viel überdrüssiger sein, bevor Selbstmord eine echte Alternative wäre. Und übrigens, wenn sie wegginge, wäre Quiss vollkommen verlassen. Die Selbstzerstörung eines der beiden Partner bedeutete, daß die Spiele nicht fortgeführt werden konnten. Der andere konnte nicht allein weiterspielen oder jemand anderes als Gegenspieler finden, und wenn die Spiele nicht gespielt und zu einem Ende gebracht werden würden, konnte das Rätsel nicht gelöst werden.

»Ähm ... Entschuldigung ...« Sie drehten sich beide gleichzeitig um und blickten zur Tür der Wendeltreppe, wo der kleine Diener um eine Ecke lugte, während der größte Teil seines Körpers in der dichten Dunkelheit dahinter verborgen war.

»Was ist?« sagte Quiss.

»Ähm ... Entschuldigung ...«, wiederholte das Dienerlein mit dünner Stimme.

»Hä?« schrie Quiss in veränderter Tonlage. Ajayi holte tief Luft und ließ sich auf dem Schemel zurücksinken. Sie hatte die Botschaft vernommen. Sie vermutete, daß Quiss sie ebenfalls vernommen hatte und es sich selbst nicht eingestehen wollte. »Heraus mit der Sprache, du Mißgeburt!« brüllte Quiss.

»Das war es nicht«, sagte das Dienerlein, das in der Tür stehengeblieben war. Seine Stimme war immer noch dünn; Ajayi merkte, daß sie aufmerksam lauschte, um sich seine zaghaften Worte nicht entgehen zu lassen. »Das war nicht die richtige Antwort. Es tut mir außerordentlich ...«

»Lügner!« Quiss sprang von seinem Sitz auf, bebend vor Zorn. Der Diener zuckte zusammen und machte sich auf und davon. Ajayi seufzte. Sie sah zu Quiss auf, der mit geballten Fäusten dastand und zu der leeren Türöffnung auf der anderen Seite hinstarrte. Er drehte sich ruckartig zu ihr um, wobei seine Pelzfetzen um ihn herumwirbelten, und sah sie an. »Es war Ihre Antwort, meine Dame«, schrie er sie an. »*Ihre* Antwort, vergessen Sie das nicht!«

»Quiss«, begann sie leise. Er schüttelte den Kopf, stieß den kleinen Stuhl beiseite, auf dem er gesessen hatte, und schritt über den knirschenden, knarrenden Glasboden in Richtung seiner persönlichen Gemächer. Bevor er das Spielzimmer verließ und den kurzen Flur betrat, der zu seinen Räumen führte, blieb er vor einer Seitenwand des Zimmers stehen, wo die konventionelleren Bücher aus Papier und Pappe das Schiefermaterial der Burg auskleideten — der schwache Versuch einer Isolation, den der Hausmeister unternommen hatte. Quiss klammerte sich an der Wand fest, riß die verblaßten, vergilbten Bücher davon ab, warf sie hinter sich wie ein Hund, der ein Loch in Sand gräbt, und blökte dazu etwas Unverständliches, während er die ganze Wandverkleidung abriß und zerfledderte und den grünschwarzen Schiefer bloßlegte, der unter den davonflatternden Buchseiten zum Vorschein kam. Die Papierfetzen schwebten wie großflockiger, schmutziger Schnee auf den verschmierten Glasboden.

Quiss stürmte davon, knallte irgendwo eine Tür zu, und Ajayi blieb allein zurück. Sie ging hinüber, wo die soeben geschändeten Bücher überall auf dem Boden verstreut lagen, und wühlte mit der Zehenspitze ihres Stiefels darin herum. Einige der Sprachen kannte sie, so glaubte sie zumindest (das war in dem diffusen Licht schwer zu sagen, und ihre Glieder waren zu steif, als daß sie sich die Mühe machen wollte, sich zu bücken), und einige erkannte sie nicht.

Sie ließ die Seiten liegen, eindimensionale Flocken, die den dreckigen Boden bedeckten, und stellte sich wieder ans Balkonfenster.

Abgehoben gegen das unendliche, einheitliche Weiß der Ebene flog eine Schar dunkler Vögel. Der ewig gleiche Himmel blickte herab, nichtssagend und vergeßbar und grau, unveränderlich.

»Und nun?« fragte sie sich leise. Sie zitterte und schlug die Arme fest um sich. Ihre kurzen Haare wollten einfach nicht länger wachsen, und ihre Pelze hatten keine Kapuze. Sie fror an den Ohren. Was als nächstes kam, das wußten sie bereits vom Majordomus der Burg, war etwas, das sich ›Ohne Plan — Fertig — Los‹ nannte. Gott mochte wissen wie lange sie brauchten, um sich damit vertraut zu machen und es zu spielen, vorausgesetzt, Quiss kam von seiner Schmolltour zurück. Der Majordomus hatte etwas davon gemurmelt, daß das nächste Spiel dem eigentlichen Krieg am nächsten käme, was Ajayi von vornherein ängstigte. Das hörte sich fürchterlich kompliziert an, und langwierig.

Sie hatte den Majordomus gefragt, woher die Ideen zu diesen seltsamen Spielen stammten. Er hatte geantwortet, von einem Ort, der Das Auserwählte der Burg sei, und hatte angedeutet — so war es ihr vorgekommen —, daß es einen bestimmten Weg gäbe, um zu diesem Ort zu gelangen, hatte sich aber geweigert, Genaueres preiszugeben. Ajayi hatte versucht, die Bekanntschaft mit dem Majordomus zu pflegen (wenn ihr schmerzendes Bein und ihr steifer Rücken ihr erlaubten, daß sie sich in die unteren Stockwerke hinunterbegab, wo er für gewöhnlich zu finden war), wohingegen Quiss immer mehr versuchte, ihn einzuschüchtern. Direkt nach seiner Ankunft hatte der Mann versucht, Informationen über Fluchtmöglichkeiten gewaltsam aus einem der Bediensteten herauszuquetschen. Das hatte natürlich nicht funktioniert, sondern nur die anderen verschreckt.

Ajayis Magen knurrte. Es mußte bald Essenszeit sein. Bald würden Diener zum Servieren erscheinen, sofern sie nicht durch Quiss' schlechte Laune allzu verängstigt waren. Verdammt sollte dieser Mann sein!

Ohne Plan — Fertig — Los!, dachte sie, und erschauderte erneut.

»Du wirst dein blaues Wunder erleben«, krächzte eine Dohle im Kreuzflug, die mit schwarzen Flügeln vorbeischwebte und die Stimme eines früheren Geliebten gebrauchte, an den sie sich voller Bitterkeit erinnerte.

»Oh, halt den Schnabel!« murmelte sie und ging wieder ins Zimmer.

TEIL ZWEI

Rosebery Avenue

Auf der Brücke, über die die Rosebery Avenue über die Warner Street hinwegführte, roch es nach Farbe. Schwarzer Staub lag auf dem Pflaster und sammelte sich in den Zwischenräumen des mit einer Grundierung versehenen Brückengeländers. Graham hoffte, daß sie die Brücke geschmackvoll streichen würden. Er blickte in die Gondel des Hängegerüstes, das die Maler benutzten, um die Außenseite des Geländers zu streichen, und sah ein altes Radio, das so mit Farbe bekleckert war, daß es als Kunstwerk hätte ausgestellt werden können. Der Mann in der Hängegondel pfiff vor sich hin und wickelte ein Stück Seil auf.

Graham empfand eine merkwürdige Befriedigung darüber, daß das Leben um ihn herum auf diese Weise ablief, er kam sich beinah allzu selbstgefällig vor, weil er an den Leuten vorbeiging und sie ihn keines zweiten Blickes würdigten, jedenfalls nicht mehr, seit er Slater losgeworden war. Er war wie eine lebenswichtige Zelle im Blutstrom der Stadt; klein, aber von großer Bedeutung; der Träger einer Botschaft, ein Ausgangspunkt des Wachstums und der Veränderung.

Sie würde jetzt auf ihn warten, sich zurechtmachen, sich vielleicht in diesem Moment erst anziehen oder noch baden oder duschen. Jetzt endlich kamen die Dinge ins Lot, die schlechten Zeiten waren vorbei, Stock war weit abgeschlagen. Er war am Zug, seine Stunde war gekommen.

Er fragte sich, was sie jetzt von ihm halten mochte.

Als sie sich zum erstenmal begegnet waren, hatte sie ihn komisch gefunden, vermutete er, wenn auch ganz lieb. Inzwischen hatte sie Zeit gehabt, ihn besser kennenzulernen, auch andere Seiten an ihm zu sehen. Vielleicht liebte sie ihn. Er glaubte, sie zu lieben. Er konnte sich vorstellen, mit ihr zusammenzuleben, sie sogar zu heiraten. Er könnte den Lebensunterhalt als Künstler verdienen — wahrscheinlich zunächst als Gebrauchsgrafiker oder so, bis sein Name bekannt wäre —, und sie könnte ... tun, was sie wollte.

Zu seiner Linken waren mehrere Bauten, helle Gewerbe- und Industriegebäude mit Wohnungen obendrauf. Vor dem Eingang von etwas, das sich Wells Workshop nannte, stand am Bordstein ein großer amerikanischer Sportwagen. Es war ein Trans Am. Graham runzelte die Stirn, als er an ihm vorbeiging, einerseits über seine Reifen mit den schreiend weißen Buchstaben darauf sowie die ganze auffällige Gestaltung, aber andererseits auch, weil er ihn an etwas erinnerte, etwas das mit Slater zu tun hatte und sogar auch mit Sara.

Dann fiel es ihm wieder ein; passenderweise war es auf der Party gewesen, bei der Slater Graham und Sara miteinander bekanntgemacht hatte. Es erheiterte Graham, wie der Zufall so spielte.

Der Geruch von neuen Schuhen aus einer anderen Werkstatt stieg ihm in die Nase, während er zu der alten, stehengebliebenen Uhr hochblickte, die vom ersten Stockwerk über den Gehsteig hinausragte, mit Zifferblättern auf beiden Seiten, die Zeiger bei zwanzig nach zwei erstarrt (er sah auf seine Armbanduhr; es war in Wirklichkeit drei Uhr neunundvierzig). Graham lächelte und rief sich jenen Abend ins Gedächtnis, als Slater einen weiteren von seinen Knüllern zum besten gegeben hatte, den er ebenfalls niemals zu Papier bringen würde.

»Also gut. Es ist Science Fiction. Es gibt da dieses ...«

»O *nein*«, sagte Graham. Sie standen am Kaminsims

im vorderen Zimmer von Martin Hunters großem Haus in Gospel Oak. Mr. Hunter — für seine Studenten war er Martin — war einer der Dozenten an der Kunstschule und gab seine traditionell verspätete Weihnachtsparty, und zwar im Januar. Slater war eingeladen gewesen, und er hatte Graham zum Mitkommen überredet, indem er ihm versicherte, daß man ihm bestimmt nicht die Tür vor der Nase zuschlagen würde. Sie brachten einen Karton Wein mit, den sie gemeinsam gekauft hatten, und tranken den roten *Vin de table* aus Halbliter-Plastikbechern. Abgesehen von etwas salzigem Knoblauchbrot hatte keiner von ihnen während der vorhergehenden Stunden etwas gegessen, und obwohl die Party noch gar nicht richtig im Gange war, spürten sie beide bereits die Wirkung des Alkohols.

Aus dem angrenzenden Eßzimmer dröhnte laute Musik herüber; dort waren die Teppiche zusammengerollt worden, damit die Leute tanzen konnten. Die meisten der Gäste im Wohnzimmer saßen auf Couches oder Knautschsesseln. Martin Hunters eigene Werke, große, grelle Gemälde auf grober Leinwand, die aussahen wie Nahaufnahmen von Minestrone-Suppen, gesehen unter dem Einfluß einer stark halluzinogenen Droge, prangten an den Wänden.

»Hör doch mal zu! Es gibt da dieses Häuflein von seltsam aussehenden Außerirdischen mit dem Namen Sproati, und sie beschließen eine Invasion auf der Erde ...«

»Ich glaube, das ist nichts Neues«, sagte Graham und nahm einen Schluck. Slater sah ihn empört an.

»Laß mich doch mal ausreden!« ereiferte er sich. Er trug ein Paar graue Schuhe, eine weiße Schlabberhose und etwas, das wie eine rote Smokingjacke aussah. Er nahm ebenfalls einen Schluck und fuhr fort: »Okay, sie führen also eine Invasion auf der Erde durch, aber sie machen es als Steuerhinterziehung, so daß ...«

»Als *Steuerhinterziehung?*« wiederholte Graham, wobei er sich vorbeugte und Slater in die Augen sah. Slater kicherte.

»Yeah, sie müssen soundsoviel Zeit des galaktischen Jahres außerhalb der Milchstraße verbringen, sonst knöpft ihnen das galaktische Finanzamt eine Riesensumme für ihr Giga-Guthaben ab; aber anstatt die hohen Kosten für eine intergalaktische Reise zu bezahlen, planen sie, vorübergehend irgendwo auf einem abgelegenen Planeten unterzuschlüpfen, der noch *innerhalb* der Milchstraße liegt, und sich dort zu verstecken, verstehst du? Aber: Etwas läuft schief. Sie kommen mit einem Raumschiff an, das als Boeing 747 getarnt ist, damit die Einheimischen nicht gleich von Anfang an Verdacht schöpfen, aber als sie in London Heathrow landen, ist ihr Gepäck verlorengegangen; all ihre schweren Waffen geraten nach Miami und werden mit dem Gepäck eines Psychiaters durcheinandergebracht, der an einem internationalen Symposium zum Thema ›Der Anal-Komplex nach dem Tode‹ teilnimmt. Und dann übernehmen die Freudianer mit Hilfe der High-Tech-Waffen die Macht. Die Sproati werden allesamt von der britischen Einwanderungsbehörde festgenommen; wegen einer falschen Anzeige auf einem Spektrografen während der Planung ihrer Operation haben sie alle zuviel Bräunungspillen geschluckt und sind fast schwarz geworden. Normalerweise sind sie hellblau. Einer …«

»Wie sehen sie sonst aus?« unterbrach ihn Graham. Slater machte ein verdutztes Gesicht, dann wischte er die Frage mit einer Bewegung seiner freien Hand beiseite.

»Das weiß ich nicht. Annähernd humanoid, nehme ich an. Jedenfalls, einer von ihnen entkommt und richtet sich in einer verlassenen, aber noch funktionierenden Autowaschanlage in Hayes, Middlesex, häuslich ein, während die übrigen in den Zellen des Internierungslagers an Hunger sterben.«

»Für eine eigene Rasse scheint ihre Zahl ziemlich klein gewesen zu sein …«, brummte Graham in sein Glas.

»Sie sind sehr *scheu*«, zischte Slater. »Wirst du jetzt endlich mal den *Mund halten?* Dieser eine Sproati — nennen wir ihn mal Gloppo ...«

Ein paar Mädchen kamen aus dem Flur ins Zimmer. Graham kannte sie vom Sehen und wußte, daß sie an der Kunstschule studierten; sie unterhielten sich und lachten. Er beobachtete sie, um festzustellen, ob sie zu ihm und Slater herübersähen, was sie aber nicht taten. Er hatte zum erstenmal seine neue schwarze Cordhose an (ein Weihnachtsgeschenk von seiner Mutter; er hatte ihr gesagt, was sie kaufen sollte, da sie im Begriff war, ihm *Leuchtfarben-Jeans* auszusuchen!), und er fand, daß er ziemlich gut aussah mit dem schneeweißen Hemd, einem schwarzen Jackett, weißen Turnschuhen und dem leicht aufgehellten dunklen Haar.

»He, starr die Weiber nicht so an, sondern paß auf, was ich erzähle; du kannst mir doch *folgen,* oder nicht?« Slater schob sein Gesicht dicht vor Grahams, indem er sich am Kaminsims vorbeugte.

Graham zuckte die Achseln, betrachtete den Rotwein in seinem Becher und sagte: »Ich weiß nicht, ob ich folgen kann, ich habe eher das Gefühl, *ver*folgt zu werden.«

»Ach, wie ungeheuer witzig!« Slater lächelte gekünstelt. »Jedenfalls pflanzt Gloppo der Autowaschanlage ein Gehirn ein, damit er es mit ihr treiben kann — stell dir vor, mit all den Bürsten und Rollen und der Schaum und das ganze Zeug —, während in Florida die Freudianer die Zügel immer mehr straffen; sie verbieten alle Phallussymbole, einschließlich Schalthebel, Jumbojets, Unterseeboote, Raketen und Fernlenkgeschosse. Motorräder dürfen nur noch im Damensitze gefahren werden, und jede Art von Laster ist absolut verpönt: zusammengeklappte Schirme, Stretch-Jeans und Netzstrümpfe sind verboten; bei Zuwiderhandlung bekommt man als Strafe einen Sony-Walkman dauerhaft an den Schädel geklebt, und darin läuft eine Endloskassette mit Barry

Manilows Größten Hits ... außer bei Barry-Manilow-Fans, die bekommen statt dessen John Cage.«

»Und was ist«, sagte Graham und bohrte einen Finger in Richtung Slater in die Luft, der die Lippen kräuselte und mit dem Fuß ungeduldig auf die Umrandung des Kamins klopfte, »mit Leuten, die Barry Manilow *und* John Cage mögen?«

Slater verdrehte die Augen. »Hier handelt es sich um Science Fiction, Graham, nicht um Monty Pyton. Jedenfalls kommt Gloppo dahinter, daß ihn die Autowaschanlage in seiner Abwesenheit mit einem metallic-blauen Trans Am betrogen hat ...«

»Ich dachte, das wäre eine Fluggesellschaft.«

»Es ist eine Automarke. Sei jetzt still! Gloppo entdeckt, daß der Trans Am sich in die Waschanlage reingeschoben hat ...«

»Und die Waschanlage hat den Wagen gewichst«, kicherte Graham.

»*Halt den Mund!* Gloppo stellt der treulosen Waschanlage den Strom ab. Und dann ...«

Inzwischen waren noch mehr Menschen in den Raum gekommen; Gruppen von Männern und Frauen, die meisten davon junge Leute in seinem Alter, die herumstanden und sich unterhielten und lachten und tranken. Die beiden Mädchen, die ihm zuvor aufgefallen waren, standen jetzt mit einigen anderen Mädchen zusammen und unterhielten sich. Graham hoffte, ihnen möge klar sein, daß er, nur weil er mit Slater zusammenstand und mit ihm sprach, keineswegs auch schwul war. Er blickte nach hinten und nickte zustimmend, als Slater, der schnell redete und mit den Armen herumfuchtelte und dessen Augen glänzten, offenbar allmählich zum Ende der Geschichte kam.

»... hat eine Scheißangst, weil er in winzige Teilchen zerstäubt werden soll, die noch kleiner und noch radioaktiver als Ronald Reagans Gehirn sind, und er geht aufs Klo; durch puren Zufall verhärtet sich die Kacke, die er abgibt, in der eisigen Kälte des äußeren Raums, und das Verfolgungsraumschiff prallt etwa mit halber Lichtgeschwindigkeit darauf und wird vollkommen zerstört.

Gloppo und sein Gespons entdecken unterdessen die Freuden des oralen Sex, und die Freudianer jagen die Welt in die Luft, aber das wäre sowieso geschehen, und unsere beiden Helden leben ziemlich vergnügt bis in alle Ewigkeit weiter.« Slater grinste breit, holte japsend Luft und nahm dann einen tiefen Schluck. »Was hältst du davon? Gut, was?«

»Na ja ...«, sagte Graham und blickte zur Zimmerdecke.

»Nicht so zickig, junger Schnösel. Es ist wahnsinnig gut, gib's ruhig zu.«

»Du hast dieses Buch gelesen«, sagte Graham. »Du weißt schon, das Buch von diesem Typen ...«

»Scharfsinnig wie immer, Graham. Was für ein bissiger Geist; gradlinig bis in die Haarspitzen. Ich stehe ehrfürchtig vor dir.«

»Du weißt, welches ich meine«, sagte Graham, wobei er hinuntersah auf die eingegrenzte Feuerstelle des Kamins und mit den Fingern schnippte. »Das auch im Fernsehen gezeigt worden ist ...«

»Aha, wir kommen der Sache schon näher«, sagte Slater mit einem nachdenklichen Nicken. Er nahm noch mal einen tiefen Schluck.

»Darin wurde ebenfalls die Erde in die Luft gejagt ... ähm ...« Graham schnippte weiterhin mit den Fingern. Slater schwieg einen Moment lang, während er mißbilligend Grahams schnippende Finger anstarrte, und sagte dann erschöpft:

»Graham, jetzt konzentrier dich entweder darauf, daß dir der Titel des Buches einfällt, über das du redest, oder widme deine ungeteilten Kräfte dem Unterfangen, die Bedienung zu rufen; ich bin nicht überzeugt, daß du genug RAM besitzt, um beides gleichzeitig zu schaffen.«

»›Per Anhalter durch das Universum!‹« rief Graham aus.

»›... durch die Galaxis‹« berichtigte ihn Slater mißmutig.

»Nun, jedenfalls erinnert es daran.«

»Überhaupt nicht. Du erkennst einfach ein wahres Talent nicht, wenn es dir begegnet.«

»Oh, ich weiß nicht ...« Graham grinste und blickte hinüber zu den beiden Kunststudentinnen, die jetzt auf der anderen Seite des Raums am Boden saßen und sich unterhielten. Slater schlug sich gegen die Stirn.

»Du denkst mal wieder mit deinen Geschlechtsdrüsen! Es ist zum Weinen! Hier stehe ich, ganz zu deiner Verfügung; begabt, gutaussehend, liebenswert und leidenschaftlich, und du kannst nichts anderes tun als zu ein paar hirnlosen Glucken hinüberzugaffen.«

»Nicht so laut, du Idiot!« schalt Graham, der sich ein wenig betrunken fühlte, Slater. »Sie werden dich hören.« Er nahm einen Schluck und sah den anderen jungen Mann an. »Und erzähl mir nicht andauernd, wie großartig du bist. Das kann ganz schön langweilig werden, weißt du. Ich habe dir doch schon hundertmal gesagt, daß ich nicht schwul bin.«

»Mein Gott«, hauchte Slater und schüttelte den Kopf. »Hast du denn *gar* keinen Ehrgeiz im Leib?«

Heute, an diesem Junitag, mußte Graham bei der Erinnerung daran lächeln. Es wäre auf jeden Fall eine schöne Party gewesen, auch wenn er Sara nicht kennengelernt hätte, dachte er. Die Leute waren freundlich, es gab genug zu essen, wenn sie Lust darauf gehabt hätten, und soweit er es beurteilen konnte, waren etliche ungebundene junge Mädchen da. Er hatte erwogen, die eine der beiden — die attraktivere —, die während Slaters Monolog den Raum betreten hatten, zum Tanzen aufzufordern, obwohl Slater ihm so eindringlich erklärt hatte, wie begehrenswert Richard Slater sei.

Es war komisch, dachte Graham; die Party schien so lange zurückzuliegen, und doch war die Erinnerung daran viel frischer und wirklicher für ihn als an Dinge, die sich erst letzte Woche zugetragen hatten. Er holte tief Luft, als er daran dachte, während er an Arbeitern der Verteilerpost von Mount Pleasant vorbeiging, die vor einem kleinen Café herumstanden und redeten. Ein großer roter italienischer Wagen war am Bordstein geparkt. Slater hätte er gefallen. Graham lächelte und überquerte die Straße zum Verteilerpostamt, den Geruch des frischen Anstrichs in der Nase.

Slater hatte Sara an der Zimmertür stehen sehen. Sein Gesicht strahlte auf, er stellte den Plastikbecher auf den Kaminsims. »Sara, mein Liebling!« rief er aus; er ging durch eine Gruppe von anderen Leuten auf sie zu und nahm sie in die Arme. Sie ging nicht darauf ein, doch als Slater zurückwich, war ihr Gesicht von einem sanften Lächeln überzogen. Graham starrte zu ihnen hinüber und merkte, daß die Augen der Frau für einen Moment in seine Richtung flackerten. Slater geleitete sie an den anderen Leuten vorbei und zum Kaminsims, wo Graham stand. Er fühlte sich wie gelähmt. Die Leute ringsum redeten immer noch, plapperten leicht dahin. Hatte im ganzen Raum niemand außer ihm sie *gesehen?*

Sie war schlank, ziemlich groß. Ihre Haare waren schwarz und üppig und zerzaust, als wäre sie soeben aus dem Bett gekommen und hätte es nicht gebürstet. Ihr Gesicht wie auch die übrige ihrer sichtbaren Haut war weiß. Sie trug ein schwarzes Kleid, ein altes Ding aus stellenweise brüchiger Spitze, das sie umhüllte wie schwarzer Schaum. Über dem dünnen Kleid trug sie eine grellfarbene, vor allem in Rot gehaltene, wattierte chinesische Jacke; sie schien in der gedämpften Beleuchtung zu glitzern. Eine schwarze Strumpfhose, schwarze flache Schuhe.

Sie zog sich beim Herankommen die Handschuhe

aus. Der obere Teil ihrer Brust, die das schwarze Kleid eine Handbreit entblößte, zeigte ein seltsames weißes Mal, wie eine Art von ausgefranstem breiten Halsband, das lose auf ihren Schultern lag. Als sie näher gekommen war, erkannte er, daß es eine Narbe und das Narbengewebe noch weißer als die Haut ringsum war. Ihre Augen waren schwarz, weitaufgerissen wie in anhaltendem Staunen, die Haut von ihren äußeren Winkeln bis zu den Ohren straff. Ihre Lippen waren blaß und eigentlich zu voll für ihren kleinen Mund, wie ausgeblutet, aber geschwollen. Noch nie in seinem Leben hatte er etwas so Schönes gesehen; sofort, in weniger Zeit, als sie brauchte, um von der einen Seite des Raums zur anderen zu gehen, wußte er, daß er sie liebte.

»Dies hier ist das kleine Unschuldslamm, das ich seit einiger Zeit zu verführen versuche, Sara«, sagte Slater, wobei er Graham mit einer graziösen Handdrehung vorstellte. »Mr. Graham Park, dies ist Mrs. Sara ffitch. So ziemlich das Phantastischste und Eleganteste, das Shorpshire hervorgebracht hat seit … nun, seit mir.«

Sie blieb vor ihm stehen, den Kopf leicht gesenkt. Sein Herz klopfte wie verrückt. Bestimmt zitterte er. Sie sah Slater durch das schwarze Gespinst ihrer Haare an; jetzt neigte sich ihr Kopf, sie wandte ihm das Gesicht zu, streckte die zarte Hand aus. Eine Mrs.! Sie war also verheiratet. Er konnte es nicht glauben. Einen winzigen Augenblick lang, in einer irreduziblen Endgröße der Sehnsucht, hatte er das Aufwallen eines Gefühls, eines Verlangens in sich gespürt, dessen er sich niemals für fähig gehalten hätte, doch gleich darauf hatte dieser winzige Informationsschnipsel, hatten diese wenigen Buchstaben seine Hoffnung verzischen lassen wie eine billige Glühbirne. (Im Sommer vor zwei Jahren, als er mit einem Schulkameraden, zu dem er seither keinen Kontakt mehr hatte, in Griechenland Urlaub gemacht hatte, war er bei sengender Hitze in einem überfüllten, kleinen heruntergekommenen Eisenbahnzug aus Athen kommend durch eine ausgedorrte flache Landschaft gefahren. Flecken mit Obstbäumen und dorniges Gestrüpp zogen eintönig vor dem Fenster vorbei. Die holpernden und rumpelnden Eisenbahnwagen waren vollgestopft mit Rucksacktouristen und schwarzgekleideten griechischen Frauen mit Hühnern. Plötzlich rief sein Freund Dave: »Sieh mal!«, und als er sich umwandte, erhaschte er einen ganz kurzen Blick auf die Meerenge von Korinth: ein unvermittelter tiefer Einschnitt in der Landschaft, blau glitzernd in der Tiefe, ein Schiff weit unten, unergründlich viel Licht und Luft. Dann beherrschte die öde Ebene wieder das Bild.)

»Hallo«, sagte sie, und ihre Augen, die in die seinen geblickt hatten, wanderten hinunter zu ihrer Hand, die sie ihm ausgestreckt hinhielt. Ihm entging nicht, daß Slater tief Luft holte und den Kopf zurückwarf, wie er es immer zu tun pflegte, wenn er die Augen verdrehte, doch bevor Slater etwas sagen konnte, nickte Graham schnell, nahm den Weinbecher in die andere Hand und ergriff die zarte Hand der Frau, um sie formell zu schütteln.

»Ähm... Hallo.« Ihre Hand war kalt. Wie alt mochte sie sein? Mitte Zwanzig? Er ließ ihre Hand los. Sie sah ihn unverwandt an. Selbst ihre Figur war gut; am liebsten hätte er geweint oder sie sich über die Schulter geworfen, um mit ihr davonzulaufen. Was war sie? Wie konnte sie so etwas mit ihm machen? Und immer noch sah sie ihn an. Solche ruhigen, unbeirrbaren Augen, in denen Iris und Pupillen beinah eins waren! Die tiefdunklen Augenbrauen bildeten Bögen wie vollkommene mathematische Kurven. Er konnte sie riechen; eine kalte, scharfe, entfernte Art von Moschus, wie ein Fenster auf einen Fichtenwald.

»Mach dir keine Sorgen«, sagte sie und lächelte ihn an, »Richard hat nicht viel über dich erzählt.« Sie warf dem anderen jungen Mann einen Blick zu, der seinen Becher wieder in die Hand genommen hatte und Sara und Graham mit einem Schmunzeln, ja sogar fast mit einem dreckigen Feixen beobachtete. Er zuckte die Achseln.

»Dich hat er nicht einmal« — Graham schluckte und versuchte, sich nicht allzu verstört anzuhören — *»erwähnt.«* Darüber lächelte sie, erst an ihn gerichtet, dann an Slater. Sie stopfte die schwarzen Handschuhe in eine Tasche ihrer wattierten Jacke.

»Nun«, sagte sie und blickte die beiden abwechselnd an, um dann den Kopf zu heben und Graham direkt anzusehen, »wenn ich vielleicht so kühn sein dürfte, Jungs — wie wär's mit was zu trinken? Ich wollte eigentlich selbst etwas mitbringen, aber ich habe die Flasche in die falsche Manteltasche gesteckt, und dann ist sie durch ein Loch im Futter gefallen und kaputtgegangen.« Ihre Augenbrauen hoben sich plötzlich. Slater lachte.

»Was für eine geniale Geschichte, Sara. Ich bin sicher, keinem von uns würde es etwas ausmachen, wenn du einfach gar nichts mitgebracht hättest.« Er wandte sich an Graham. »Bedenke, Sara kleidet sich im frühen Oxfam-Stil, also spricht sie womöglich die Wahrheit.« Er sah die Frau an, klopfte ihr auf die Schulter und stellte seinen Becher wieder auf dem Kaminsims ab. »Gestatten Sie, Madam.« Er entfernte sich durch die inzwischen dicht gedrängt stehenden Gruppen, die den Weg zur Tür fast vollkommen blockierten. Plötzlich wurde Graham bewußt, wie voll der Raum war und wie heiß es wurde. Jetzt, nachdem Slater gegangen war, war er jedoch mit ihr allein. Sie bückte sich, hob einen Fuß hoch und nestelte an einem ihrer Schuhbänder herum, bis sie das Gleichgewicht verlor und gegen ihn kippte. Er streckte eine Hand aus; sie streckte ihrerseits ebenfalls eine aus und ergriff seinen Unterarm; dann sah sie kurz auf und gab einen Laut von sich, der »Danke« hätte bedeuten können, bevor sie sich wieder ihrem Schuhband widmete.

Er konnte nicht glauben, daß ihm dies widerfuhr. Er spürte tatsächlich ein Kribbeln, wo sie ihn berührte.

Sein Herz schien in irgendeinem riesigen, trockenen Raum zu schlagen, einer widerhallenden Höhle. Sein Mund war ausgetrocknet. Sie ließ seinen Arm los, hob den Schuh hoch, den sie mittlerweile ausgezogen hatte, zeigte ihn ihm und lächelte. Und wie sie lächelte! »Schau mal«, sagte sie. »Siehst du das? Wein.«

Er stieß ein kurzes sprödes Lachen aus — mehr brachte er nicht zustande —, und betrachtete den kleinen schwarzen Schuh. Die Stundenglasform des weißen Lederfutters, von der Zehenspitze zum flachen Absatz hin geneigt, wies rote Flecken auf und sah immer noch feucht aus. Sie hielt ihn ihm noch näher hin und senkte den Kopf, als ob sie schüchtern wäre. »Hier, riech mal, wenn du es ertragen kannst.« Ihre Stimme war tief, etwas heiser.

Er gab sich alle Mühe zu lachen und sagte vergnügt, den Kopf senkend und von einer Seite zur anderen schwenkend, wobei ihm qualvoll bewußt war, wie albern er aussehen mußte: »Jo, sieht für mich wie Wein aus.«

Panik packte ihn. Ihm fiel absolut nichts ein, was er zu ihr hätte sagen können. Er ertappte sich dabei, daß er sich suchend nach Slater umsah, während sie eine Hand auf den Kaminsims legte, wieder in ihren Schuh schlüpfte und das Band zuknüpfte. Über den Köpfen der Leute erschien ein Weinkarton in der Tür. Er sah erleichtert zu, wie er näherkam.

»Aha ... dort kommt etwas zu trinken für dich, glaube ich«, sagte er mit einem Kopfnicken zu Slater hin, der sich einen Weg durch die Menge bahnte und den Weinkarton und ein Glas, das er ebenfalls mitbrachte, senkte; er lächelte, als er Sara und Graham sah.

»Ich habe Graham bewiesen, daß ich wirklich Wein dabei hatte und daß er mir heruntergefallen ist«, sagte Sara, als Slater, der sich kurz umdrehte, um jemanden zu grüßen, an dem er gerade vorbeigekommen war, zu ihnen trat. Er stellte den Weinkarton auf den weißen Kaminsims, hielt das frische Glas unter den kleinen Hahn und füllte es fast bis zum Rand.

»So so. Ich vermute, er zeigte sich angemessen beeindruckt.«

»Überwältigt«, sagte Graham nervös und wünschte im gleichen Moment, er hätte das Wort wieder zurückschlucken können. Doch keiner der anderen schien etwas dabei zu finden. Doch er fühlte sich wahrhaftig überwältigt und konnte nicht glauben, daß das nicht für jeden einzelnen der Anwesenden offensichtlich sein mußte. Er nahm seinen großen Plastikschwenkbecher wieder zur Hand und nippte am Wein, wobei er Sara über die Trinktülle hinweg ansah.

»Nun, Sara«, sagte Slater und stützte sich mit einem Ellbogen auf das Holz des schulterhohen Kaminsimses, während er die hellhäutige Frau anlächelte. »Wie geht es uns denn so? Was macht unsere gute alte Heimatstadt?« Slater meinte Shrewsbury, wenn sich Graham richtig erinnerte. Slater sah Graham an. »Sara und ich wohnten eine Zeitlang direkt nebeneinander. Ich glaube, daß unsere jeweiligen Eltern uns irgendwann einmal füreinander ausgesucht hatten, natürlich ohne jemals ausdrücklich darüber zu sprechen.« Slater seufzte und musterte Sara von oben bis unten. Grahams Herz oder seine Eingeweide oder irgend etwas tief in seinem Innern schmerzte, als Slater fortfuhr: »Für mich kam das selbstverständlich nicht in Frage, obwohl ich, wenn ich mir Sara so ansehe, manchmal fast wünschte, lesbisch zu sein.«

Graham lachte und verbiß sich das Lachen sofort wieder, als er fand, er lachte zu ausgiebig. Er versteckte sich wieder hinter dem Weinbecher und führte die Lippen zu der Flüssigkeit, ohne jedoch zu trinken, trotz seiner ausgetrockneten Kehle; er würde sonst zu betrunken werden. Er *konnte* sich in Gegenwart dieser Frau nicht blamieren. War sie so alt, wie er geschätzt hatte? Hatte Slater es ernst gemeint, daß sie so etwas wie eine Sandkastenliebe verband, oder lagen sie lediglich vom Alter her nah genug beieinander, daß ihre Eltern auf die Idee hätten kommen können ...? Er schüttelte kurz den Kopf und versuchte, ihn klarzubekommen. Der Raum kam ihm plötzlich stickig und eng vor. Er wurde von Platzangst befallen. Irgendwo im Haus ertönte ein Schrei; das allgemeine Stimmengewirr verstummte für einen kurzen Augenblick, und er spürte, wie sich alle Köpfe der offenen Tür zuwandten, die aus dem Raum führte.

»Das, so vermute ich, ist Hunter«, sagte Slater gleichgültig und winkte mit der Hand ab. »Seine Vorstellung von einer gelungenen Partyeinlage ist es, seine Frau so lang zu kitzeln, bis sie sich in die Hose pinkelt. Entschuldigung Sara, ich habe dich unterbrochen ...«

»Macht nichts«, sagte sie. »Ich wollte nur sagen, daß es langweilig und unerfreulich ist. Ich hasse den Winter hier.«

»Dann bleibst du also hier«, sagte Slater. Die Frau nickte.

»Ich ... ich bin vorübergehend in Veronicas Wohnung untergekommen, während sie in den Vereinigten Staaten ist.« Er glaubte einen merkwürdigen Unterton in ihrer Stimme zu hören.

»Ach du liebe Zeit, diese entsetzliche Wohnung in Islington.« Slater machte ein mitleidiges Gesicht. »Du Arme.«

»Es ist besser als das, wo ich vorher war«, sagte sie ruhig. Sie war weitgehend von ihm abgewandt; er konnte gerade noch die Wölbung ihrer Wange und die Linie ihrer Nase sehen, und während er sie beobachtete, neigte sie sehr leicht den Kopf, und ihre Stimme nahm wieder einen veränderten Klang an. Slater machte leise: »tzztzz« vor sich hin und blickte in seinen Becher.

»Dann hast du ihn also endlich verlassen?« sagte Slater, und Graham spürte, wie seine Augen groß wurden und sich auf die straff gespannte Haut vor ihren Ohren und das eingefrorene Lächeln hefteten, das er auf ihrem

Gesicht zu sehen glaubte. Verlassen? Getrennt? Er betrachtete sie aufmerksam, dann Slater, und versuchte, kein so großes Interesse zu zeigen, wie er es empfand. Sie senkte den Blick, sah in ihr Glas. Sie hatte nicht viel getrunken.

»Endlich«, sagte sie und hob das Gesicht, wobei sie nicht verneinend, sondern eher trotzig den Kopf schüttelte, so daß das zerzauste schwarze Haar wippte.

»Und der andere?« sagte Slater. Seine Stimme klang jetzt kalt, sein Ausdruck war absichtlich nichtssagend. Seine Augen wirkten irgendwie verhüllt, und für einen kurzen Moment glichen sie den ihren. Graham merkte, wie er sich vorbeugte, damit ihm ihre Antwort nicht entginge. Hatte sie angefangen zu sprechen? Sie beide hatten die Stimmen gesenkt; sie hatten eigentlich nicht die Absicht, ihn an dem Gespräch zu beteiligen, und im Raum war es allgemein recht laut; Leute lachten und riefen sich Dinge zu, und die Musik nebenan war noch lauter aufgedreht worden.

»Ich möchte nicht darüber sprechen, okay, Richard?« sagte sie, und in Grahams Ohren klang ihre Stimme verletzt. Sie wandte sich ruckartig ab von Slater und nahm einen tiefen Schluck aus ihrem Glas. Sie sah Graham an, ohne zu lächeln, dann zitterten ihre Lippen, und ein kleines Lächeln umspielte sie.

Park, du Idiot, schalt sich Graham selbst, du starrst diese Frau an, als wäre sie ET. Reiß dich mal zusammen! Er erwiderte ihr Lächeln. Slater kicherte kurz, dann erklärte er Graham: »Die arme Sara hat einen Kerl geheiratet, der so stillos war, Geschäftsführer einer Kanalisationsfirma zu werden. Ich habe ihr gesagt, jetzt, nachdem sie ihn verlassen hat und sein Privatleben so aus den Fugen geraten ist, macht er vielleicht das, was diese Managertypen unter solchen Umständen normalerweise tun, und ertränkt sich in seiner Arbeit.«

Graham setzte zu einem Lächeln an, obwohl er den Scherz an sich reichlich geschmacklos fand, doch dann merkte er, daß sich Sara schnell umgedreht hatte, ihr Glas auf dem Kaminsims abstellte und ihm direkt in die Augen sah; sie kam näher, ihr Gesicht war von seltsam harten Linien durchzogen, ihre Augen glitzerten. Sie griff nach seinem Ellbogen und verdrehte den Kopf auf eine Weise, die ganz deutlich machte, daß sie mit Graham sprach und Slater links liegen ließ, und sagte:

»Du tanzt doch, oder?«

»Patsch, klatsch, ich und mein großes Mundwerk«, sagte Slater leise vor sich hin, während Sara Grahams Plastikbecher nahm und neben ihr Glas auf den Kaminsims stellte; dann führte sie ihn — verdutzt, aber widerstandslos — durch die Menge auf den Raum zu, in dem die Musik spielte.

Und sie tanzten. Er konnte sich nicht an eine einzige Platte oder ein einziges Band erinnern, das gespielt wurde. Er spürte die Wärme ihres Körpers durch die Schichten von Kleidung, die sie trug, wenn sie nach langsamen Stücken tanzten. Sie unterhielten sich, aber er konnte sich nicht erinnern worüber. Sie tanzten und tanzten. Ihm war heiß, der Schweiß lief an ihm herunter, nach einer Weile taten ihm die Füße weh und seine Muskeln schmerzten, als ob sie nicht tanzten, sondern rannten; eingehüllt in Dunkelheit durch einen fremdartigen Wald voll lauten Trubels irgendeinem Ziel zustrebend, mit sanften, sich wiegenden Bäumen; nur sie beide.

Sie wandte den Blick nicht von ihm ab, und er versuchte, seine Gefühle zu verbergen, doch als sie miteinander tanzten und sich in den Armen hielten, hätte er am liebsten aufgehört und wäre einfach stehengeblieben, mit aufklaffendem Mund; am liebsten hätte er durch schlichte Unbeweglichkeit etwas ausgedrückt, für das er nicht die angemessene Dynamik besaß. Er wollte sie berühren, festhalten, riechen.

Irgendwann gingen sie wieder in den anderen Raum zurück. Slater war weg, ebenso der Weinkarton und Saras Glas. Sie tranken gemeinsam aus Grahams Pappbecher, indem sie sich abwechselten. Er bemühte sich, sie nicht anzustarren. Ihre Haut war immer noch weiß, obwohl sie jetzt eine gewisse Hitze abzustrahlen schien, etwas, das er auffing und spürte, von dem er angesteckt wurde. Der Raum erschien ihm jetzt dunkler und kleiner als zuvor. Menschen bewegten sich und schoben sich und lachten und schrien; er nahm sie verschwommen wahr. Um ihren Hals schien der Halbkreis in Weiß-auf-Weiß des Narbengewebes in dem düsteren Licht zu schimmern, wie etwas mit eigener Leuchtkraft.

»Du tanzt gut«, sagte sie.

»Normalerweise tanze ich nicht ...«, setzte er an und räusperte sich. »Normalerweise tanze ich nicht so viel. Ich meine ...« Seine Stimme versagte. Sie lächelte.

»Du hast gesagt, du zeichnest. Besuchst du die Kunstschule?«

»Yeah. Im zweiten Jahr«, sagte er und biß sich gleich darauf auf die Lippe. Versuchte er zu beweisen, wie alt er war? Die Leute behaupteten manchmal, er habe ein Babygesicht. Man hatte ihn in Kneipen schon häufig nach seinem Alter gefragt. Wie alt war sie? Für wie alt hielt sie ihn?

»Was für Sachen zeichnest du denn?« fragte sie. Er hob die Schultern und entspannte sich ein wenig; mit dieser Art von Fragen mußte er sich nicht zum erstenmal auseinandersetzen.

»Was uns vorgeschrieben wird. Man stellt uns Aufgaben. Was ich wirklich ...«

»Graham, wer ist dieses hübsche junge Ding?«

Graham drehte sich beim Ertönen von Mr. Hunters Stimme verzweifelt um. Ihr Gastgeber war ein großer, kummervoll aussehender Mann, der Graham an Demis Roussos erinnerte. Er trug so etwas wie einen braunen Kaftan. Graham schloß die Augen. Mr. Hunter war das, was er darstellte: ein Flüchtling aus den Sechzigern. Seine fleischige Hand drückte Grahams Schulter. »Sie sind ein stilles Wasser, junger Mann.« Er wallte auf Sara zu und schirmte sie beinah ganz gegen Grahams Blick ab. »Graham ist offenbar so sprachlos Ihretwegen, daß er mich Ihnen nicht vorstellen möchte. Ich bin Marty Hunter« — (*Marty?* dachte Graham) — »und ich habe mich gefragt, ob Ihnen jemals in den Sinn gekommen ist, als Mod ...«

In diesem Moment gingen die Lichter aus, die Musik verebbte in einem immer tiefer werdenden Bassgestöhne, und die Gäste gaben anerkennende Tierlaute von sicht.

»Oh, verdammte Scheiße«, hörte Graham Mr. Hunter sagen, und dann drückte sich etwas Großes in der Dunkelheit an ihm vorbei und sagte: »Das ist Woodall, er findet bei jeder Party den Hauptschalter ...«

Streichhölzer flammten auf, Feuerzeuge versprühten Funken, und genau in dem Moment, als Sara ihm mit einem Seufzer in die Arme sank, gingen die Lichter flackernd wieder an, bevor er mehr tun konnte, als die Arme um sie zu legen. Sie zog sich sofort wieder von ihm zurück, als es wieder hell wurde, schüttelte den Kopf und senkte den Blick, während ihr Parfüm noch zwischen ihnen Spiralen drehte. Die Musik setzte wieder ein, und die Leute machten: »Ahhh ...«

»Tut mir leid«, hörte er sie sagen. »Ich bin albern. Ich fürchte mich auch bei Gewitter.« Sie blickte sich verstört nach dem Becher um, doch er hielt ihn in der Hand und reichte ihn ihr. »Danke«, sagte sie und trank.

»Es sollte dir nicht leid tun«, sagte er. »Ich habe es sehr genossen.« Daraufhin blickte sie kurz auf und lächelte unsicher, als ob sie ihm nicht glaubte. Er fuhr sich mit der Zunge über die Lippen, machte einen Schritt auf sie zu, streckte eine Hand aus und umfaßte die ihre, die den Becher hielt. Sie starrte unverwandt den leeren Becher an, wich seinem Blick aus. »Sara, ich ...«

»Können wir vielleicht ...?« begann sie, dann sah sie ihn flüchtig an, stellte den Becher auf den Kaminsims, schüttelte den Kopf und sagte: »Ich fühle mich nicht so ganz wohl ...«

»Was ist?« fragte er besorgt und hielt sie an einer Hand und einer Schulter fest.

»Es tut mir leid, ich kann nicht ...« Sie strebte der Tür zu, und er half ihr, einen Weg durch die dichtgedrängten Menschen zu bahnen, wobei er den Ellbogen benutzte, um sie zur Seite zu schieben. Im Flur trafen sie wieder auf Mr. Hunter, der eine schlaffe, gelangweilt aussehende schwarze Katze auf dem Arm hatte. Er runzelte die Stirn, als er sie sah.

»Sie sehen ziemlich blaß aus«, sagte er zu Sara und fuhr dann, an Graham gewandt, fort: »Ihre Freundin wird sich doch wohl nicht übergeben, oder?«

»Nein, das werde ich *nicht!*« sagte Sara laut und hob den Kopf. »Kümmern Sie sich nicht um mich. Ich werde mich nur ein bißchen in den Schnee legen oder so was ...« Sie setzte sich in Richtung Eingangstür in Bewegung, doch Mr. Hunter streckte einen Arm aus, um sie aufzuhalten.

»Auf keinen Fall. Ich bitte Sie um Verzeihung. Ich bringe Sie zu einem ... bitte, kommen Sie mit mir.« Er legte die Katze auf ein altes Sofa, das an die Wand des Flurs geschoben worden war, und führte Graham und Sara zur Treppe.

Am anderen Ende der Farringdon Road überquerte Graham die Easton Street, wo ebenfalls das Hängegerüst eines Anstreichers oder Fensterputzers auf dem Gehsteig stand, aus irgendeinem Grund hochkant aufgerichtet, die Seile ordentlich darum herumgewickelt. Sommer, die Jahreszeit für Anstreicherei und Gerüstbau. Neuerwachter Arbeitseifer nach der Einigelung während des Winters. Er merkte, daß er lächelte, und dachte immer noch an ihre erste Begegnung zurück, an diesen seltsamen, fast halluzinogenen Abend. Er ging an einer alten Dame vorbei, die unbeweglich mitten auf dem Gehsteig stand und offenbar zu einem Mann mit Krücken auf der anderen Straßenseite hinüberblickte, der darauf wartete, die Fahrbahn überqueren zu können. Graham versuchte fast automatisch, sich vorzustellen, wie er diese Szene malen würde.

»Ich habe gesehen, wie Slater zusammen mit einem jungen Romeo mit üppiger Brustbehaarung zur Tür hinaushastete«, sagte Mr. Hunter, als sie auf dem Treppenabsatz des oberen Stockwerks seines großen Hauses angekommen waren. »Ich hoffe, Sie waren nicht davon abhängig, von ihm im Wagen mitgenommen zu werden, oder?« fragte er Graham. Graham schüttelte den Kopf. Slater hatte nicht einmal den Führerschein, soweit Graham wußte.

Mr. Hunter schloß eine Tür auf, öffnete sie und knipste die Deckenbeleuchtung an. »Dies ist das Zimmer unserer kleinen Tochter; legen Sie sich hin, junge Dame. Und sorgen Sie gut für sie, Graham; ich werde meine Frau heraufschicken, damit sie nachsieht, ob alles in Ordnung ist.« Er lächelte Sara an, dann Graham, dann schloß er die Tür hinter ihnen.

»So«, sagte Graham unbeholfen, während Sara sich auf das schmale Bett setzte, »jetzt haben wir gehört, was wir zu tun haben.« Er biß sich auf die Lippe und fragte sich, wie er sich verhalten sollte. Sara legte den Kopf in die Hände. Er betrachtete den rußig aussehenden wirren Wust ihrer schwarzen Haare; er begehrte sie, hatte Angst vor ihr. Sie blickte zu ihm auf. Er sagte: »Geht's einigermaßen? Was fehlt dir denn? Ich meine ... tut dir was weh?«

»Es wird gleich wieder besser«, sagte sie. »Es tut mir leid, Graham; geh ruhig wieder hinunter zur Party, wenn du möchtest. Ich komme schon klar.«

Er merkte, daß er sich straffte. Er ging zum Bett und setzte sich neben sie. »Wenn du es willst, gehe ich ... aber es macht mir nichts aus, einfach so hier zu sitzen.

Ich möchte nicht gern, daß du … hier ganz allein bist. Es sei denn, du möchtest es. Ich könnte sowieso keinen Spaß mehr haben, glaube ich, ich würde nur die ganze Zeit an dich denken. Ich …«

Er war im Begriff gewesen, ihr den Arm um die Schultern zu legen, doch sie kam ihm ohnehin entgegen und legte den Kopf an seine Schulter, so daß der Duft ihres Haares ihn einhüllte, benommen machte. Sie schien zusammenzusacken; es war keine Umarmung, ihre Arme wirkten schwer und lasch. Sie ließ die Hände in ihrem Schoß liegen, schlaff wie die Glieder einer Marionette. Er hielt sie fest, spürte, wie sie zitterte. Er schluckte heftig und sah sich in dem Zimmer um; sein Blick fiel auf Poster mit Snoopy und Poster mit Pferden auf sonnenbeschienenen Wiesen und Poster mit Adam Ant und Duran Duran. Ein kleiner weißer Frisiertisch in der einen Ecke sah aus wie ein Möbelstück aus einer Puppenstube, strahlend und hell mit einer säuberlichen Anordnung von Fläschchen und Tiegeln. Sie zitterte erneut in seinen Armen, und er kam auf den Gedanken, daß sie vielleicht weinte. Instinktiv senkte er den Kopf auf ihr Haar.

Sie hob ihm das Gesicht entgegen, und ihre Augen waren trocken. Sie stützte sich mit den Händen auf der Überdecke des Bettes ab und blickte ihm in die Augen, zuerst konzentrierte sie sich aufs rechte, dann aufs linke, dann wanderte ihr Blick weiter zu seinem Mund. Er kam sich unter die Lupe genommen vor, scharf gemustert, und wie eine Motte vor einem Anti-Leuchtturm, der einen Schattenstrahl warf, verspürte er das Verlangen, sich zurückzuziehen, sich der Eindringlichkeit dieser forschenden schwarzen Augen zu entziehen.

»Es tut mir leid, Graham, ich möchte nicht lästig fallen«, sagte sie und senkte den Kopf wieder. »Ich brauche nur in diesem Moment unbedingt jemanden, den ich in den Armen halten kann, das ist alles. Ich mache gerade etwas durch … ach was.« Sie schüttelte den

Kopf und verwarf die Erklärung, die sie hatte abgeben wollen. Er legte seine Hand auf die ihre.

»Halte mich in den Armen«, sagte er. »Ich weiß, was du meinst. Es macht mir nichts aus.«

Ohne ihn anzusehen, kam sie wieder näher zu ihm, dann lehnte sie sich an ihn. Schließlich legte sie die Arme sanft um seine Taille, und so blieben sie lange Zeit sitzen, während er auf die Geräusche der Party lauschte und die sanfte Ebbe und Flut ihres Atems — innerhalb des Kreises, den seine Arme um sie bildeten —, gegen seine Seite wogen spürte. Bitte, *bitte* kommen Sie jetzt nicht, Mrs. Hunter. Nicht in diesem vollkommenen, zerbrechlichen Augenblick.

Schritte polterten auf der Treppe, und sein Herz schien zu versuchen, ihr Echo zurückzuwerfen, doch die Schritte und einige lachende Stimmen entfernten sich. Er hielt sie fest, eingehüllt in ihren Duft, von ihrer Nähe gewärmt. Er fühlte sich berauscht von ihrem Parfüm und ihrer Gegenwart; er fühlte sich ... wie er sich noch nie in seinem Leben gefühlt hatte.

Das ist doch absurd, ermahnte er sich. Was geht hier vor? Was geschieht mit mir? In diesem Moment bin ich glücklicher, zufriedener als jemals im Zustand postcoitaler Benommenheit. Jene Nächte in Somerset, in den Autos von irgendwelchen Freunden, bei anderen zu Hause, einmal auf einem mondbeschienenen Feld; all meine Verabredungen mit Mädchen, über die ich eine sorgfältige Strichliste geführt und die ich miteinander verglichen habe, all das bedeutete nichts mehr. Nur das hier bedeutet etwas.

Um Himmels willen, du Narr!

In einem weiträumigen alten Haus in Gospel Oak, in London im Januar verliere ich mein Herz. Welche Chance besteht, daß sie mich jemals lieben wird? O lieber Gott, wenn es für ewig so bleiben könnte; mit ihr zusammenzusein, mit ihr zusammenzuleben, sie eines Nachts, wenn sie sich bei Gewitter fürchtet, im Bett so in den Armen zu halten, dazusein, um sie zu halten, von ihr gehalten zu werden!

Sie bewegte sich in seiner Umarmung, und er hielt das fälschlicherweise für so etwas wie das sanfte sich Rühren eines schlafenden Kindes; er lächelte durch den trägen Strom von Parfüm, der von ihrem schwarzen, zerzausten Haar aufstieg, zu ihr hinab. Doch sie war wach und hob den Kopf, wich ein wenig von ihm ab und sah ihn an, so daß er sein Lächeln schnell verbergen mußte, da er nicht beabsichtigt hatte, es sie sehen zu lassen.

»Was denkst du?« fragte sie ihn. Er holte tief Luft. »Ich dachte gerade«, fing er langsam an, sich ihrer Arme um seine Taille wohl bewußt (nein; eine Hand fuhr an die Stirn und strich das Haar von den Augen; jetzt jedoch kam sie wieder und legte sich mit einem sanften Klatschen auf seine Rückseite!) »darüber nach ... ob man von den Flecken in einem Schuh Rückschlüsse auf die Sorte ziehen kann. Des Weines, meine ich; Lage und Jahrgang ... ähm ... ob Südhang oder besonders saurer Boden.«

Ein breites Lächeln, das ihr angespanntes, verletzliches Gesicht auflockerte, füllte den weißen Raum zwischen der dunklen Masse von Haaren. Sein Herz machte einen Hüpfer wegen ihrer puren Schönheit in diesem Moment und wegen der Erkenntnis, daß er diese Verwandlung bewirkt hatte. Er merkte, wie er unwillkürlich den Mund öffnete und sprachlos wieder schloß.

»Man könnte ja mal einen Wettbewerb im Champagnerschmecken aus Damenschuhen veranstalten«, sagte sie lachend. Er grinste und nickte. Sie seufzte, ihr Gesichtsausdruck veränderte sich wieder; sie nahm die Arme von ihm weg und schlug sie um ihren eigenen Körper, wobei sie sich nach vorn beugte. »Ich glaube, ich gehe jetzt mal besser aufs Klo«, sagte sie und blickte zu ihm hoch. »Wartest du?«

»Ich warte«, sagte er etwas zu feierlich, wie ihm

schien. Er lächelte und griff wieder nach ihrer Hand. »Bist du sicher, daß dir nichts fehlt?«

»Es sind nur die Nerven.« Sie schüttelte den Kopf und sah zu seiner Hand hinunter. »Danke für ... na ja, einfach danke. Ich bin gleich wieder da.« Sie stand schnell auf, ging zur Tür und verließ den Raum. Er ließ sich wieder auf das Bett zurückfallen und starrte mit weitaufgerissenen Augen die Zimmerdecke an.

In seinem ganzen Leben hätte er es nicht für möglich gehalten, daß es so etwas geben könnte. Man hörte auf, an den Weihnachtsmann zu glauben, an den Klapperstorch und väterliche Allwissenheit ... und man bekam zu hören, die hochfliegende, verrücktmachende, herzklopfenerzeugende, ewigglückliche Art von Liebe sei das anzustrebende Ideal. Das wirkliche Leben war Sex, Untreue, Scheidung. Blinde Leidenschaft, ja, aber Liebe auf den ersten Blick, den ersten Duft, die erste Berührung? Für ihn? Wo war dieser sorgsam genährte feine Zynismus geblieben?

Jetzt lag er da auf dem Bett und wartete auf sie. Nach einer Weile stand er auf und schritt in dem hohen Raum auf und ab, betrachtete die sich überlappenden Poster und die Plüschspielzeuge, die beiden alten Schränke, den kleinen Ringbaum auf dem Fensterbrett, der mit kleinen, billigen, farbenfrohen Ringen behängt war. Er berührte die langen dunkelgrünen Vorhänge, blickte hinaus in den Garten und darüber hinweg zum Haus gegenüber, hoch und dunkel. Ein düsterer natriumgelber Schimmer bedeckte den Himmel; schmutzige Schneereste fleckten den Garten. Die Tür öffnete sich. Er lächelte und wandte sich um.

Eine große, betrunken wirkende Frau in einem roten Overall stand schwankend in der Tür und hielt sich außen am Rahmen fest. Ihr Gesicht war mager, das Haar gelb. »Alles in Ordnung mit Ihnen, mein Lieber?« fragte sie Graham und blickte sich im Zimmer um. Graham brachte ein dürftiges Lächeln zustande.

»Mit mir ist alles in Ordnung, Mrs. Hunter. »Mrs. ffitch ist ... ähm ... auf dem Klo.«

»Aha«, sagte die Frau. Er hatte nicht den Eindruck, daß sie sich an ihn erinnerte; er hatte sie schon mal gesehen, wie ihm einfiel, und zwar bei einem Semesterabschlußball. »Na gut. Nun ... machen Sie keine Schweinerei im Bett.« Sie zog sich zurück und schloß die Tür. Graham blieb mit einem Stirnrunzeln in Richtung Tür zurück und überlegte, was genau sie wohl gemeint haben mochte. Sie ging wieder auf, und Mrs. Hunter erschien noch einmal. »Sie haben nicht zufällig meinen Mann gesehen, oder? Ich bin Mrs. Hunter, Martys Frau.«

Er schüttelte den Kopf. Er kam sich ungerecht überheblich vor; fast verachtete er die betrunkene Frau. »Nein, Mrs. Hunter«, sagte er, »schon seit einiger Zeit nicht mehr.«

»Hmm«, sagte sie und war verschwunden. Er behielt die Tür noch eine Zeitlang im Auge, doch nichts tat sich dort mehr. Dahinter tobte die Party in voller Lautstärke. Er bildete sich ein, Stoff zu riechen, Gras oder Schnüffelharz. Er ging wieder zum Fenster und spähte hinaus, und zwischendurch betrachtete er das Spiegelbild des Zimmers in der Scheibe. Er sah auf die Uhr und überlegte, wie lang sie schon weg war. Es erschien ihm unendlich lang. Sollte er nach ihr sehen? Wäre das in ihrem Sinne? Wenn nun etwas passiert war, wenn sie ohnmächtig geworden war?

Er wußte nicht einmal, wo die Toilette hier im oberen Stock war. Einmal war er auf der im Erdgeschoß gewesen, das war alles. Sollte er sie suchen? Das könnte wie Neugier aussehen, vielleicht öffnete er die falschen Türen, überraschte andere Leute in peinlicher Situation. Er schritt wieder im Raum auf und ab, dann legte er sich für eine kurze Zeit hin, die Hände unter dem Kopf verschränkt. Er stand wieder auf und kehrte zum Fenster zurück und versuchte, durch Willenskraft zu erreichen, daß sich das Spiegelbild der Tür bewegte.

Sie bewegte sich; er drehte sich um, gerade rechtzeitig, um zu sehen, wie sich ein männliches Gesicht nach einem kurzen Rundblick zurückzog und die Tür sich wieder schloß. »Oh, Verzeihung«, sagte eine Stimme. Draußen kicherte ein Mädchen, Schritte waren zu hören. Er wandte das Gesicht wieder dem Fenster zu.

Schließlich, als sich ein Gefühl der Übelkeit in seinem Magen breitmachte, als ob darin etwas verdreht sei und schmerzhaft pulsierte, verließ er das Zimmer. Er fand die Toilette im Zwischengeschoß. Er dachte: Ich werde die Klinke herunterdrücken; die Tür wird sich öffnen, und der Raum wird leer sein. Sie ist weg. Ich bedeute ihr nichts.

Er drückte die Klinke herunter. Die Tür war verriegelt.

Es wird eine Männerstimme sein, sagte er zu sich selbst. Es war eine Frauenstimme.

»Es dauert nicht mehr lang. Entschuldigung.«

»Sara?« sagte er unsicher, mit bebender Stimme. Es folgte ein Schweigen, und seine Augen brannten. *Es ist nicht sie.* Bestimmt war es nicht sie. Es konnte gar nicht sie sein.

»Graham? Hör zu, es tut mir wirklich leid. Ich komme gleich raus. O Gott, es tut mir leid.«

»Nein, nein«, entgegnete er fast schreiend; er mußte die Stimme dämpfen. »Ist schon okay. Alles in Ordnung. Ich warte ... in dem Zimmer, ja?«

»Ja. Ja, bitte. Noch fünf Minuten.«

Sie war dort drin! Er sprang die Treppe hinauf, immer drei oder vier Stufen auf einmal nehmend, und betete, daß das Zimmer während seiner Abwesenheit nicht von irgendeinem liebeshungrigen Paar mit Beschlag belegt worden war, und verfluchte sich gleichzeitig, daß er an ihr gezweifelt hatte. Jetzt würde sie bestimmt denken, er vertraue ihr nicht.

Das Zimmer war genauso leer, wie er es verlassen hatte. Er setzte sich aufs Bett, die Hände in den Schoß versenkt, sein Herz wie wild klopfend. Er starrte auf den unteren Rand der Tür. Ich gerate vollkommen aus dem Häuschen, weil eine Frau auf dem Klo ist, dachte er. Das reicht, damit ich mich fühle, als besäße ich die Welt. Kann ich das irgend jemandem erzählen? Kann ich das Slater erzählen? Kann ich das meiner Mom erzählen? Haben sie und Dad sich jemals so gefühlt?

Sie kam zurück. Sie war noch weißer als zuvor. Ihr Atem ging stoßweise und schwach, keuchend. Sie legte sich aufs Bett und sagte nichts. Sie machte ihm angst, doch wie sie so dalag, mit geschlossenen Augen, auf der Seite und das Gesicht ihm zugewandt, ließ etwas anderes an ihr, eine zarte, lautere erotische Ausstrahlung, ihn vor Verlangen erbeben. O mein Gott, ich komme mir vor wie ein Vergewaltiger. Sie ist doch *krank*.

»Geht es ...« Er verschluckte sich an den Worten, setzte neu an. »Geht es dir richtig erbärmlich? Sollen wir den Notarzt rufen?«

»Erbärmlich« sagte sie und lächelte, immer noch mit geschlossenen Augen. »Das ist ein hübsches Wort.« Sie öffnete die Augen und sah ihn an; sie blinzelte ins Licht. »Mir geht es gut, wirklich. Ganz ehrlich. Es sind nur meine Nerven; ich bin eine weinerliche Frau und sollte vermutlich Valium schlucken, aber scheiß drauf! Ich will es verarbeiten, verstehst du? Ich muß über ein paar Dinge hinwegkommen. Tut mir leid, wenn ich lästig bin.«

»Du bist nicht lästig«, erwiderte er und war zumindest zufrieden mit der Art, wie er es gesagt hatte: warmherzig, stark, nicht bevormundend, sondern fürsorglich. Aber ob es für sie auch so geklungen hatte? Sie nickte ihm mit geschlossenen Augen zu. Sie schnüffelte am Oberteil ihres Kleides, über den Brüsten.

»Entschuldige«, sagte sie plötzlich und öffnete die Augen wieder. »Ich stinke nach einem entsetzlichen Aftershave.« Graham merkte, daß tatsächlich ein starker Geruch nach einem Eau de Cologne von ihr ausging. Sie lächelte ihn kraftlos an und zuckte die Achseln. »Ich habe mich übergeben. Das war das einzige, was ich gefunden habe, um den Geruch zu überdecken. Ich habe mir auch die Zähne geputzt, trotzdem habe ich den Geschmack immer noch im Mund ... ach Gott, es ist schrecklich, Graham. Ich mißbrauche dich als Krankenschwester. Das wollte ich nicht.«

»Mach dir doch deswegen keine Sorgen«, sagte er schwach.

Ihre Augen schlossen sich wieder. »Du würdest es doch wohl nicht falsch verstehen, wenn ich dich bitten würde, das Licht auszumachen, oder?« fragte sie. »Meine Augen tun so weh.«

»Selbstverständlich«, sagte er sanft und ging zur Tür.

Als die Lampe ausgeknipst war, strömten kalte gelbe Lichtbänder durch das Fenster herein. Sie war ein schwarzer Schattenteich auf dem Bett, ein Raum der Dunkelheit. Er setzte sich zu ihr, und sie hob einen Arm; er rutschte näher zu ihr, mit zitternden Muskeln. Ihr Arm zog ihn sanft hinab. Ihr Gesicht war seinem gegenüber, dicht, verschwommen.

»Das ist fürchterlich, Graham«, sagte sie so leise, daß er es kaum verstand. »Du warst wahnsinnig nett, und ich habe dir Hoffnung gemacht. Aber ich kann sie im Moment nicht erfüllen. Du wirst mich hassen.«

»Ich ...«, begann er, schluckte jedoch seine überstürzte, allzu gefühlsmäßige und leichtfertige Erklärung hinunter. Dafür war es zu früh. »Nein«, versicherte er ihr, »keineswegs.« Er streckte eine Hand aus und umfaßte damit ihre beiden. Sie waren warm. »Das Ganze ist einfach ...« — er schüttelte den Kopf, ohne zu wissen, ob sie es sehen konnte oder ob sie vielleicht spürte, wie das Bett dabei leicht wackelte — »... es ist wirklich nett.« Er begleitete das letzte Wort mit einem dünnen, selbstironischen Lachen, um anzudeuten, daß er wußte, wie unangemessen es war. Sie drückte ihm ihrerseits die Hände.

»Danke«, flüsterte sie.

Sie lagen lange so da. Seine Gedanken tobten in einem merkwürdig entfernten Trubel, als ob sie genausowenig das Werk seines Gehirns wären wie das Rumoren der Party unter ihnen ein Werk seiner Stimme war. Schließlich gab er es auf, seine eigenen Gefühle zu analysieren oder sie sogar vollkommen zu verstehen; statt dessen lag er nur noch entspannt da und lauschte dem langsamen, gleichmäßigen Atem des Schlafs, wobei er sich nicht ganz sicher war, ob er ihn wirklich wahrnahm oder nicht. Einmal wurde die Tür kurz geöffnet, und die Stimme eines jungen Mannes sagte: »Scheiße«, doch Graham drehte sich nicht einmal danach um; er wußte, daß nichts sie stören konnte.

Er hielt sie in den Armen, ruhig und warm, und nach einer gewissen Zeit in dieser Dunkelheit hatte er das Gefühl, nichts zu halten; es war so, wie wenn eine Gliedmaße, die zu lange in ein und derselben Stellung verharrt hatte, irgendwie jeden Bezug zum übrigen Körper verliert und in jenen wenigen Augenblicken vor einer durch Willenskraft vollbrachten Bewegung die Lage und Haltung des Arms oder des Beins völlig unbekannt sind. Er hielt sie fest, doch er spürte nichts; sie war da und in seinem Bewußtsein deutlich etwas anderes und von ihm Verschiedenes, doch gleichzeitig war sie ein eingeschlafener Teil seiner selbst; eine stille Vermengung ausgelöschter Identitäten, als wären die blasse Haut, die weiße Narbe, die dunklen Kleider und das schwarze Haar eins geworden, und die daraus entstandene Verbindung ergab klar und deutlich — nichts.

Schließlich bewegte sie sich, küßte ihn flüchtig auf die Stirn, richtete sich auf und setzte sich auf die Bettkante. »Jetzt geht es mir besser«, sagte sie. Sie drehte sich zu ihm um und betrachtete ihn in der Dunkelheit; er rührte sich nicht und wandte den Blick nicht von ihr. »Ich gehe jetzt besser nach Hause«, fuhr sie fort. »Könntest du ein Taxi rufen? Komm, wir gehen wieder runter.«

»Yeah.« Er lächelte.

Als sie das Licht wieder einschalteten, war es sehr grell in ihren Augen. Sie gähnte und kratzte sich am Kopf, wobei sie ihre Haare noch mehr durcheinanderbrachte.

Im Flur rief er für sie die Taxizentrale an und bat um einen Wagen, der nach Islington fahren sollte.

»Wohin mußt du?« fragte sie ihn. »Kannst du bis Islington mitfahren, und möchtest du das Taxi danach übernehmen?« Die Party war etwas leiser geworden, aber es tummelten sich noch immer sehr viele Leute in den Räumen. Ein Mann und eine Frau in Punk-Aufmachung lagen auf der Couch im Flur schlafend einander in den Armen. Graham zuckte die Achseln.

»Islington ist etwas näher, glaube ich«, sagte er. Sollte das eine Einladung sein? Wahrscheinlich nicht. Sie sah mitgenommen aus.

»Ich kann dich nicht zu mir hereinbitten oder so, tut mir leid.« Er hatte auch nicht damit gerechnet, doch trotzdem versetzte ihm das einen kurzen Schmerz im Innern.

»Ist schon gut«, sagte er freundlich. »Yeah, Islington ist ein bißchen näher. Ich zahle die Hälfte.«

Sie ließ ihn nicht die Hälfte bezahlen, er widersprach nicht allzu heftig. Sie kamen vor dem Haus an, in dem sie wohnte, in einer ruhigen Sackgasse. Das Taxi fuhr davon; er konnte sich kein Taxi leisten. Sie sah zu einem großen BMW-Motorrad, das am Straßenrand abgestellt war, und dann hinauf zu einer dunklen Reihe von Häusern. In der gelblichen Beleuchtung sah ihr Gesicht wie das eines Gespenstes aus. »Ich entschuldige mich heute abend andauernd«, sagte sie und kam näher an ihn heran. Er zuckte die Achseln. Würden sie sich küssen? Es erschien ihm unmöglich. »Ich wünschte, ich könnte dich mit hineinbitten.«

»Mach dir nichts draus«, sagte er grinsend. Sein Atem bildete eine Wolke zwischen ihnen.

»Danke, Graham. Dafür, daß du bei mir geblieben bist, meine ich. Ich bin heute wirklich eine trübe Tasse; verzeihst du mir? Ich bin nicht immer so.«

»Es gibt nichts zu verzeihen. Es war großartig.« Sie lachte leise, als er das sagte. Er zuckte wieder die Achseln und lächelte hoffnungslos. Sie kam zu ihm und legte ihm die mit einem Handschuh bekleidete Hand hinten an den Hals.

»Du bist nett«, sagte sie, schob ihr Gesicht zu seinem und küßte ihn; sie führte einfach ihre Lippen zu seinen, weich und warm und feucht; es war besser als jeder andere Kuß, besser als sein erster richtiger Kuß, und das Gefühl, das er dabei empfand, machte ihn schwindelig. Er wußte kaum, was er tat. Er öffnete leicht den Mund, ihre Zunge berührte einmal seine Oberlippe, dann glitt sie wieder weg; sie küßte ihn hastig auf die Wange und drehte sich um, ging zur Eingangstür, suchte in einer kleinen Geldbörse, die sie aus ihrem alten Pelzmantel gezogen hatte, nach dem Schlüssel.

»Darf ich dich wiedersehen?« krächzte er heiser.

»Natürlich«, sagte sie, als ob das eine dumme Frage wäre. Der Schlüssel glitt ins Loch, sie öffnete die Tür. »Ich kann mir die Telefonnummer von hier noch nicht merken; Slater hat sie. Ciao.« Sie warf ihm eine Kußhand zu; die letzten Worte, die sie nach dem Öffnen der Tür gesprochen hatte, waren nur geflüstert gewesen. Die Tür schloß sich leise. Er beobachtete, wie oben ein Licht anging und wieder erlosch.

Er brauchte fünf Stunden, um nach Leyton zurückzulaufen, wo er ein möbliertes Apartment hatte. Es war kalt, es regnete zwischendurch, zunächst leicht, dann verwandelte sich der Niederschlag in Hagel, aber all das machte ihm nichts aus. Dieser Kuß! Dieses ›Natürlich‹!

Der Marsch durch die Nacht war etwas Episches gewesen. Etwas, das er niemals, *niemals* vergessen würde. Eines Tages, oder eines Nachts, würde er die Strecke noch einmal zu Fuß zurücklegen, jeden seiner Schritte um der Nostalgie willen nachvollziehen. Eines Tages, wenn sie zusammengehören würden und er Karriere gemacht hätte, wenn er ein eigenes Haus besäße und einen Wagen, und nicht zu Fuß zu gehen brauchte und sich immer ein Taxi leisten konnte, wenn er wollte; er würde diesen

Weg nur um der alten Zeiten willen noch einmal gehen und versuchen, den unbestimmten Freudentaumel während dieser Wanderung durch die Dunkelheit und den frühen Morgen noch einmal heraufzubeschwören.

Fast ein halbes Jahr später, in der Hitze des Sommers, konnte er sich noch an die kalte Luft auf seiner Haut erinnern, daran, wie seine Ohren in der Eiseskälte gefühllos wurden, wie er ständig in schallendes Lachen ausbrach und die Arme zu dem wolkenverhangenen, dunkelorangefarbenen Himmel emporreckte.

Heute konnte er darüber lächeln. Er hatte viel Zeit zum Nachdenken gehabt, um sich an diese etwas absurde Verzückung zu gewöhnen. Jetzt konnte er sie hinnehmen. Er konnte das Ganze immer noch nicht so recht glauben, in dem Sinne, daß er nicht glauben konnte, daß ausgerechnet ihm so etwas widerfahren war, daß er für ein so gewöhnliches, fast allzu schlichtes Gefühl anfällig war. Aber es war da, und er konnte es — in keiner Hinsicht — leugnen.

Graham kam an einer verlassenen Werkstatt an der Rosebery Avenue vorbei; auf Plakaten wurde Werbung gemacht für verschiedene Bands und ihre LP und Singles. Der Verkehr dröhnte, und die Sonne stach, doch er dachte an Januar und erschauderte bei der Erinnerung an diesen langen Marsch.

Half Moon Crescent, hatte er immer wieder und wieder vor sich hingesagt, während er damals durch die Nacht gewandelt war. Die Straße, in der sie wohnte, hieß Half Moon Crescent (er hatte sich den Namen und die Nummer gemerkt, bevor er losmarschiert war, so daß sie, selbst wenn Slater ihre Telefonnummer vergessen hätte, ihm nicht verlorengehen würde). Die drei Worte wurden für ihn so etwas wie ein Psalm, ein Mantra: Half Moon Crescent, Half Moon Crescent, Halfmooncrescent ...

Ein Singsang.

Eine Litanei.

Verwaltungsangestellter Starke

Arbeitslos!

Er saß auf einem Plastikstuhl in einer Dienststelle des Arbeitsamtes. An solchen Orten waren die Stühle immer gleich; in jedem Sozialamt und in jedem Arbeitsamt, in denen er je gewesen war. Es war nicht ganz genau dieselbe Sorte, er hatte unterschiedliche kennengelernt, aber es war alles derselbe *Typ*. Er fragte sich, ob möglicherweise irgendwelche dieser Stühle Schutz gegen Mikrowellen böten.

Eine Frau hatte mit ihm gesprochen, aber dann war sie weggegangen. Anscheinend war sie nicht in der Lage gewesen, mit ihm fertigzuwerden. Wahrscheinlich hatten sie so etwas nicht erwartet. Sie haben sich nicht ordentlich vorbereitet.

Er hatte beschlossen, nicht auf direktem Weg nach Hause zu gehen und auch noch nicht gleich die Kneipe aufzusuchen. Das wäre genau das Verhalten gewesen, das sie von ihm erwarteten. Nachdem er gerade rausgeflogen war oder vielmehr gekündigt hatte und all das viele Geld in der Tasche hatte, wäre es natürlich das Naheliegende, nach Hause in sein Zimmer zu gehen oder irgendwo etwas zu trinken. Bestimmt würden sie nicht damit rechnen, daß er zum Arbeitsamt gehen und sich arbeitslos melden würde. Als er also das Schild über sich an der Straße gesehen hatte, war er gleich hineingegangen, hatte Platz genommen und verlangt, daß man sich seiner annähme.

»Mr. ...?« sprach ihn ein Mann an. Leichter Anzug,

kurzes Haar, pickeliges Gesicht, aber amtlich aussehend. Er nahm Grout gegenüber Platz und faltete die Hände auf dem großen weißen Registerbuch, das fast die gesamte Oberfläche des kleinen Schreibtisches bedeckte.

»Was?« sagte Grout argwöhnisch. Er hatte nicht zugehört.

»Sie heißen ...?« sagte der junge Mann.

»Steven«, antwortete Grout.

»Ähm ... welcher Ihrer Namen ist das?«

Grout beugte sich vor, legte eine Faust auf den Tisch und blickte dem Mann in die Augen, wobei sich die seinen zusammenzogen und funkelten, als er sagte: »Was meinen Sie denn, *wie viele* ich habe?«

Der junge Mann machte ein verwirrtes und betretenes Gesicht. Steven verschränkte die Arme und lehnte sich mit einem Gefühl des Triumphes zurück. Damit hatte er an Boden gewonnen. Steven schob seinen Sicherheitshelm auf seinem Kopf weiter zurück. Das war hier gar nicht so schlecht. Er hatte das Gefühl, diesmal die Oberhand zu haben, und sie hatten noch keine Gelegenheit gehabt, die MIKROWELLENPISTOLE auf ihn anzusetzen; er fühlte sich gelassen und entspannt. Von ihnen beiden sah der junge Angestellte des Arbeitsamtes aufgeregter und besorgter aus.

»Können wir noch mal neu anfangen?« sagte der junge Mann, während er einen Kugelschreiber zur Hand nahm und sich mit dem Ende auf die unteren Zähne klopfte. Er lächelte ungeduldig.

»O ja«, sagte Steven pfiffig. »Ich bin Experte im Neuanfangen. Nur zu!«

»Gut«, sagte der juge Mann. Er holte tief Luft.

»Wie heißen *Sie?*« fragte Grout plötzlich und beugte sich wieder nach vorn.

Der junge Mann musterte ihn eine Zeitlang. »Starke«, sagte er schließlich.

»Haben Sie den starren Blick, oder ...?«

»Hören Sie, Sir«, sagte der junge Mann mit dem Namen Starke in ernsthaftem Ton, »ich versuche, hier meinen Job zu machen; also ... wollen wir die Sache auf vernünftige Weise angehen oder nicht? Falls nicht, dann gibt es genug Leute ...«

»Nun sehen Sie mal, Verwaltungsangestellter Starke«, sagte Grout und klopfte mit einem Finger auf den kleinen Schreibtisch. Starke sah auf den Finger, deshalb zog er ihn zurück, als ihm einfiel, wie schmutzig seine Nägel waren. »Ich bin arbeitslos, wissen Sie. *Ich* habe keinen gemütlichen, sicheren kleinen Job im öffentlichen Dienst mit Pensionsberechtigung und ... und so weiter. Ich bin ein Opfer der Rezession. Sie halten das vielleicht für einen Witz ...«

»Ich versichere Ihnen ...«

»... aber ich weiß, was gespielt wird, und ich weiß, warum ich hier bin und warum Sie hier sind. O ja, ich bin nicht auf den Kopf gefallen. Sie können mich nicht einfach für dumm verkaufen. Ich weiß, wo's langgeht, wie man so sagt. Ich bin vielleicht siebenunddrei ... achtunddreißig, aber ich bin noch ganz schön auf Draht, und ich weiß, es ist nicht alles ›Friede, Freude, Eierkuchen‹, wie es die Leute gern glauben. Sie denken vielleicht, Sie hätten mit mir leichtes Spiel, und kann sein, daß es so ist, aber so einfach lasse ich mich nicht zum Narren machen, wirklich nicht.« Er lehnte sich wieder zurück und nickte selbstzufrieden. Er drückte sich nicht immer einwandfrei aus, und er war der erste, der das zugab, aber es kam nicht darauf an, was man sagte, sondern wie man es sagte. Das hatte irgend jemand Berühmtes mal behauptet.

»Nun, Sir, ich kann Ihnen nicht helfen, wenn Sie mir nicht erlauben, daß ich Ihnen einige Fragen stelle.«

»Nur zu!« sagte Grout, wobei er die Arme breit öffnete und die Augen weit aufriß. »Schießen Sie los! Heraus mit der Sprache, ich bin bereit. Fragen Sie nur frei von der Leber weg.«

Starke seufzte. »Also«, sagte er, »wie heißen Sie?«

»Grout«, sagte Steven.

»Das ist Ihr Nachname?« sagte Starke.

Grout dachte eingehend darüber nach. In dieser Hinsicht kam er stets durcheinander. Was war der Nachname und was der Taufname? Das war wie mit netto und brutto; das verwechselte er auch immer. Warum sagten die Leute nicht einfach erster und zweiter Name? Zweifellos nur, um ihn zu verwirren. Es gab jedoch eine Möglichkeit, beides auseinanderzuhalten. Wenn man ein ›Sir‹ war, dann war der Name danach der erste Name, und das konnte nur der Familienname sein ... und Taufname war leicht, weil es Johannes der Täufer hieß, also der Name an zweiter Stelle ... so konnte er es sich merken.

Das erschien logisch, doch wenn er jetzt darüber nachdachte, dann war er sich nicht mehr sicher, ob das die Eselsbrücke war, um sich zu merken, wie es *nicht* war, oder die, um sich zu merken, *wie* es war. Er beschloß, auf Nummer Sicher zu gehen.

»Mein Name ist *Mister* Steven Grout.«

»Schön«, sagte Starke und schrieb. »›Grout‹ wie das Zeug, das man in die Fugen zwischen Kacheln und Ziegelsteine und so Sachen schmiert, stimmt's?«* Er blickte auf.

Steven kniff die Augen zusammen. »Was soll das für eine Anspielung sein?«

»Ich ... es liegt mir fern ...«

»Ich dulde keine Anspielungen gegen mich«, sagte Steven und schlug gegen die Front des Schreibtisches. »Ich möchte mal wissen, was Ihnen einfällt, solche Anspielungen gegen mich vorzubringen. Antworten Sie mir darauf!«

»Ich ...«

»Aha, das können Sie nicht, was? Und ich sage Ih-

---

* grout = Mörtel — *Anm. d. Übers.*

nen, warum. Weil ich nicht hier bin, weil ich hier sein will, deshalb. So! Ich bin nicht einer Ihrer Schnorrer. Ich bin nie diesen einfachen Weg gegangen, damit Sie es wissen. Es war nicht immer leicht für mich, aber ich habe mir immer die Selbstachtung bewahrt, und ich habe nie jemandem gestattet, mir die zu nehmen. Ich bleibe mir selbst treu, und das ist heutzutage sehr wichtig, selbst wenn man nicht die Probleme hat, die ich hatte, und Sie haben sie bestimmt noch nie gehabt, das sieht man auf den ersten Blick, so wie Sie da sitzen und mir Fragen stellen. Sie müssen einsehen, Verwaltungsangestellter Starke ...«

»Ich bin nicht ...«

»... daß wir auf zwei unterschiedlichen Seiten des Tisches sitzen, so ist das nun mal.« Er schlug auf den Schreibtisch, um deutlich zu machen, wovon er sprach. »Das ist symbolisch gemeint, verstehen Sie.« Er lehnte sich zurück, um das Gesagte einsinken zu lassen.

»Das ist ein harmloser Schreibtisch, Mr. Grout.«

»Es ist ein symbolischer Schreibtisch«, sagte Grout und stieß mit dem Finger darauf zu. »Es ist ein symbolischer Schreibtisch, weil wir auf unterschiedlichen Seiten davon sitzen, und so ist es mit allem. Genau so. Sie können mir nichts anderes weismachen. Ich weiß, wo's langgeht, wie man so sagt.«

»Mr. Grout«, seufzte Starke und legte den Kugelschreiber aus der Hand. »Ich befürchte, diese Unterhaltung bringt uns nicht viel weiter. Sie haben zunächst mit meiner Kollegin, Miss Phillips, gesprochen ...«

»Ihren Namen habe ich nicht erfahren«, sagte Grout und winkte wegwerfend mit der Hand.

»Nun, mit ihr sind Sie auch nicht sehr weit gekommen. Und nun ...«

»Ich bin nicht weit gekommen?« sagte Grout. »*Ich* bin nicht weit gekommen? Es ist nicht meine Aufgabe, weit zu kommen; das ist Ihr Job. Sie müssen mit mir weit kommen. Sie sind die Leute, die für solche Sachen ausgebildet sind, nicht ich«, ereiferte sich Steven empört und schlug zur Unterstreichung seiner Worte noch einmal auf den Schreibtisch. »Was glauben Sie, wie oft ich so etwas mache, wie? Beantworten Sie mir das! Glauben Sie, ich mache mir so was zur Gewohnheit, wie? Sind das schon wieder Anspielungen von Ihnen?«

»Ich spiele auf überhaupt nichts an, Mr. Grout«, sagte Starke, während er sich entmutigt auf seinem Stuhl zurücklehnte. Er schüttelte den Kopf. »Ich versuche ... ich habe versucht, ein Vermittlungsgespräch mit Ihnen zu führen, und jetzt versuche ich Ihnen zu erklären, daß Sie es uns alles andere als leicht machen. Zunächst haben Sie meine Kollegin aus der Fassung gebracht ...«

»Ich habe gleich gemerkt, daß sie mich nicht leiden kann. Sie hat mich verächtlich behandelt. Das dulde ich nicht«, erklärte Grout. Starke zuckte die Achseln.

»Wie auch immer, Sie haben es mir unmöglich gemacht, mit Ihnen ein Vermittlungsgespräch zu führen, trotz der Tatsache, daß ich mich als sehr geduldig erwiesen habe ...«

»Ich halte Sie nicht davon ab, Ihr Vermittlungsgespräch zu führen«, sagte Grout und schüttelte entschieden den Kopf. »Absolut nicht. Stellen Sie nur Ihre Fragen. Ich werde antworten. Schießen Sie los! Fragen Sie nur, was Sie wollen. Ich werde bereitwillig auf alles eingehen. Ich bin lediglich nicht bereit, mich verächtlich behandeln oder Anspielungen über mich ergehen zu lassen, mehr nicht.«

Der junge Mann saß da und sah ihn einen Moment lang an, dann hob er die Augenbrauen, beugte sich vor und nahm seinen Stift wieder zur Hand. »Also gut. Wir werden es noch einmal versuchen. Sie heißen also Mr. Steven Grout ...«

»Stimmt«, nickte Steve.

»Sie haben gerade erst Ihre bisherige Arbeitsstelle verlassen, stimmt das?«

»Ja.«

»Und Sie wollten ...«

»Nicht«, sagte Steven, beugte sich vor und klopfte auf den Schreibtisch, während sich Mr. Starke zurücklehnte und sich mit einem Seufzer gegen die Rückenlehne seines Stuhls sinken ließ, wobei er den Kopf schüttelte und schwach lächelte, »weil ich es so wollte, nein. Sie hatten es von Anfang an auf mich abgesehen. Sie wollten mich während der ganzen Zeit loswerden. Es wurde ein Kesseltreiben auf mich veranstaltet. Sie zwangen mich zu gehen. Aber ich bin aus eigenem freien Willen gegangen. Ich wollte ihnen die Genugtuung nicht bereiten. Ich habe gekündigt. Ich habe meinen Stolz, wissen Sie. Man kann mich nicht einfach so herumstoßen.«

»Aha«, sagte Mr. Starke, rutschte auf seinem Stuhl nach vorn und sah interessierter aus, »Sie haben also selbst gekündigt?«

»Und ob. Ich hätte denen niemals die ...«

»Nun, Ihnen ist doch wohl klar, Mr. Grout, daß Sie durch Ihre eigene Kündigung Ihren Anspruch auf Arbeitslosengeld verwirkt haben, und zwar für einen Zeitraum von ...«

»*Was?*« sagte Steven und rutschte ebenfalls nach vorn. »Was soll das heißen? Ich habe das einzig Anständige getan. Wenn Sie glauben, ich hätte ruhig dastehen können und mich von denen ...«

»Ich bedaure, Mr. Grout, aber ich dachte, ich sollte Sie darauf hinweisen. Sie müssen sich dennoch arbeitslos melden, aber für die ersten ...«

»O nein«, sagte Steven. »Es tut mir leid, aber so geht es nicht. Ich habe meine Beiträge zur Arbeitslosenversicherung bezahlt. Ich habe meinem Verdienst entsprechend meine Marken geklebt. Ich bin kein Schnorrer oder einer von diesen Asozialen. Ich bin ein arbeitender Mensch. Im Moment vielleicht nicht, aber ich bin einer, ganz *bestimmt* bin ich einer. Ich konnte es einfach nicht zulassen, daß die mich rausschmissen. Ich hatte doch nicht die Absicht« — er schlug wieder auf den Schreibtisch — »denen die Genugtuung zu geben, verstehen Sie?«

»Ich erkenne es an, daß Sie es vorgezogen haben, Ihr Arbeitsverhältnis selbst zu beenden, Mr. Grout, aber die Vorschriften lauten nun einmal, daß Sie, wenn Sie das tun ...«

»Nun, so geht es einfach nicht, es tut mir leid«, entgegnete Grout. Sie hatten ihn gefunden. Allmählich wurde ihm heiß. Sein Kragen kratzte, und ein seltsam starker Körpergeruch, der aus seinen Achselhöhlen aufstieg, drang ihm in die Nase. Mr. Starke schüttelte den Kopf.

»Nichtsdestoweniger ...«

»Kommen Sie mir nicht mit ›nichtsdestoweniger‹, junger Mann«, ereiferte sich Grout mit erhobener Stimme. Leute sahen ihn an. Das sonnendurchflutete Arbeitsamt war ziemlich voll mit Menschen, wie ihm jetzt auffiel. Die Sonne fiel schräg durch die Fenster herein und heizte den Raum auf. Doch es gab normale Hitze, und es gab Mikrowellenhitze. Inzwischen kannte er den Unterschied sehr gut. Normale Hitze stach nicht so wie Mikrowellenhitze. Normale Hitze kam nicht von innen, wie es bei Mikrowellenhitze der Fall zu sein schien, so daß sie sich überall gleichzeitig bemerkbar machte. Er versuchte, keine Notiz davon zu nehmen, und sagte: »Kommen Sie mir nicht mit ›nichtsdestoweniger‹, o nein! Damit kommen Sie bei mir nicht durch.«

Starke stieß ein kurzes Lachen aus. Ein Lachen! Einfach so! »Tut mir leid, Mr. Grout, aber womit *Sie* nicht durchkommen, ist Ihr Antrag auf Arbeitslosengeld. Statt dessen bekommen Sie Sozialhilfe während der ersten sechs ...«

»*Ihnen* tut es leid?« sagte Grout. »Das können Sie Ihrer Großmutter erzählen, wie man so sagt. Ich möchte wissen, warum ich überall das Opfer von gegnerischen Machenschaften bin.«

»Sie sind keineswegs das Opfer von irgendwelchen

Machenschaften, Mr. Grout«, sagte Starke. »Die Vorschriften lauten, daß Sie, wenn Sie aus freien Stücken Ihren Arbeitsplatz aufgeben, sechs Wochen Sperrfrist haben, bevor Sie Arbeitslosengeld beanspruchen können. Sofern Sie dazu berechtigt sind, und ich gehe davon aus, daß Sie es sind, können Sie für die Übergangszeit Sozialhilfe beantragen.«

»Und was ist mit meiner Würde?« sagte Steven laut. »Was ist damit, frage ich Sie. He? Ich habe meine Marken geklebt. Ich habe meine Steuern bezahlt. So geht es nicht.«

»Ich habe Verständnis für Ihre Lage, Mr. Grout, aber ich fürchte, so sind die Dinge nun mal geregelt. Bestimmt sind Sie berechtigt zum Bezug von Sozialhilfe; doch zunächst melden Sie sich ...«

»Nein, so geht es *nicht*«, sagte Grout, wobei er sich auf seinem Stuhl senkrecht aufrichtete und Starke mit einem Auge fixierte; er versuchte, das Blatt wieder zu wenden, damit er sich nicht mehr unbehaglich zu fühlen brauchte und Starke wieder in die Defensive gedrängt würde. »Gegen mich findet ein Kesseltreiben statt, daran ist nicht zu rütteln. Als ob ich nicht auch so schon genügend Probleme zu bewältigen hätte. Aber das bringt das Faß noch nicht zum Überlaufen, so leicht wird man mich nicht los ...«

»Nun, wenn Sie den Eindruck haben, ungerechterweise entlassen worden zu sein«, sagte Starke, »dann wenden Sie sich doch an ...«

»Ha!« sagte Grout, »mir ist alles ungerechterweise widerfahren. Einstellung, Entlassung, Unterkunft, Behandlung — alles. Aber Sie werden von mir keine Beschwerden hören. Die Erfahrung hat mich eines Besseren belehrt. Man erreicht damit gar nichts. Ich bewahre mir lieber meine Würde.« Er bemühte sich um eine Erklärung, aber er bekam das Gefühl, immer mehr an Boden zu verlieren. Der Verwaltungsangestellte Starke hatte die Oberhand. Er war so ungerecht! Diese Teufel!

Sie hatten ihm im Straßenbaudepot nichts davon gesagt; sie hatten ihn mit keinem Wort darauf hingewiesen, daß er kein Arbeitslosengeld bekommen würde. Sie hatten ihn genau zu dem Zeitpunkt kündigen lassen, als sie im Begriff waren, ihn rauszuschmeißen. Es war vielleicht nur eine Sache von Sekunden gewesen, dann hätten sie ihn gefeuert und er befände sich jetzt nicht in dieser miesen Lage. Nur ein paar Sekunden! Diese Schweine!

»Also«, setzte Starke erneut an und begann davon zu sprechen, wie Steven vorgehen sollte, um sich arbeitslos zu melden.

Grout hörte nicht zu. Er beobachtete das Gesicht des jungen Mannes, der jetzt den gelangweilten, erfahrenen, professionellen Ausdruck aufgesetzt hatte, den Grout schon hundertmal zuvor gesehen hatte.

Er hörte den Begriff ›P45‹ in Starkes Redeschwall, und sein Herzschlag stockte. Das war doch das Papier, das er hatte fallen lassen, oder nicht? Oder doch? Ashton hatte ihm etwas, das sich so anhörte, hinterhergerufen, als er von dem Depot weggelaufen war. Oh — oh! Eine weitere Salve von Mikrowellen traf ihn; er spürte eine Woge unangenehmer Wärme über seinen ganzen Körper schwappen, und er merkte, wie er im Gesicht rot wurde. Seine Haut prickelte und juckte. Verdammt! Er war so mit sich zufrieden gewesen, hatte sich geradezu siegreich gefühlt, nachdem er das Depot verlassen hatte, daß er die Sache mit dem verschmähten Formular ganz vergessen hatte. Aber natürlich, Dan Ashton war damit hinter ihm hergerannt.

Oder wenigstens war es das, was sie ihn glauben machen wollten, wie ihm plötzlich aufging. *Er* konnte sich nicht erinnern, daß man ihm das Formular gegeben hatte; vermutlich hatten sie es ihm von vornherein überhaupt nicht gegeben. Wenn es dermaßen wichtig war, dann hatten sie es ihm mit an Sicherheit grenzender Wahrscheinlichkeit nicht ausgehändigt. Es war das gleiche wie damals mit den Verrechnungsschecks vom Arbeitsamt, während seiner letzten Arbeitslosigkeit, die einfach verschwunden waren; all das geschah nur, um ihn fertigzumachen. Sie konnten ihm alles mögliche erzählen über unvollständig ausgefüllte Formulare, falsche Adressen und solches Zeug; er wußte, was in Wirklichkeit gespielt wurde. Sie versuchten schön langsam, ihn zu zerstören.

Sie brauchten wahrscheinlich gar nicht mit ihren Vorgesetzten Rücksprache zu halten — diese geheimnisvollen Drahtzieher, ob sie nun menschlich waren oder nicht —, um sich Anweisungen geben zu lassen; wahrscheinlich kannten sie ihren Handlungsspielraum genau und waren mit fertigen Plänen versehen. Selbst wenn er sie im Regen stehen lassen würde, konnten sie immer noch fest damit rechnen, ihm irgendwie eins auszuwischen. Hinterhältige Schweine!

Manchmal, das mußte er zugeben, wünschte er sich, sie würden ihn einfach in Ruhe lassen, damit er sein bescheidenes, nichtssagendes, unbedeutendes Leben in Frieden führen konnte. Es mochte nichts Besonderes sein, aber es wäre fast unerträglich gewesen, wenn sie ihn nicht ständig gequält hätten. Das war ein müßiger, überflüssiger Gedanke, das war ihm klar, doch er war — zumindest jetzt — auch nur ein Mensch und deshalb anfällig für menschliche Schwächen, welche Art von Übermensch er auch während des KRIEGES gewesen sein mochte. Das zeigte, wie gründliche Arbeit sie geleistet hatten, daß er überhaupt etwas so Schreckliches in Betracht zog. Sie hatten seine erhabenen Gedanken, seinen Glauben an sich selbst so sehr unterdrückt, daß er die Chance, in sein früheres ruhmreiches Dasein zurückzukehren, beinah für ein bißchen Frieden eingetauscht hätte.

Aber er würde sich nicht kleinkriegen lassen! Sie würden *nicht* gewinnen!

Trotzdem wünschte er jetzt, er hätte ein bißchen besser aufgepaßt, was sich abspielte, als er das Depot verließ, damit er ihnen nicht auf den Leim gegangen wäre, als sie den Trick mit dem Formular, das er angeblich fallen lassen hatte, durchgezogen hatten. Er fragte sich, ob sie wohl noch über irgendwelche anderen Strahlen verfügten, die sie an ihm ausprobieren konnten und durch die er Dinge vergaß oder seine Aufmerksamkeit abgelenkt wurde. Die Schwierigkeit war, dachte er, während Starke weitersprach, daß man ihnen kaum auf die Schliche kommen konnte, wenn sie ein Mittel von so subtiler Hinterhältigkeit anwandten. Das mußte er sich irgendwann noch eingehender durch den Kopf gehen lassen. Doch was war *jetzt* zu tun?

Es gab immer die Möglichkeit der RACHE. Er konnte im Stil des Guerillakampfes zurückschlagen.

Seit seiner Zeit an der Highschool hatte es ihm irgendwie Spaß und Erleichterung bereitet, wenn er ihnen auf eine Weise eins auswischen konnte, die sie offenbar nicht erwartet hatten. Er hatte Steine in die Fenster von Betrieben und Fabriken geworfen, aus denen er entlassen worden war, er hatte Gebäude beschmiert, Kratzer in die Autos von Chefs gemacht und Kühlerfiguren entwendet (obwohl das vor allem zu seiner eigenen Sicherheit geschehen war), und er hatte Bombendrohungen übers Telefon durchgegeben. Es war nichts Großartiges, und sie würden es hinnehmen, ohne mit der Wimper zu zucken, doch abgesehen von der Tatsache, daß diese Akte der RACHE seine PEINIGER bestimmt ein wenig störten und ihnen das Leben und ihre grausamen Ziele ein klein bißchen weniger leicht machten, hatten sie die größte Wirkung auf ihn selbst. Er linderte dadurch seine Enttäuschung, er schaffte sich ein Ventil für seinen Zorn und seinen Haß. Wenn er versucht hätte, das alles in sich aufzustauen, wäre er längst auf die eine oder andere Weise explodiert. Dann wären sie in der Lage gewesen, ihn für verrückt erklären zu lassen, oder er hätte etwas so Abscheuliches und Kriminelles getan, daß man ihn ins Gefängnis gesteckt hätte, wo er mißhandelt und gefoltert worden wäre und man ihn schnell und ohne Aufhebens aus dem Weg geräumt hätte, denn dort drin galten andere Gesetze. Wenigstens mußten sie sich hier draußen an ein gewisses Maß an Fairness halten, selbst wenn sie die Maßstäbe dafür jederzeit selbst nach Lust und Laune ändern konnten (wie zum Beispiel die Anhebung der Bustarife um das Doppelte, kurz nachdem er damals den Job draußen in Brentford gefunden hatte), doch im Gefängnis, sogar noch mehr als in der Irrenanstalt, waren ihnen keine Grenzen darin gesetzt, wie sie mit ihm umspringen konnten.

Starke redete immer noch, wobei er zwischendurch Papiere aller möglichen Formate aus den Schubladen seines Schreibtischs holte und sie Grout zeigte, aber Steven hörte weder zu, noch sah er hin. Ein Glitzern trat in seine Augen, während er sich überlegte, wie er sich an den Leuten in Islington rächen könnte. Er würde hingehen und über Nacht die frisch ausgebesserte Straße aufgraben, er könnte sich einen kleineren Behälter voll Zement besorgen und die Löcher der Schachtdeckel zuzementieren, an denen man sie hochzuheben pflegte. Wenn die gefüllt wären, müßten sie ganz schön ackern, um sie anzuheben! Und er könnte einen Angriff auf die aufgefüllten Schlaglöcher in der Upper Street unternehmen, wo sie noch heute morgen gearbeitet hatten. Er würde nur jene unversehrt lassen, die sein Werk waren, so daß sie sich lieber die Zunge abbeißen würden, als noch einmal zu behaupten, er leiste keine gute Arbeit; das wäre eine Genugtuung!

Er stand auf und zog sich den Sicherheitshelm fest auf den Kopf. Starke blickt zu ihm hoch. »Mr. Grout?«

»Was?« sagte Steven, senkte den Blick und nahm den jungen Mann wieder wahr. Er runzelte die Stirn und schüttelte den Kopf. »Schon gut. Wir regeln das später. Ich habe einiges zu erledigen.« Er drehte sich um und schritt davon. Starke rief etwas hinter ihm her.

Er würde es ihnen zeigen! Er würde es ihnen heimzahlen! Er prallte gegen einige Leute, die darauf warteten, sich an die Schlange vor den Sitzplätzen in der Anmeldehalle anstellen zu können (ha ha; er war gerade noch rechtzeitig vor dem großen Ansturm dagewesen!), dann ging er durch die Tür wieder hinaus auf die Straße und in den hellen Sonnenschein.

Er würde die Sache mit der Arbeitslosigkeit später regeln. Er hätte sowieso zu der Dienststelle des Arbeitsamtes in seiner Gegend gehen sollen, wo man ihn kannte. Macht nichts. Zumindest hatte er einige Vorstellungen, wie er sich rächen könnte. Er wollte in sein Zimmer zurückgehen und sich waschen und umziehen und dann ... dann würde er irgendwo was trinken und weiter darüber nachdenken, wie er es ihnen allen heimzahlen könnte. Vielleicht würde er sogar noch heute nacht eine Strafexpedition durchführen, das Eisen schmieden, solange es heiß war und so. Es war riskant, besonders in Anbetracht der Tatsache, daß er erst letzte Nacht unterwegs gewesen war und Zucker in die Benzintanks von Autos und Motorrädern geschüttet hatte, aber vielleicht war es trotzdem eine ganz gute Idee. Er mußte darüber nachdenken.

Er holte tief Luft und ging schnurstracks auf den nächsten parkenden Wagen zu.

Ohne Plan — Fertig — Los

Quiss brauchte länger, als er gedacht hatte, um zur Burgküche zu gelangen; sie hatten einige der Flure und Treppen auf der Strecke vom Spielzimmer zu den unteren Stockwerken verschoben, und Quiss, der den Weg eingeschlagen hatte, der ihm wie der übliche vorkam, merkte plötzlich, daß er einen unerwarteten Schlenker nach links machte und in ein zugiges, verlassenes, widerhallendes Gemach kam, von dem man auf die weiße Landschaft und weiter zu den hohen Holztürmen der Schieferminen hinausblickte. Er hatte sich am Kopf gekratzt und war, seinen eigenen Schritten folgend, zurückgegangen, um dann der Nase nach dem chaotischen Küchentrakt von Burg Türen zuzustreben.

»He, du«, sagte er und packte einen der Küchenburschen, der einen schweren Eimer mit einer dampfenden Flüssigkeit an ihm vorbeitrug. Das winzige Küchenhelferlein kreischte auf, und der Eimer fiel scheppernd zu Boden, wo er aufrecht stehenblieb und einiges von seinem zähflüssigen Inhalt über den Rand schwappte. Quiss hob den kleinen Burschen hinten am Kragen hoch, bis dessen Gesicht auf einer Höhe mit seinem war. Sein Maskengesicht starrte ihn mit leeren Augen an. Die grüne Krempe um seine verdreckte, fleckige Kapuze glich einer riesigen Dichtungsscheibe oder einem Ring um einen ziemlich schäbigen Planeten.

»Lassen Sie mich runter!« Das Wesen japste und zappelte, und die grüne Schnur um seine Taille schaukelte hin und her. »Hilfe! Hilfe!«

Quiss schüttelte es. »Halt den Mund ... du Spirochäte!« fauchte er. »Sag mir, wo ich den Majordomus in all diesem Durcheinander finden kann.« Er schwenkte den ganzen Körper des Küchenburschen und seinen eigenen Kopf, umfassend auf die Küche ringsum deutend.

Quiss stand am Fuß einer Treppe, im äußersten Teil des Pandämoniums, wo der Küchentrakt untergebracht war. Die Küchenräume lagen weit innen in dem Bauwerk, weit entfernt von jeder Außenwand. Sie waren riesig; die Decke war hoch, gewölbt und gestützt von schieferverkleideten Eisensäulen, und von Quiss' Standpunkt aus waren alle Wände unsichtbar, mit Ausnahme derjenigen direkt hinter ihm, verborgen hinter aufsteigendem Rauch, Qualm und Dampf von Hunderten von Töpfen, Pfannen, Bottichen, Herden, Kesseln, Kasserollen, Bratrosten, Röhren und Zubern.

Prismen, die im Dach aufgehängt waren, verströmten Licht; große geschliffene Kristallbrocken reflektierten das Licht von den Außenwänden durch lange, leere Lichtkorridore und dann hinunter in die turbulente Küche. Gleichfalls verteilt über das ganze komplizierte Balken- und Lattenwerk der Decke mit den Prismenhalterungen, ganze Teile der faßartigen Konstruktion verbergend, wanden sich Rauchabzüge wie riesige eckige Metallschlangen, deren vergitterte, mit Sieben versehene Mäuler die Küchendämpfe wegschlürften, damit sie hoch oben durch irgendeinen umfunktionierten Turm hinausgewirbelt wurden. Der Majordomus hatte Quiss erklärt, daß das Luftzirkulationssystem durch den niedrigsten Stand der Dienerschaft der Burg betrieben wurde; sie gingen in Tretmühlen, die an wassermühlenähnliche Ventilatoren angeschlossen waren, immer im Kreis herum. Quiss merkte, wie ihm in der rauchschwangeren Atmosphäre die Augen anfingen zu brennen, und während er durch die braunen Wolken von aufsteigendem Rauch und Qualm spähte, kam ihm der Gedanke, dem Majordomus — falls er ihn jemals fände — vorzuschlagen, die Hilfskräfte, die die Energie für diese Ventilatoren erzeugten, dazu zu überreden, eine erheblich schnellere Gangart einzulegen. Außerdem war es ziemlich warm. Quiss spürte, daß er bereits anfing zu schwitzen, obwohl er den größten Teil seiner Pelze auf der obersten Stufe der Treppe hatte liegenlassen, die er soeben heruntergekommen war.

»Ich kenne den Weg nicht! Ich habe nie davon gehört!« kreischte der zappelnde Bursche. Seine zierlichen, in grünen Stiefeln steckenden Füßchen bewegten sich wie im Lauf, obwohl sie sich ungefähr einen Meter über dem mit Schieferkacheln belegten Küchenboden befanden.

»Was?« brüllte Quiss und versprühte dabei Spucke in das Maskengesicht des Küchengehilfen. Er schüttelte das Wesen grob. »Was sagst du da, du ausgeschissene Mißgeburt?«

»Ich kenne den Weg zum Büro des Majordomus nicht! Ich habe noch nicht einmal je von ihm gehört!«

»Und wieso«, fragte Quiss und holte das fahle, angstverzerrte Gesicht näher an seins, »weißt du dann, daß er ein Büro hat?«

»Das weiß ich gar nicht!« kam kreischend die Antwort. »Sie haben es mir gesagt.«

»Nein, das habe ich nicht.«

»Doch, das haben Sie.«

»Nein«, sagte Quiss und schüttelte das Dienerlein so grob, daß die Krempe ohne Hutdeckel, die um seine Kapuze lag, herunterfiel. »Ich« — er schüttelte es erneut, so daß die Kapuze des Wesens von dessen Kopf rutschte und die glatte Fortsetzung der Maske über den Schädel hinweg entblößte, woraufhin es mit den kleinen Armen herumfuchtelte und versuchte, die Kapuze wieder hochzuziehen, während Quiss seinen Satz beendete — »habe *nichts* davon gesagt!«

»Sind Sie sicher?« fragte der Küchenbursche erschöpft.

»Absolut.«

»Ach, Mist.«

»Also, wo ist er?«

»Das darf ich Ihnen nicht sagen, es ist nicht erlaubt. Ich ... oh! Schütteln Sie mich nicht noch mal, bitte!«

»Dann verrat mir, wo ich den Majordomus finde.«

»Paaah!« sagte das Dienerlein.

»Du widerwärtiger Bandwurm!« brüllte Quiss; er stellte den Gehilfen auf den Kopf und tauchte seinen Kopf in den Eimer, den er getragen hatte. Dampfender gelber Schleim schwappte aus dem Eimer auf den Küchenboden. Er ließ den Winzling eine Weile strampeln und treten, dann hob er ihn wieder heraus, schüttelte ihn und drehte ihn wieder richtig herum. Die klebrige Masse lief ihm über die Hände, und er wischte sie am Umhang des Geschöpfs ab.

»Also, los jetzt!« sagte Quiss.

»Das war *grauenvoll*«, winselte der Bursche.

»Ich mach's noch mal und laß dich drin, wenn du mir nicht sagst, wo der Majordomus ist.«

»Der wer? Nein! Tun Sie das nicht! Ich ...«

»Na gut«, sagte Quiss und tauchte den Kopf des Küchenjungen wieder in den inzwischen nur noch halbvollen Eimer. Er zog ihn wieder heraus. Der Kopf des kleinen Wesens wackelte kraftlos auf seinen Schultern hin und her, und die Arme hingen ihm schlaff an den Seiten.

»Ich mache Ihnen einen Vorschlag«, sagte er atemlos. »Lassen Sie uns gemeinsam jemanden finden, den wir fragen können ...«

»Nein!« schrie Quiss. Diesmal hielt er das schwach zappelnde Ding an einem Bein fest. Folgendes ging ihm durch den Kopf: Die Küchenorganisation war doch wohl nicht so sehr aus allen Fugen geraten, daß die Gehilfen nicht mehr wußten, wer für sie zuständig war oder wo sich dessen Büro befand? War es bereits so weit gekommen? Das waren schlimme Zustände, dachte Quiss und schüttelte den Kopf. Der Bursche hatte aufgehört zu zappeln. Er sah zu ihm hinunter, da ihm wieder einfiel, was er gerade tat, und sagte: »Oh!« Dann riß er den schlaffen Küchengehilfen hoch, von dem Schleim abtropfte. Er schüttelte ihn eine Zeitlang, während jener gurgelnde Laute von sich gab und den Kopf schwach bewegte. »Bist du jetzt endlich bereit zu reden?«

»Ach, Scheiße, von mir aus«, sagte das Dienerlein kraftlos.

»Gut.« Quiss ging hinüber zu einer langen Reihe von Arbeitsflächen, Heizplatten, Spülbecken und Gerätschaften; er setzte den Gehilfen auf eine flache Abstellplatte, und gleich darauf stieg Qualm hinter seinem Rücken auf; er quiekte und sprang auf. Quiss entschuldigte sich dafür, daß er ihn auf einer Herdplatte abgesetzt hatte, hob ihn statt dessen zu einem Abtropfbrett hinüber und schüttete ihm etwas Wasser über das Maskengesicht.

»Sehen Sie, es ist nämlich so«, sagte der Bursche und wischte sich über die Maske. »Wir haben uns neue Regeln ausgedacht, um die Dinge hier unten interessanter zu gestalten. Wenn wir von den Leuten etwas gefragt werden, dann sagen einige von uns die Wahrheit, und einige von uns sagen genau das Gegenteil. Einige von uns geben richtige Antworten, und einige von uns geben falsche Antworten, aber wir bleiben immer bei dem, was wir gesagt haben, verstehen Sie?«

»Nein, das verstehe ich nicht«, sagte Quiss und musterte das Maskengesicht. So, wie er da auf der hohen Küchenzeile saß und seine kleinen Beinchen unter dem glänzenden Messinggeländer hervorbaumelten, das sowohl als Sicherheitsabgrenzung um die Heizplatten als auch als Trockenstange für feuchte Küchentücher diente, war das Gesicht des Dienerleins fast auf gleicher Höhe mit dem des Menschen. Quiss wartete, bis der Bursche etwas Luft geschöpft hatte, und sah sich unterdessen noch mal in der Küche um.

Es waren nur wenige Diener zu sehen. Er war sicher, daß es bei seinem Auftauchen mehr gewesen waren; sie waren überall herumgewuselt, hatten Gerätschaften hin und her getragen, waren auf Hockern gestanden, um in dampfendem Breis zu rühren, hatten alles mögliche kleingehackt und dieses und jenes in großes Kessel geworfen. Einige von ihnen hatten den Boden aufgewischt; einige hatten Teller und Tassen abgespült; einige waren nur emsig herumgerannt, ohne etwas zu tragen, doch nichtsdestoweniger eilends und geschäftig.

Jetzt konnte er durch den Dunst der Küchendämpfe nur noch ein paar schattenhafte Gestalten mit halbvernebelten Gliedmaßen sehen. Er rümpfte die Nase über die verschiedenen Gerüche und dachte, daß die feigen kleinen Mieslinge offenbar versuchten, ihm aus dem Weg zu gehen. Er hoffte, daß ihre Gerichte anbrannten. Der Bursche auf dem Abflußbrett ergriff wieder das Wort.

»Nun, das bedeutet, daß Sie an das Problem mit Hilfe der Logik herangehen müssen, verstehen Sie? Das ist auch eine Art Spiel. Sie müssen sich die richtige Frage erarbeiten, um zu erfahren, was Sie wissen wollen, klar?«

»Oh«, sagte Quiss süßlich und lächelte liebenswürdig. »Ja, alles klar.«

»Wirklich?« sagte der Küchengehilfe; sein Gesicht erstrahlte, und er richtete sich auf. »Wie schön.«

Quiss hob das Dienerlein am Vorderteil seines Umhangs hoch und brachte dessen Gesicht dicht vor seins, wobei er die grünen Stiefel des Wesens mit einem knatternden Geräusch über die geriffelte Oberfläche des Abtropfbretts schleifen ließ.

»Du wirst mir jetzt verraten, wie ich zum Büro des Majordomus komme«, sagte Quiss gleichmütig, »oder ich werde dich bei lebendigem Leibe kochen, verstehst du?«

»Strenggenommen ist das keine geschickt formulierte

Frage«, krähte der Gehilfe halberstickt, während Quiss' Faust den Stoff um seine Kehle straffte.

»Strenggenommen bist du sehr bald *tot,* wenn du mir nicht die richtigen Auskünfte gibst.« Quiss schnappte den Gehilfen von der Küchenzeile und klemmte ihn sich unter den Arm, dann entfernte er sich vom Eingang und schritt auf die Mitte der Küche zu.

Die Geräusche um ihn herum hörten nicht auf; sie wurden nur durch den Dunst und den Qualm etwas gedämpft; er hörte das Rufen von Anweisungen, das Klappern von Kellen und riesigen Rührlöffeln, das Zischen und Brutzeln von Gebratenem, das Plätschern von Wasser und Suppen, das Scharren gewaltiger Pfannen, die verschoben wurden, das maschinengewehrartige Knattern von Hackmessern in Aktion. Über sich vernahm er außer den surrenden Dunstabzügen ein Quietschen, begleitet von einem unterbrochenen leisen Klimpern und Klacken. Als Quiss nach oben sah, entdeckte er ein Schwebebahnsystem, das aussah wie ein Netz aus aneinandergestückelten, verknoteten Drähten und Ketten, die über kleine, in die Decke eingelassene Metallräder liefen und die an kleinen Haken hängende Tassen und Kannen und Teller transportierten (deshalb hatten all diese Dinge also ein Loch am Rand), ebenso wie Gabeln und Löffel und Messer von jeglicher Beschaffenheit. Sie schwebten unter der Decke dahin und schwankten beim leichtesten Ruckeln der Drahtseilbahn; hin und wieder gab es einen Zusammenstoß, wobei das Klimpern erzeugt wurde, das leise durch den anderen Krach vernehmbar war.

Quiss hörte eilige Schritte, die sich durch den allgemeinen Trubel näherten, und dann sah er ein Stück weit vor sich zwei kleine Küchengehilfen, die aus dem Nebel auf ihn zurannten. Der hintere der beiden Dienerlein trug etwas, das aussah wie ein riesiger Laib Brot, und benutzte es dazu, auf den Winzling vor ihm einzuschlagen, der mit tief gesenktem Kopf vorwärtshastete, die in

Handschuhen steckenden Hände schützend über sich haltend, während die Hiebe des ihn verfolgenden Gehilfen mit dem Laib unbarmherzig auf ihn niederhagelten.

Drei Meter vor Quiss wurden sie des großen Menschen gewahr, und sie hielten schlitternd an, in vollkommener Übereinstimmung. Sie sahen ihn gebannt an, dann wechselten sie Blicke miteinander und setzten schließlich pfiffig-entschlossene Gesichter auf; der Küchengehilfe mit dem Laib warf ihn dem anderen zu, der fing ihn auf und begann, dem anderen damit auf den Kopf zu hauen, während sie in Umkehrung der Szene zurück in den Dunst rannten, aus dem sie gekommen waren. Ihre Gestalten — die eine mit tief gesenktem Kopf, die andere mit dem Laib Brot zuschlagend — und ihre eilenden Schritte waren bald von dem wabernden Nebel verschluckt.

Quiss schüttelte den Kopf und marschierte weiter; der Bursche, den er noch immer unter dem Arm eingeklemmt hielt, strampelte nicht mehr. Er bekam noch ein paar andere zu Gesicht, doch sie ergriffen die Flucht und verschwanden, sobald sie ihn durch den Dunst herannahen sahen. Er rief ihnen hinterher, doch sie kamen nicht zurück. Es mußte, so dachte er, Tausende von diesen kleinen Dienern, Servierern, Küchenjungen, Hausbesorgern, Maurern, Bergwerksarbeitern, Mechanikern und allgemeinen Gehilfen und Untergehilfen auf dem ganzen Anwesen geben; er kannte sich etwas aus mit Truppenverpflegung und Logistik und schätzte, daß die Burgküche alle paar Stunden ein zehngängiges Mahl für eine Armee von mehreren zehntausend Mann zubereiten könnte. Alles erschien viel zu groß, zu aufwendig für die Ernährung von ihnen beiden und den schmächtigen Gestalten der Dienerschaft, selbst wenn ihre Zahl noch größer war, als es bis jetzt den Anschein hatte (sie beklagten sich übrigens andauernd, daß sie, was das Personal betraf, unterbesetzt seien).

Selbst der Maßstab sah falsch aus. Der Küchentrakt schien für menschlichen Gebrauch gestaltet zu sein, der Höhe der Arbeitszeilen und der Größe der Kellen, Töpfe und Pfannen und anderer Gerätschaften nach zu urteilen. Deshalb mußten sich die Küchengehilfen auf Schemel stellen, wenn sie Arbeiten verrichten wollten, wie zum Beispiel das Abspülen von Geschirr, das Umrühren von Suppen oder das Bedienen von Schaltern und Knöpfen. Jeder schien seinen speziellen eigenen Schemel zu haben, so hatte Quiss beobachtet; sie trugen sie auf dem Rücken mit sich herum, wenn sie von einem Arbeitsbereich in einen anderen gingen, und Quiss hatte ziemlich heftige Streitereien miterlebt, bei denen es um das Besitzrecht an einer der dreibeinigen, erhabenen kleinen Plattformen ging.

Sie kamen zu einer Art Kreuzung im Küchentrakt. Sie waren ein ganzes Stück außer Sichtweite von der breiten Treppe entfernt, über die Quiss den Küchenbereich betreten hatte, an einem Punkt, von dem aus er geradeaus in den Nebel weitergehen oder sich nach rechts oder links wenden konnte, vorbei an großen, wuchtigen Herden, auf denen riesige Kessel mit irgendeinem blubbernden, aufwallenden zähflüssigen Inhalt standen. In das rußschwarze Metall der Herde waren fratzenhafte Gesichter eingegossen, von denen eine finstere Hitze auf Quiss überschlug. Ein gelbrotes Licht strahlte durch die offenen Augenhöhlen der verzerrten Gesichter heraus, wie der Schein einer hellen Beleuchtung, der durch das Schlüsselloch einer Tür fällt. Qualm schlängelte sich in gewundenen Schwaden aus undichten Stellen an den Rändern der Herdtüren und ergänzte die Mischung aus Gerüchen, die die mannshohen Kessel auf den massigen, flachgedrückt aussehenden Herden blubbernd verbreiteten, noch um den beißenden Gestank von brennender Kohle.

Quiss blickte sich um. Er sah ein paar der anderen Gehilfen in seiner Nähe; sie standen auf ihren Hockern und rührten in Töpfen, wischten Herde blank oder polierten deren Fronten. Er nahm den Winzling, den er sich unter den Arm geklemmt hatte, hervor und hob ihn hoch, um ihm ins ausdruckslose Gesicht zu sehen. »Wohin?« fragte er ihn. Der Kleine ließ den Blick in alle Richtungen schweifen und deutete nach links.

»Dort entlang.«

Er schob ihn sich wieder unter den Arm und marschierte nach links weiter, vorbei an schweren schwarzen Herden, durch die von ihnen ausgestrahlte Hitze. Die Küchenjungen vor ihm hüpften von ihren Hockern und tippelten davon, um in den dunstigen Nebenräumen der Küche zu verschwinden. »Sind Sie sicher, daß Sie nicht etwas raffiniertere Fragen stellen wollen?« sagte der kleine Bursche mit halberstickter Stimme unter seinem Arm hervor. Er beachtete ihn nicht. »Ich meine, ›wohin‹ ist ein bißchen schlicht, stimmen Sie mir da nicht vielleicht zu?«

»Wohin jetzt?« Er holte ihn vor und gestattete ihm, sich umzusehen, als sie an einer weiteren Weggabelung angekommen waren; die Kessel waren hinter ihnen, und zu beiden Seiten waren große Steinbottiche in den Boden eingelassen und mit irgendeinem grünen Schaum bedeckt. Der Gehilfe zuckte die Achseln.

»Links.«

Quiss wandte sich in die angegebene Richtung. Das Bürschlein unter seinem Arm sagte: »So habe ich es eigentlich nicht gemeint. Die bloße Beifügung des Wortes ›jetzt‹ macht noch keinen großen Unterschied. Bei aller Hochachtung, glaube ich, Sie haben nicht ganz die richtige Vorstellung davon, welche Art von Fragen Sie stellen sollen. Es ist gar nicht schwer, wenn Sie einmal auf den Dreh gekommen sind. Wirklich, ich wundere mich, daß Sie sich bisher noch nie mit derartigen Rätseln beschäftigt haben. Denken Sie mal scharf nach.«

»Und wo geht es an dieser Stelle weiter?«

»Dort.« Der Gehilfe seufzte und streckte deutend die

Hand aus. Er sagte: »Ich verrate wahrscheinlich mehr, als ich dürfte, aber da ich Ihnen die Informationen gebe, ohne daß Sie mich danach gefragt haben, denke ich, daß es die Regeln nicht verletzt. Ich will nur soviel sagen, daß Sie nichts anderes zu tun brauchen, als Fragen zu stellen, die, obwohl sie scheinbar auf das gerichtet sind, was Sie zu tun beabsichtigen — wohin Sie gehen wollen —, Ihnen in Wirklichkeit Aufschluß geben sollen über die Person, die Sie ...«

»Wohin jetzt?«

»Wieder nach links. — Verstehen Sie, was ich meine? Was Sie tatsächlich herausfinden sollen, ist der Status der Person, die Ihnen die Auskünfte gibt, hinsichtlich der Wahrheitssprechung, so daß ...« — Quiss hörte all dem mit halbem Ohr zu, während er mißtrauisch die allgegenwärtige Drahtseilschwebebahn mit Geschirr und Besteck beäugte, die über ihm an der Decke dahinquietschte und -ratterte — »... Sie zwei Dinge gleichzeitig erfahren ... nein, warten Sie, wenn ich es mir recht überlege, dann erfahren Sie ... hmm. Lassen Sie mich darüber noch etwas nachdenken.«

Quiss betrachtete die schwarzen Herde, die merkwürdigen Gesichter, die in das heiße Metall eingegossen waren, die riesigen Kessel mit Flüssigkeit. Er gab ein tief aus der Kehle hochsteigendes Knurren von sich und holte den Küchengehilfen unter seinem Arm hervor, um ihm erneut ins Maskengesicht zu sehen. »Wir sind wieder an unseren Ausgangspunkt zurückgekehrt, du Zwerg mit einem Läusegehirn!«

»Nun, ich hatte Sie gewarnt.«

»Mißgeburt!« brüllte Quiss ihm ins Gesicht. Er sah auf einer Seite einen Kessel, dessen Deckel etwas höher hing, von einem Flaschenzug hochgehievt. Er hob den Küchenburschen hoch und warf ihn in den riesigen Kessel. Das Winseln und Schreien des Kleinen gingen in einem brei-dumpfen Geplätscher der Flüssigkeit in dem gewaltigen Behälter unter. Quiss schlug die Hände ge-

geneinander und wandte sich ab. Fast in derselben Sekunde war er umringt von unzähligen der kleinen Dienerlein, anscheinend mehreren hundert. Sie strömten aus allen Gängen des Küchentrakts herbei, eine hüfthohe Flut von schäbigen, winzigen Gestalten in grauen Umhängen, die auf ihn zueilten, wobei ihre bunten Stiefel, Schärpen und Hutkrempen aus dem Dunst herauswirbelten. Den Bruchteil eines Augenblicks lang empfand Quiss Angst, dann stieg wilder Zorn in ihm auf, und er war im Begriff, tätlich anzugreifen — um so viele dieser kleinen Widerlinge wie möglich mit sich zu nehmen —, als er merkte, daß sie sich verneigten und die Hände rangen und um Verzeihung heischende Laute ausstießen — nicht etwa heulende, zornentbrannte, wie er erwartet hatte. Er entspannte sich.

»Ich spreche die Wahrheit! Ich spreche die Wahrheit, ehrlich!« schrie einer von ihnen, und er und ein paar andere zerrten an den unteren Rändern der wenigen Pelze, die er anbehalten hatte, und zogen an seiner langen Unterhose, wo sie über den Stiefeln zu sehen war. Er ließ sich von ihnen wegführen, geradewegs zwischen den Reihen von Kesseln und Töpfen hindurch. Weitere Küchengehilfen kamen mit Leitern und Seilen, kletterten auf den großen Herd und hangelten sich zu dem verspritzten Rand des Kessels hinauf, in dem der kleine Küchenbursche, dem heftigen Platschen und Brüllen nach zu urteilen, immer noch ums Überleben kämpfte.

Quiss wurde von den zwergenhaften Küchengehilfen geführt, durch die Gänge zwischen den Arbeitszeilen, vorbei an Bottichen mit schillerndem Inhalt, blubbernden Kesseln, offenen Feuern und Bratrosten, vorbei an Reihen von gewaltigen Dampfdruckkochtöpfen mit Flügelschraubverschlüssen und Explosionsschutzschilden, unter riesigen n-förmigen Rohren hindurch, in denen es brodelte und gurgelte und aus denen Dampf entwich, und über die zierlichen, versenkten Schienen einer Schmalspureisenbahn, bis er endlich eine Wand vor sich sah und über eine baufällige Holztreppe zu einem kleinen Vorplatz hinaufgeleitet wurde, um schließlich vor einer kleinen Holztür anzuhalten, die in die Wand eingelassen war. Einer der Dienerlein pochte gegen die Tür, und dann stoben sie davon, ein Gewirr aus bunten Schuhen wirbelte durch das hölzerne Treppenhaus, bis sie alle im Dunst verschwunden waren. Die Tür flog auf. Der Majordomus der Burg sah zu Quiss heraus.

Er war ein großer, dünner Mann unbestimmbaren Alters, mit einer haarlosen grauen Haut und bekleidet mit einem langen schwarzen Umhang ohne Schmuck, abgesehen von einer kleinen silbernen Gabel mit verdrehten Zinken, die ihm an einem Stück Schnur um den Hals hing und auf dem schwarzen Brustteil des Umhangs ruhte. Die Augen des Majordomus waren länglich, scheinbar nach beiden Seiten hin ausgedehnt, als ob die Augäpfel darin die Größe von Fäusten hätten. Sein rechtes Auge enthielt zwei Pupillen, nebeneinander in dem grauen Weiß angeordnet. »Was ist denn *jetzt schon wieder?*« keifte er, als er Quiss vor sich stehen sah.

»Raten Sie mal«, erwiderte Quiss, legte die Hände an die Lippen, beugte sich vor und hielt dem Blick des Majordomus stand, der breit dastand und den Eingang in sein Büro versperrte. »Es wird dort oben immer noch nicht warm; wir frieren uns zu Tode, und wir wissen nicht, wie wir das blödsinnige Spiel spielen sollen. Wenn Sie nicht mehr Wärme dort raufschicken können, dann möchten wir das Spielzimmer ein paar Stockwerke tiefer verlegen.«

»Unmöglich. Die Heizung wird repariert. Bald arbeitet sie wieder auf Hochtouren. Haben Sie Geduld.«

»Es ist schwer, Geduld zu haben, wenn man im Begriff ist, an Unterkühlung einzugehen.«

»Die Techniker arbeiten so schnell sie können.«

»Damit sie unsere Leichen wiedererwärmen können?«

»Ich werde weitere Pelze anfordern.«

»Wir können uns jetzt schon kaum noch bewegen, so

schwer wiegen die, die wir auf dem Leib haben; und was nützen sie? Haben Sie nicht wenigstens Thermo-Unterwäsche oder vielleicht *Heizöfchen?* Könnten Sie nicht einen Kamin bauen lassen? Wir könnten Bücher verbrennen. Es gibt dort droben genügend davon.«

»Unterstehen Sie sich«, sagte der Majordomus und schüttelte den Kopf. »Nicht zwei davon sind dieselben. Alles Unikate. Es gibt von keinem einzigen zwei Exemplare.«

»Nun, sie würden trotzdem gut brennen — sie würden sehr gut brennen.« Quiss mußte vorsichtig sein. Er hatte bereits den Inhalt der Regale entlang einiger Wände verbrannt, und war jetzt vor allem deswegen heruntergekommen — übrigens widerstrebend —, um Ajayi zufriedenzustellen. Sie hatte sich über die Verschwendung beklagt und gejammert, daß es nicht richtig wäre, mit Büchern einzuheizen; es tat ihr in der Seele weh. Außerdem, hatte sie zu bedenken gegeben, würde man die Heizung vielleicht noch viel schleppender reparieren, wenn man merkte, daß sie beide es auch so schafften, sich irgendwie warm zu halten. Sie sollten keinen Präzedenzfall schaffen. Er hatte gemurrt, sich aber einverstanden erklärt. Der Majordomus sagte:

»Es dürfte jetzt nicht mehr allzulang dauern. Ich werde ein paar heiße Backsteine hinaufschicken lassen.«

»Was?«

»Große heiße Backsteine; rot glühend in den Öfen angeheizt; ich werde mit jeder Mahlzeit welche hinaufschicken lassen. Das müßte jeweils bis zum nächstenmal reichen, Sie können sich die Hände daran wärmen. Sie geben eine erstaunliche Menge an Hitze ab. Wenn sie etwas abgekühlt sind, können Sie sie in Ihr Bett legen, dann wird es schön mollig warm. Sie werden geröstet wie ein Toastbrot!«

»*Heiße Backsteine?* Ist das alles, was Sie zu bieten haben? Wie lange, genau, wird es dauern, bis die Heizung repariert ist?«

Der Majordomus hob die Schultern, musterte die Schnitzerei des Türrahmens, an dem er sich festhielt, und sagte dann: »Nicht lange. Sie gehen jetzt am besten wieder in Ihr Spielzimmer.« Der Majordomus kam aus seinem Büro heraus, schloß die Tür schnell hinter sich und packte Quiss am Oberarm. Er führte ihn durch den holzgetäfelten Vorraum zur Treppe. »Ich werde Sie hinausgeleiten.«

»Gut«, sagte Quiss, »aber zuvor möchte ich ein paar Fragen beantwortet haben. Zunächst einmal: Was geschieht mit all dem Essen? Es wird bestimmt hundertmal mehr zubereitet, als benötigt wird. Was tun Sie damit?«

»Wiederverwerten«, sagte der Majordomus, als sie die Treppe erreichten und die Stufen hinabstiegen.

»Warum macht man sich dann erst die Mühe, es zuzubereiten?«

»Man weiß nie, wer unverhofft zu Besuch kommt«, sagte der Majordomus. Quiss sah ihn an, um zu ergründen, ob er es ernst meinte. Eine der beiden rechten Pupillen des Majordomus schien ihn anzustarren. »Und außerdem hält es die Leute in Übung«, fuhr er fort und grinste den hochgewachsenen alten Mann an, während sie zwischen den Reihen von Herden und Öfen und offenen Feuern hindurchgingen. Küchenjungen rannten überall herum und schleppten Besen und Eimer und Körbe voller verborgener Zutaten durch die Gegend. Sie alle waren sehr sorgsam bemüht, egal wie hastig sie sich bewegten und wie dringend ihre Arbeit zu sein schien, zu vermeiden, dem Majordomus oder Quiss in den Weg zu geraten. »Ja, so sind sie immer beschäftigt. Kommen nicht auf dumme Gedanken«, sagte der grauhäutige Mann.

Quiss gab ein leises ›Hmm‹ von sich. Na ja, das konnte er ganz gut verstehen, aber es erschien ihm dennoch als eine verschwenderische Art, die unterste Schicht der Dienerschaft beschäftigt zu halten, und es reimte sich überhaupt nicht zusammen mit den andauernden Entschuldigungen, mit denen der Majordomus und seine Winzlinge alles und jedes auf die personelle Unterbesetzung schoben. Im Moment würde er sich damit zufriedengeben. »Woher kommen die Sachen? Ich habe an diesem Ort nichts anderes als Unkraut wachsen sehen.«

Der Majordomus hob die Schultern. »Woher kommen *Sie?*« entgegnete er finster. Quiss blickte mit zusammengekniffenen Augen in die Pupille, die ihn zu mustern schien, genaugesagt aus dem Augenwinkel. Er zog es vor, auch auf dieser Frage nicht weiter zu beharren.

Sie gelangten an die Stelle, wo Quiss die eingelassenen Schienen der Schmalspureisenbahn gesehen hatte. Ein winziger Zug, gezogen von einer Miniatur-Dampflok und bestehend aus doppelachsigen Waggons, die jeweils drei fest verschlossene, zischende Kessel transportierten, puffte langsam vorbei, mit quietschenden Rädern, die über mehrere Weichen rumpelten. Quiss und der Majordomus blieben stehen und betrachteten den Zug, der an ihnen vorbeiholperte und mit einem Mißklang von Rattern und Zischen und Scheppern und einem einzigen erstickten Pfeifen in dem Dampf und Rauch der Küche verschwand. Dann setzten sie ihren Weg fort, und Quiss verkniff sich eine Frage bezüglich des Ziels dieses Zugs.

Irgendwo zu ihrer Rechten ertönte eine gedämpfte Explosion, und ein breiter orangefarbener Schimmer verteilte sich im Dunst, wie ein Sonnenuntergang. Ein Klappern und vereinzeltes Heulen hoben an. Der orangefarbene Schein zu ihrer Rechten verblaßte, verschwand aber nicht ganz. Der Majordomus warf einen kurzen Blick in die Richtung, schien aber nicht besonders beunruhigt, auch nicht als ein paar Augenblicke später Küchengehilfen scharenweise um sie herumrannten, alle mit Kübeln voll Wasser und Sand, mit Feuerdecken, Schneidgerät und Bahren bewaffnet.

»Noch etwas interessiert mich«, sagte Quiss, als sie

sich der Stelle näherten, wo er den überheblichen Küchenjungen in den Kessel geworfen hatte. »Mit dieser raffinierten Vorrichtung, um Sachen durch die Gegend zu transportieren« — er deutete mit einer Handbewegung hinauf zu dem blinkenden Besteck über ihren Köpfen, das unter dem Gewirr von Leitungen und auf Drehzapfen angebrachten Prismen an der Küchendecke schleifenförmig dahinschwebte — »ganz zu schweigen von dem Mechanismus der Uhrwerke und dem Übertragungssystem und der komplizierten Heizungsinstallation in den Fußböden und Decken ...«

»Ja?« unterbrach ihn der Majordomus.

Quiss setzte eine finstere Miene auf und sagte: »Wieso können Sie das Essen nicht zu uns befördern, solang es noch heiß ist?«

Sie gingen jetzt an dem Kessel vorbei, in den Quiss den kleinen Küchenburschen geworfen hatte. Der Winzling hatte das Gottesgericht offenbar überlebt und saß zitternd und benommen da, während einige seiner Kollegen ihn abrieben. Ein Hilfskoch überwachte die Säuberung des Herdes um den Kessel herum und die Vorbereitung frischer Zutaten als Ersatz für die eingebüßte. Der Majordomus blieb stehen und beobachtete mit kritischem Bick die Verrichtung der Arbeiten. Die Küchengehilfen schufteten jetzt noch schneller. Der eine, den Quiss in den Brei getaucht hatte, fing beim Anblick des riesigen, in Pelze gehüllten Menschen so heftig an zu zittern, daß kleine Spritzer der dicken Flüssigkeit von ihm wegflogen, wie Wassertropfen von einem sich schüttelnden Hund.

»Nun«, sagte der Majordomus, »es ist ein weiter Weg von hier bis dort.«

»Dann konstruieren Sie doch einen automatischen Kellner.«

»Das wäre ...« Der Majordomus brach ab, um einem der Kochlehrlinge dabei zuzusehen, wie er eine lange Kelle in den Kessel tauchte, den der unglückliche Gehilfe gerade geräumt hatte. Der Lehrling führte den Löffel zum Mund, nickte anerkennend und stieg die Stufen einer Trittleiter herab, während der Majordomus fortfuhr: »... gegen die Tradition. Es ist eine große Ehre für unser Servierpersonal, unseren Gästen die Speisen aufzutragen. Das könnte ich ihnen niemals versagen. Ein automatischer Kellner wäre ...« Jetzt sprach der Lehrling mit dem Hilfskoch, der ebenfalls den Inhalt der Kelle kostete und nickte, während der Majordomus sagte: »... zu unpersönlich.«

»Wen schert es, ob es unpersönlich wäre! Dies sind sowieso nicht unbedingt die Art von ... *Personen,* mit denen ich zu tun haben möchte«, sagte Quiss und deutete dabei mit einer umfassenden Geste auf die verschiedenen Diener, Servierer und Küchengehilfen um sie herum, während sich der Hilfskoch ihnen achtungsvoll näherte und vor dem Majordomus eine Verbeugung vollführte. Der Majordomus bückte sich ein wenig, als sich der Hilfskoch einen Hocker heranzog und sich daraufstellte, um seinem Herrn etwas ins Ohr zu flüstern. Der Majordomus warf einen flüchtigen Blick auf den bebenden Küchenburschen, der von den anderen versorgt wurde, dann zuckte er die Achseln und sagte etwas zu dem Hilfskoch, der schnell von dem Hocker hüpfte und sich wieder zu den anderen gesellte.

Der Majordomus sah Quiss an und erklärte: »Leider können nicht ausschließlich Ihre Gefühle berücksichtigt werden. Mir obliegt ebenso das Wohlergehen meines Personals. So ist das Leben nun mal. Jetzt muß ich gehen.« Er drehte sich um und ging davon, ohne auf das Brüllen und Kreischen des kleinen nassen Küchenburschen zu achten, während — nachdem der Hilfskoch die anderen Küchenjungen um sich versammelt und auf den Kessel und die Kelle und seinen Bauch gedeutet hatte, bevor er in Richtung des nassen Winzlings nickte — die um sich schlagende und tretende und heulende Gestalt von denselben Küchenjungen, die ihn kurz zuvor noch getröstet und verhätschelt hatten, gepackt und über die immer noch an den großen Kessel gelehnte Trittleiter hinaufgetragen und wieder hineingeworfen wurde. Der Deckel wurde mit Geklapper an dem Flaschenzug herabgesenkt.

Quiss stampfte vor Wut und Enttäuschung mit dem Fuß auf, dann stieg er die Treppe wieder hinauf, um seine übrigen Pelze einzusammeln und den Weg hinauf in die oberen Gefilde der Burg zurückzulegen.

›Ohne Plan — Fertig — Los‹ hatte sich als Spiel erwiesen, bei dem es darum ging, schwarze und weiße Steine auf einem Raster zu setzen und zu verschieben, um auf einem unendlichen Brett Territorium zu gewinnen. Er und die Frau hatten zweihundert Tage gebraucht — nach ihrem Zeitmaßstab gerechnet —, sich das Spiel zu erarbeiten und es auszuführen. Wieder einmal standen sie kurz vor dem Ende, und wieder einmal hatte er trotz allem zu erreichen versucht, daß die Heizung instandgesetzt würde. Seit ihrem letzten Spiel hatten sich die Licht- und Wärmeverhältnisse noch wesentlich verschlechtert.

»Und ich nehme an, jetzt wird es mein Fehler sein, daß die Heizung nicht sofort besser geworden ist«, murmelte er vor sich hin, während er durch den langen Gang schritt. Sie würde ihm Vorwürfe machen. Na ja, sollte sie halt; das konnte ihm nichts anhaben. Hauptsache, sie konnten dieses blöde Spiel beenden und zu *seiner* Antwort kommen. Sie mochte geschickter darin sein, solche Albernheiten auszutüfteln wie ihre Spiele (unendliche Dinge, die nur in einer Richtung unendlich waren, *von einem Ausgangspunkt aus;* man konnte ein Ende festhalten, und doch war es unendlich! Hirnverbrannt!), aber er war überzeugt davon, daß er die richtige Antwort hatte, und zwar eine näherliegende und offensichtlichere als die ihre. Er hätte sich niemals von ihr dazu überreden lassen sollen, zuerst ihre Antwort abzugeben, als sie anfangs beschlossen hatten, wie sie das Ganze handhaben wollten. Sie und ihre aalglatten ›logischen‹ Argumente! Wie dumm er gewesen war!

»Jetzt werden wir es jedoch richtig machen«, sagte er zu sich selbst, während er durch das verwinkelte Innere der Burg aufstieg, wobei das Licht immer schwächer und die Kälte immer beißender wurde und er seine Pelze immer enger um sich raffte. »Ja, diesmal werden wir … werde *ich* es richtig machen. Mit Sicherheit.«

Brummend und vor sich hinraunend schlurfte der alte, massige Mann mit dem wuscheligen, gescheckten Haar durch die immer dunkler werdenden Stockwerke der Burg, eingehüllt in seine Pelze und Hoffnungen und Ängste.

Quiss' Lösung des Problems, seine Antwort auf das Rätsel: »Was geschieht, wenn eine unaufhaltsame Kraft auf einen unbeweglichen Gegenstand trifft?« lautete: »Der unbewegliche Gegenstand verliert; Kraft siegt immer.«

(Die rote Krähe, die auf dem Balkongeländer saß, hatte vor Lachen geradezu gegackert: Ajayi hatte geseufzt.)

Das Dienerlein kam nach ein paar Minuten zurück, seine kleinen roten Stiefeln kräuselten den Saum seines Gewandes. »So sehr es mir widerstrebt, der Überbringer schlechter Nachrichten zu sein …«, fing er an.

TEIL DREI

□ Amwell Street

Eine Kolonne von schweren Lastwagen rumpelte die Amwell Street entlang, als Graham aus der Rosebery Avenue in sie einbog; es waren große graue Fahrzeuge zum Transport von Bau- oder Bruchsteinen mit hohen geriffelten Seitenwänden, die in der fast reglosen Luft eine Staubwolke hinter sich herzogen. Grahams Weg führte ihn jetzt leicht bergauf, und entsprechend langsamer wurden seine Schritte. Er horchte auf den Verkehr, spürte, wie warme Luft an ihm vorbeistrich, verlagerte seine Zeichenmappe von einer Hand in die andere und dachte an *sie*.

Er hatte während der beiden folgenden Tage nach der Party keine Gelegenheit gehabt, mit Slater zusammenzutreffen, und die Zeit war für ihn wie im Nebel vergangen. Am Montag war Slater jedoch in der kleinen, verrauchten Cafeteria und Snackbar an der Red Lion Street gewesen, in der er die meiste Zeit verbrachte, und Graham hatte ihn mit zahlreichen Tassen Tee und kostspieligen Runden Räucherlachs und Körnerbrot versorgt, während ihm Slater aufreizend langsam einiges über Sara erzählt hatte.

Ja, sie hatten tatsächlich in Shrewsbury nebeneinander gewohnt, doch natürlich hatten sie sich nur während der Schulferien gesehen, und natürlich hatten sie sich nicht über einen spießigen Eigenheimgartenzaun hinweg kennengelernt; er hatte sie zum erstenmal von seiner Baumbude im Garten seiner Eltern aus bemerkt, während sie das Reiten auf ihrem neuen Pony lernte, und zwar auf dem zehn Morgen großen Gelände ihrer Eltern, mit altem Baumbestand und gepflegtem Weideland.

»Eine Baumbude?« reizte Graham zurück. »War das nicht ein etwas derbes Vergnügen für jemanden wie dich?« Slater entgegnete säuerlich: »Ich war Jane, Süßer, nicht Tarzan.«

Saras beste Jahre, so fuhr Slater fort, waren gleich nach ihrem Abgang von der Schule. Damals war sie ein ganz wilder Feger, sagte er und seufzte vor übertriebener Wehmut. Sie trank Guinness, rauchte Gauloises und aß alles, wenn nur ordentlich viel Knoblauch dran war. Man roch es ihr auch an. Wenn sie ausging, hatte sie stets eine große Handtasche dabei, die Kartoffeln enthielt, mit denen sie die Auspuffrohre von teuren Autos zustopfte, und außerdem ein großes, scharfes Messer, mit dem sie die Faltdächer von Kabrios aufschlitzte. Wenn es sich machen ließ, pflegte sie in die so geschaffenen Öffnungen zu kotzen.

Sie betrank sich oft und machte einmal Striptease auf dem Klavier einer Kneipe in der Nachbarschaft. (Graham sprach Sara bei einem ihrer Spaziergänge am Kanal darauf an. Sie lächelte, senkte den Blick beim Gehen auf die Füße und gab schließlich etwas verschämt zu, daß alles stimmte. »Ich habe mich damals sehr rebellisch aufgeführt«, bestätigte sie mit ihrer trägen, tiefen Stimme und nickte. Graham empfand dabei so etwas wie Schmerz, genau wie es ihm ergangen war, als Slater ihm das erstemal davon erzählte; er hätte sie gern zu jener Zeit schon gekannt, wäre gern ein Teil ihres damaligen Lebens gewesen. Er merkte, daß er auf die Vergangenheit an sich eifersüchtig war.)

Sie war drei Jahre älter als Slater; jetzt dreiundzwanzig. Während der letzten beiden Jahre war sie verheiratet gewesen, mit einem Mann, der tatsächlich Geschäftsführer einer Kanalbaufirma war (Slater war ziemlich beleidigt, weil Graham gedacht hatte, er hätte diese Einzelheit nur zum Spaß erfunden). Sie war diese Ehe gegen den Willen ihrer Eltern eingegangen; diese hatten seither nicht mehr mit ihr geredet. Ihr Verhältnis zu ihnen war ohnehin nie gut gewesen, und wahrscheinlich hatte sie vor allem deshalb geheiratet, um sie zu ärgern. Das war schade, denn ihre Eltern waren nicht von der schlechtesten Sorte; wie die seinen — Slaters — glaubten sie nur eben alles, was sie im *Daily Telegraph* lasen.

Sara besaß nur ein einziges wirkliches Geschick oder Talent. Obwohl sie keine besonders gute Schülerin gewesen war (sie war nicht einmal zu den Aufnahmeprüfungen für Oxford oder Cambridge zugelassen worden), hatte sie sich im Klavierunterricht als sehr emsig erwiesen, und sie spielte dieses Instrument tatsächlich leidlich gut. Ihr Alter, also ihr Banause von Ehemann, förderte diese Begabung jedoch nicht, sondern im Gegenteil: er verkaufte sogar ihr Klavier an einem Wochenende, während sie bei Freunden weilte. Damit war das Faß aber noch lange nicht zum Überlaufen voll, weit davon entfernt. Der Verkauf des Klaviers fand nur ein paar Monate nach ihrer Heirat statt. Damals hätte sie gleich ausziehen sollen, doch sie, stur wie sie war, hielt durch.

Ihrem Alten paßte es nicht, daß keine Kinder kamen; er gab ihr die Schuld daran. Sara hatte versucht, eine gute Ehefrau zu sein, es war ihr jedoch nicht gelungen. Die anderen braven Weibchen, mit denen sie hätte Umgang pflegen sollen, um der Karriere ihres Gatten nützlich zu sein, waren abscheulich hirnlos und langweilig. Der sozialen Ächtung folgten Ausbrüche gelinden Wahnsinns; ihr Alter trank viel, schlug sie zwar nicht allzuoft, beschimpfte sie jedoch unflätig und wandte sich dem Angelsport zu. Er verbrachte die Wochenenden auswärts, angeblich mit irgendwelchen männlichen Freunden, von denen sie noch nie gehört hatte. Er behauptete, daß er in Flüssen fischte, brachte dann aber am Sonntag abend Fischfilet mit nach Hause. Und er war immer verdächtig darauf bedacht, seine Taschen zu leeren, bevor er ihr seine Klamotten zum waschen gab. Und sie schöpfte VERDACHT.

Sie verbrachte die Wochenenden auf ihre Weise, hier in London, wo sie bei Veronica übernachtete, um deren Wohnung sie sich zur Zeit kümmert, solang die Besitzerin ein Jahr im Studienaustausch an der Uni in Los Angeles verbringt. An einem solchen Wochenende hatte sie Stock kennengelernt, einen Fotografen, der viel für die vierfarbigen Beilagen von Tageszeitungen arbeitete, wenn auch immer unter fremden Namen, wegen der Steuer. Slater hatte ihn bisher lediglich auf seiner BMW sitzend oder gerade von ihr absteigend gesehen. Er hatte ihn nie ohne Sturzhelm zu Gesicht bekommen; er hätte Albino sein oder eine Rasta-Mähne tragen können, so wenig wußte er von ihm. Angeblich sah er ein bißchen wie Darth Vader ohne Umhang aus. Offenbar der eifersüchtige, launische Typ; ebenfalls verheiratet, aber getrennt lebend. Keine Ahnung, was die hübsche Sara an ihm fand.

Jedenfalls kam es ihm so vor, als ob jeder von ihnen beiden in letzter Zeit immer mehr seiner eigenen Wege ginge, widersinniger-, aber vorhersehbarerweise deshalb, weil sie sich jetzt öfter sahen, nicht nur am Wochenende. Stock blieb ziemlich häufig über Nacht in der schrecklichen kleinen Wohnung in Islington, doch Slater hatte den Eindruck, als ob Sara des Macho-Mannes in schwarzem Leder etwas überdrüssig würde.

Das Ding um ihren Hals? Ja, das war eine Narbe; in ihren frühen Teenagerjahren hatte sie sich ein Muttermal entfernen lassen, damit es sich nicht zu einer bösartigen Wucherung entwickelte. Ja, auch er fand es auf abartige Weise schön. ›La Cicatrice‹ war sein Kosename für sie gewesen.

Endlich gab Slater die Telefonnummer der Wohnung preis, und Graham schrieb die sieben Ziffern sorgsam nieder, überprüfte sie zweimal und ging nicht auf Slaters bissige Bemerkungen über die kauzige Sara mit ihrem schlechten Geschmack in puncto Männer und die treulose, vertrauensunwürdige Natur der Frauen im allgemeinen ein. Slater hatte angeboten, daß sie ihre Geschichten darüber austauschten, was sich abgespielt hatte, nachdem sie jeweils paarweise die Party verlassen hatten, aber Graham hatte keine Lust, darüber zu sprechen, und erklärte das Slater, während er fein säuberlich ihren Namen neben die Nummer schrieb: *Sarah Fitch.* Slater lachte und deutete mit einem prustenden Lachen auf das, was Graham geschrieben hatte. »Kein großes F, sondern zwei kleine. Und kein ›h‹ am Ende von Sara«, sagte er.

Graham rief sie noch am selben Tag von der Schule aus an; er erreichte sie in der Wohnung. Sie sagte, sie sei entzückt, von ihm zu hören; der Klang ihrer Stimme jagte ihm einen Schauder der Erregung durch den Körper. Sie hatte am Abend des nächsten Dienstags Zeit. Sie wollte ihn in einem Pub treffen, das ›Camden Head‹ hieß, um neun. Sie freue sich schon darauf, sagte sie.

Er jubelte innerlich vor Freude, als er die Telefonzelle verließ.

Sie kam zu spät, wie immer, und dann hatten sie nur ungefähr anderthalb Stunden Zeit, um sich zu unterhalten, bevor sie wieder gehen mußte; er war nervös, und sie sah müde aus, wenn auch trotzdem hübsch in ihrer roten Kordhose, einer Arran-Jacke und einem tollen abgewetzten Pelzmantel. »Es könnte passieren, daß ich mich in dich verknalle, weißt du«, sagte er, als sie um elf ihre Gläser austranken.

Sie lächelte ihn an, schüttelte den Kopf, wechselte das Thema, machte einen zerstreuten Eindruck und sah sich andauernd um, als ob sie das Auftauchen von jemandem erwartete. Er wünschte, er hätte den Mund gehalten.

Sie begleitete ihn zur Bushaltestelle, erlaubte ihm

nicht, sie zurück zur Wohnung zu begleiten, und bat ihn, ihr nicht zu folgen. Das würde sie auf jeden Fall merken, und dann würde sie sich ärgern. Sie küßte ihn wieder, schnell, flüchtig. »Tut mir leid, ich war alles andere als eine großartige Gesellschaft. Ruf mich bald wieder an; nächstesmal komme ich pünktlich.«

Graham lächelte vor sich hin, als er daran dachte. Ihr Zeitsinn schien völlig verschieden von dem anderer Leute zu sein. Sie hielt sich an ihre eigene Zeit, richtete sich nach einer inneren, unregelmäßig gehenden Uhr. Wie in den immer wieder gern gebrachten Karikaturen über die weibliche Pünktlichkeit kam sie jedesmal zu spät. Aber im allgemeinen kam sie. Fast immer. Sie trafen sich an Wochentagen, zunächst nicht an den Wochenenden, und zwar in Kneipen nicht weit von der Wohnung entfernt. Meistens plauderten sie über allgemeine Dinge; es war ein langsamer Prozeß des gegenseitigen Entdeckens. Er wollte alles erfahren, was sie getan und wie sie gelebt und was sie gedacht hatte, doch sie gab nur zögernd Auskunft. Sie zog es vor, über Filme und Bücher und Schallplatten zu sprechen, und obwohl sie sich für ihn zu interessieren schien und ihn über sein Leben ausfragte, fühlte er sich ebenso betrogen wie geschmeichelt. Er liebte sie, doch seine Liebe, die Liebe, von der er sich wünschte, es möge ihrer beider Liebe sein, schien in einer Sackgasse zu stecken, in einem frühen Stadium lahmzuliegen, als ob sie bis zum Frühling in einen Winterschlaf versunken sei.

Über Stock wollte sie überhaupt nicht sprechen.

Graham ging die Amwell Street entlang. Wie geht es dir? fragte er sich. Oh, mir geht es gut. Er betrachtete seine Fingernägel. Er hatte eine halbe Stunde gebraucht, um seine Hände und Nägel sauberzubekommen, wobei er Spiritus und eine Nagelbürste sowie Seife und Wasser benutzte. Von dieser Prozedur waren übrigens die Flecken von ein paar Spritzern auf seinem

Hemd übriggeblieben. Er hatte die Nivea-Creme eines Freundes genommen, um der geschrubbten, aufgerauhten Haut seiner Hände wieder etwas Feuchtigkeit zuzuführen. Die einzigen Flecken, die seinen Bemühungen widerstanden hatten, waren ein paar hartnäckige Rückstände von Tusche, Überbleibsel von den Zeichnungen von Sara, die er tags zuvor fertiggestellt hatte. Graham lächelte; sie war ihm in die Poren gedrungen.

Er ging an dem Eingang zu einem Innenhof vorbei. Eine Fahne hing locker darüber und kündete von irgendeinem Fest. Er sah sich die Fahne genauer an, prägte sich die Falten und Linien ein und speicherte das Bild in seinem Gedächtnis, um es irgendwann einmal zu zeichnen. Man konnte beim Zeichnen einer schlaff hängenden Fahne allerlei Spielereien anstellen, so daß bestimmte Buchstaben und Worte durch den Faltenwurf versteckt und der Sinn der Aufschrift verfälscht waren.

Er erinnerte sich an ein andermal, als er diese Strecke hier gegangen war, im Mai, nachdem sie angefangen hatte, sich nachmittags mit ihm zu treffen, und sie lange Spaziergänge entlang des Kanals unternahmen. Es hatte in Strömen geregnet; ein unglaublicher Wolkenbruch mit Blitz und Donner, krachend und grummelnd am Himmel über der Stadt. Er war bis auf die Haut durchnäßt und hoffte, daß ihm dieser Umstand endlich den Zugang zu der Wohnung verschaffen würde; bis dahin hatte sie ihn noch nie hereingebeten.

Als er bei ihr angekommen war, drückte er den Knopf der Gegensprechanlage und wartete auf das Knarren ihrer entstellten Stimme, doch es kam nichts. Er drückte und drückte. Er trat zurück auf die Straße, der Regen stach ihm in die Augen, weichte ihn vollkommen auf, floß ihm in Mund und Augen; ein warmer Regen mit großen harten Tropfen, die seine Kleidung durchdrangen und sie an seinem Körper festklebten; dieser Vorgang hatte etwas Erotisches, das sein Herz in einer plötzlichen stürmischen sexuellen Aufwallung schneller schlagen ließ; sie würde ihn hereinbitten ... nein, besser noch, sie würde neben ihm auf der Straße auftauchen, da sie auch draußen gewesen war, ebenfalls naß bis auf die Haut, sie würde ihn ansehen ... sie würden hineingehen ...

Nichts.

Er ging die ganze Strecke bis zur Upper Street, bis fast zu den Bushaltestellen, bevor er eine freie Telefonzelle fand. Er stand darin, mit dampfender Kleidung und Haut, während Wasser von ihm auf den Boden der nach Urin stinkenden Zelle tropfte, und wählte ihre Nummer, lauschte auf das Läuten, wählte noch einmal neu und sagte die einzelnen Ziffern immer wieder vor sich hin wie eine Beschwörung, und bei jeder vergewisserte er sich, daß sein Finger im richtigen Loch der Wählscheibe steckte. Er hörte das Doppelläuten am anderen Ende der Leitung: *trr-trr; trr-trr; trr-trr.* Er horchte, versuchte, sie durch Willenskraft zum Telefon zu holen, stellte sich vor, daß sie in die Wohnung zurückkehrte, nachdem sie draußen gewesen war ... jetzt würde sie den Schlüssel ins Schlüsselloch stecken ... jetzt rannte sie die Treppe hinauf ... jetzt stürzte sie hinein, tropfend, keuchend, um den Hörer zu schnappen ... jetzt ... jetzt.

Trr-trr; trr-trr; trr-trr.

Bitte!

Seine Hand tat weh, sein Mund schmerzte, so verbissen und angespannt war sein Gesichtsausdruck, wie er wußte; Wasser rann ihm von den Ohren, übers Gesicht, den Rücken hinunter. Wasser tropfte von seinem Ellbogen, wo er abgeknickt war, um den Telefonhörer ans Ohr zu halten.

Sei da; sei da; sei da; *trr-trr; trr-trr; trr-trr ...*

Vor der Telefonzelle standen Leute. Es regnete immer noch, wenn auch inzwischen nicht mehr ganz so heftig. Ein Mädchen draußen klopfte gegen die Glasscheibe, er drehte sich um, beachtete sie nicht. *Bitte* sei da ... *trr-trr; trr-trr; trr-trr ...*

Schließlich wurde die Tür der Telefonzelle aufgerissen. Eine naß aussehende Blondine in einem regendunklen Mantel stand da und starrte ihn an. »He, sagense ma, wasn das fürn Spiel? Ich steh geschlagene zwanzig Minuten hier, wa? Se ham ja noch nich ma Anschluß gekricht!«

Er sagte nichts, sondern legte den Hörer auf und ging weg zur Bushaltestelle. Er hatte vergessen, sein Tenpencestück, das er bereits eingeworfen hatte, wieder herauszuholen, und außerdem hatte er noch einen ganzen Stapel von Münzen auf dem Telefonbuch liegen lassen. Er merkte, wie ihm übel wurde.

Sie entschuldigte sich am nächsten Tag telefonisch bei ihm; sie hatte sich unter der Bettdecke versteckt und ihre Lieblingskassette von David Bowie auf voller Lautstärke auf ihrem Sony-Walkman gespielt, um den Krach des Donners zu übertönen.

Er lachte und liebte sie dafür.

Graham kam durch eine kleine Passage; in ihrem Innenhof war ein kleiner Stand, an dem Kuchen verkauft wurde. Er erwog, sich einen Kuchen zum Aus-der-Hand-Essen zu kaufen, doch während er noch darüber nachdachte, ging er weiter, und dann fand er, es würde komisch aussehen, wenn er ein so weites Stück zurückginge, also ließ er es, obwohl bei der Vorstellung sein Magen plötzlich knurrte. Es war bestimmt vier Stunden her, daß er etwas gegessen hatte, in derselben kleinen Cafeteria, wo er im Januar Slater dazu gebracht hatte, ihm etwas über Sara zu erzählen.

Graham überquerte die Straße. Er näherte sich Clairmont Square, auf dem höchsten Punkt des Hügels, wo hohe Häuser, einst vornehm, dann heruntergekommen und jetzt im Zustand der Sanierung, große Bäume überragend ihre Fronten dem geschäftigen Verkehr auf der Pentonville Road zuwandten. Graham nahm seine Plastikmappe von einer Hand in die andere. Darin befanden sich Bilder von Sara ffitch, und er war stolz darauf. Er hatte die Zeichnungen in einem neuen Stil ausgeführt, mit dem er seit einiger Zeit experimentierte, und jetzt, das spürte er, hatte er ihn genau richtig im Griff. Es war vielleicht noch ein bißchen zu früh, um sich dessen ganz sicher zu sein, aber er fand, daß diese Zeichnungen wahrscheinlich das beste waren, das er je hervorgebracht hatte. Das gab ihm ein gutes Gefühl. Auch das war eine Art von Omen, eine Bestätigung …

Einmal hatten sie ein Gespräch auf zwei Ebenen miteinander geführt, von der Straße aus zum Fenster im ersten Stock hinauf und umgekehrt; es war im April gewesen, beim zweitenmal, als er sie am Nachmittag besucht hatte, um mit ihr am Kanal spazierenzugehen.

Sie kam ans Fenster, als er auf den Knopf der Gegensprechanlage gedrückt hatte, und beugte den Kopf durch die untere Hälfte des geöffneten zweigeteilten Schiebefensters zwischen dunkelbraunen Vorhängen heraus. »Hallo!« rief sie.

Er ging zur Mitte der Straße. »Kommst du runter zum Spielen?« sagte er und lächelte zu ihr ins Gegenlicht der Sonne hinauf. In diesem Moment rutschte der obere Teil des Fensters herunter; sie lachte und drehte den Kopf um.

»Huch!« entfuhr es ihr.

»Alles in Ordnung?« fragte er. Sie nickte.

»Hat nicht weh getan.« Sie kicherte. Er hielt sich die Hand über die Augen, um besser sehen zu können. »Ich glaube, ich kann den Kopf noch hereinziehen. Ich hoffe wenigstens, daß ich nicht hier feststecke.«

Er gab ein kleines, besorgtes Lachen von sich. Plötzlich kam ihm der Gedanke, wie sie aus dem Innern der Küche, aus der sie sich hinauslehnte, aussehen mußte; eine häßliche sexuelle Vorstellung ging ihm durch den Kopf, und er sah sich nach der großen schwarzen BMW-

Maschine um, aber sie war nirgends zu sehen. So war es immer, wenn sie ihn aufforderte, ihn von der Wohnung abzuholen; sie sorgte dafür, daß er und Stock sich nicht über den Weg liefen. Sara kicherte.

»Solche Sachen passieren mir andauernd«, sagte sie, zuckte die Achseln, legte die Ellbogen auf die Fensterbank und lächelte zu ihm herunter. Sie trug ein weites Hemd aus schwerem Karostoff, wie eine nachgemachte Holzfällerjacke.

»Also«, sagte er, »kommst du herunter zu einem Spaziergang?«

»Wohin sollen wir gehen?« erwiderte sie. »Mach mir einen verlockenden Vorschlag.«

»Ich weiß nicht. Bist du den Kanal leid?«

»Vielleicht.« Sie zuckte wieder die Achseln. Ihre Augen schweiften ab von ihm, suchten anscheinend den Horizont ab. »Ach ja«, sagte sie. »Wie wär's mit dem Post Office Tower?«

Er drehte sich um und blickte nach Süden und Westen, obwohl er wußte, daß er von der Straße aus das hohe Gebäude nicht sehen konnte. »Dort möchtest du hingehen?«

»Wir könnten im Drehrestaurant etwas essen«, sagte sie und lachte.

»Ich dachte, es wäre geschlossen«, sagte er. Sie zuckte wieder die Achseln, stemmte sich mit den Armen ab und wölbte den Rücken nach oben.

»Tatsächlich? Also keine gute Idee.«

»Das war sowieso nicht ganz meine Preisklasse«, meinte er lachend. »Ich kaufe dir einen BigMac und Pommes frites, wenn du Hunger hast. So, ist das ein Angebot?«

»Und was hältst du vom Zoo?« sagte sie und blickte zu ihm herab.

»Erdferkel und Pommes frites? Schimpanse und Pommes frites?« sagte er. Sie lachte, und das gab ihm ein gutes Gefühl.

Sie sagte: »Ja, wir könnten heute mal in den Zoo gehen.«

»Möchtest du das wirklich?« fragte er. Er hatte gehört, daß der Eintritt ziemlich teuer war. Aber er würde gehen, wenn sie es so wollte.

»Ich weiß auch nicht.« Wieder zuckte sie die Achseln. »Ich glaube schon.«

»Wir können am Kanal entlang bis zum Zoo gehen. Das ist vielleicht ein langer Weg, aber bestimmt schön. Durch die Schleuse von Camden.« Allmählich tat ihm der Hals vom Hinaufsehen weh. Sie hielt sich an der Fensterbank fest und bemühte sich offenbar, die Scheibe über sich mit dem Kreuz hochzuschieben. Sie steckt fest, dachte er, aber sie will es nicht zugeben. Stolz, peinlich berührt. Wie ich. Er lächelte. Vielleicht mußte er eine Leiter besorgen, sie retten. Die Vorstellung erheiterte ihn.

»Wußtest du, daß der Kanal genau unter diesem Haus durchführt?« fragte sie.

Er schüttelte den Kopf. »Nein. Wirklich?«

»Direkt drunter durch«, bestätigte sie nickend. »Genau hier drunter. Ich habe es auf dem Stadtplan gesehen. Ist das nicht erstaunlich?«

»Vielleicht gibt es einen Geheimgang.«

»Wir könnten einen bauen. Einen Tunnel.« Ihre Stimme klang rauh; er hätte sie gern angelacht, tat es aber nicht. Sie wurde langsam wütend, es war ihr peinlich, im Fenster festzustecken, mit ihm zu plaudern, während sie sich insgeheim anstrengte, die Fensterfalle, in der sie steckte, wieder zu öffnen.

»Hast du Schwierigkeiten dort oben?« fragte er und versuchte, keine Miene zu verziehen.

»Was?« sagte sie, und dann: »Nein, nein, natürlich nicht.« Sie räusperte sich. »Sag mal, was hast du so in letzter Zeit getrieben?«

»Nichts Besonderes«, sagte er grinsend, »mich nur drauf gefreut, dich wiederzusehen.« Sie machte ein komisches Gesicht, stieß ein geschnaubtes Lachen aus. Er fuhr fort: »Ich habe noch ein paar Zeichnungen von dir gemacht.«

»Ach ja?«

»Sie sind allerdings immer noch nicht gut genug. Ich werde sie zerreißen.«

»Wirklich?«

»Du bist schwer zu zeichnen.« Er blickte die Straße hinauf und hinunter. »Wirst du mir eines Tages anständig Modell stehen?«

»Du meinst unanständig«, sagte sie. Er lachte.

»Noch besser. Aber ich wäre schon froh, wenn du nur still dasitzen würdest.«

»Kann sein. Eines Tages. Also gut, ja, bestimmt. Ich verspreche es.«

»Ich nehme dich beim Wort.«

»Tu das.«

»So, kommst du jetzt runter?« fragte er.

Sie steckte wirklich fest. Sie drehte den Kopf um, und er sah, wie sie die Schultern anspannte und den Rücken wieder wölbte. Sie murmelte etwas, das sich wie ein Fluch anhörte. Dann wandte sie den Kopf wieder ihm zu und nickte. »Ja, ja, sofort.«

Er grinste, während sie sich gegen die Fensterbank stemmte, den Kopf gesenkt, das schwarze Haar herunterhängend. Er konnte nur ihr Gesicht sehen, als er auf dem Gehsteig unter ihr auf und ab schritt. Sie ächzte, das Fenster quietschte. Er blickte in ihr triumphierendes Gesicht hoch; sie lächelte breit, dann zog sie sich zurück, winkte ihm kurz und sagte: »Ah, so, das war's. Bin gleich unten.«

Sie gingen bis zur Schleuse in Camden; sie hatte keine Lust auf einen ausgedehnten Spaziergang. Sie verbrachten den größten Teil des Nachmittags in einem Poster-Geschäft, nur zum Schauen, und dann in einem Café. Sie wollte zurück nicht zu Fuß gehen; sie nahmen die U-Bahn von Camden Town bis Angel.

In der Bahn, im Tunnel, fragte er sie Dinge, die er sie schon lange fragen wollte, sich aber nie getraut hatte. Sie waren in dem ratternden Waggon von einer Art geräuschvollen Anonymität umgeben, die ihm ein Gefühl der Sicherheit vermittelte.

Er fragte sie nach Stock; war sie seinetwegen nach London gekommen?

Sie sagte eine ganze Weile nichts, dann schüttelte sie den Kopf.

Sie war gekommen, um zu entfliehen, um sich zu retten. Die Stadt war groß genug, um sich darin zu verstekken, um darin unterzutauchen und überhaupt, sie kannte ein paar Leute hier; unter anderem Slater. Auch Stock war hier, aber sie hatte sich niemals Illusionen gemacht, was die Dauerhaftigkeit ihrer Beziehung anging. Sie war hergekommen, sagte sie, um zu sich selbst zu finden, um wieder sie selbst zu sein. Stock war ... etwas, das sie immer noch brauchte, auch jetzt noch; etwas, an dem sie sich festhalten konnte; etwas Übles, das wußte sie, aber etwas Unbewegliches im Strom und im Wandel ihres Lebens.

Sie wußte, daß sie absolut nicht zueinander paßten; sie liebte ihn nicht, aber sie konnte sich in diesem Moment noch nicht von ihm trennen. Außerdem gehörte er nicht zu der Sorte, von denen man sich leicht trennte.

An diesem Punkt verstummte sie, als ob ihr bewußt würde, daß sie bereits mehr gesagt hatte, als sie hätte sagen sollen. Nach einer kurzen Weile sah sie Graham an, legte ihm die Hand an die Wange und sagte: »Es tut mir leid, Graham, du tust mir gut; ich rede wahnsinnig gern mit dir. Das bedeutet sehr viel. Du weißt gar nicht, wieviel.«

Er legte die Hand auf ihre, hielt sie fest. Sie brachte ein kleines tapferes Lächeln zustande. »Ich freue mich, daß ich dir guttue«, sagte er (mit gedämpfter Stimme, denn es waren Leute in der Nähe), »aber ich möchte nicht nur so etwas wie ein Bruder für dich sein.«

Bei diesen Worten erstarrte ihr Gesicht, und ihn verließ jeglicher Mut, als er merkte, daß er fast das Falsche gesagt hätte. Doch sie lächelte wieder und antwortete: »Ich habe Verständnis, wenn du mich nicht mehr sehen möchtest«; dann blickte sie nach unten, weg von ihm, auf ihre Füße. Sie entzog ihm ihre Hand. Er zögerte zunächst, dann legte er ihr seinerseits die Hand auf die Schulter.

»So habe ich es nicht gemeint«, sagte er. »Ich sehe dich unheimlich gern. Du würdest mir schrecklich fehlen, wenn ... na ja, wenn du weggingst.« Er unterbrach sich und biß sich eine Sekunde lang leicht auf die Lippe. »Aber ich weiß nicht, was du tust. Ich kenne deine Pläne nicht, ob du beabsichtigst zu bleiben oder was. Ich habe einfach ein Gefühl der Unsicherheit.«

»Du gehörst dazu«, sagte sie. Sie sah ihn an und berührte seine Hand, die auf ihrer Schulter ruhte. »Ich denke, ich werde bleiben. Ich stelle einen Aufnahmeantrag für die R.C.M. Ich hätte damals einen Platz gehabt, wenn ich gewollt hätte, vor drei ... vier Jahren, aber ich bin nicht hingegangen. Deshalb bekomme ich jetzt vielleicht auch wieder einen Platz, wenn sie mich noch haben wollen.«

Er biß sich auf die Lippe. Was sollte er tun? Seine Unwissenheit eingestehen und fragen, wofür die Buchstaben R.C.M. standen, oder einfach nur nicken und zustimmende Laute von sich geben?

»Was *genau* willst du dort machen?« fragte er.

Sie zuckte die Achseln, betrachtete ihre langen Finger und spreizte sie. »Klavier. Ich glaube, ich kann immer noch spielen. Ich übe allerdings bei weitem nicht soviel, wie ich sollte. Bei Veronica steht dieses elektronische ... na ja, einer ihrer früheren Freunde ... es läßt sich ganz gut spielen, aber es ist nicht dasselbe.« Sie zuckte erneut die Achseln und musterte immer noch ihre Finger. »Wir werden sehen.«

Er atmete tief durch vor Erleichterung. Royal College

of Music, das mußte es sein. Natürlich; Slater hatte davon gesprochen, daß sie eine begabte Klavierspielerin sei. »Du könntest dich wieder mal auf einem Klavier in einem Pub austoben«, sagte er. Sie lächelte.

»Na, jedenfalls«, sagte sie und holte tief Luft. Er spürte, wie sich ihre schlanken Schultern unter dem dicken Stoff des Karohemdes bewegten. »Soweit ich in diesem Moment überhaupt etwas sagen kann, denke ich, daß ich das tun werde. Ich werde also während der nächsten paar Jahre hierbleiben, glaube ich. Ich muß immer noch erst mal mit mir ins reine kommen. Aber ich bin froh, daß du bei mir bist, daß du mir beim Denken hilfst.« Sie sah ihm in die Augen, als ob sie darin etwas suchte; in ihrem weißen Gesicht sahen ihre dunklen Augen mit den dichten Augenbrauen verloren und leer aus, und nach einer gewissen Zeit konnte er ihrem Blick nicht weiter standhalten; er lächelte und sah weg.

Und dann, scheinbar aus dem Nichts, bemächtigte sich seiner eine tiefe Verzweiflung, und er fühlte sich einsam und mißbraucht und betrogen; einen Moment lang wollte er nur weit weg sein von dieser schlanken, schwarzhaarigen Frau mit dem eindringlichen weißen Gesicht und den anmutigen Fingern. Der Augenblick ging vorüber, und er versuchte sich vorzustellen, was sie durchmachte, was sie dabei empfinden mochte.

Ein Rütteln erschütterte den Zug, er wurde abgebremst, verlangsamte seine Fahrt. Graham hatte plötzlich eine seltsame Vision, daß die Bahn in ihrem Tunnel mit einemmal durch Gestein und Mauerwerk brechen würde, direkt in den Kanal, der unter Saras Wohnung durchführte; daß er fälschlicherweise eine uralte unterirdische Abzweigung benutzte, an der U-Bahnstation vorbeirauschte und in die Dunkelheit und das Wasser des alten Kanals unter dem Hügel krachte. Er versuchte sich vorzustellen, eine solche Szene zu zeichnen, aber es gelang ihm nicht. Er schüttelte den Kopf, vergaß den Gedanken und sah Sara wieder an, während der Zug an der Station anhielt. Sie rutschte auf ihrem Sitz nach vorn und lächelte matt.

»In meinem ganzen Leben haben die Menschen zu schnell Zuneigung zu mir gefaßt, Graham, und aus den falschen Gründen. Vielleicht wirst du deine Ansicht ändern, wenn du mich besser kennst.« Die Türen gingen auf, sie erhob sich, und während er ebenfalls aufstand und während sie auf den Bahnsteig traten, grinste er zuversichtlich und schüttelte den Kopf.

»Das kann nicht passieren.«

Und jetzt, im Juni, wieviel besser kannte er sie? Ein bißchen besser; er hatte sie noch in ein paar anderen, sehr unterschiedlichen Stimmungen erlebt, einige höher, einige tiefer. Sie zog ihn nur um so mehr an; er ertappte sich dabei, wie er versuchte, den Duft ihres Haars einzufangen, wenn sie zusammen in einer Kneipe saßen, er schielte aus den Augenwinkeln auf ihre Brüste, die sich unter irgendeinem T-Shirt oder Pullover oder was immer sie anhatte abzeichneten, und er verspürte das Verlangen, sie zu berühren, sie in den Händen zu halten.

Aber irgendwie haute es einfach nicht hin; sie küßte ihn, wenn auch nicht sehr ausgiebig, am Ende jedes ihrer Treffen, und er konnte sie spüren, fühlte ihren schmalen Rücken unter seinen Armen, ihren Körper gegen seinen, aber er spürte auch, wie sie sich verspannte, wenn seine Hände einmal tiefer fuhren als bis in ihr Kreuz, oder wenn er versuchte, sie inbrünstiger zu küssen oder sie fester an sich zu drücken; dann entzog sie sich ihm und schüttelte den Kopf. Er hatte es beinahe aufgegeben zu versuchen, was er sich erlauben konnte.

Aber wie sollte es weitergehen? Es hatte den Anschein, als ob Stock nicht mehr da wäre, als ob sie endlich frei wäre, stark genug, um ohne ihn auszukommen, sich von ihm zu lösen und Graham immer mehr als Freund — und nicht nur als das — zu akzeptieren.

Schraube deine Hoffnungen nicht zu hoch, verlange

nicht zuviel, ermahnte er sich selbst. Vielleicht entspricht das Ganze gar nicht deinen Sehnsüchten. Er stand neben der Pentonville Road, vor einer Telefonzelle mit Plakaten, die ›Woza Albert‹ anpriesen, und er sagte sich, daß er nicht alles erwarten durfte. Hoffnungen und Träume hatten eine besondere Eigenart zu verpuffen.

Aber er konnte sich nur allzugut an den Klang ihrer Stimme am Telefon heute morgen erinnern, als er sie von der Schule aus angerufen hatte.

»Warum kommst du diesmal nicht zu mir herauf?« sagte sie. »Ich mach uns einen Salat oder so was.«

»Wirklich rauf in die Wohnung?« fragte er lachend. »Du meinst: komm 'erauf und — wie 'ast du gesagt, Chérie — 'abe die Ehr'?« blödelte er gutgelaunt in einem albernen französischen Tonfall, den er sofort bereute, kaum daß er die Worte ausgesprochen hatte. Ihre Stimme am Telefon war kühl:

»Nun ... warum nicht, Graham?«

Danach war seine Kehle wie ausgetrocknet; er erinnerte sich nicht mehr, was er sonst noch gesagt hatte.

□ Mrs. Short

Soziale Verunsicherung!
Ihm war gerade eingefallen, daß er Mrs. Short in wenigen Tagen eine Monatsmiete schuldete. Er verfügte im Moment über viel Geld, doch was war, wenn es lange dauerte, bis sie ihm Sozialhilfe zahlten? Und würde er überhaupt eine ausreichende Summe bekommen?

Grout stand vor Mrs. Shorts Haus in der Packington Street in Islington. Er wußte nicht, ob er jetzt hineingehen sollte oder nicht. Vielleicht sollte er erst mal in die Kneipe gehen; es war immer leichter, Mrs. Short gegenüberzutreten, wenn er einen oder zwei Drinks intus hatte. Er kam zu dem Schluß, nicht so dumm zu sein; er mußte die Miete ja eigentlich nicht vor Ende des Monats bezahlen, und heute war erst der achtundzwanzigste. Und überhaupt, er hatte heute Geburtstag und verdiente ein paar Nettigkeiten. Er schloß die Tür auf.

Es war dunkel im engen Flur von Mrs. Shorts Haus; das kleine geschwungene Fenster über der Eingangstür war braun vor Schmutz, die Wände waren mit dunkelbrauner Tapete beklebt, und Mrs. Shorts Vorrat an Vierzig-Watt-Glühbirnen schien wieder einmal aufgebraucht zu sein. Nach der Helligkeit auf der Straße war Grout fast blind. Er ertastete sich den Weg zur Treppe und begann den Aufstieg; sein möbliertes Zimmer befand sich im dritten, dem obersten Stockwerk. Mrs. Short kam auf den Treppenabsatz im zweiten Stock herausgestürzt.

»Oh, Mr. Grout, Sie kommen heute früher als sonst

nach Hause«, sagte sie, aus dem Fernsehraum eilend (harte Stühle, Schwarzweiß-Geräte, Gebühren und Extraverbrauch an Strom umgelegt auf alle Mieter, Schluß um zwölf Uhr). Mrs. Short wischte sich die Hände an ihrem Staubtuch ab und anschließend ein zweites Mal an ihrem Nylonkleid; sie war eine stämmige Frau von etwa fünfzig Jahren, mit schütterem Haar. Ihre Haare waren so stramm auf der Rückseite ihres Schädels zusammengezurrt, daß nach Grouts felsenfester Überzeugung die vorderen Strähnen über der Stirn bis zu den Wurzeln gestrafft waren und die dadurch entstandene gespannte Haut den Gesichtsausdruck bösartiger Verwunderung hervorrief, den sie immer zur Schau trug; er hatte den Eindruck, daß Mrs. Shorts überstrapazierte Augenlider es beim Blinzeln nicht ganz bis zum unteren Augenrand schafften. Das war der Grund, warum sie so häufig blinzelte und immerzu rote Augen hatte. »Sie sind doch nicht wieder aus Ihrem Job rausgeflogen, Mr. Grout, oder?« sagte Mrs. Short und brach in schallendes Gelächter aus, wobei sie die Taille abknickte und mit ihrem Staubtuch wie mit einer Peitsche knallte.

Verdammt! Daran hatte Grout gar nicht gedacht. Was sollte er sagen? Er hatte ein paar wertvolle Sekunden gewonnen, während sich Mrs. Short vor Lachen ausschüttete und sich anschließend die Augen trocknete und die Nase mit dem Staubtuch rieb. Plötzlich mußte sie niesen. Noch ein paar wertvolle Sekunden! Er stand da. Die Sekunden verflogen.

»Ähm ... nein«, sagte er. Na ja, das war nicht gelogen. Vielleicht hatte es nicht allzu überzeugend geklungen, das war ihm klar, aber immerhin hatte er keine Ausflucht gebraucht. Er preßte die Lippen zusammen.

»Nun denn, Mr. Grout, was führt Sie schon so früh nach Hause?« Mrs. Short lächelte. Die feinen Abstufungen in der Farbe des Emails ihrer falschen Zähne, die einer nach dem anderen die Originale ersetzt hatten, nachdem diese den aussichtslosen Kampf gegen die

Lieblings-Pfefferminzbonbons von Mrs. Short aufgegeben hatten, fesselten Grouts Aufmerksamkeit, und er sagte rasch:

»Zahnarzt.« Genial! dachte er.

»Oh, waren Sie schon, oder gehen Sie noch?« Sie reckte den Kopf vor und gaffte in seinen Mund. Er schloß ihn schnell.

»Ich gehe noch, bald«, murmelte er.

»Was hat er mit Ihnen vor? Wird er einen ziehen? Eine Füllung machen? Meine Nichte Pam, deren Zahnarzt hat vor ein paar Tagen bei ihr gebohrt, hat einen Nerv erwischt! Sie hat ihn gebissen; sie wollte es nicht, aber unwillkürlich hat sie den Mund zugemacht, wissen Sie. Die Spitze des Bohrers ist in ihrem Mund abgesprungen. Direkt in den Zahn!« Mrs. Short krümmte sich vor Lachen über diese Begebenheit. Steven hielt emsig Ausschau, ob sich irgendwo ein Weg um sie herum und die Treppe hinauf auftat, jedoch ohne fündig zu werden. Mrs. Short richtete sich wieder auf, kramte in der Tasche ihres Kleides nach einem Taschentuch, fand keins und benutzte wieder ihr Staubtuch, diesmal um hineinzuschneuzen, unterzog das, was ihre Nase hergegeben hatte, einer kurzen Überprüfung und sah wieder Grout an. »Das arme Häschen! War eine Woche lang krankgeschrieben. Mußte durch einen Strohhalm Nahrung zu sich nehmen!«

Sie deutete fälschlicherweise Stevens starren Gesichtsausdruck als Furcht und beugte sich vor, um mit dem Staubtuch über seine Brust zu wedeln. »Ach, ich bin vielleicht gut! Jetzt mache ich Ihnen auch noch angst, was? Oh, Mr. Grout, ihr Männer seid alle gleich, beim geringsten Schmerz dreht ihr durch. Sie sollten mal ein Kind bekommen! Ha!« Sie lachte, und Tränen traten ihr bei der Erinnerung in die Augen. »O Goooott, Mr. Grout, ich dachte damals, ich würde in Stücke gerissen. Ob ich geschrien habe? Na, ich dachte, ich müßte sterben.« Mrs. Short gab ein langgezogenes, nach innen gezogenes Lachen von sich und mußte sich am Treppengeländer festhalten, um zu verhindern, daß sie vor lauter Frohsinn abstürzte. Sie schlenkerte schwach ihren Staublappen durch die Luft, dann trocknete sie sich die Augen damit. Grout versuchte, die Entfernung zwischen seiner Vermieterin und der Wand gegenüber dem Geländer abzuschätzen, und überlegte, ob sie durch das Ergreifen des letzteren ihm wohl genügend Raum für eine Flucht hinauf in sein Zimmer gelassen hatte. Nicht ganz.

»Also dann«, sagte er und beugte sich vor, um anzudeuten, daß er hinaufgehen wollte. »Ich sollte mich für den Zahnarzt fertig machen.« Er schob einen Fuß vor und drehte sich zur Seite, so daß er sich zwischen Mrs. Short und der Wand hindurchquetschen konnte.

»Oh, dann müssen Sie also jetzt gehen?« sagte Mrs. Short, während sie sich ihm zuwandte, ohne ihm jedoch eigentlich den Weg freizugeben. »Dann werde ich mal mit Staubwischen weitermachen, was? Sind Sie ganz sicher, daß ich nicht auch Ihren Raum für Sie abstauben soll, Mr. Grout? Es würde mir wirklich nichts ausmachen, wissen Sie.«

»Ach nein, danke«, sagte Steven, während er versuchte, sich an die Wand zu drücken, um an Mrs. Shorts ausladenden Hüften vorbeizukommen. Sein Rücken schabte an dem abblätternden Lack von alten Holzbrettern entlang.

»Nun, ich glaube, Sie würden es entschieden sauberer und bei weitem nicht so staubig in Ihrem Zimmer finden, wenn Sie mich das Abstauben besorgen ließen, Mr. Grout, wirklich. Warum einigen wir uns nicht auf eine Art Probezeit?« Mrs. Short versetzte ihm einen spielerischen Rippenstoß.

»Nein, ehrlich, nein«, sagte Steven und rieb sich die Stelle, wo ihn Mrs. Short geknufft hatte. Wie mochte es sich anfühlen, wenn die Milz einen Riß bekam? Mrs. Short machte immer noch keine Anstalten, sich zur Seite zu bewegen und ihn vorbeigehen zu lassen. Sie betrachtete stirnrunzelnd seine Schulter und benutzte ihr Staubtuch, um etwas davon wegzuwischen.

»Nein, wirklich, ich …«, sagte Steven, und dann mußte er niesen.

»Sie würden nicht halb so arg unter diesem Heuschnupfen leiden, Mr. Grout, wenn Sie mich Ihr Zimmer abstauben ließen.« Sie wedelte wieder mit dem Staublappen herum. Weitere der schimmernden Schwebepartikel, die Steven zum Niesen gereizt hatten, fluteten durch die Luft um sein Gesicht herum.

»Wirklich, ich gehe jetzt besser in …«, setzte er an, aber Mrs. Short unterbrach ihn.

»Nein, bestimmt nicht, Mr. Grout.«

»Mein Zimmer«, japste Grout. Er deutete die Treppe hinauf, und mit einer kraftvollen Anstrengung gelang es ihm, sich durch den schmalen Spalt zwischen Mrs. Short und der Wand hindurchzuzwängen, wobei er auf der anderen Seite beinah über die eigenen Füße gestolpert wäre.

Mrs. Short schwenkte wie das Kanonenrohr eines Panzers herum und sah ihn an.

»Ihr Zimmer, Mr. Grout? Wollen Sie also, daß ich es putze?«

»Nein«, sagte Steven und zog sich rückwärts zum nächsten Treppenabsatz zurück, ohne sich jedoch von Mrs. Short abzuwenden und den Versuch eines Lächelns unternehmend, ohne die Zähne zu zeigen. »Nein, ganz ehrlich, nein«, beteuerte er. »Wirklich. Ich staube in meinem Zimmer selber ab. Danke, aber nein, wirklich nicht.«

Mrs. Short schüttelte den Kopf und schüttelte ihren schlaffen Staublappen, als er endlich die rettende Biegung der Treppe hinter sich gebracht hatte; Steven wischte sich über die feuchte Stirn, drehte sich um und rannte schnell die übrigen Stufen hinauf, bebend und das Gesicht verziehend, während er an Mrs. Short dachte.

Als er in seinem Zimmer angekommen war, konnte er sich endlich entspannen. Er setzte sich ans Fenster, nachdem er sich das Gesicht und den Oberkörper in einem kleinen Handwaschbecken in einer Ecke seines Zimmers gewaschen hatte. Vom Becken aus mußte er vier gerade Abschnitte und drei rechtwinklige Biegungen durch die Haufen von Büchern am Boden zurücklegen, um zum Fenster zu gelangen, wo er einen kleinen Stuhl hingestellt hatte und hinaus auf die Packington Street blicken konnte.

Er sah gern aus dem Fenster (heute hatte er es geöffnet; es war ein schöner Tag), und manchmal verbrachte er ganze Samstag- und Sonntagnachmittage damit, einfach nur dazusitzen und den Verkehr und die Leute auf der Straße zu beobachten, und bei solchen Gelegenheiten pflegte ein seltsamer Frieden über ihn zu kommen, wie etwas Hypnotisches, eine Art Trance; er saß dann einfach nur da, ohne etwas zu denken oder sich über etwas Sorgen zu machen oder zu grübeln, saß nur da und beobachtete, den Kopf frei von allen Gedanken, die Seele frei von jeder Last, während die Autos vorbeifuhren und die Leute vorbeigingen und sich unterhielten, und für eine kleine Weile, während dieses absoluten Nichtdenkens, dieses vorübergehenden Aufgebens seiner eigenen Persönlichkeit, gelang es ihm, sich allmählich wie ein Teil seiner Umgebung zu fühlen, der Stadt und der Menschen und der Rasse und der Gesellschaft; er fühlte sich, wie sich seiner Vorstellung nach all die anderen, gewöhnlichen Menschen die ganze Zeit über fühlen mußten, die Menschen, die nicht er waren und deren Daseinszweck nicht eigens darin bestand, ihn zu peinigen.

Er trocknete sich mit seinem kleinen Handtuch ab; es roch ein bißchen, aber nicht unangenehm. Heimelig, wie sein Bett.

Er ließ den Blick über den Irrgarten von Büchern schweifen, die den Boden seines Zimmers bedeckten.

Die Büchermauern, die er möglichst alle ungefähr auf der gleichen Höhe hielt, reichten ihm jetzt bis zur Mitte des Oberschenkels, und er fürchtete, daß sie demnächst ins Schwanken geraten würden. Natürlich, wenn er in der nächsten Zeit kein Geld bekäme, könnte er auch keine weiteren Taschenbüchr mehr kaufen, vielleicht so lange nicht, bis er einen neuen Job gefunden hatte. Aber dennoch war es eine bedrückende Vorstellung, wenn er an das Chaos dachte, das entstehen würde, wenn die Bücherstapel allein wegen ihrer Höhe einstürzten, und obwohl es einen Weg zur Umgehung dieses Problems gab (er war stolz darauf, sich das ausgedacht zu haben), indem er nämlich die Bücher wie die Ziegelsteine einer Mauer versetzt aufschichtete und nicht einfach aufeinanderlegte, erschwerte diese Methode andererseits noch mehr das Hervorholen eines Buches, das er wieder mal lesen wollte.

Bei diesem Gedanken geriet er in Panik und schlängelte sich auf dem Weg zwischen den Büchern hindurch zur Zimmertür. Er schloß sie ab und nahm seinen besten Sonntags-Sicherheitshelm von dem überladenen Kleiderhaken hinter der Tür. Er setzte den Helm auf und fühlte sich besser. Er wählte eine andere Strecke zurück zu dem Stuhl am Fenster und setzte sich wieder hin. Was sollte er jetzt tun? Irgendwo was trinken gehen. Das tat man, wenn man seinen Arbeitsplatz aufgegeben hatte oder wenn man mengenweise Geld besaß. Er holte das Geld aus der Tasche. Es waren überwiegend Zehnpfundnoten, und zwar eine ganze Menge davon. Er betrachtete die großen braunen Rechtecke aus Papier; die Königin sah nett aus, so wie er sich gern vorstellte, daß seine Mutter ausgesehen hatte. Florence Nightingale, die auf der Rückseite abgebildet war, erinnerte ihn andererseits an eine der Schwestern aus dem Heim, in dem er gewesen war.

Er stopfte das Geld wieder in die Tasche. Er sah sich im Zimmer um, sein Blick wanderte über die Büchermauern, den Stapel der Kleidung neben seinem Bett, den Buckel von Jacken und Hemden und Krawatten und einem Mantel an der Innenseite der Tür, den großen Schrank, in dem er seine Bücher ursprünglich aufbewahrt hatte und in dem immer noch viele in Schuhkartons untergebracht waren, das kleine Nachtkästchen, auf dem ein Plastikbecher mit Wasser stand und sein neuestes Buch lag. Der Raum war mit einem alten, nach oben zugemauerten Kamin ausgestattet, in dem jetzt sein zweispiraliger elektrischer Heizofen stand. Auf dem Kaminsims stand seine Sammlung von Autokühlerfiguren.

Es waren fünf Jaguare, acht Silberladys von Rolls-Royce, zwei alte Austin-Zeichen und eine vielfältige Sammlung von springenden Lachsen, Rennpferden, reinrassigen Hunden und einem Cricketspieler, der einen Schläger schwingt. Zu seinem großen Bedauern besaß er noch immer keine Bentley-Kühlerfigur. Die Mercedes-Sterne bewahrte er in einem großen Glas am einen Ende des Simses auf. Ihm lag nicht übermäßig viel an Mercedes-Sternen, doch irgendwie war zu dem ursprünglichen Motiv für das Klauen von Kühlerfiguren — nämlich seine eigene Sicherheit — noch der typische Sammlerdrang dazugekommen, seiner Sammlung Tiefe und umfassende Breite zu verleihen.

Anfangs hatte er um Jaguar-Figuren einen weiten Bogen gemacht; die springende Raubkatze, die längst nicht mehr auf jedem, aber doch noch in ihrer alten, massiven Form auf einer ganzen Menge von Wagen vorhanden war, schien dafür gemacht zu sein, ihm die Eingeweide herauszureißen. Die Silberladies waren kaum besser, und einige der Spezialanfertigungen waren noch viel schlimmer. Er hatte geglaubt, daß diese gar nicht erlaubt seien, doch als er auf die Polizeiwache an der Upper Street gegangen war und sich beschwert hatte, daß die Leute mit derart tödlichen Waffen auf den Autos herumführen, hatte ihn der gelangweilt dreinblickende

Sergeant nur angesehen und sich schließlich bequemt zu sagen, daß er nicht viel dagegen unternehmen könnte und ›Sir, vergewissern Sie sich doch einfach nach beiden Richtungen, bevor Sie eine Straße überqueren‹ (Steven war darüber sehr enttäuscht gewesen, aber andererseits hatte es ihn auch beeindruckt, daß ihn ein Polizist mit ›Sir‹ angesprochen hatte). Normalerweise war die Polizei nicht gerade hilfreich, und natürlich lag es auf der Hand, daß zumindest einige von ihnen zu der ganzen Organisation von Grouts PEINIGERN gehören mußten; aber trotz allem mußte man sie einfach bewundern und zu ihnen aufblicken, und wenn einen einer davon ›Sir‹ nannte, dann war das gar nicht so schlecht. Er ging ein paar Wochen später noch einmal hin, um den Diebstahl eines Fahrrads zu melden, das nicht einmal ihm gehörte, nur damit er noch mal mit ›Sir‹ angesprochen wurde.

Das Entwenden der Kühlerfiguren war oft gefährlich. Einige Male wäre er fast von den zornentbrannten Besitzern geschnappt worden, die vor ihrem Haus, draußen in der Dunkelheit, ein Geräusch oder knirschende Schritte auf ihrer düster beleuchteten Auffahrt gehört hatten.

Steven hatte sich zunächst auf die unmittelbare Nachbarschaft beschränkt; Islington, vor allem Canonbury, und die stillen Straßen um Highbury Fields herum. Dann wurde die Ausbeute dort immer geringer, weil die Leute darauf achteten, ihre Autos nicht mehr an dunklen Stellen abzustellen, sondern nur noch unter Straßenlaternen parkten oder sich die Mühe machten, in ihre Einfahrten oder Garagen zu fahren und die Tore abzuschließen.

Steven, mit der Eisensäge in der Tasche, hatte sein Betätigungsfeld entsprechend erweitert, und es mußte jetzt damit gerechnet werden, daß er irgendwo zwischen City und Highgate zuschlug, Jaguare fing, silberne Ladies kidnappte und Sterne pflückte. Es bereitete ihm ein deutlich sichereres Gefühl, während er durch die Straßen ging, zwischen den geparkten Pkw und Lkw die Luft anhielt und die Augen offenhielt nach niedrigen Mauern oder Eingangsstufen, auf denen er ebenfalls vor den Laserangriffen der vorbeikommenden Fahrzeuge geschützt war, wenn er wußte, daß etliche dieser brummenden Todesfallen dank seiner Aktivität ein wenig entschärft worden waren.

Dann war er dazu übergegangen, sich Gedanken über Zweiräder zu machen, denn auch Motorräder konnten ganz schön tödlich sein. Im allgemeinen wurden sie von selbstmörderischen Exhibitionisten gefahren, und allein der Klang dieser Maschinen hatte Steven in der Vergangenheit schon fürchterliche Angst eingejagt und in ihm einen Haß gegen die Leute, die so etwas fuhren, erzeugt.

Er hatte angefangen, Zucker in ihre Benzintanks zu schütten; erst gestern abend hatte er das gemacht, in Clerkenwell. Er war bis zwei Uhr in der Früh unterwegs gewesen, und er war von einem Nachtwächter gejagt worden, der ihn beim Hantieren an einem Tankverschluß eines Motorrads auf einem Parkplatz beobachtet hatte. Steven war bei seiner Rückkehr nach Hause sehr nervös und aufgeregt gewesen, und obwohl er hundemüde war, hatte er lange gebraucht, bis er einschlafen konnte. Vielleicht war er deswegen heute morgen nicht so ganz auf Draht gewesen.

Nun, ihm war es egal; das war deren Problem, dort im Depot. Sie würden schon sehen, was sie davon hatten, wenn all die Löcher in der Upper Street, die er repariert hatte, noch intakt waren, während alle anderen wieder aufgerissen waren. Sollten sie sich doch wegen all dieser Dinge graue Haare wachsen lassen. Er bedauerte nicht im mindesten, daß er Motorradtanks gezukkert und Kühlerfiguren abgesenst hatte. Er machte das ja schließlich nicht nur für sich selbst. Obwohl es natürlich in erster Linie um ihn ging, tat er damit allen anderen — zum Beispiel all den Leuten, die durch die Packington Street spazierten — ebenfalls einen Gefallen.

Steven hängte das kleine Handtuch über die Rückenlehne des Stuhls am Fenster. Er durchsuchte den Wust von Kleidung, der an seiner Tür hing, bis er ein relativ sauberes Hemd gefunden hatte, und zog es an. Unter seinem Bett stand eine Dose ›Right Guard‹, das er sich in die Achselhöhlen zu sprühen pflegte, wenn er daran dachte, doch er hatte es letzte Woche aufgebraucht und immer wieder vergessen, neues zu besorgen. Er stopfte sich das Hemd in die Hose.

Er nahm seine BEWEISSCHACHTEL aus dem Nachtkästchen und setzte sich damit ans Fenster. Die BEWEISSCHACHTEL war ein alter Pappkarton, der einmal Whisky der Marke ›Black and White‹ enthalten und den Steven irgendwo aufgetrieben hatte. Darin bewahrte er einen kleinen Radio-Kassettenrecorder auf sowie den Prospekt eines Immobilienmaklers, einen Schulatlas und Dutzende von blassen, vergilbten Zeitungsausschnitten.

Die Ausschnitte stammten aus der ›Unglaublich-Aber-Wahr‹-Rubrik; Zeilenfüller und Schmunzelstückchen, angeblich Wahre Geschichten, von denen Steven genau wußte, daß sie vollendeter Unsinn waren; erfundener Mist, dem er auf den Leim gehen sollte, mit dem sie ihn dazu bewegen wollten, sich aufzubäumen und sie herauszufordern, auf ihren Bluff einzugehen. Aber er hatte nicht die Absicht, sich so töricht und voraussehbar zu gebärden; er würde sich still verhalten, und er würde BEWEISE sammeln. Eines Tages konnte er sie vielleicht nützlich einsetzen, aber im Augenblick waren sie einfach nur beruhigend.

Er nahm den Kassettenrecorder heraus und lies das Band laufen. Er hatte die sogenannten ›Störgeräusche‹ der Kurzwelle aufgenommen. Er wußte jedoch, um was es sich in Wirklichkeit handelte; er lauschte auf den tiefen, unaufhörlich dröhnenden Schleifton, und er erkannte den Klang der allgegenwärtigen schweren Luftbomber des KRIEGES. Es erstaunte ihn, daß niemand sonst es erkannt hatte. Das waren Motoren, das waren keine Störgeräusche. Er *wußte Bescheid.* Das war die UNDICHTE STELLE, ein winziger Spalt, den sie aufgetan hatten, um einen Teil der Wirklichkeit in das falsche Gefängnis seines Lebens durchsickern zu lassen.

Er atmete schwer, und während er auf die Packington Street hinuntersah, versuchte er sich zu erinnern oder sich vorzustellen, was diese dröhnenden, gewaltig klingenden Geräusche darstellten; durch welche grenzenlosen Lufträume und Atmosphären drangen diese riesigen Flugkörper voller Kraft, was war ihre endlos erscheinende Mission, welche abscheuliche Fracht beförderten sie, welcher schreckliche Feind würde unter ihnen leiden, wenn sie über ihrem Ziel angekommen wären? Er hielt das Band an, ließ es zurückspulen.

Das nächste Beweisstück war raffinierter. Es war ein Blatt Papier mit Einzelheiten über Häuser, die zum Verkauf standen; der Beweis, daß hier etwas durchgesickert war, ergab sich aus dem Namen der Firma. Hotblack Desiato hieß der Immobilienmakler, und Grout wußte, daß es sich ebenfalls um eine UNDICHTE STELLE handelte. Er war sich sicher, daß irgend etwas an diesem Namen auf sein voriges Leben zurückverwies, sein wirkliches Leben im KRIEG. Was dieser Name tatsächlich bedeutete, ob es überhaupt ein Name war und — falls ja — der eines Freundes oder Feindes oder eines Ortes oder einer Sache, ob es ein Satz war, ein Befehl, eine Anweisung oder was, an all das konnte er sich nicht erinnern, so sehr er auch darüber nachdachte oder so sehr er auch nicht darüber nachdachte, also wartete er einfach ab, bis sein Unterbewußtsein ihm die richtige Antwort liefern würde. Aber daß er etwas bedeutete, davon war er überzeugt. Irgend etwas war ihm irgendwann widerfahren, mit dem dieser Name zu tun hatte.

Oh, und wie üblich waren sie sehr gewitzt, sehr feinfühlig in ihrer Durchtriebenheit. Falls der Name keine UNDICHTE STELLE war, dann war er eine beabsichtigte Finte der PEINIGER, um ihn zu verhöhnen, zu reizen. Sie hatten diese Gesellschaft von Immobilienmaklern ausgerechnet in der Gegend angesiedelt, wo er wohnte, so daß er dauernd ihr Firmenzeichen sah und sich ständig ärgern und grämen mußte wegen seiner Unfähigkeit, sich genau zu erinnern, wann und wo er den Namen schon mal gehört hatte. Wie auch immer, es war jedenfalls ein weiteres Beweisstück, auch wenn sich herausstellen sollte, daß es nur eine UNDICHTE STELLE war, mit der nichts beabsichtigt wurde. Er faltete das Blatt Papier wieder zusammen und legte es in den Karton zurück.

Er nahm den Atlas heraus und schlug eine Weltkarte auf. Er hatte um Stellen wie Suez und Panama, Gibraltar und die Dardanellen mit rotem Filzstift Kreise gezogen.

Er schnaubte verächtlich durch die Nase über ihren lächerlichen Versuch, einen vernünftig aussehenden Planeten zu gestalten. Wen glaubten sie denn, damit täuschen zu können? Ha ha, die Kontinente paßten also ganz zufällig wie angegossen aneinander, wie? Sehr praktisch. Jeder Idiot konnte erkennen, daß das Ganze viel zu sorgfältig angeordnet war, um natürlich zu sein. Es war geplant und bewußt so gestaltet worden. Ob er sich wirklich auf einem Planeten mit diesen Formen befand, wußte er nicht; er hatte den Verdacht, daß es nicht so war, aber das war auch gleichgültig. Selbst wenn, wie er argwöhnte, die ›Welt‹ tatsächlich außerhalb von Groß-London endete, war das nicht das Wesentliche. Das Wesentliche war, daß sie versuchten, Leute — ihn — dazu zu bringen, dieser Karikatur einer Landkarte zu glauben. Wie groß mußte ihre Verachtung für ihn sein, daß sie erwarteten, er würde darauf hereinfallen! Er kochte innerlich vor Wut, wenn er nur daran dachte. Doch sie machten einen entscheidenden Fehler; sie hatten ihn unterschätzt, und sie würden ihn nicht in die Knie zwingen, bestimmt nicht, solange er Beweise wie diese zu seiner Untermauerung hatte. Er blätterte im Atlas weiter bis zu den Seiten mit Südostasien — ja, die Insel Celebes sah immer noch aus wie der Buchstabe eines uralten Alphabets (und je mehr er darüber nachdachte, desto vertrauter kam er ihm vor, so daß er manchmal beinahe glaubte zu wissen, was er darstellte oder wie er sich anhörte, vorausgesetzt eine menschliche Kehle wäre in der Lage, einen so fremdartigen Laut zu erzeugen). Er klappte den Atlas zu, lächelte vor sich hin und fühlte sich insgesamt besser; bestätigt und beruhigt. Er legte alles wieder in die Beweisschachtel und stellte diese ins Nachtkästchen zurück, wo sie hineinpaßte, wie dafür gemacht, dann ging er behutsam die Strecke bis zum Fenster, schloß es und fädelte sich wieder zwischen den Büchermauern hindurch zur Tür, wo er sich vergewisserte, daß er seine Schlüssel und das Geld in der Tasche hatte.

Er verharrte einen Moment lang an der Tür, mit der Entscheidung konfrontiert, ob er seinen guten Helm aufbehalten oder seinen Alltags-Sicherheitshelm aufsetzen sollte. Er beschloß, den guten aufzubehalten. Er hatte eine hübsche tiefblaue Farbe und war so gut wie überhaupt nicht verkratzt oder abgeschürft, und am vorderen Teil des Innengewebes war ein feines Schweißband aus echtem Leder angebracht. Warum sollte er ihn nicht aufbehalten? Heute war ein Tag zum Feiern; schließlich hatte er Geburtstag. Er überlegte, ob es sich lohnen würde, Mrs. Short davon in Kenntnis zu setzen, daß er heute Geburtstag hatte. Es kam ihm irgendwie nicht richtig vor, daß niemand etwas davon wußte. Wenn er es Mrs. Short sagen würde, dann gäbe es zumindest eine Person, die ›herzlichen Glückwunsch‹ oder ›alles Gute‹ zu ihm sagen würde. Das wäre nett. Immer noch unentschlossen, verließ er das Zimmer, nicht ohne vorher zu überprüfen, ob er den Heizofen ausgemacht und alle Stecker aus den Steckdosen gezogen und alle Lichter gelöscht hatte.

Er begegnete Mrs. Short auf dem Weg nach unten nicht, und eigentlich war er deswegen erleichtert. Er schritt leise durch die Düsternis des Eingangsflurs zur Tür nach draußen, als Mrs. Shorts Tür plötzlich aufging und sie im Flur vor ihm stand, die gewaltigen Arme verschränkt, mit Lichtreflexen auf der straff gespannten Stirnhaut.

»Ach, da sind Sie ja, Mr. Grout. Geht's jetzt zum Zahnarzt?«

»Wie bitte?« sagte Steven verständnislos, dann fiel es ihm wieder ein. »Oh, ja, ja, genau. Hmm ...« Er schloß den Mund, damit Mrs. Short nicht hineinsehen konnte; nicht daß er ernsthaft annahm, sie könnte in der Dunkelheit etwas erkennen, aber man wußte ja nie.

Mrs. Short sagte: »Sie wollen mir nicht vielleicht heute schon das Geld für die Miete geben, Mr. Grout, für den Fall, daß ich Sie in den nächsten Tagen nicht zu Gesicht bekomme?«

Steven ließ sich das durch den Kopf gehen. Mrs. Short ein paar Tage lang nicht zu sehen — war für ihn ein sehr angenehmer Gedanke. Aber unwahrscheinlich. Er schüttelte den Kopf und sagte: »Nein, nicht jetzt, Mrs. Short. Ich habe im Moment nicht genug Geld. Ich hab's am ... Freitag«, log er und spürte Hitze in sich aufsteigen. Sie bearbeiteten ihn mit Mikrowellen, sogar jetzt und hier! Er hielt eine Hand auf dem Rücken, die Finger überkreuzt, weil er log.

»Nun, wenn Sie sicher sind, Mr. Grout«, sagte Mrs. Short, dann sah sie zu seiner Hose hinunter. »Ich dachte nur, ich hätte eine Ausbuchtung an ihrer Gesäßtasche gesehen, oder? Und da ich nun mal bin, wie ich bin, habe ich selbstverständlich angenommen, daß es sich um Ihren Lohn handelt.«

Steven merkte, wie er die Augen aufriß. Er wußte nicht, was er sagen sollte; wie hatte Mrs. Short das nur erraten können? Nein, sie mußte es gewußt haben! Ganz klar — natürlich —, sie hatten es ihr verraten. Sie war sicher sofort nach seinem Abgang vom Depot der Straßenbaufirma informiert worden. Das war wahrscheinlich eins der ersten Dinge gewesen, die Mrs. Smiths Sekretärin erledigt hatte. Idiot! Warum war er nicht gleich darauf gekommen?

Nun, jetzt gab es für ihn nichts anderes als standhaft zu bleiben, entschied er. Es hatte keinen Sinn zu versuchen, irgendeinen Kompromiß einzugehen. Es gab nur alles oder nichts. Mrs. Short mochte Bescheid wissen, doch allem Anschein nach war es ihr nach den Regeln nicht erlaubt, ihm zu sagen, daß sie Bescheid wußte, und so konnte sie nur Andeutungen machen.

»Freitag«, sagte Steven und nickte schroff. »Zahltag ist Freitag. Zuverlässig!« Er drückte sich an der einladend offenstehenden Tür vorbei und schüttelte den Kopf, während er sie fast streifte. Beim Vorbeigehen blinzelte sie ihm schnell zu. Er hatte sich oft gefragt, ob das irgendeine Art von Geheimzeichen war. Er räusperte sich und sagte: »Nichts für ungut, danke.« Er klopfte sich auf die hintere Hosentasche. »Krankenscheinheft für den Zahnarzt«, erklärte er. Mrs. Short nickte mitfühlend.

Er war draußen! Er stand auf der Eingangstreppe, fast schon auf der Straße; er war entkommen. »Passen Sie auf sich auf, Mr. Grout, ja?«

»Ja, bestimmt«, sagte er, drehte sich um, holte tief Luft und trat vollends auf die Straße.

»Sind Sie sicher, daß ich nicht bei Ihnen abstauben soll, solang Sie unterwegs sind, Mr. Grout?« rief Mrs. Short von der immer noch offenen Tür hinter ihm her, als Steven bereits etwa zehn Meter weit weg war. Er spürte, wie er erstarrte; seine Beine hielten inne, seine Schultern hoben sich, als ob er sich in Erwartung eines auf ihn herabsausenden Schlages spannte. Er drehte sich auf dem Gehsteig um und blickte zurück in das hartnäckig lächelnde Gesicht von Mrs. Short; dann schüttelte er heftig den Kopf. Vor ihm lag eine Strecke von vielleicht dreißig Metern ohne parkende Fahrzeuge; der Verkehr rauschte in einem unterbrochenen Strom über die Straße. Er schüttelte erneut den Kopf.

»Was heißt das, Mr. Grout?« rief Mrs. Short und legte sich eine fleischige Hand gewölbt hinters Ohr. Er starrte sie an, mit immer größer werdenden Augen, und schüttelte den Kopf so heftig, wie er es wagte. »Ich verstehe nicht, was Sie sagen, Mr. G.« schrie Mrs. Short ihm zu. Allmählich wurde sein Sauerstoff knapp.

Er senkte den Kopf und ging zurück zur Eingangstreppe vor der Tür, trat auf die Stufen, um über der Höhe der Laserachsen zu stehen, und sagte Mrs. Short geradewegs ins Gesicht. »Nein, danke, Mrs. Short. Bitte stauben Sie in meinem Zimmer nicht ab. Ich mache es lieber selbst.«

»Na gut, wenn Sie sicher sind.« Mrs. Short lächelte.

»Oh, vollkommen«, versicherte ihr Grout. Er blieb auf der Stelle stehen und wartete, ob sie die Tür schließen würde, aber sie tat es nicht. Er holte tief Luft, sagte »Goodbye« und drehte sich um. Er bewegte sich mit schnellen Schritten in Richtung Upper Street und hatte vielleicht fünfzig Meter zurückgelegt, als er hörte, wie Mrs. Short aus weiter Ferne hinter ihm herbrüllte. Er drehte sich nicht um, doch er vernahm ihren entfernten Ruf »Byeee!« mit so etwas wie schwindelerregender Erleichterung.

Ungepunktete Dominosteine

Sie saßen auf dem Balkon vor dem Spielzimmer von Burg Türen. Innen herrschte strahlende Beleuchtung. Der Schnee auf dem Balkon war geschmolzen, und ein warmer, feuchter, salziger Lufthauch umwehte sie unablässig, ausgehend vom Zimmer über den Balkon in die freie Luft. Quiss und Ajayi saßen nur mit leichten Tuniken bekleidet da, über den kleinen Tisch mit der filigranen Holzarbeit gebeugt und glatte weiße Elfenbeinrechtecke über die geschnitzte Oberfläche schiebend.

Jetzt war es zu heiß im Spielzimmer. Die Heizanlage der Vermächtnisburg war erst vor dreißig Tagen, nach ihrem Zeitmaß gerechnet, repariert worden, und wie sie der Majordomus hatte wissen lassen, mußte noch die ›letzte Feineinstellung‹ durchgeführt werden.

Ajayi konnte von ihrem Platz aus den Steinbruch sehen. Kleine schwarze Gestalten bewegten sich über die schneebedeckten Pfade und Straßen zum Bergwerk und zum Steinbruch, und Karren rollten hin und her; die schweren, beladenen verschwanden hinter einem Vorsprung — sie spähte angestrengt hin und verengte die Augen in dem Bemühen, besser sehen zu können — nun, entweder des Felsens oder der Burg; sie vermochte es nicht zu sagen.

Ansonsten war die Landschaft annähernd so flach und eintönig wie immer. Ein Wirbel warmer Luft von der Backofenhitze, die im Spielzimmer herrschte, umwehte sie und löste sich auf. Sie zitterte einen Moment lang. Ohne Zweifel spielten ihnen diese Hitze und das Salz der Installation der Burg einen noch katastrophaleren Streich als zuvor, und es würde bestimmt nicht lange dauern, nachdem sich die Zustände einigermaßen normalisiert hätten und die Wärme und das Licht auf ein erträgliches Maß eingerichtet wären, bis die ganze Anlage erneut zusammenbrechen würde, wahrscheinlich sogar für eine noch längere Zeit. In der Zwischenzeit spielten sie ein Spiel, das ›Ungepunktetes Domino‹ hieß und in dem glatte, leere Elfenbeinstücke in bestimmten linearen Mustern angeordnet werden mußten.

Weder sie noch Quiss hatte die entfernteste Ahnung, wann sie dieses Spiel beenden würden; sie kannten nicht einmal den Stand im derzeitigen Stadium. Zwar wußten sie, daß bei der Originalversion dieses Spiels die Elfenbeinrechtecke mit Punkten markiert waren, doch auf ihren Steinen war nichts zu sehen. Sie mußten sie jedesmal, wenn sie spielten, in Reihen auslegen, immer in der Hoffnung, daß der kleine Tisch mit dem schimmernden Juwel in der Mitte, auf dem sie spielten, erkennen würde, daß die Augenzahl, die er vor dem Spiel jedem einzelnen Stein zugedacht hatte — natürlich ganz nach Belieben —, entsprechend war, daß das Muster, das Quiss und Ajayi herstellten, etwas Logisches darstellte, daß es, wenn plötzlich alle Punkte auf der Oberfläche der Dominosteine sichtbar würden, einen Sinn ergäbe: eine Eins ergänzt durch eine Eins oder eine Doppeleins, eine Zwei durch eine Zwei oder eine Doppelzwei und so weiter. Es war das unbefriedigendste Spiel, das sie bis jetzt gespielt hatten, und sie spielten es nun schon seit einhundertundzehn Tagen.

Ajayi dachte absichtlich nicht daran, wie lang sie sich schon in der Burg befanden. Es war gleichgültig. Es war ein Augenblick des Exils, mehr nicht. Sie hatte keine Ahnung, wieviel davon ihr im Gedächtnis haften bleiben würde, falls … *wenn* sie an ihren Platz in den Therapeutischen Kriegen zurückkehren würde. Es war eine selten durchgeführte Art der Bestrafung und keine, über die die Leute, die sie durchgemacht hatten, so ohne weiteres sprechen würden, selbst wenn einem per Zufall welche begegneten, und obwohl sie schon immer um die Existenz der Burg gewußt hatte, gab es keine Aufzeichnungen darüber, wie es jenen ergangen war, die diese Zeit erfolgreich hinter sich gebracht hatten.

Nein, es war wirklich gleichgültig, wie lange sie schon hier waren oder noch hier sein würden; sie durften nur nicht verzweifeln oder verrückt werden. Sie mußten einfach weiterhin die Spiele spielen und es mit den vielen verschiedenen Antworten versuchen, und irgendwann würden sie schon freikommen.

Ajayi blickte zu ihrem Gefährten hinüber, ohne daß er es merkte. Quiss war emsig damit beschäftigt, die Dominosteine zu mischen, wobei er sie mit einem finsteren Stirnrunzeln betrachtete, als ob er auf irgendeine Weise diese Stücke toten Tiers dazu zwingen könnte, ein richtiges Muster zu bilden. Quiss, dachte Ajayi, würde das Ganze schon überleben. Trotzdem machte sie sich Sorgen seinetwegen, denn seine aufbrausende, einschüchternde Art war nicht unbedingt geeignet, es auf Dauer mit dem oft unergründlichen und sinn- und vernunftlos erscheinenden Regime der Burg aufzunehmen. Sie befürchtete, daß das, was er sich zurechtgebastelt hatte, zu sehr einer Rüstung glich, zu sehr dem nahekam, was die Burg selbst darstellte. Diese Rüstung gab vielleicht irgendwann mal nach, so wie keine Festung, die jemals gebaut worden war, *jeder* Belagerung standhalten konnte (sie hatten über die letztendliche Anfälligkeit des Standhaften, des Abgehärteten, diskutiert, bevor sie ihre erste Antwort zur Lösung des Rätsels gegeben hatten); sie hingegen hatte versucht, sich nicht in einer Rüstung zu verschanzen, sondern vielmehr auf die seltsame Weise der Burg einzugehen; sich in sie zu fügen, sie anzunehmen.

»Oh, jetzt macht endlich *voran*, ihr beiden«, nörgelte die rote Krähe, die auf einem abgebrochenen Fahnenmast etwa drei Meter über ihren Köpfen hockte. »Ich habe es schon kurzweiliger gefunden, Schnecken beim Ficken zu beobachten.«

»Warum haust du nicht ab und machst genau das?« schimpfte Quiss, ohne sie anzusehen, während er sieben der umgedreht liegenden Dominosteinc aus dem Haufen von Rechtecken in der Mitte des Tisches herauspickte. Er hielt alle sieben Steine mit Leichtigkeit in einer seiner gewaltigen Hände; die kleinen beinernen Riegel verloren sich in den fleischigen Falten und Furchen.

»Hör mal, Graubart«, sagte die rote Krähe, »es ist meine vornehme Pflicht, mich hier herumzutreiben und euch Widerlinge zu ärgern, und genau das werde ich tun, bis ihr zu der Einsicht gelangt — vom üblichen Abstand gar nicht zu reden, in Anbetracht der Tatsache, daß ihr die Dauer eines angemessenen Aufenthalts längst überzogen habt —, daß ihr euch endlich von hier verziehen solltet.« Die Stimme der Krähe hatte sich zu einer Personifizierung von Ajayis am wenigsten geliebten Lehrerin aus der Schulzeit verstellt: »Ajayi, du alte Schachtel, nimm deine Steine und spiel! Wir haben nicht den ganzen Tag Zeit, verstehst du?« Die rote Krähe kicherte nach diesem letzten Satz.

Ajayi erwiderte nichts. Sie wählte sieben der Dominosteine für sich aus, wobei sie auf der Unterlippe herumkaute. Die Stimme des Vogels war eine echte Schmach; es war natürlich nur ein übler Spaß, aber das verdammte Ding verfügte über ein unerfreulich ausgeprägtes Talent der mimischen Nachahmung und über ein umfangreiches Repertoire von hassenswerten Stimmen aus der Vergangenheit.

Ajayi war an der Reihe anzufangen. Sie nahm eins der vollkommen unmarkierten kleinen Rechtecke in die Hand und setzte es in die Mitte des Tisches. Sie wußte, daß etwas an der Art, wie sie die Dominosteine prüfend betrachtete, bevor sie sie setzte, Quiss zur Weißglut brachte, der seinerseits einfach den erstbesten zur Hand nahm. Irgendwie brauchte Ajayi jedoch diese Selbsttäuschung; es war eins der kleinen Dinge, die sie aufrechthielten. Sie brachte es nicht fertig, die Dominosteine einfach zu nehmen und einen nach dem anderen zu setzen, sie durcheinanderzumischen und das gleiche noch mal zu tun, obwohl das das schnellste Verfahren gewesen wäre, um die Spielrunden hinter sich zu bringen; ihr war das zu mechanisch, zu lieblos. Es war wichtig für sie, daran zu glauben, daß das nächste Spiel das richtige wäre, bei dem sich alles zusammenfügte und die Anordnung jedes einzelnen Steins im Zusammenhang mit den anderen einen Sinn ergäbe und ihnen so eine neue Chance verschaffte, von diesem Ort zu entkommen.

Also setzte sie ihre Steine sorgsam, mit Bedacht. Quiss knallte gleich nach ihr einen der seinen hin. Ajayi zögerte und überlegte. Quiss schnalzte ungeduldig mit der Zunge und klopfte mit einem Fuß auf den Boden. Die rote Krähe krächzte von dem abgebrochenen Fahnenmast über ihnen herunter: »Mich laust der Affe, jetzt geht das schon wieder los. Ich hoffe, ihr beide habt die Sache bald so leid, daß ihr euch umbringt, dann kriegen wir vielleicht ein paar Leute hier rein, die *Stimmung* in die Bude bringen.«

»Du bist nicht gerade die charmanteste aller Gastgeberinnen, Krähe«, sagte Ajayi und setzte einen Stein.

»Ich bin nicht eure Gastgeberin, blöde Kuh«, keifte die Krähe. »Selbst dir müßte das klar sein. Ich weiß, daß du keine Leuchte bist, aber ich dachte, du hättest wenigstens das unterste Mindestmaß an Gehirn.«

Quiss knallte ein weiteres weißes Rechteck auf den Tisch, und Ajayi musterte ihn argwöhnisch, da sie sich nicht sicher war, ob er ein Lachen unterdrückte oder nicht. Er räusperte sich. Ajayi sah zu der roten Krähe hoch. »Oh«, entgegnete sie, »ich glaube, in gewisser

Weise bist du das doch, ob es dir gefällt oder nicht. In gewisser Weise bist du eine sehr passende Gastgeberin, weil du eine Zusammenfassung all dessen bist, was dieser Ort darstellt, und dir also« — sie wandte den Blick von dem Vogel ab und betrachtete prüfend das Stück Elfenbein in ihrer Hand, bis sie das Tap-Tap von Quiss' Fuß auf dem Boden des Balkons hörte — »die Rolle sozusagen auf dem Leib geschrieben ist, auch wenn sie dir nicht behagt.«

(Die rote Krähe sah hinaus über die verschneite Landschaft und schüttelte stumm den Kopf.)

»Keine angenehme Gastgeberin«, schloß Ajayi, »aber in deiner Unverschämtheit gründlich.«

»Was für ein Haufen Scheiße«, sagte die rote Krähe, wobei sie auf sie herabsah und immer noch den Kopf schüttelte. »Scheiße von einer alten Kuh.« Sie wandte den Blick wieder ab von ihr, ließ ihn über die weiße Ebene schweifen. »Ihr bildet euch ein, *ihr* erleidet eine Strafe. Dabei muß ich hier die Zeit totschlagen und mir diesen ganzen Schwachsinn anhören. Ich frage mich manchmal, warum ich mir das antue, wirklich. Es muß doch einfachere Wege geben, sich den Lebensunterhalt zu verdienen.«

Ajayi sah grübelnd zu ihr hinauf. Sie überlegte, ob es nicht irgendeine Möglichkeit gäbe, eine Waffe herzustellen, mit der sie die rote Krähe erschießen könnten. Wenn sie das täten, wie ungünstig würde sich das auf ihren Urteilsspruch auswirken, und wäre das die Sache wert? Sie hörte, wie Quiss' Stiefel wieder tap-tap machte, schenkte ihm jedoch keine Beachtung, sondern sah die rote Krähe an. Ihr war bewußt, wie sehr Quiss die Ohren spitzte, wenn die rote Krähe sie beleidigte, und sie sah eigentlich keinen Grund, warum sie sich mit dem Setzen des nächsten Dominosteins beeilen sollten, nur um sich nach ihm zu richten. Die rote Krähe erwiderte Ajayis starrenden Blick, doch nach ein paar Sekunden schüttelte sie sich zornig, spreizte kurz die Flügel und streckte ein Bein von sich, als ob es steif sei. »Jetzt mach endlich!« keifte sie sie an. »Du lieber Gott, Frau, was hast du bloß in deinem Oberstübchen? Unfähigkeit oder die nackte Dummheit? Oder beides? Nun *mach* schon!«

Ajayi sah den Vogel nicht an, sondern wählte einen ihrer Dominosteine und setzte ihn behutsam auf die Oberfläche des Tischs. Sie merkte, daß ihr eine leichte Röte ins Gesicht gestiegen war.

»Du willst doch wohl nicht behaupten«, sagte Quiss und beugte sich dabei weit über den Tisch, um mit gedämpfter Stimme zu sprechen, während er seinen nächsten Stein setzte, »daß deine kleine gefiederte Freundin dich beleidigt hat ...« Er sah der alten Frau eindringlich in die Augen, während er sich wieder zurücklehnte. Ajayi senkte die Augen unter Quiss' Blick und schüttelte dann langsam den Kopf, während sie die Wahl zwischen den restlichen Dominosteinen in ihrer Hand traf.

»Nein«, sagte sie; sie nahm eins der Elfenbeinrechtekke von ihrer Handfläche, beugte sich vor, um es auf den Tisch zu setzen, überlegte es sich anders, nahm es zurück und dachte erneut nach, wobei sie sich mit einer Hand übers Kinn rieb. Ein übertrieben erstickter Laut ertönte über ihren Köpfen.

»Das ist ja lächerlich!« sagte die Krähe. »Ich glaube, ich gehe jetzt lieber und schaue zu, wie sich Wasser zu Eiswürfeln bildet. Das kann auch nicht langweiliger sein als das hier.« Bei diesen Worten breitete sie die Flügel aus und flog schimpfend davon. Ajayi blickte ihr nach. Einige andere Dohlen und Krähen schwebten von den höheren Zinnen herab und gesellten sich zu der roten Krähe auf ihrem Flug in Richtung Schieferbergwerk.

»Scheißpack!« schimpfte Quiss ihnen hinterher. Er trommelte mit plumpen Fingern auf die Tischfläche und sah Ajayi wieder an, woraufhin diese nickte und einen weiteren Dominostein setzte. »Nun«, hakte Quiss nach, während er seinerseits einen Stein setzte, »ich habe mich nur gefragt, ob der Vogel mit dieser einen Bemerkung nicht vielleicht einen besonders wunden Punkt getroffen hat. Ich meine, warum du hier gelandet bist.« Quiss warf seiner Gefährtin einen schnellen Blick zu, die ihn dabei ertappte, wie er gleich wieder wegsah, worüber sie lächeln mußte.

»Also gut«, sagte sie und begutachtete die Stücke in ihrer Hand vor der nächsten Auswahl, »vielleicht ist es Zeit, daß wir uns gegenseitig darüber aufklären, warum jeder von uns hier ist; was wir angestellt haben, um hierhergeschickt zu werden.«

»Hmm«, sagte Quiss, anscheinend nicht übermäßig interessiert. »Ja, von mir aus können wir das ruhig machen. Vielleicht ergibt sich daraus sogar ein Hinweis auf die richtige Antwort, die von uns erwartet wird; etwas Gemeinsames in der — Begründung für unser Hiersein, das uns womöglich weiterhilft.« Er sah sie mit einer hochgezogenen Augenbraue an, als wollte er sagen: Was hältst du davon? Ajayi hielt es für taktisch ratsam, Quiss *nicht* daran zu erinnern, daß sie nicht lange nach ihrer Ankunft in der Burg genau mit diesem Argument dafür plädiert hatte, sie sollten ihre Vorgeschichten austauschen. Quiss hatte damals einen tiefen Widerwillen dagegen an den Tag gelegt, daß sie sich gegenseitig ihr Unglück preisgaben. Sie hatte eingesehen, daß ihr nichts anderes übrigblieb, als geduldig zu sein — eine Eigenschaft, die sie sich zu ihrem eigenen Nutzen ohnehin am besten angewöhnte.

»Ja, das ist vielleicht eine ganz gute Idee, Quiss. Vorausgesetzt, du bist ganz sicher, daß es dir nichts ausmacht, mich einzuweihen.«

»Mir? Nein, ganz und gar nicht«, versicherte Quiss schnell. Er hielt inne. »Ähm ... fang du an.«

Ajayi lächelte. »Also«, setzte sie an und holte tief Luft. »Folgendes hat sich zugetragen ... Ich war Adjutantin unseres Philosophie-Offiziers, der in unserer Schwadron den Rang eines Marschalls innehatte.«

»Philosophie-Offizier«, wiederholte Quiss und nickte wissend.

»Ja«, sagte Ajayi. »Er war ein schrecklich eifriger Jäger und liebte es — was ziemlich aus der Mode gekommen ist —, zu den großangelegten Unternehmen im Freien und den altmodischen Methoden, diese durchzuführen, zurückzukehren, wann immer sich ihm die Gelegenheit bot.

Ich war durchaus nicht gegen die Idee des Zurückkehrens zu den eigenen Wurzeln und der Erneuerung der ganzheitlichen Beziehung zur Natur — auch wenn es sich um eine fremdweltliche Natur handelte —, aber ich machte keinen Hehl daraus, daß er es meiner Ansicht nach übertrieb. Ich meine, er setzte niemals so etwas wie Kommunikationsgeräte oder Transportsysteme ein, nicht einmal moderne Waffen. Wir verfügten lediglich über eine geringe Anzahl von uralten Feuerbüchsen und unsere Beine.«

»Du bist ganz gut mit ihm ausgekommen, was?« sagte Quiss.

»Notgedrungen.« Ajayi zuckte die Achseln. »Er behauptete, daß er mich bei sich behielt, weil er gern mit mir stritt. Also begleitete ich ihn bei seinen seltsamen Expeditionen, und ich erlangte beträchtliches Geschick in der Kunst der Rhetorik und im Umgang mit den alten primitiven Waffen, mit denen er zu jagen liebte. Außerdem entwickelte sich meine Begabung, seine kaum mehr als halbherzigen Annäherungsversuche abzuweisen.

Eines Tages, etwa zur Zeit der Abenddämmerung, an jenem ... Ort ..., wo wir durch einen Sumpf wateten, um ein verwundetes Tier aufzustöbern, auf das er gerade geschossen hatte, umschwärmt von Insekten, erschöpft, ohne Verbindung zur Flotte bis auf ein kleines Küstenschnellboot, mit dem wir um Mitternacht verabredet waren, durchnäßt, entnervt ... na ja, wenigstens ich; er hatte ungeheuren Spaß bei der Sache ..., da trat er plötzlich auf einen im Wasser liegenden Baumstamm oder sowas, und im Fallen muß er offenbar an den Abzug gekommen sein — sein Gewehr war so alt, daß es nicht einmal einen Sicherungsriegel hatte —, und er schoß sich in die Brust.

Er war schlimm dran; noch bei Bewußtsein, aber von Schmerzen gequält (es widersprach auch seiner Einstellung, bei solchen Unternehmungen moderne Medikamente mitzunehmen). Ich dachte, ich sollte ihn besser aus dem Schlamm und auf einen Felsen ziehen, den ich schwach im Dunst ausmachen konnte, doch als ich versuchte, ihn zu bewegen, fing er schrecklich an zu brüllen. Dann fiel mir wieder ein, daß ich mal in historischen Geschichten gelesen hatte, wie Leute mit solchen uralten Projektilwaffen angeschossen und anschließend die Kugeln ohne jegliche Betäubung aus ihnen herausgebuddelt worden waren, und wie man es damals gemacht hat; und ich dachte, was denen seinerzeit recht war, erscheint unter den gegebenen Umständen nur billig, selbst wenn es in Wirklichkeit nicht viel brachte, also nahm ich die Kugel aus meinem Gewehr und gab sie ihm zum Draufbeißen, während ich ihn zu den Felsen hinüberzog.«

»Und dann?« fragte Quiss, als Ajayi verstummt war. Sie seufzte.

»Es war eine hochexplosive Kugel. Als er darauf biß, zerfetzte sie ihm den Kopf.«

Quiss schlug sich mit der freien Hand aufs Knie und schaukelte vor Lachen vor und zurück. »Tatsächlich? Hochexplosiv? Ha ha ha.« Er schlug sich immer weiter aufs Knie und schaukelte auf seinem Stuhl vor und zurück, grölend vor Lachen. Tränen traten ihm in die Augen, und er mußte seine drei verbliebenen Dominosteine umgekehrt auf den Tisch legen, um sich den Bauch mit beiden Händen zu halten.

»Ich wußte, daß ich mich auf dein Mitgefühl verlassen konnte«, sagte Ajayi trocken und setzte ein weiteres Elfenbeinrechteck.

»Das ist herrlich«, juchzte Quiss mit einer Stimme, die vor Lachen geschwächt war. Er wischte sich die Tränen von den alten Wangen und nahm seine Dominosteine wieder in die Hand. »Ich vermute, er war tot.« Er spielte mit einem der Steine.

»Natürlich war er tot!« fauchte Ajayi. Es war das erstemal, daß sie laut oder schroff mit Quiss gesprochen hatte, und er lehnte sich mit einem überraschten Gesichtsausdruck zurück. Sie versuchte, kein so finsteres Gesicht zu machen, wie ihr eigentlich zumute war, und fuhr statt dessen fort: »Sein Gehirn spritzte über den halben Sumpf — und über mich.«

»Ho ho ho«, sagte Quiss nachfühlend. »Ha ha ha!« Er schüttelte den Kopf, grinste breit und schneuzte.

»Was ist mit dir? Was hast du gemacht?« fragte Ajayi. Mit einemmal wurde Quiss still. Er starrte stirnrunzelnd auf die beiden übrigen Dominosteine in seiner Hand.

»Hmm«, machte er.

»Ich habe dir meine Geschichte erzählt«, sagte Ajayi. »Jetzt erzähl du mir deine.«

»Ich glaube nicht, daß sie dich wirklich interessiert«, sagte Quiss und wich ihrem Blick aus. Er schüttelte den Kopf und sah immer noch auf seine Hand hinab. »Sie verblaßt nach dem Höhepunkt deiner Erzählung vollkommen.«

Er blickte auf, einen Ausdruck schmerzlichen Flehens um Verschonung im Gesicht, und merkte, daß Ajayi ihn eindringlich ansah, nicht nur zorniger als je zuvor, sondern als er sie je für fähig gehalten hätte. Er räusperte sich.

»Hmm. Na ja, andererseits«, sagte er, »ist es wahrscheinlich nur gerecht.« Er legte seine Dominosteine auf den Tisch, ließ die Hände flach auf die Knie sinken und blickte starr über Ajayis Kopf hinweg. »Irgendwie ist sie deiner aber auch ähnlich ... vielleicht gibt es einen Verbindungsfaden. Jedenfalls hat sie auch mit einem Gewehr zu tun.« Er räusperte sich erneut, wölbte die Hand vor dem Mund und hustete. Er blickte immer noch starr über den Kopf seiner Gefährtin hinweg, als ob die rote Krähe noch auf dem abgebrochenen Fahnenmast über ihnen säße und er zu ihr spräche, und nicht zu der Frau.

»Nun, jedenfalls ... es genügt zu sagen, daß nach einem langen ... ähm ... und anstrengenden Feldzug — und keineswegs einem, den zu überleben wir erwartet hatten, wie ich hinzufügen darf — ich mich mit anderen Mitgliedern unseres Wachbataillons auf dem Dach ... dieses großen Palastes in dieser Stadt befand. Es standen Feierlichkeiten bevor; der ... ähm ... dieser Würdenträger ... nun, eigentlich war er nur ein Prinz; das Ganze fand ebenfalls an einem dieser rückständigen Orte statt, und nach den Regeln waren wir auf ziemlich derbe Waffen und primitive Ausrüstung und alles Drumherum beschränkt ... na ja, dieser Prinz sollte erscheinen, und zwar auf ...« — Quiss sah Ajayi kurz an, dann huschte sein Blick über den Balkon, auf dem sie saßen — »... etwas Ähnlichem wie einem Balkon, etwa so wie dieser«, sagte er kraftlos. Er räusperte sich wieder.

»Nun gut, jedenfalls wartete eine Riesenmenge von Menschen, um dem Prinzen zuzujubeln, vielleicht eine Million Einheimische, alle bis zu den Kinnbacken bewaffnet mit Mistgabeln und Donnerbüchsen und solchen Sachen — jedoch alle mehr oder weniger auf unserer Seite und jedenfalls froh, daß der Kampf vorbei war —, und wir bewachten das Palastdach mit ein paar harmlosen Raketen, nur für den Fall, daß doch noch ein letzter verzweifelter Luftangriff stattfände; nicht daß das unserer Einschätzung nach sehr wahrscheinlich war.

Wir waren alle — wie soll ich sagen — ein bißchen fröhlich, nehme ich an, und überdies feierten wir und waren ganz allgemein guter Dinge, weil wir am Leben waren, und zwei von uns — dieser andere Hauptmann und ich — wurden vom Teufel geritten, und wir machten uns gegenseitig Mut, über eine Art Geländer auf dem Dach zu balancieren, mit Blick auf die Menge, über dem Balkon, wo der Prinz mit seinem Hofstaat erscheinen sollte, und wir schlossen die Augen und setzten einen Fuß vor den anderen; wir stellten uns auf ein Bein und tranken weiter, und wir benutzten diese großen Maschinengewehre, um das Gleichgewicht zu halten ... das hört sich ein wenig undiszipliniert an, ich weiß, aber wie gesagt ...« Quiss hustete.

»Dieser andere Hauptmann und ich, wir prallten beim Balancieren auf dem Geländer aufeinander; marschierten mit geschlossenen Augen einfach aufeinander zu ... natürlich fanden unsere Kameraden die Szene ungeheuer komisch, doch während der andere Kerl auf das Dach und in die Arme der anderen Trunkenbolde fiel, fiel *ich* zur anderen Seite, über den Rand des Daches. Unter mir waren nur der Balkon, etwa zehn Meter tiefer, und darunter der Erdboden, noch mal zwanzig Meter tiefer. Ich verlor das Gleichgewicht, kippte ab, meine Kameraden waren außer Reichweite; ich dachte, mein Schicksal sei besiegelt, ich würde direkt in den Tod stürzen. Ich hielt mein Stündlein für gekommen.« Quiss warf Ajayi einen raschen Blick zu, sein Gesichtsausdruck von qualvollem Ernst geprägt, dann sah er wieder weg und fuhr fort.

»Aber ... nun, wie gesagt, ich hatte dieses große Maschinengewehr in der Hand, und ohne nachzudenken, rein instinktiv nehme ich an, brachte ich die Waffe in Anschlag, richtete sie nach unten und drückte ab.« Quiss räusperte sich vernehmlich, schüttelte den Kopf und verengte die Augenschlitze. »Das Ding war auf Flugkörperabwehr eingerichtet, es hüpfte mir geradezu aus der Hand. Ich hatte kaum Beherrschung darüber, doch der Rückstoß war so stark, daß ich wieder aufrecht zu stehen kam und mein Gleichgewicht wiedergewann, bevor alle Munition aus dem Magazin verschossen war. So wurde ich gerettet.

Das einzige Problem war, daß der Prinz und sein Gefolge just in jenem Moment auf den Balkon unter mir traten, als sich dies alles abspielte, und von einem Hagel trudelnder Flugabwehrgeschosse getroffen wurden, den dieses Miststück von einem Gewehr in alle Richtungen verballerte. Dabei wurden der Prinz und einige seiner Kumpels getötet, ganz zu schweigen von einigen Dutzend in der Menge unten.

Es entstand ein großer Aufruhr unter den Leuten. Die reinste Vorhölle; Meuterei und Plünderung. Der Palast wurde gestürmt. Wir brauchten vierzigeinhalb Tage, um die Unruhen niederzuschlagen. Das war's.« Quiss hob die Schultern und senkte den Blick auf den Tisch.

»Deine Geschichte klingt viel dramatischer«, sagte Ajayi und versuchte, sich dabei nicht erheitert anzuhören. »Dem Tod von der Schippe gesprungen.« Sie setzte einen Dominostein.

»O ja«, sagte Quiss, und seine Augen nahmen einen trüben, abwesenden Ausdruck an, als er aufblickte. »Ich fühlte mich ungefähr eine halbe Sekunde lang so richtig großartig.«

Ajayi lächelte. »Es sieht also so aus, als kämen in unseren Geschichten als gemeinsame Elemente ein etwas gedankenloser Leichtsinn und Projektilwaffen vor.« Sie schaute hinauf zu den baufälligen Türmen der Burg, die über ihnen aufragten. »Die Verbindungen erscheinen mir nicht allzu eng, aber jetzt weißt du es. Jetzt wissen wir es. Hilft uns irgend etwas davon weiter?«

»Nein«, sagte Quiss und schüttelte traurig den wuchtigen grauen Kopf. »Ich glaube nicht.«

»Trotzdem«, sagte Ajayi, »ich bin froh, daß wir endlich übereinander Bescheid wissen.«

»Ja«, bestätigte Quiss, während er seinen vorletzten Stein setzte. Er hustete. »Tut mir leid, daß ich ... ähm ... gelacht habe. Das hätte ich nicht tun sollen. Bin nicht gut in Form heute. Entschuldigung.«

Er hielt den Kopf gesenkt, so daß er nicht sah, wie

Ajayi ihn anlächelte, mit dem Ausdruck echter Zuneigung auf dem alten, faltigen Gesicht. »Recht hast du, Quiss«, sagte sie und lächelte versonnen.

Ihr Magen knurrte. Es mußte bald Essenszeit sein. Gleich würde ein Diener zum Servieren kommen. Manchmal nahmen die Servierer ihre Bestellungen auf und brachten das Gewünschte, manchmal brachten sie etwas vollkommen anderes; manchmal nahmen sie ihre Bestellungen gar nicht erst auf, sondern kamen mit dem an, was sie ohnehin bestellt hätten. Häufig brachten sie viel zuviel zum Essen und standen dann mit verwirrten Gesichtern herum, als ob sie Ausschau hielten nach anderen Leuten, denen sie die Speisen auftragen könnten. Zumindest wurden die Essenszeiten ziemlich zuverlässig eingehalten, und die Gerichte waren genießbar, meistens.

Ihr kam eine Unterbrechung des Spielens ohnehin gelegen. Sie ertrug nur ein bestimmtes Maß dieses sinnlosen Setzens von Elfenbeinklötzchen. Nach einer gewissen Zeit wurde ihr langweilig, sie spürte eine Unruhe in sich und wollte etwas anderes tun.

Eine Zeitlang, als es ihr steifer Rücken und das schmerzende Bein erlaubten, hatte sie die Burg erforscht und lange Spaziergänge unternommen, anfangs stets nur mit Quiss, der den Grundriß des Bauwerks einigermaßen kannte, später meistens allein. Ihre Knochen und Glieder beschwerten sich nach wie vor beim Treppensteigen, doch sie verdrängte die Schmerzen, so gut es ging, und legte häufig Pausen ein, und so tapste sie durch weite Bereiche der Burg, erforschte ihre Türme und Gemächer und Wehranlagen, Treppenschächte und Gänge. Sie zog es vor, in den oberen Gefilden zu bleiben, wo sich weniger Leute tummelten und die Burg irgendwie ... geistig gesünder anmutete, so erschien es ihr.

Je tiefer man kam, so hatte Quiss ihr berichtet, desto chaotischer wurden die Verhältnisse. Der Küchentrakt war in gewisser Hinsicht am schlimmsten, aber es gab noch sonderbarere Orte, über die Quiss nicht gern sprach (sie hatte den Verdacht, daß er nur das Gefühl der Macht genoß, das ein Exklusivwissen vermittelt, aber auf seine tolpatschige Art dachte er vielleicht auch, daß er sie vor irgend etwas bewahrte. Er meinte es gut, das wollte sie ihm gern einräumen).

Nach und nach entwickelte sie jedoch eine Abscheu gegen die Reize der folterkammerartigen inneren Geografie der Burg, und jetzt beschränkte sie sich auf sehr seltene kurze Ausflüge, bei denen sie sich hauptsächlich — so nah wie möglich — im selben Stockwerk erging, nur um die Beine etwas zu bewegen. Die überaus erschöpfenden ständigen Veränderungen in der Topografie der Burg bedrückten sie nach einiger Zeit, während ihr am Anfang der Gedanke Auftrieb gegeben hatte, daß man diesen Ort niemals vollkommen kennenlernen konnte, daß er niemals langweilig würde, daß er sich in einer andauernden Wandlung befand: einstürzte, wieder aufgebaut wurde, neu gestaltet und anders konzipiert. Ihr, die sie für immer in ein und demselben menschlichen Rahmen gefangen war, der sich niemals ändern würde, eingesperrt in diesem einen Alter, in diesem Käfig von Zellen, erschien die Entsprechung der organischen Verwandlung, des Wachstums und Zerfalls, die die Burg augenfällig machte, irgendwie ungerecht; eine unangenehme Mahnung an etwas, das ihr vielleicht niemals mehr beschieden sein mochte.

Jetzt verbrachte sie ihre freie Zeit mit Lesen. Sie nahm Bücher aus den Innenwänden der Burg und las sie. Sie waren in vielen verschiedenen Sprachen verfaßt, die meisten davon in denen des namenlosen Planeten, der der Burg untertan war und von dem all die Bücher zu stammen schienen. Diese Sprachen verstand sie nicht.

Einige der Bücher jedoch waren offenbar auf diesem einmaligen Globus als Übersetzungen in andere — fremdweltliche — Sprachen erschienen, von denen

Ajayi ein paar in unterschiedlichem Maße verstehen konnte. Sie überlegte beim Lesen oft, ob vielleicht der Name der Untertan-Welt eine Art Aufschluß gäbe; er war ausnahmslos aus jedem Buch in der Burg, in dem er erwähnt war, getilgt worden, indem die Stelle jeder einzelnen Seite, wo das Wort gestanden hatte, herausgeschnitten worden war.

Ajayi las die Bücher, soweit sie es vermochte. Sie hob sie von dem damit übersäten Boden des Spielzimmers auf oder nahm sie aus den zerfallenden Wänden und Säulen, warf auf die meisten nur einen kurzen Blick und ließ diejenigen, deren Sprache sie nicht verstand, entweder wieder fallen oder schob sie in die Wand zurück; dann blätterte sie die verbleibenden durch und legte solche zum späteren Lesen beiseite, die ihr interessant vorkamen. Höchstens eins unter vielleicht zwanzig oder dreißig erfüllte beide Voraussetzungen, nämlich verständlich und vielversprechend zu sein. Quiss war ganz und gar nicht glücklich über ihren neuen Zeitvertreib und warf ihr vor, nicht nur ihre Zeit zu vergeuden, sondern auch seine. Ajayi hatte ihm erklärt, daß sie etwas tun müsse, um bei Verstand zu bleiben. Quiss quengelte deswegen immer noch, doch er selbst war nicht unschuldig an diesem Zustand. Er unternahm nach wie vor lange Wanderungen durch die Burg und kam manchmal tagelang nicht zurück. Sie hatte versucht, aus ihm herauszubekommen, was er dabei tat, doch er hatte entweder verschlossen oder feindselig darauf reagiert.

Also las sie, und allmählich versuchte sie mit Hilfe von Bildbänden, die sie auf einer einigermaßen leicht erreichbaren Empore entdeckt hatte, sich eine der Sprachen selbst beizubringen, und zwar diejenige, die ihr in den Büchern am häufigsten begegnete und die eine der einheimischen Sprachen der Untertan-Welt zu sein schien. Das war schwierig — es schien fast, als ob das so beabsichtigt sei —, doch sie ließ nicht locker, und schließlich hatte sie viel Zeit.

Die Katze sass auf der Matratze. Na ja, das war doch wenigstens ein Anfang.

Ajayi setzte ihren letzten Dominostein. Quiss zögerte, bevor er das Muster vollendete, da er plötzlich verunsichert war, an welches Ende der Reihe von Rechtekken er das letzte setzen sollte.

Die Frau wurde unruhig, und er vermutete, daß es bald Zeit fürs Essen sein müßte. Dies wäre also wieder mal ein vergebliches, dummes Spiel, wie all die anderen, auf welche Weise auch immer sie die Steine setzten. Sie hätten längst zu einer Lösung kommen müssen, zu einem stimmigen Muster, einer logischen Anordnung, die dem wie auch immer gearteten Mechanismus, der dem kleinen Tisch innewohnte, gerecht würde. Aber es war nicht geschehen. Machten sie irgend etwas falsch? War ihnen etwas entschlüpft in ihrem Bemühen, selbst zu entschlüpfen? Sie hatten alles überdacht und noch mal überdacht und glaubten nicht, daß es so war.

Vielleicht waren sie einfach vom Pech verfolgt.

Sie hatten bereits drei Sätze von Dominosteinen aufgearbeitet; dreimal war er so wütend geworden über diese ganze idiotische Aufgabe, daß er die Klötzchen einfach weggeworfen hatte, über den Balkon hinunter; einmal waren sie dabei sogar noch in ihrer Elfenbeinkiste verpackt gewesen, ein andermal hatte er den gesamten Tisch angehoben und alles darauf über das Balkongeländer geschüttet (Ajayi wäre vor Angst beinah gestorben, wie er sich mit einem grimmigen Lächeln erinnerte; sie hatte befürchtet, er würde den Tisch ebenfalls hinunterwerfen, und es gab nur diesen einen Tisch, keinen Ersatz. Wenn er zerstört oder schwer beschädigt worden wäre, wäre ihnen nicht gestattet gewesen weiterzuspielen, und infolgedessen hätten sie auch keine Antworten mehr geben können). Beim dritten Mal hatte er die beinernen Rechtecke schwungvoll mit dem Unterarm vom Tisch geschoben und sie über die bauchige Schieferbalustrade des Balkons hageln lassen. (Jetzt hatte der Majordomus allerdings angekündigt, daß er den Tisch am Boden annageln lassen wollte.)

Nun, was erwartete man denn? Er war ein Mann der Tat. Diese zählebige, verfallende Rätsel-Burg war absolut kein Ort nach seinem Geschmack. Ajayi schien hin und wieder Gefallen daran zu finden, und manchmal mußte er dasitzen — wobei er unruhig auf seinem Stuhl herumzurutschen pflegte — und sich anhören, wie sie irgendeine philosophische oder mathematische Idee darlegte, von der sie glaubte, sie könnte sie von ihrem mißlichen Los befreien. Er wollte sich nicht auf einem Gebiet mit ihr anlegen, auf dem sie sozusagen Heimvorteil hatte, doch trotz des geringen Wissens, das er in Philosophie besaß, war er der Ansicht, daß ihr aalglatter Positivismus sich allzu seelenlos und logisch anhörte, um in der realen Welt von großem Nutzen zu sein. Worin, zum Teufel, lag der Sinn eines Versuchs, etwas rational zu analysieren, was seinem Wesen nach irrational war (oder a-rational, wie sie in ihrer üblichen Haarspalterei manchmal bereit war zuzugeben)? Es war der sichere Weg zu persönlichem Wahnsinn und tiefster Verzweiflung, und nicht zu einem universalen Verständnis. Aber er hatte nicht die Absicht, das Ajayi gegenüber zu äußern; sie würde daraufhin nur duldsam lächeln und ihn flammend niedermachen, daran hatte er keinen Zweifel. Erkenne deine Stärken, greife nicht in den Bereichen an, in denen du schwach bist. Das war auch eine Philosophie — militärischer Natur. Das und die Erkenntnis, daß das Leben von Grund auf absurd, ungerecht und — letztendlich — sinnlos war.

Die Frau las sehr viel. Es ging immer mehr bergab mit ihr; sie versuchte sogar, eine der gebräuchlichsten Sprachen zu verstehen, die sie in den Büchern auf dem Boden und in den Wänden des Spielzimmers gefunden hatte. Das war ein schlechtes Zeichen, davon war Quiss überzeugt. Sie gab langsam auf, nahm die Spiele, die sie spielten, nicht mehr ernst. Oder sie nahm sie zu ernst, auf die falsche Weise. Der Schein siegte über die Wirklichkeit. Sie blieb an der Oberfläche der Spiele stecken, drang nicht bis zu ihrer wahren Bedeutung vor, und anstatt die Spiele so schnell wie möglich zu erledigen und sich dem eigentlichen Ziel zuzuwenden — einem weiteren Versuch, das Rätsel zu knacken —, tat sie inzwischen so, als ob das Spielen an sich, die Züge und scheinbaren Entscheidungen, eine Bedeutung hätten.

Er würde nicht aufgeben, aber er mußte unbedingt diesem tödlichen, verzweifelten Gefühl hin und wieder entfliehen, das ihm die Spiele und die Frau vermittelten. Eine Zeitlang hatte er sie durch die Burg geführt und ihr die merkwürdigen Orte, die er entdeckt hatte, gezeigt, die ein oder zwei merkwürdigen Gestalten, die es hier gab (der neurotische Friseur war seine persönliche Lieblingsfigur), aber allmählich war sie immer häufiger allein losgegangen, dann schienen sie die Ausflüge zu langweilen (oder zu ängstigen, dessen war er sich nicht ganz sicher), und schließlich stellte sie sie ganz ein.

Er besuchte nach wie vor die unteren Stockwerke der Burg, und seine Wanderungen führten ihn bis in die Küchengemächer und noch tiefer; er stieg so weit hinab, daß er seiner Schätzung nach beinah auf der Höhe der weißen Ebene draußen sein mußte, tief im Innern des Felsbrockens, auf dem die Burg so trutzig stand. Dort unten gab es einige sehr seltsame Dinge und — unterhalb einer bestimmten Ebene — eine verdächtig große Zahl von verschlossenen, schweren Türen mit Metallverstrebungen.

Er hatte ein paar Diener teils durch freundliche Worte, teils durch schreckliche Drohungen dazu gebracht, ihm als Führer zu dienen. Er hatte ihnen in Aussicht gestellt, beim Majordomus ein gutes Wort für sie einzulegen, wenn sie taten, was er von ihnen verlangte, und falls sie es nicht täten, sie in die Schieferbergwerke oder zu den Eisgewinnungs-Expeditionen versetzen zu lassen. Abgesehen von diesen Bestechungen und Drohungen (von denen er weder die einen noch die anderen wahrmachen konnte, da er auf den Majordomus in dieser Hinsicht nicht den geringsten Einfluß hatte) verließ er sich voll und ganz auf seinen persönlichen Charme.

Die kümmerlichen Zwerge führten ihn an neue Orte in und unter der Vermächtnisburg und verrieten ihm sogar einiges über sich selbst; daß sie natürlich ebenfalls Verbannte aus den Kriegen waren, allerdings aus etwas niedereren Rängen stammend als er und Ajayi. Sie enthüllten sogar zaghaft das Geheimnis ihrer Physiologie; Quiss hörte geduldig zu, obwohl er in Wirklichkeit bereits alles über ihre körperliche Maske wußte, da er nicht lange nach seiner Ankunft auf der Burg einen von ihnen auseinandergenommen hatte bei dem Versuch, die Wahrheit aus ihm herauszufoltern. Daher wußte er, daß diese mißratenen Soldaten überhaupt keine festen Körper besaßen; er hatte während eines Verhörs Schicht um Schicht von einem von ihnen abgeschält, Umhang um Umhang um Gewand um Gewand um Hemd um Hemd; immer feinere und noch feinere Lagen von Handschuhen und kleinen Socken und sonstigen Kleidungsstücken hatte er ihm ausgezogen, Maske um Maske abgenommen, um nur noch kleinere Masken darunter zu finden sowie ein alles durchdringendes klebriges Material, das all den Stoffen Festigkeit verlieh und ähnliche Eigenschaften wie Silikon aufwies, nachgiebig, aber unter harten Schlägen zerspringend. Dieser langwierige, seltsame Vorgang des Abschälens war begleitet gewesen von den immer leiser werdenden Schreien der Mißgeburt, an der er dieses Experiment durchgeführt hatte. Die Stücke, die er von ihr abriß und zu Boden warf, bewegten sich schwach aus eigener Kraft, als ob sie versuchten, sich neu zusammenzufügen, während das Stück, das er noch festhielt, bei der Aktion immer kleiner und schwächer und dünner wurde und hoffnungslos zappelte.

Am Schluß hatte er nichts mehr in der Hand als eine Art schleimigen Sack, etwa wie ein schlaffer Ballon aus einem klebrigen Stoff, aus dem eine durchsichtige, geruchlose Flüssigkeit troff, während all die übrigen Schichten und Kleidungsstücke auf dem Glasboden rings um ihn herum zitterten und sich krampfhaft wanden, wobei ihre Bewegungen die sich träge schlängelnden Formen der Leuchtfische in dem Wasser unter ihnen anzogen. Er hängte schließlich all das ekelhafte Zeug zum Trocknen an eine provisorische Wäscheleine hinaus ins Freie. Der Wind ließ die Teile flattern, so daß er nicht zu sagen vermochte, ob das Wesen in seine Verstümmelung noch auf irgendeine Weise am Leben war oder nicht. Ein paar Krähen hatten an den traurigen Resten gepickt, es aber bald wieder aufgegeben. Als er die Stücke wieder hereingeholt und versucht hatte, sie zusammenzusetzen, hatten sie angefangen zu stinken, und er hatte einfach alles weggeworfen.

Er hatte die Winzlinge gefragt, ob ihres Wissens nach irgend etwas in der Burgküche hergestellt würde — oder in irgendeinem anderen Teil der Burg, darum ging es nicht —, das einen Kerl *fröhlich* machen könnte. Ihr wißt schon — betrunken, angeheitert, bedudelt, beschickert? Kannten sie so was?

Sie sahen ihn verständnislos an.

Alkoholische Getränke? Fermentiert zum Beispiel. Gebraut oder destilliert; das Verdampfen von Flüssigkeit zur Zurückbehaltung von Alkohol oder die Gewinnung durch Gefrieren ... aus Obst, Gemüse, Korn ... nein? Waren ihnen vielleicht irgendwelche Pflanzen bekannt, deren Blätter man trocknete, um ...?

Die Winzlinge hatten noch nie von derartigen Dingen gehört. Er schlug ihnen vor, Nachforschungen anzustellen, möglicherweise etwas herauszufinden. Er traf einige von ihnen von Zeit zu Zeit, und er vertraute ziemlich fest darauf, daß er sie in einer Menge von diesen Wesen jederzeit wiedererkennen würde. Schließlich glichen sie sich nicht wie ein Ei dem anderen; die Muster von Flekken und Brandspuren auf ihren kleinen Gewändern wiesen geringe Unterschiede auf, anhand deren man sie auseinanderhalten konnte, und natürlich war die Farbe ihrer Stiefel offenbar eine Art Code, der ihre genaue Aufgabe innerhalb der Hierarchie der Burgdienerschaft kennzeichnete. Diejenigen, zu denen er Verbindung aufgenommen hatte, dieser einfältige Haufen, versuchten alles zu tun, was er von ihnen verlangte. Sie stahlen Nahrungsmittel aus der Küche und versteckten allerlei Küchengerätschaften unter ihren Umhängen. Sie versuchten, einen Destillierapparat und einen Fermentationskessel aufzubauen, aber es funktionierte nicht. Bei einem ihrer Zusammenkünfte brachten sie eine Flüssigkeit mit, bei deren Geruch Quiss sich bereits übergeben mußte, und als er ihnen befahl, ihn zu ihrer Produktionsstätte zu führen, damit er sie überprüfen und tauglich herrichten könne, erklärten sie ihm, daß sie sie an dem einzigen Ort aufgestellt hatten, der ihrer Meinung nach vor den spähenden Augen des Majordomus sicher war, nämlich in ihren eigenen Gemächern, wo der verkleinerte Maßstab ihrer Zellen und Gänge für den Majordomus — und dementsprechen auch für Quiss — ein Eindringen unmöglich machten. Sie weigerten sich, sie irgendwo anders aufzubauen. Der Majordomus würde ihnen *viel* abscheulichere Dinge antun als die, mit denen ihnen Quiss drohte. All das waren schlimmste Gesetzesübertretungen und verletzte alle Vorschriften, wußte er das denn nicht?

Quiss war deshalb sehr bedrückt. Er hatte gedacht, er könnte wenigstens *einen* Weg finden, um an diesem Ort die Sinne zu benebeln. Vielleicht wurde angenommen, daß hier auf Burg Türen die Realität an sich so sonderbar war, daß es keines Mittels bedurfte, um das noch zu steigern. Das entsprach Ajayis Denkungsart; logisch, aber abgehoben, fast naiv.

Dann stieß er zufällig auf etwas, das genau das bewirkte — eine Veränderung der Realität. Aber nicht auf die Weise, wie er es erwartet hatte.

Er befand sich allein auf Erkundigungstour, tief unten, noch weit unter der Ebene der Küche und des großen Hauptmechanismus der Uhren. Die Wände bestanden aus nacktem Schiefer, herausgesprengt und abgespalten aus dem Felsen, auf dem die Burg stand. Licht strömte aus durchsichtigen Rohren, die in die Decke eingelassen waren, aber es war kalt und trotzdem ziemlich dunkel. Er kam zu einer der schweren Türen mit Metallverstrebungen, die er immer wieder bei seinen Ausflügen in die unteren Stockwerke gesehen hatte, doch im Gegensatz zu den anderen stand diese hier einen Spaltbreit offen. Er sah im Vorbeigehen einen schmalen Lichtschein; er hielt inne, sah sich um und zog dann die Tür auf.

Es war ein kleiner, niedriger Raum. Die Decke war von derselben Art wie in den oberen Bereichen der Burg, bestehend aus Glas, in dem ein paar schwach schimmernde Exemplare der Leuchtfische träge hin und her schwammen. Der Boden war Felsgestein. Der Raum hatte noch eine zweite Tür, auf der Seite gegenüber, die ebenfalls aus Holz und Metallverstrebungen gebaut war. Mitten im Raum, als einziges Möbelstück, stand ein kleiner Schemel. Darüber war etwas, das aussah wie ein Loch in der Glasdecke.

Quiss blickte in beide Richtungen des dunklen Korridors. Es war niemand in der Nähe. Er huschte in den Raum, wobei er die Beobachtung machte, daß die Tür tatsächlich verriegelt hätte sein sollen, der Riegel jedoch irgendwie die Öffnung verpaßt hatte, in die er hätte gleiten sollen. Er ließ die Tür hinter sich zuschwingen, so daß sie mit dem herausgeschobenen Riegel anschlug und von außen so geschlossen und unauffällig wie nur möglich aussah. Er erforschte den kleinen Raum.

Die Tür auf der gegenüberliegenden Seite war fest

verschlossen. Der Raum war vollkommen leer mit Ausnahme des kleinen Schemels unter dem Loch im Glas der Decke. Er ähnelte den Schemeln, die die Küchenburschen benutzten, um sich auf die passende Höhe zur Verrichtung ihrer Arbeiten zu erheben. Die Vertiefung über dem Schemel war dunkel; etwas schien das Innere gegen den Schein der Leuchtfische abzuschirmen. Eine große, dunkle Form füllte einen Kreis von fast einem Meter Durchmesser um das Loch herum, das von etwas eingerahmt war, das wie Pelz aussah, wie ein Kragen, und das gerade groß genug war, um einen Menschenkopf hindurchzustecken. Aufmerksam lauernd, stieg Quiss auf den Schemel, um bis an die Öffnung zu reichen.

Dort waren zwei Metallbänder, Eisenschlaufen, die von der unteren Fläche der eisernen Verstärkungsstreben der Glasdecke herabhingen, mit Lederpolster gefüttert. Die U-förmigen Metallstreifen befanden sich zu beiden Seiten des Loches, etwas mehr als einen halben Meter voneinander entfernt und etwa einen Viertelmeter weit von der Decke herabhängend. Bei näherem Hinsehen erkannte Quiss, daß sie zu verstellen waren; sie konnten leicht angehoben oder gesenkt, sowie weiter auseinander oder näher zueinander verschoben werden. Ihm gefiel ihr Anblick nicht. Er hatte Folterinstrumente gesehen, denen sie entfernt ähnlich sahen.

Er spähte hinauf in das dunkle Loch in der Glasdecke. Er berührte vorsichtig den Pelz ringsherum. Er sah ziemlich normal aus. Er nahm den Rand seines locker fallenden Pelzärmels in die Hand und schob die abgeschabte Manschette in die Öffnung. Sie kam vollkommen unversehrt wieder heraus, und er untersuchte sie eingehend. Er verzog das Gesicht und steckte einen kleinen Finger in die Öffnung. Nichts. Er schob die ganze Hand hinein. Er verspürte ein ganz leichtes Kribbeln, wie wenn nach einem Winterspaziergang das Blut wieder in die Glieder zurückkehrt.

Er betrachtete seine Hand. Sie machte ebenfalls einen unversehrten Eindruck, und das Kribbeln hörte auf. Er hob den Kopf versuchsweise in die Nähe des Lochs, und der Pelz kitzelte seinen grauhaarigen Schädel. Das Loch roch nach … Pelz, wenn überhaupt nach irgend etwas. Er schob den Kopf hinein, nicht bis zum Hals, und auch nur ganz kurz. Er hatte die schwache Empfindung eines Kitzelns auf der Haut und den noch schwächeren Eindruck von verstreuten Lichtpunkten.

Er steckte die Hand noch mal hinein und spürte wieder das Kitzeln, Kribbeln; anschließend warf er einen prüfenden Blick zur Tür. Er stand auf dem Schemel und schob den Kopf vorsichtig vollständig in das Loch.

Das Kribbeln verschwand rasch. Der Eindruck von verstreuten winzigen Lichtpunkten blieb, wie ein zu dicht besätes Sternenfeld, und es machte keinen Unterschied, ob seine Augen offen oder geschlossen waren. Einen Moment lang glaubte er, Stimmen zu hören, aber er war sich nicht sicher. Die Lichtpunkte waren beunruhigend. Er meinte, sie auseinanderhalten zu können, aber gleichzeitig erschienen sie ihm als zu viele — viel zu viele —, als daß er sie hätte zählen, ja auch nur im einzelnen wahrnehmen können. Außerdem hatte er den beängstigenden Eindruck, auf die Oberfläche eines Globus zu blicken; die gesamte Oberfläche, alles auf einen Blick, so vor ihm ausgebreitet, daß kein Teil davon einen anderen Teil verdeckte. Sein Geist geriet ins Trudeln. Die Lichter schienen ihm zuzuzwinkern, und er spürte, wie er im Begriff war, zu ihnen hinabzugleiten; er kämpfte gegen diesen Sog an und entzog sich ihnen. Er gelangte wieder zum Stillstand.

Er stieg von dem Schemel herunter und rieb sich das Kinn. Äußerst merkwürdig. Er steckte den Kopf wieder hinein. Während er vorübergehend nicht auf die Lichter achtete, schnippte er mit den Fingern, draußen im Zimmer. Er hörte das leise Schnippen mit Mühe und Not. Er tastete nach den Eisenschlaufen und steckte die Arme hindurch, um sich so abzustützen, wie es offensichtlich vorgesehen war.

Er spürte wieder den Sog jener Lichtpunkte und gab sich ihm hin, glitt auf eine Stelle dort unten zu. Er stellte fest, daß er allein dadurch, daß er seine Gedanken einer anderen Stelle zuwandte, dorthinschwebte. Es war, als hinge er an einem Fallschirm, den er ganz nach Belieben steuern konnte.

Während er sich dem Lichterfeld näherte, auf das er gerade zuschwebte, bekam er den Eindruck, als hätte es auch etwas Planetenähnliches, obwohl es weit auseinandergezogen war. Ihm kam es immer noch so vor, als sähe er zu viele von den Lichtpunkten, als dürfte er sie eigentlich gar nicht so einzeln sehen, gemessen an ihrer scheinbaren Größe, doch er schob diesen Gedanken beiseite, während er sich immer weiter der Fläche näherte, wie immer diese geartet sein mochte, auf der sich die Lichtpunkte befanden. Er versuchte sich davon zu überzeugen, daß er zur Außenseite der Kugel hinschwebte, daß er von der Mitte ausgegangen und in diese Richtung unterwegs sei, aber aus irgendeinem Grund wurde er das Gefühl nicht los, daß er abwärts fiel, auf eine konvexe Fläche zu.

Ein einzelnes Licht tauchte auf, eine Kugel aus wabernden, ineinander zerfließenden Farbtönen, wie etwas Zellartiges, das sich innerhalb einer einzigen Membrane teilte und wieder teilte, wobei jedoch die Muster in der Kugel irgendwie an zerstörte Gemälde erinnerten oder an Bilder, bei denen die Farben aufs Geratewohl auf eine unfixierte Leinwand geworfen worden waren. Er spürte, wie er um dieses eigenartige, maßstabslose Ding schwebte, während die anderen Lichter allem Anschein nach noch immer so weit entfernt waren wie zuvor, und er fühlte sich seltsam angezogen von diesem Ball aus Lichtern, in den er seinem Empfinden nach auf unbestimmte Weise eindringen konnte, ohne ihm oder sich selbst Schaden zuzufügen.

Wenn er darüber nachdachte, war er sich immer noch bewußt, daß er in dem Zimmer stand. Er schnippte mit den Fingern und spürte den Rand seines Tunikaärmels, der seitlich herunterhing, und dann nahm er all seinen Willen zusammen, um in die schimmernde, langsam pulsierende Kugel einzudringen.

Es war wie das Betreten eines Raums, angefüllt mit raunenden Stimmen und von wirren, sich ständig verändernden Bildern beleuchtet. Einen Augenblick lang herrschte äußerste Verwirrung in seinem Kopf, dann glaubte er, innerhalb des chaotischen Wirrwarrs so etwas wie Muster und wirkliche Formen zu erkennen.

Er gestattete sich eine kurze Ruhepause, um danch weiter zu beobachten, und genau in diesem Moment schienen all die Bilder und Geräusche in Einklang zu kommen, Teil einer einzigen Empfindung zu werden, die die Eindrücke der Tast-, Geschmacks- und Geruchssinne ebenfalls einschloß. Quiss lehnte sich dagegen auf, und sofort wurde er wieder von dem lärmenden, grellen, chaotischen Raum-Gefühl gepackt. Er entspannte sich erneut, diesmal jedoch etwas wachsamer und behutsamer. Die sonderbare Kristallisierung der Empfindung trat wieder ein, und allmählich wurde Quiss eine andere Art von Gedankenprozeß bewußt, ein Gefühlsbündel, das gleichzeitig aufs engste mit ihm verbunden und vollkommen von ihm abgeschnitten war.

Die Wahrheit dessen, das sich abspielte, überrumpelte ihn mit einemmal, ließ ihn erstarren. Er befand sich im Kopf eines anderen Wesens.

Er war so fassungslos, daß er nicht einmal Zeit hatte, aufgewühlt oder so richtig entsetzt zu sein, bevor das Neuartige und Interessante an dieser Erkenntnis ihn übermächtig packte, ihn erregte. Er verlagerte sein Körpergewicht geringfügig und spürte auf sehr entfernte Weise, wie im Traum, daß sich seine Füße auf dem kleinen Schemel bewegten, auf dem er stand, und sich seine Armkuhlen etwas bequemer in den Schlaufen mit den Lederpolstern einrichteten.

Vorübergehend wurde ihm schwindelig, als das Licht und die Geräusche um ihn herum zunahmen, dann durchzuckte ihn ein stechendes Gefühl der Sorge, Angst und Traurigkeit. Der Geruch von etwas Verbranntem stach ihm in die Nase, er hörte lauten, ohrenbetäubenden Motorenlärm, sah Fahrzeuge mit Metallrädern beängstigend dicht vor sich (die Angst wurde größer, ihm wurde wieder schwindelig, und er spürte, daß er sich irgendwie ablöste), dann blickte er nach oben, oder vielmehr die Person, in deren Kopf er sich befand, und sah einen blauen, ach so blauen Himmel, wie eine polierte glänzend-blaue Kugel, einen gewaltigen, glatten und makellosen Juwel.

Ihm war so schwindelig, daß er taumelte (erst jetzt merkte er, daß er — oder seine Wirtsperson — voranschritt), und eine Woge der Angst schwappte über ihn, zog ihn mit sich fort und hinaus, wallte davon, zurück in den fremden, dunklen, lichtgefleckten Raum; sein Herz klopfte wie wild, sein Atem raste.

Er riß sich zusammen und schnippte ein paarmal mit den Fingern, hinter sich in dem realen Raum auf Burg Türen.

Er zog dumpf in Betracht, sein kleines Experiment zu beenden, denn es war ein erschreckendes und fremdartiges Experiment, doch er beschloß, standhaft zu bleiben. Das Ganze war zu faszinierend, um es jetzt aufzugeben, und vielleicht bekäme er nie wieder eine Chance zu einer so tiefgreifenden Forschung, und überhaupt war er nicht der Typ, der einem undisziplinierten Anfall von Feigheit nachgab, er nicht!

Er ließ sich sanft in Richtung eines anderen weich aussehenden Balls aus wabernden Farben fallen und drang in ihn ein wie zuvor. Es entstand das gleiche Schwindelgefühl, jedoch diesmal keine Angst.

Er blickte auf ein Paar Hände, von denen eine kleine

Stöckchen hielt, während die andere ein Stöckchen nach dem anderen aus dem Bündel nahm und es schnell und zielgenau in Vertiefungen in brauner Erde steckte. Es waren seine Arme, die Arme der Person, in der er steckte, und er trug irgendeine beschichtete, lockere Umhüllung. Die Arme waren sehr dünn. Er — oder vielmehr die andere Person — stand auf, bog das schmerzende Kreuz durch, legte einen Arm hinter den Rücken und streckte sich. Seinen Augen bot sich der Anblick von vielen Frauen, die dasselbe taten wie er; sich bückten und Sprößlinge in den Boden steckten. Die Landschaft war in das Licht einer grellen Sonne getaucht. Der Boden war braun, und er sah in der Ferne Hütten und etwas, das nach strohgedeckten Dächern aussah. Am Horizont erhoben sich einige Hügel, grün und mit Terrasseneinschnitten, wie die gegenständlich gewordenen Konturen einer Reliefkarte. Es gab Bäume mit nackten Stämmen, bei denen alle Blätter oben an der Krone ein Büschel bildeten. Der Himmel war blau. Ein dünner weißer Rauchschweif zog sich darüber. Es gab ein paar Wolken von reinstem Weiß. In seinem Bauch rührte sich etwas, und er dachte an — was? An das Kind in seinem Bauch.

Die Frau, deren Körper er besetzt hatte, bückte sich wieder zur Erde. Aber natürlich! Jetzt fiel ihm auf, daß er das Gewicht auf ihrem Brustkorb spüren konnte: Brüste! Das Kind mußte klein sein, denn sein/ihr Bauch fühlte sich normal an, allerdings ein bißchen leer (und im Hintergrund ihres Denkens, so erkannte er, freute sich die Frau auf eine dürftige Mahlzeit aus irgendeinem aufbewahrten, aufgebackenen Getreidegericht in ein paar Stunden, nach dem sie immer noch nicht satt wäre; danach würde sie weiter Hunger haben. Sie hatte immer Hunger gehabt. Und sie würde immer Hunger haben. Und wahrscheinlich würde es dem Kind ebenso ergehen, wie allen anderen ebenfalls). Eine Frau! dachte Quiss. Eine Landfrau; eine hungrige Landfrau, wie merkwürdig! Wie sonderbar es war, auf diese Weise in ihrem Körper zu sein, dort und doch nicht dort, hier und doch nicht hier, nach innen lauschend. Er versuchte, ihre Gefühle in bezug auf ihren Körper nachzuempfinden, während die Frau sich wieder zu ihrer Arbeit hinabbeugte, und systematisch einen der kleinen grünen Sprößlinge nach dem anderen setzte. Sie kaute auf etwas herum, ihr Mund bearbeitete irgendeine Masse, ohne daß sie eigentlich aß; etwas Betäubendes, etwas das half, die Gedanken abzutöten und die Arbeit leichter zu machen.

Wie einzigartig! ging es Quiss immer wieder durch den Kopf. Und obwohl dies der Körper einer Frau war, fühlte es sich seltsamerweise gar nicht so sehr anders an, in ihr zu stecken und nicht in seinem eigenen; der Unterschied war viel geringer, als er gedacht hatte. Vielleicht war seine Verbindung mit ihr nicht vollständig, dachte er, aber andererseits hatte er das Gefühl, daß es doch so war. Die Frau schien sich ihrer selbst nicht bis ins letzte bewußt zu sein. Nicht spezifisch als Frau. Was war mit ihrem …?

Die Hände der Frau bewegten sich unwillkürlich zu ihren Geschlechtsteilen und strichen tatsächlich den geknautschten Stoff zwischen ihren Beinen glatt. Sie stand auf, ein bißchen verwirrt, dann beugte sie sich wieder zu ihrer Arbeit hinunter. Ein Schmerz oder ein Jucken, ging es ihr durch den Kopf. Quiss war fassungslos; nur dadurch, daß er etwas gedacht hatte, hatte er die Frau veranlaßt, etwas zu tun.

Er stellte sich vor, daß sie ein Jucken hinter dem rechten Knie verspürte. Sie kratzte sich an der entsprechenden Stelle, schnell und heftig, ohne den Rhythmus ihres Pflanzens im wesentlichen zu unterbrechen. Faszinierend!

Dann zerrte etwas an dem Bein der Frau, doch sie nahm keine Notiz davon. Tatsächlich schien es ihr überhaupt nicht ins Bewußtsein zu dringen. Quiss verstand das nicht; er spürte das Pochen. Es war ziemlich drängend und beharrlich ... dann fiel ihm ein, wo er in Wirklichkeit stand. Eine leichte Benommenheit breitete sich in seinem Kopf aus, während er sich geistig wieder zurechtzufinden versuchte, bis ihm der Druck unter den Armen und Füßen wieder bewußt wurde. Er nahm die Arme aus den Schlaufen und tauchte hinab, zurück in den Raum unter Burg Türen.

»Tun Sie das nicht! Tun Sie das nicht!« kreischte eins der Dienerlein, wobei es auf- und absprang und am Saum seiner Tunika zupfte. »Das dürfen Sie nicht tun! Das ist nicht erlaubt!«

»Sag mir nicht, was ich zu tun habe, du ... Zwergengehirn!« Quiss trat dem Diener voll in die Brust, so daß er von ihm weg und über den Schieferboden geschleudert wurde. Er rappelte sich schnell wieder auf, zog den zurückgerutschten Rand seiner Kapuze wieder straff nach vorn und warf einen Blick zur offenen Tür. Er legte die kleinen Hände aneinander und verwob die mit gelben Handschuhen bekleideten Finger.

»*Bitte,* verlassen Sie diesen Raum«, flehte er. »Sie dürften wirklich nicht hier drin sein. Es ist nicht gestattet. Es tut mir leid, aber das ist es nun mal nicht.«

»Warum nicht?« wollte Quiss wissen, der sich mit den Händen immer noch an den Eisenschlaufen festhielt, sich nach vorn beugte und das Dienerlein musterte.

»Das ist es einfach nicht!« quiekte es, wobei es in die Luft sprang und mit den Armen herumfuchtelte. Quiss mutete die Posse des Wesens komisch an, da sie einen so krassen Gegensatz bildete zu dem erstarrten Ausdruck qualvoller Traurigkeit, der auf der Maske dargestellt war. Seine übergroße Besorgnis erweckte in ihm den Verdacht, daß er der Verantwortliche war, der die Tür offen gelassen hatte. Er flehte ihn nicht nur seinetwegen so inbrünstig an, zu verschwinden; er litt selbst unter Todesangst.

»Eigentlich«, sagte Quiss träge und hängte sich mit dem ganzen Gewicht an die Eisenschlaufen, während er sich unter der Öffnung des Glasdaches zurückbeugte und in sie hineinblickte, »erschien mir das als ein sehr ergreifendes Experiment. Ich sehe nicht ein, warum ich ausgerechnet jetzt damit aufhören soll, nur weil du es mir empfiehlst.«

»Aber Sie müssen aufhören!« Die Stimme des Dieners überschlug sich, und er wedelte mit den Armen durch die Luft, während er auf ihn zusprang. Er bremste sich jedoch, bevor er wieder an seiner Tunika zupfte, und blieb etwa einen Meter vor dem Schemel stehen, wo er von einem Fuß auf den anderen hüpfte und die Hände rang. »Oh, Sie müssen! Sie dürfen diese Dinge nicht sehen. Es ist nicht erlaubt. Die Vorschriften ...«

»Ich gehe, wenn du mir verrätst, um was es sich handelt«, sagte Quiss und blickte finster auf die kleine Gestalt hinab. Das Wesen schüttelte verzweifelt den Kopf.

»Das kann ich nicht.«

»Na gut.« Quiss zuckte die Achseln und tat so, als wollte er die Arme wieder durch die Schlaufen schieben.

»Nein nein neineineinein!« winselte das Dienerlein. Es hastete vor und warf sich vor seine Beine, um sie zu umklammern. Er sah zu ihm hinunter. Es krümmte die engbehosten Schienbeine wie ein winziger Liebhaber, und er spürte, wie es zitterte. Es war von Angst durchtobt, wie ergötzlich!

»Geh weg von meinen Beinen!« sagte Quiss nachdrücklich. »Ich werde nicht von hier verschwinden, bevor du mir sagst, was das da ist.« Er blickte wieder hinauf zu dem dunklen Schatten im Innern des Glases, das das Loch umgab. Er schüttelte das rechte Bein, und der bebende Diener kullerte über den Boden. Er saß auf dem Schiefer, vergrub den Kopf in den Händen und spähte durch die Finger hindurch zu der Tür, die Quiss offen angetroffen hatte. Dann stand er flink auf und nahm einen Schlüssel aus seiner Tasche, schob ihn ins Loch, drehte ihn herum, schob die schwere Tür mit erheblicher Mühe zu und verriegelte sie wieder.

»Versprechen Sie es?« fragte er. Quiss nickte.

»Natürlich. Ich bin ein Mann, der zu seinem Wort steht.«

»Also gut.« Der Diener kam wieder herangelaufen. Quiss ließ sich auf dem kleinen Schemel nieder. Der Diener stand vor ihm und sah ihn an. »Ich weiß nicht, wie es heißt und ob es überhaupt einen Namen hat. Es ist ein Fisch, so wird behauptet, und er sitzt einfach da und ... na ja ... er *denkt.*«

»Hmm, er denkt, wie?« sagte Quiss grüblerisch und kratzte sich im Genick. Ein paar Pelzflusen vom Kragen des Loches waren am Halsausschnitt seiner Tunika haften geblieben; er hob sie mit spitzen Fingern hoch und spielte damit. »Und was genau denkt er?«

»Also ...« — das Dienerlein machte ein aufgeregtes und verwirrtes Gesicht. Ständig verlagerte es sein Gewicht von einem seiner Füßchen in den gelben Stiefel auf das andere und wieder zurück — »... es denkt nicht gar so viel, sondern erlebt viel mehr. Glaube ich wenigstens.«

»Glaubst du«, wiederholte Quiss unbeeindruckt.

»Es ist eine Art Verbindung«, führte das Dienerlein weiter verzweifelt aus. »Es verbindet uns mit jemandem ... in der ... in der Untertan-Welt.«

»Aha«, sagte Quiss. »Das habe ich mir gedacht.«

»So, das ist alles, was es damit auf sich hat«, sagte das Dienerlein und zupfte ihn am Ärmel, während es mit der anderen Hand zu der Tür zeigte, die es soeben verriegelt hatte.

»Einen Moment noch«, sagte Quiss und entriß seinen Ärmel dem Griff des Wesens. »Wie heißt dieser Planet, diese Untertan-Welt?«

»Das weiß ich nicht!«

»Hmm, ich schätze, ich werde es recht bald herausfinden«, sagte Quiss und erhob sich schwerfällig von dem Schemel, während er wieder zu der Öffnung hinaufsah. Er stand auf, griff nach den Eisenschlaufen und stellte einen Fuß auf den Schemel. Der Diener hüpfte auf und ab, die kleinen gelben Handschuhe zu Fäusten geballt und vor dem kleinen starren Mund seiner Gesichtsmaske zusammenstoßend.

»Nein!« kreischte es. »Ich werde es Ihnen sagen.«

»Also, wie heißt er?«

»›Dreck‹! Er heißt ›Dreck‹!« sagte das hüpfende Dienerlein. »Würden Sie jetzt *bitte* gehen?«

»Dreck?« sagte Quiss ungläubig. Das Dienerlein schlug sich mit den Handschuhen auf den Kopf.

»Ich ... ich ... ich glaube ...« stotterte es, »der Begriff verliert in der Übersetzung etwas.«

»Und dieses Ding da ...« — Quiss deutete mit einem Nicken hinauf zur Decke, zu dem Schatten um das Loch herum —, »das stellt eine Verbindung dar von hier zu diesem Ort mit dem Namen Dreck. Habe ich das richtig verstanden?«

»Ja!«

»Und sind die Bewohner dieses Planeten ... zugänglich? Sind all diese Lichtpunkte, die man sieht, ursprünglich Individuen? Wie viele? Kommt man an sie heran? Ist ihnen allen nicht bewußt, daß Leute sie angaffen? Können sie alle beeinflußt werden?«

»Ooooh nein«, sagte das Dienerlein. Es hörte auf, herumzuhüpfen und zu -hopsen und fiel anscheinend in sich selbst zusammen. Seine Schultern sackten nach unten, es blickte verloren auf den Schieferboden hinunter. »Alle Lichter, die man am Anfang sieht, sind Individuen.« Es seufzte und fuhr jetzt langsamer und mit dünner, erschöpfter Stimme fort: »Sie alle sind verfügbar und können beeinflußt werden. Es gibt etwa vier Milliarden von ihnen.«

»Hmm. Ihre Körper sehen ziemlich ähnlich wie die unseren aus.«

»Ja, so ist gedacht. Es ist schließlich unsere Untertan-Welt.«

»Und von dort kommen all die Bücher?«

»Ja.«

»Ich verstehe«, sagte Quiss. »Und warum?«

»Warum was?« fragte das Dienerlein und blickte zu ihm auf.

»Warum diese Verbindung? Was soll das Ganze?«

Das Dienerlein warf den Kopf zurück und lachte. Er hatte noch nie einen von ihnen lachen hören. Es sagte: »Wie soll *ich* das denn wissen?« Es schüttelte den Kopf und senkte den Blick wieder zum Fußboden. »Was für eine Frage.« Plötzlich richtete es sich kerzengerade auf. Es drehte sich blitzschnell um und legte den Kopf lauschend seitlich an die Tür. Dann sah es ihn eindringlich an. »Schnell jetzt! Es ist der Majordomus. Sie müssen verschwinden!«

Es entriegelte hastig die Tür und zog sie auf, und seine kleinen Stiefel rutschten und scheuerten bei der Anstrengung über den Boden. Quiss war aufgesprungen, aber er hörte nichts. Er hatte den Verdacht, daß der kleine Diener ihn austricksen wollte. Er sah ihn an, streckte flehentlich die Arme nach ihm aus. »Es ist nur zu Ihren Gunsten, Mann. Sie werden sonst für immer hier bleiben müssen; gehen Sie jetzt!«

Quiss hörte ein tiefes Rumpeln auf der anderen Seite der offenen Tür. Es hörte sich an wie eine der Hauptkurbelwellen der großen Uhr, deren Geräusch durch eine der dünneren Wände drang. Es war noch nicht dagewesen, als er den Raum vom Flur aus betreten hatte. Er eilte zur Tür und hinaus in den Gang. Der Diener hastete gleichzeitig hinaus, indem er sich unter seinen Armen hindurchduckte, und er half ihm, die schwere Tür zu schließen. Das Rumpeln war nicht mehr zu hören. Entlang des Korridors, in dem Quiss und das Dienerlein in entgegengesetzte Richtungen davongingen (das kleine Geschöpf tippelte zu einer winzigen Tür in der Wand am anderen Ende, verschwand dahinter und knallte sie zu), erschallten gequältes Wimmern und Quietschen. Quiss schritt langsam auf den Ursprung dieses Mißklangs zu; er hörte sich an, wie wenn Metall über Metall kratzt. Ein fahler Lichtstrahl fiel von der Wand auf einer Seite herab, und aus einem großen, quadratischen Raum mit einer Metallschiebetür, die wimmerte und quietschte, als sie zu einer Seite zusammengeschoben wurde, und die Quiss als Aufzugstür erkannte, trat der Majordomus hervor, begleitet von einem Gefolge schwarzgewandeter Winzlinge. Sie blieben im Gang stehen, als sie seiner ansichtig wurden. Quiss musterte die kleinen Gestalten, die den Majordomus umringten, und zum erstenmal nahm er die zwergenhaften Bewohner der Burg wahrhaftig zur Kenntnis.

»Dürfen wir Sie in Ihre Gemächer zurückbegleiten?« Die Stimme des Majordomus war kalt. Quiss konnte sich des Eindrucks nicht erwehren, daß er keine echte Wahl hatte; er betrat zusammen mit dem Majordomus und den meisten der Winzlinge den Aufzug, und sie ließen ihn einige Stockwerke unter der Spielzimmer-Ebene aussteigen. Es fiel kein weiteres Wort mehr.

Seither hatte er immer wieder versucht, den kleinen Diener zu finden, den er damals in dem Raum getroffen hatte, ebenso wie den Raum selbst, doch beides ohne Erfolg. Er schätzte, daß man vermutlich einige der Korridore dort unten umgebaut hatte; in jenem Bereich hatte in letzter Zeit eine rege Bautätigkeit stattgefunden. Er war außerdem ziemlich sicher, falls er sich jemals an jenem Ort wiederfinden sollte, daß dann die Tür verschlossen wäre.

Er hatte Ajayi von alledem nichts erzählt. Er genoß es, etwas zu wissen, was sie nicht wußte. Sollte sie doch lesen, soviel sie wollte, und sich dann beschweren, daß sie nicht auf den Namen dieses geheimnisvollen Ortes stieß. Er kannte ihn!

Quiss setzte seinen letzten Dominostein. Sie beide saßen schweigend da und betrachteten diese unregelmäßige Anordnung von flachen Elfenbeinrechtecken, als ob sie erwarteten, daß sie von selbst etwas taten. Schließlich seufzte Quiss und machte Anstalten, sie für ein neues Spiel auf einen Haufen zusammenzuschieben. Vielleicht konnte er Ajayi dazu überreden, noch einen Versuch zu unternehmen, bevor sie sich der Lektüre eines Buches oder dem Essen hingab. Ajayi beugte sich vor und streckte eine Hand aus, um ihren Gefährten daran zu hindern, ein weiteres Spiel anzufangen. Plötzlich wurde ihr bewußt, daß sich die Steine nicht bewegen ließen. Quiss versuchte vergeblich, sie von der Oberfläche des Tischchens zu schieben, und wurde immer wütender.

»So eine verdammte …« setzte er an und war im Begriff, den ganzen Tisch hochzuheben. Ajayi hielt ihn davon ab, indem sie ihm ihre Hände auf die Unterarme legte.

»Nein!« rief sie und sah ihm eindringlich in die Augen. »Das könnte bedeuten …«

Dem alten Mann ging ein Licht auf, und er stand schnell auf und ging hinein in die heiße Helligkeit des Spielzimmers. Als er, nachdem er einen Diener gerufen hatte, zurückkehrte, beugte sich Ajayi mit einem breiten Lächeln im Gesicht über den Tisch und beobachtete, wie die Muster der Punkte allmählich auf den Dominosteinen erschienen, die sie gesetzt hatten.

»Da, das war's!« sagte Quiss und setzte sich mit einem vor Schweiß und Triumph glänzenden Gesicht nieder. Ajayi nickte gründlich.

»Herrje«, sagte ein dünnes Stimmchen, »hier drin ist es entsetzlich heiß.«

»Das ging aber schnell«, lobte Quiss den kleinen Bediensteten, der aus dem hell erleuchteten Innern des Spielzimmers heraustrat. Der Kleine nickte.

»Nun«, sagte er, »ich wan genade auf dem Weg hienhen, um zu hönen, was Schie schum Eschschen wünschen. Aben ich kann auch Ihne Antwont weitengeben, wenn Schie esch wünschen.«

Ajayi lächelte den Bediensteten an und fand dessen Sprachfehler entschieden komischer, als der Anstand es erlaubte. Sie war einfach guter Laune, vermutete sie. Quiss sagte: »Aber sicher kannst du das.« Er warf Ajayi einen Blick zu, woraufhin diese nickte, dann fuhr er fort: »Beides verschwindet in einem Strahlenblitz. Hast du das mitbekommen?«

»›Beidesch venschwindet in einem Schtnalhenblitsch.‹ Ja, ich glaube, dasch habe ich venschtanden. Ich venschuche, schnell zu machen, bisch gleich ...« Er drehte sich um und watschelte durch das Spielzimmer, mit gesenktem Kopf, die Antwort vor sich hinmurmelnd, während seine kleinen blauen Stiefel das Licht von den Fischen unter dem Glasboden funkelnd zurückwarfen; seine Schritte und seine Stimme hallten seltsam wider, als er an einem Uhrenzifferblatt vorbeiging.

»Nun ja ...«, sagte Quiss, lehnte sich in seinem Stuhl zurück, holte tief Luft, verschränkte die Hände hinter dem Kopf und stützte einen seiner mit Stiefeln bekleideten Füße gegen das Balkongeländer, »... ich glaube, diesmal haben wir es, was meinst du?« Er sah Ajayi an. Sie lächelte und zuckte die Achseln.

»Wir wollen es hoffen.«

Quiss schnaubte über diesen engherzigen Mangel an Zuversicht und ließ den Blick hinaus über die öde weiße Ebene wandern. Seine Gedanken schweiften zurück zu dem Erlebnis, das er in dem Raum tief unten in den Gewölben der Burg gehabt hatte. Welchen Sinn barg dieses Loch, dieser Planet mit dem albernen Namen und die Verbindung zwischen hier und dort? Was hatte es mit dieser Fähigkeit auf sich, jene Leute dort zu veranlassen, tatsächlich Dinge zu tun, nur indem man sie dachte? (Er hatte zögernd von der Vorstellung Abschied genommen, daß nur er allein mit dieser Begabung ausgestattet war.)

Es war überaus unbefriedigend. Er hatte den Versuch noch immer nicht aufgegeben, seine Kontaktpersonen unter der Dienerschaft dazu zu bringen, über diesen neuen Aspekt der Geheimnisse, die die Burg umgaben, zu plaudern. Bis jetzt waren sie nicht sehr entgegenkommend gewesen, trotz all seiner Verheißungen und Drohungen. Ohne Zweifel hatten sie in diesem Zusammenhang besonders viel Angst.

Er fragte sich, wie starr die Gesellschaft der Burg in Wirklichkeit war. War es zum Beispiel möglich, daß sie — er — so etwas wie einen Staatsstreich durchführten? Denn schließlich, welches gottgegebene Recht hatte der Majordomus, den Ort zu beherrschen? Wie war *er* an die Macht gekommen? Wie weit ging die Macht der beiden feindlichen Seiten der Kriege über die Burg?

Wie immer die Antworten lauten mochten, wenigstens lieferte ihm das noch weiteren Denkstoff außer den Spielen. Vielleicht gab es einen anderen Weg hinaus. Nur vielleicht, man durfte niemals voraussetzen, daß irgend etwas ein für allemal sicher war. Das war eine Lektion, die er schon vor langer Zeit gelernt hatte. Selbst Traditionen änderten sich. Vielleicht näherte sich dieser heruntergekommene Gemäuerhaufen dem Rand einer Katastrophe, einer *Veränderung.* Einst war er zweifellos das gewesen, was seine Architekten beabsichtigt hatten, möglicherweise bewohnt von vielen Leuten, funktionierend, nicht zerbröselnd, sowohl Festung als auch Gefängnis ... doch jetzt spürte Quiss den durchdringenden Hauch von Verfall, das tatterhafte Greisentum machte ihn — falls Quiss den richtigen Schlüssel oder die richtige Waffe fände — zu einer leichten Beute. Der Majordomus war nur bis zu einem gewissen Grade eindrucksvoll, und außer ihm war es niemand. Er — gemeinsam mit der Frau — war die wichtigste Person in der Burg, davon war er überzeugt. Alles drehte sich um sie beide, sie waren der Kern des Geschehens, das Ganze ergab nur einen Sinn, solange sie da waren, und das stellte an sich schon eine Macht dar (und ebenso einen Trost — er genoß das Gefühl, daß er, wie bereits in den Kriegen, Teil einer Elite war).

Ajayi saß da und überlegte, ob sie auf die Rückkehr des kleinen Dieners warten sollte, bevor sie ihr Buch zur Hand nähme. Es ging darin um die seltsame Geschichte eines Mannes, eines Kriegers, von einer Insel, die in der Nähe eines der Pole des Planeten gelegen war, sein Name war Grettir, soweit sie das der Übersetzung, die sie las, entnehmen konnte. Er war außerordentlich tapfer, abgesehen davon, daß er sich im Dunkeln fürchtete. Sie hatte Lust weiterzulesen, wie die Reaktion auf ihre abgegebene Lösung des Rätsels auch ausfallen mochte. So oder so konnte sie sich nicht vorstellen, daß in der nächsten Zeit etwas Entscheidendes passieren würde.

Sie saßen beide da, schweigend, in sich versunken, als ein paar Minuten später aus der hell erleuchteten, flimmernden Tiefe des Spielzimmers ein dünnes Stimmchen sagte:

»Schu meinem gnoschen Bedaunn ...«

TEIL VIER

□ Penton Street

Vor dem Belvedere-Pub, in der Penton Street, stand ein Tisch auf dem Gehsteig und bewachte die offene Falltür zum Keller der Kneipe. Offenbar erwartete man eine Lieferung von der Brauerei, dachte Graham. Der Tisch aus Holz und Resopal, der über den beiden geöffneten Flügeln der Einstiegsluke zum Keller stand, erinnerte ihn an den Stuhl im Korridor der Schule, den er dort bei seinem Weggehen gesehen hatte.

Er war inzwischen fast am höchsten Punkt des flachen, von Gebäuden verfremdeten Hügels angekommen; die Straße verlief jetzt beinahe eben. Ein paar Autos fuhren über die Penton Street, doch nach der geschäftigen Pentonville Road, die er soeben überquert hatte, erschien sie ihm sehr ruhig. Er sah hinüber auf die andere Straßenseite, zu einigen Läden, einem Café. Die Gegend schien sich in ihrer Gesamtheit nicht entscheiden zu können, ob sie nun heruntergekommen war oder nicht.

Ein Exemplar der aktuellen Ausgabe der Zeitung *Sun* versuchte, sich um Grahams Füße zu wickeln, getrieben von einer plötzlichen staubigen Windbö. Er trat darüber hinweg, und die Zeitung heftete sich flach gegen ein Geländer, das an der Straße entlangführte. Er lächelte, als ihm einfiel, wie Slater so leidenschaftlich auf *Sun*-Leser geschimpft hatte, daß ihn fast der Schlagfluß ereilt hätte. Die beste Zeit, dachte Graham, war vor ein paar Wochen, als sie zusammen im Hyde Park gesessen hatten. Slater hatte angeregt, daß sie, da sie alle sowieso den Sommer hier verbringen würden, Ausflüge und ähnliche Vergnügungen im Freien veranstalten sollten, und er hatte ein Samstagnachmittags-Picknick organisiert, wobei er am Freitag nachmittag beschlossen hatte, daß der folgende Tag heiß und sonnig würde, was auch der Fall war.

Slater hatte Graham, Sara und einen jungen Mann eingeladen, der Grahams Vermutung nach Slaters neuester Schwarm war, einen untersetzten, muskulösen Ex-Soldaten namens Ed. Ed hatte stoppelkurze blonde Haare und trug abgeschnittene Jeans als Shorts und dazu ein grünes Armee-T-Shirt. Er saß im Gras und las gemächlich einen Roman von Stephen King.

Slater hatte ein Gespräch darüber in Gang gebracht, was jeder von ihnen tun würde, wenn er eine Million Pfund gewönne. Sara weigerte sich zu spielen; frag mich mal, ob ich je was gewonnen habe, bemerkte sie dazu. Ed dachte gründlich nach und erklärte dann, er würde sich einen großen Wagen und eine Gaststätte irgendwo auf dem Land kaufen. Slater wußte nicht genau, wie er die ganze Summe verwenden würde, aber ihm schwebte vor, daß er zumindest einen Teil für eine Reise in die Südstaaten der USA ausgeben würde, um dort ein Agrar-Flugzeug mit einem willigen Piloten zu chartern, die Sprühbehälter mit einer Mischung aus Chilisauce und waschfester schwarzer Tinte zu füllen und dann über den größten Aufmarsch des Ku Klux Klan des Jahres hinwegzufliegen. *Das* würde ihnen die Tränen in die Augen treiben; *schwarz* werden würden die Scheißer. Juchhe!

Graham sagte, er würde das Geld benutzen, um das absolute Kunstwerk zu schaffen — es wäre ein Stadtplan von London, auf dem jede Straße und jedes einzelne Haus zu sehen wären, und darin wären — mit schwarzer Tinte, komisch, was? — alle Wege, alle Strekken nachgezogen, die jede einzelne Person an diesem Tag in London zurückgelegt hatte, ob per Zug, U-Bahn, Omnibus, Hubschrauber, Flugzeug, Rollstuhl, Schiff oder zu Fuß.

Sara lachte ihn aus, aber nicht unfreundlich. Ed gab zu bedenken, daß das nicht leicht durchzuführen wäre. Slater bezeichnete diese Idee als langweilig und erklärte, daß sie auch dann noch langweilig wäre, wenn der Stadtplan bunt und/oder man verschiedenfarbige Tusche für die Strecken nähme, und überhaupt war seine Idee insgesamt einfach besser. Graham hatte den Eindruck, daß sich Slater ein wenig betrunken anhörte, und antwortete nicht — er saß nur mit einem wissenden Lächeln da und grinste Sara kurz an, die sein Lächeln erwiderte.

Sie trug ein leichtes Sommerkleid mit einem eleganten hohen Kragen und einen großen weißen Hut. Sie hatte weiße Schuhe an, die vorne rund waren und ziemlich altmodische hohe plumpe Absätze hatten, und Strümpfe oder eine Strumpfhose aus Seide oder wenigstens nach Seide aussehend, was Graham an einem so heißenTag für überflüssig hielt. Sie saß an einen Baum gelehnt da und sah schön aus. Als sie den Kopf zurücklegte und sich den Arm unters Genick schob, warf er mehrere schnelle, verschämte Blicke auf die dunklen, lockigen Haare in ihrer entblößten Achselhöhle.

Slater, in einer weißen Hose und einem gestreiften Blazer, zur Vollendung ergänzt durch eine verbeulte Kreissäge (ein echter Strohhut, wie Graham auffiel), saß im Schneidersitz im Gras und hielt einen Plastikbecher mit Champagner in der Hand (er hatte Graham und Sara angewiesen, etwas zu essen mitzubringen; er wollte eine Magnum-Flasche beisteuern).

Vom Thema Geld waren sie zur Politik übergegangen.

»Edward«, sagte Slater, »das *kann* doch nicht dein Ernst sein!«

Ed zuckte die Achseln und ließ sich nach hinten ins

Gras plumpsen; mit einem Arm stützte er den stoppelhaarigen Kopf ab, in der anderen Faust hielt er das Taschenbuch mit umgeklapptem Rücken, um darin zu lesen. »Ich schätze, sie macht ihre Sache ganz gut«, sagte er. Er sprach mit einem leichten Ost-Londoner Akzent. Slater schlug sich mit dem Ballen seiner freien Hand vor die Stirn.

»Mein *Gott!* Die Dummheit der englischen Arbeiterklasse wird mich ewig verblüffen! Was müssen diese mörderischen, geldgierigen, selbstsüchtigen ... *Schweine* noch alles tun, bis bei euch endlich die Wut hochsteigt? Du liebe Zeit! Worauf wartet ihr noch? Die Aufhebung des Betriebsverfassungsgesetzes? Die zwangsweise Freistellung aller Gewerkschaftsmitglieder? Die Todesstrafe für Fensterputzen zum Verdienen eines Zubrots während des Bezugs von Sozialhilfe? Los, *sag's* mir!«

»Red doch nicht so'n Quatsch.« Ed zuckte die Achseln. »Dafür kann sie doch nichts; das liegt an der allgemeinen Rezession, is' doch klar. Die verdammten Linken könnten's auch nicht besser machen; die würden nur alles verstaatlichen, oder?«

»Edward«, seufzte Slater, »ich glaube, du bist genau der Mann, auf den ein Chefredaktionsstuhl bei *The Economist* wartet.«

»Na ja, du hast immer so schlaue Redensarten auf Lager«, sagte Ed, immer noch lesend oder zumindest in sein Taschenbuch blickend, »aber die meisten Leute sehen die Dinge nun mal anders als du.«

»Ja«, zischte Slater. »Da gibt es zum Beispiel einen tarifungebundenen Betrieb am Ende der Chancery Lane, der für so was verantwortlich ist.«

Ed machte ein verständnisloses Gesicht. Er drehte den Kopf zu Slater hin. »Was soll das denn heißen, ›tarifungebundener Betrieb‹?«

»Ach, du meine Güte«, sagte Slater. Er ließ sich melodramatisch rückwärts ins Gras sinken, wobei er jedoch mit der linken Hand den Champagner senkrecht hoch hielt. »Der Kandidat hat neunundneunzig Punkte!« japste er.

Die allgemeinen Wahlen standen kurz bevor. Slater konnte es einfach nicht glauben, daß die Leute durch ihre Stimmen wirklich die Konservativen wieder ans Ruder bringen würden. Graham war sich nicht ganz sicher, ob das tatsächlich so schlimm wäre, aber diese Meinung behielt er für sich; Slater wäre sonst wahrscheinlich explodiert. Grahams Ansicht deckte sich in etwa mit Eds; er glaubte nicht, daß irgendeine Partei Entscheidendes zur Verbesserung der wirtschaftlichen Situation des Landes tun könne. Natürlich fand er, daß die Rechten zu viel Geld für Rüstung ausgaben, vor allem für Atomwaffen, und vielleicht sollten sie mehr Geld für so Dinge wie das Gesundheitswesen zur Verfügung stellen, doch er bewunderte Mrs. Thatcher ein wenig, und sie hatte einen großartigen Sieg auf den Falkland-Inseln errungen. Er wußte, daß das alles Mumpitz war, und trotzdem hatte er so etwas wie unterschwelligen Stolz empfunden, als die Armee in Port Stanley einmarschierte. Ed hatte offenbar keine Bedenken, Slater seine Auffassung kundzutun; Graham wußte nicht so recht, ob er ihn deswegen bewundern oder bemitleiden sollte.

Er fühlte sich etwas übergangen, als ihm klar wurde, daß es Ed vermutlich völlig gleichgültig war, was er über ihn dachte.

Ed stand auf. »So, ich glaube ich geh jetzt mal und miete ein Boot. Kommt ihr mit?« Er sah Slater an, dann Graham, dann Sara, die den Kopf schüttelte. Slater blieb im Gras liegen, während Graham ihn ansah.

»Die Leute stehen dort schon Schlange«, sagte Slater. Sie hatten zuvor schon erwogen, ein Boot zu mieten.

»Wenn wir uns nicht an die Schlange anstellen, kommen wir nie dran.« Ed zuckte die Achseln. Er schob sich das Taschenbuch im Rücken unter den Taillenbund seiner abgeschnittenen Jeans. Slater sagte nichts, sondern starrte zum Himmel hinauf. »Na ja«, sagte Ed, »ich kann mich ja mal anstellen. Ihr könnt dann nachher runterkommen, kurz bevor ich dran bin, sofern ihr Lust habt.« Er blieb stehen, wo er stand.

»Manchmal«, sagte Slater, an den Himmel gerichtet, »denke ich, es wäre schön, wenn sie dem Krieg jetzt endlich ein schnelles Ende bereiten würden. Eine Zehn-Megatonnen-Bombe auf Westminster, dann merken wir so gut wie nichts davon … es bleibt nur verdampfender Staub, der sich auf das Gras und die Erde und das Wasser und den Lehm und den Felsen legt …«

»Du bist ein richtig ekelhafter Pessimist«, sagte Ed. »Du hörst dich an wie manche Typen von den Atomwaffengegnern — manchmal jedenfalls.« Er nickte zu Slater hinunter, die Hände in die Hüften gestemmt.

Slater starrte weiterhin zum Himmel hinauf. Dann sagte er: »Ich hoffe, du erzählst mir jetzt nicht schon wieder, was für einen feinen Haufen von Jungs du in der Armee kennengelernt hast.«

»Red keinen Mist!« Ed wandte sich ab, schüttelte den Kopf und setzte sich in Richtung Serpentine und Bootsverleiher in Bewegung. »Also, wenn du die beschissene Meinung vertrittst, du brauchst dich nicht zu verteidigen …«

Slater blieb noch einen Moment lang reglos liegen, dann sprang er mit einem Satz auf, wobei er ein paar Tropfen von seinem Champagner verschüttete. Ed war etwa zehn Meter weit weg. Slater schrie ihm hinterher: »Wenn sie tatsächlich fällt, und du tatsächlich brutzelst, dann hoffe ich nur, du erinnerst dich daran, für welche gute Idee du das Ganze gehalten hast!« Ed reagierte nicht darauf. Einige Leute, die in der Nähe in Liegestühlen lagen und auch andere Grüppchen, die sich ebenfalls sonnten, taten es jedoch und sahen zu ihnen herüber.

»Schsch«, sagte Sara träge. »Du erreichst nichts, wenn du ihn so anschreist.«

»Er ist ein Vollidiot«, sagte Slater und ließ sich wieder ins Gras sinken.

»Er hat das Recht auf seine eigene Meinung«, entgegnete Graham.

»Ach, sei doch nicht so blöd, Graham«, fauchte Slater ihn an. »Er liest jeden Morgen auf dem Weg zur Arbeit im Bus die *Sun*.«

»Ach ja?« sagte Graham.

»Nun, mein Lieber«, sagte Slater und sprach durch einen schmalen Spalt zwischen den Lippen, »wenn er jeden Tag eine halbe Stunde lang Scheiße in sein Hirn schaufelt, kannst du von seinen Vorstellungen nichts anderes erwarten, als daß sie stinken, oder?«

»Trotzdem hat er das Recht auf eine eigene Meinung«, wiederholte Graham, dem unter Saras Blick, mit dem sie ihn kühl musterte, unbehaglich wurde. Er spielte mit ein paar Grashalmen, verzwirbelte sie zwischen den Fingern. Slater seufzte.

»Wenn er eine eigene Meinung hätte, würde ich dir beipflichten, Graham; aber die Frage ist doch: haben die Zeitungsmacher von der Fleet Street das Recht auf Edwards Meinung? Was?« Er richtete sich etwas auf, stützte sich auf einen Ellbogen und sah Graham an. Graham verzog das Gesicht und hob die Schultern.

»Du erwartest zuviel von den Menschen«, sagte Sara zu Slater. Er blickte sie aus verhangenen Augen an, die Stirn einseitig gerunzelt.

»Ja, tue ich das?«

»Sie sind nicht alle wie du. Sie denken wirklich nicht wie du.«

»Sie denken überhaupt nicht, das ist es«, schimpfte Slater. Sara lächelte, und Graham war froh, daß sie das Sprechen übernommen hatte; das gab ihm die Möglichkeit, sie anzusehen, sie ganz in sich aufzunehmen, ohne daß es einem von ihnen beiden noch peinlich zu sein brauchte.

»Du tust ihnen unrecht.« Sara lächelte. »Natürlich

denken sie. Doch sie glauben an andere Werte, sie setzen andere Prioritäten, und viele von ihnen wollen gar keinen perfekten sozialistischen Staat, selbst wenn sich einer schaffen ließe.« Slater schnaubte darüber geringschätzig durch die Nase.

»Hervorragend. Dann sind sie jetzt also im Begriff, sich mit ihren Stimmen für weitere fünf Jahre Beschränkungen, Armut und aufregende neue Methoden zur Einäscherung von Millionen unserer Mitmenschen zu bescheren. Das ist ganz sicher weit entfernt von deinem idealen sozialistischen Staat; was ist das hier, de Sades Schule für politische Soziologie?«

»Dann bekommen sie, was sie verdienen«, sagte Sara. »Warum gibst du vor, dich soviel mehr um ihre Belange zu sorgen, als sie es selbst tun?«

»Ach, Scheiße«, sagte Slater. »Ich gebe es auf.« Er ließ sich wieder ins Gras sinken. Sara warf Graham einen Blick zu, hob eine Augenbraue und lächelte verschwörerisch. Graham schmunzelte still vor sich hin.

Sie blendete ihn. Sie saß zwar im Schatten eines Baumes, doch das Weiß ihrer Haut, ihre hellen Schuhe und Strümpfe und das Kleid und der Hut, all das reflektierte das Sonnenlicht, das vom strahlenden Himmel herabschien, und er konnte sie kaum ansehen, so grell war der Anblick für seine Augen.

Er nahm einen Schluck von seinem Champagner. Er war noch kühl; Slater hatte die Flasche in einer Kühltasche mitgebracht, und diese stand unter dem Baum, im Schatten wie Sara. Slater war ernsthaft beleidigt gewesen, als Graham, der den Auftrag hatte, Gläser beizuschaffen, nur mit Plastikbechern aufgekreuzt war. Er hatte angenommen, Graham würde *begreifen.*

Graham hatte etwas Angst vor Slaters Begegnung mit Sara gehabt; das letztemal, daß sowohl jener als auch er selbst sie gesehen hatte, war Anfang der Woche gewesen, und er befürchtete, Slater könnte etwas davon erwähnen. Sie waren zusammen zum Half Moon Crescent gegangen, an einem Tag, als Sara aus heiterem Himmel ihre Verabredung zu einem Nachmittagsspaziergang am Kanal abgesagt hatte. Sie war am Telefon kurzangebunden, ja sogar ungehalten gewesen, und er hatte sich Sorgen gemacht. Er hatte beschlossen, trotzdem in ihre Richtung zu gehen, einfach nur, um dort zu sein, für den Fall, daß erkennbar etwas nicht in Ordnung wäre. Auch Slater war beunruhigt gewesen, sowohl wegen Grahams offensichtlicher Erregung als auch wegen Saras Verfassung, wie Graham sie beschrieb. Graham hatte nichts dagegen, daß sein Freund ihn begleitete; er war froh über die Gesellschaft.

Sie hatten sich zu Fuß auf den Weg gemacht. Doch auf der Theobald's Road hatte Slater darauf bestanden, einen Bus zu nehmen. Graham wies darauf hin, daß der 179er nur bis King's Cross fuhr, was nicht sehr weit war und auch nicht direkt in ihrer Richtung lag. Slater entgegnete, daß es immerhin ihre grobe Richtung wäre, und überhaupt wären seine neuen Schuhe zu eng, und er hätte keine Lust, die ganze Strecke zu laufen. Am King's Cross hielt er ein Taxi an. Graham wandte ein, daß er es sich eigentlich nicht leisten könnte ... Slater sagte, er sollte sich keine Sorgen machen; er würde zahlen. Es war nicht sehr weit.

Im Taxi fiel Slater plötzlich etwas ein; er hatte ein Geschenk für Graham. Er wühlte in seiner Jackentasche. »Hier«, sagte er und reichte Graham etwas Hartes, das in ein Papiertuch eingewickelt war. Graham packte es genau in dem Moment aus, als der Wagen in die Pentonville Road einbog. Es war eine kleine Frauenfigur aus glattem Porzellan, nackt, mit großen Brüsten und angewinkelten Knien, die Füße unter den Hinterbacken, die Beine gespreizt. Ihr winziges Gesicht hatte einen Ausdruck tiefster Verzückung, ihre Schultern waren zurückgeworfen, als ob sie ihre kegelförmigen Brüste noch höher recken wollte, und ihre Hände lagen auf ihren Hüften, geöffnet und feingliedrig, jeder Finger sorgsam ausgearbeitet. Ihre Geschlechtsteile, auf die Graham einen kurzen Blick warf, schienen ziemlich übertrieben ausgeprägt.

»Soll das ein Witz sein?« fragte er Slater.

Slater nahm ihm das Figürchen mit einem Grinsen wieder ab und kramte einen Bleistift aus seiner Jackentasche hervor. »Nein«, sagte er. »Das ist ein Bleistiftspitzer; sieh mal.« Und er schob den Bleistift zwischen die Beine der Figur.

Graham wandte den Blick ab und schüttelte den Kopf. »Ich finde es reichlich geschmacklos.«

»Ich habe mehr Geschmack als Anchovis in Knoblauchbutter, du junger Schnösel«, sagte Slater. »Ich habe nur versucht, dich ein bißchen aufzumuntern.«

»Aha«, sagte Graham, als das Taxi nach links abbog. »Danke.«

»Hach«, machte Slater und rutschte auf dem Sitz nach vorn, um aufzupassen, daß der Fahrer den richtigen Weg einschlug, da sie jetzt nicht mehr weit vom Half Moon Crescent entfernt waren. »Ich habe mehrere Tage dafür geopfert, um das Ding für dich anzufertigen.«

»Ich sagte bereits: danke«, brummte Graham, und fuhr dann lauter fort: »Oh, er soll hier halten; ich möchte nicht bis vors Haus fahren.« Er blickte die Straße auf und ab, um sich zu vergewissern, daß Sara nicht in der Nähe war. Sie befanden sich immer noch in der Penton Street, aber man konnte nie wissen.

Das Taxi hielt an. »Laß uns was trinken gehen«, schlug Slater vor.

»Eins will ich dir sagen«, fing Graham an, während Slater ihn über die Straße in ein Pub führte, das ›White Conduit‹ hieß.

»Was denn?«

»Du hast vergessen, dafür zu sorgen, daß man irgendwie die Bleistiftspäne herausbekommt.« Graham hielt Slater die kleine Porzellanfigur vors Gesicht. Slater runzelte die Stirn und betrachtete die übermäßig große Schamöffnung. Er straffte die Lippen.

»Deine Runde; ich trinke ein großes Lager«, sagte er und ging zum Fenster, um sich auf einen Platz zu setzen, von dem aus man das kurze Stück der Maygood Street bis zum Half Moon Crescent überblicken konnte.

Zehn Minuten später hörten sie Stocks Motorrad. Sie standen beide auf und sahen über die Fenstergardinen hinaus, die an einer Messingstange auf halber Höhe des Fensters angebracht waren. Eine große schwarze BMW kam die Maygood Street herunter. Die Person, die sie fuhr, war in schwares Leder gekleidet und trug einen schwarzen Vollintegralhelm mit einem stark getönten Visier. »Japp«, sagte Slater, »das ist unser Mann.«

Graham erhaschte einen Blick auf das Kennzeichen des Motorrads: STK 228T. Es war das erstemal, daß er die Maschine wiedersah, seit jener Nacht im Januar, als er Sara kennengelernt hatte und sie mit dem Taxi hier angekommen waren. Damals hatte er nicht daran gedacht, sich das Motorrad genau anzusehen, und danach hatte er es stets vermieden, hier in die Gegend zu kommen, wenn er wußte, daß Stock da war. Der Fahrer schwang zum Absteigen das Bein über den Sattel, zog den Schlüssel heraus und ging — nicht ganz sicher auf den Beinen, wie es Graham vorkam — zur Eingangstür des Hauses, in dem Sara wohnte; er steckte den Schlüssel ins Loch, und Sekunden später war er verschwunden.

»Findest du auch, daß er mindestens nach einsfünfundachtzig aussah?« fragte Graham und sah Slater an, während sie sich beide wieder setzten. Slater nickte und trank einen Schluck.

»Leicht. Ein bißchen angestochen sah er allerdings auch aus, fand ich. Aber so ein Kleiderschrank, was?« Er ließ die Augenbrauen theatralisch auf- und niederzukken. Grahams Schultern sackten nach vorn, und er sah weg.

»Muß das sein?« Slater nervte ihn.

»Nimm's nicht so schwer, Junge. Ich bin absolut sicher, daß sich alles zum Guten wenden wird. Glaub mir.«

»Bist du das wirklich?« fragte Graham und wandte sich ganz seinem Freund zu.

Slater sah Graham ein paar Sekunden lang ins Gesicht und beobachtete, wie er sich auf die Unterlippe biß, dann fing seine Oberlippe an zu zittern, und schließlich brach ein Lächeln auf Slaters Gesicht durch, während er sich abwandte, den Kopf schüttelte und kicherte.

»Na ja, um ehrlich zu sein, *nein,* aber ich wollte ermutigend wirken. Du meine Güte, wie soll ich das denn wissen?«

»Lieber Gott«, hauchte Graham und kippte sein halbes Glas Bitter hinunter. Er stand auf und seufzte. Slater sah ihn besorgt an.

»Um Himmels willen, du willst doch wohl keinen Zoff machen, oder?«

»Ich gehe nur hinaus, um etwas ... um mich etwas umzusehen. Bin gleich wieder da.«

»Hör mal ...«, sagte Slater und schlug dabei schwach auf die Tischfläche neben seinem Glas, »... mein lieber Oates, räumen Sie erst einmal die Bahn frei, bevor wir den Eisbrecher einsetzen.« Die letzten Worte waren kaum noch verständlich gewesen, da sich Slater — Unterarm auf dem Tisch, Kopf auf dem Unterarm — vornüber auf den Tisch hatte fallen lassen; sein Rücken bebte vor Lachen, und ein fröhliches Grunzen hallte von dem Boden unter ihm wider. Einige der älteren Gäste in der Kneipe sahen mißbilligend zu ihm herüber.

Graham betrachtete Slater mit einem tiefen Stirnrunzeln und fragte sich, wovon, um alles in der Welt, er wohl gesprochen haben mochte; dann ging er hinaus und lief schnell und verstohlen an der Rückseite der Häuser am Half Moon Crescent entlang und in eine kleine Seitenstraße hinein, wobei er auf Schreie oder lautes Streiten aus der Wohnung lauschte. Nichts dergleichen war zu hören. Er ging in das Pub zurück, wo Slater ihm inzwischen noch ein Glas bestellt hatte. Als Graham sich setzte, fing Slater an zu zittern, und sein Gesicht lief rot an; Tränen traten ihm in die Augen, und schließlich platzte er heraus: »Beschissene norwegische Schweinehunde!« Er fiel seitlich auf die Sitzbank und krümmte sich in stummem, krampfartigem Gelächter. Graham saß da und fühlte sich hundeelend; er haßte Stock und Slater, und ihm wurde schlecht bei dem Gedanken an Sara und was sie in diesem Moment tun mochte, und halb wünschte er sich, der Wirt würde Slater hinauswerfen.

Entgegen seinen Befürchtungen erzählte Slater Sara Gott sei Dank nichts davon, daß er und Graham an jenem Tag dort gewesen waren. Am Ende eben jener Woche saßen sie alle zusammen im Park, betranken sich mit Maßen am Champagner, und Slater sprach von diesem und jenem, aber nicht davon.

»Ich hatte soeben eine großartige Idee«, verkündete er aus dem Gras und hielt seinen Plastikbecher hoch. Sie hatten den Champagner fast bis zur Neige ausgetrunken.

»Und?« sagte Sara. Sie saß an den Baum gelehnt da, Grahams Kopf ruhte auf ihrer Schulter. Er tat so, als ob er schliefe, damit er den Kopf dort lassen konnte, in der Nähe ihrer weichen, warmen, duftenden Haut.

»Interdroga«, sagte Slater und schwenkte den Becher in Richtung des immer noch blauen Himmels. »So ein *Hippie* taucht an deiner Tür auf, schnorrt eine Zigarette von dir und drückt dir ein Kügelchen zerknülltes Silberpapier in die Hand ...«

»Du kannst mich für die Eröffnung vorsehen«, sagte Sara und lachte sanft. Graham hätte auch gern gelacht, aber er konnte nicht; es war besser, weiterhin hier zu ruhen, zu spüren, wie sich ihr schöner Körper unter seinem Kopf, unter seiner Berührung regte …

Er erinnerte sich immer noch an dieses Gefühl; noch Wochen später zitterte er bei dem Gedanken daran. Es war wie damals, als er überhaupt zum erstenmal die Nacht mit einem Mädchen verbracht hatte, seinerzeit in Somerset. Am nächsten Tag, als er mittags mit Freunden in einer Kneipe saß, als er am Nachmittag einem regionalen Fußballspiel beiwohnte, als er am Abend mit seinen Eltern aß, als er später bei Freunden einen Film im Fernsehen ansah, immer wieder durchzuckte ihn dieses Nachgefühl; die körperliche Erinnerung an die Haut der jungen Frau ließ ihn plötzlich wohlig erschaudern und benebelte seinen Kopf. Mit einer gewissen Beschämung erinnerte er sich, daß er naiv genug war, sich während dieses Zustands zu fragen, ob sein Gefühl Liebe wäre. Zum Glück hatte er mit niemandem darüber gesprochen.

Jetzt sah er das ›White Conduit‹ vor sich, und ihm fiel wieder ein, wie fürchterlich er an jenem Nachmittag am Boden zerstört gewesen war. Seit jenem Tag war er noch einmal zu einer Zeit hier gewesen, als er nicht erwartet wurde. Er hatte Slater gesagt, er gehe nach Hause, als sie sich mittags vor der Imbißbude in der Red Lion Street getrennt hatten, aber in Wirklichkeit war er hierhergekommen und hatte beobachtet, daß Stock kurz nach ihm mit seinem Motorrad aufgekreuzt war. Diesmal war Sara zu sehen; sie bewegte sich in dem Zimmer, aus dem sie normalerweise zu Graham heruntersah, nachdem er auf den Türsummer gedrückt hatte. Stock hatte sich die Tür selbst aufgeschlossen, und Sara war nicht wieder erschienen.

Graham spürte Übelkeit in sich aufsteigen und verließ bald darauf seinen Beobachtungsposten. Er betrank sich an diesem Abend in Leyton bis zum Erbrechen.

Der Tag im Park war jedoch schön gewesen. Er hatte seinen Kopf unendlich lang auf Saras Schulter liegen lassen, bis ihm der Rücken und der Hals weh taten, doch sie hatte offenbar nichts dagegen, und einmal hatte sie ihm sogar gedankenverloren mit zärtlicher Hand übers Haar gestrichen. Später war Ed zurückgekehrt; er war eine halbe Stunde lang auf der Serpentine gerudert.

»Ihr hättet runterkommen sollen, als ich fast am Anfang der Schlange war, wirklich«, sagte er. Er hatte einige kleine, gedrungen wirkende Dosen mit McEwan's Export gekauft und reichte jedem der anderen eine. Dann setzte er sich ins Gras, um zu lesen.

»Seht ihr«, sagte Slater laut, immer noch im Liegen; seine Zunge war wegen des Champagners, den er getrunken hatte, etwas schwerfällig. »Dieser Mann ist tief in seinem Herzen ein beschissener Sozialist, und er merkt es nicht einmal!«

»Jetzt hör doch endlich mal auf damit, Dick«, mahnte ihn Ed friedfertig.

Slater goß sich den letzten Tropfen seines Champagners über die Stirn. »Er nennt mich *Dick!*«* japste er mit halberstickter Stimme und rollte sich auf den Bauch. »Mich, den Schrecken der Nachbarschaft, Superhomo, Pinko Pimpernel, den Mann in der Fabergé-Maske; ich ritze dir das Zero-Zeichen in die Stirn, du ...«

»Ist ja gut jetzt«, sagte Sara ffitch; ihr Brustkorb diente als Resonanzkörper für ihre Stimme, und Grahams Kopf summte, so gewaltig war dieses Gefühl, Slater verstummte, und ein paar Minuten später fing er an, leise zu schnarchen.

Ein hübsches blondes Mädchen, bekleidet mit einem kurzen wippenden Rock und einem dünnen rosafarbenen Oberteil, durch das Graham so eben die Umrisse ih-

---

* »Dick« = vulgärsprachlich für Penis. — *Anm. d. Übers.*

rer Brustwarzen erahnen konnte, ging auf der Penton Street an ihm vorbei. Er sah ihr verstohlen nach.

Davor hatte er immer Angst gehabt. Er wollte kein Sexist sein, doch wie, zum Teufel, konnte man reizvolle Frauen *nicht* ansehen? Er sprach nie eine an und versuchte auch nie, eine zu berühren; das würde er sich im Traum nicht einfallen lassen; er verachtete die idiotischen Blödmänner, die solche Dinge taten; ihretwegen schämte er sich, ein Mann zu sein; es war die Sorte, der Slater vorwarf, sie hätten »das Gehirn im Hodensack«; aber nur anschauen — solang es die Frau nicht belästigte — dagegen war doch nichts einzuwenden.

Besonders jetzt, oder vielleicht — mit ein bißchen Glück — bis jetzt. Es war eine eigenartige, seltsam sexbestimmte Zeit für ihn gewesen. Er hatte sich Sorgen ums Masturbieren gemacht — ausgerechnet!

Es fiel ihm schwer, war ihm fast unangenehm, nachts im Bett vor dem Einschlafen an Sara zu denken. Aber an andere Frauen zu denken, frühere Bekanntschaften, mit denen er sexuellen Kontakt gehabt hatte, erschien ihm ebenso unrecht. Es war absurd, es war verrückt, es war, als ob er in die Pubertät zurückverfallen wäre, oder noch schlimmer; es ergab nicht einmal viel Sinn in bezug auf die Richtlinien seines Glaubens an sexuelle Treue, die er sich schon vor langer Zeit selbst aufgestellt hatte, aber so war es nun mal. Er verabscheute Pornos, selbst Softpornos, aber er hatte sich schon fast zu der Erkenntnis durchgerungen, daß es besser wäre, eins von diesen Guckloch-Magazinen zu kaufen und die unmenschliche, schwülstige Schönheit der verführerischen Bilderbuch-Frauen hinzunehmen; zumindest würde ihm das die Erleichterung verschaffen, daß seine Sexualität von der Verantwortung in der wirklich Welt befreit wäre.

Er erinnerte sich, daß Slater gesagt hatte: »Die intimsten sexuellen Phantasien der meisten Leute, ihre idealisierten Begierden, sind aus Ton gemacht.« Slater hatte kurz vorher herausgefunden, daß der größte Teil des

Gewichts der Foto-Hochglanzmagazine auf Kaolin, also Porzellanerde, beruhte, dem gleichen Zeug, das für ein Morphium enthaltendes Arzneimittel verwendet wurde, um den Darm von Leuten zu beruhigen, wenn sie die Scheißerei hatten. Wenn Graham sich richtig erinnerte, hatte Slater von Schwulenmagazinen gesprochen, aber der Witz war derselbe.

Egal; welche Bedeutung hatte das jetzt noch? Vielleicht war das alles bald vorbei; all die Sorgen und das Warten und das unerfüllte Verlangen. Er befand sich jetzt vor dem Pub; an der Ecke würde er in das kurze Stück Maygood Street einbiegen, und nach ein paar Schritten wäre er am Half Moon Crescent.

Der Name faszinierte ihn.

Er dachte sich ein Zeichen dafür aus:

)/2

Halb. Mond. Sichel. Halbe Mondsichel.

□ Mr. Sharpe

Betrunken!

Er saß auf einer Parkbank in einer kleinen dreieckigen Grünanlage, die Islington Green genannt wurde. Neben ihm saß Mr. Sharpe; sie tranken beide aus großen Flaschen Apfelmost. Mr. Sharpe rauchte eine Zigarette. Steven fühlte sich ziemlich betrunken.

»Ich meine«, sagte Mr. Sharpe und stach mit seiner Zigarette in die Luft, »se brauchen ja nich' zu bleiben, wo se sin', oder? 'türlich nich' ... oder?« Steven schüttelte den Kopf für den Fall, daß Mr. Sharpe ihm wirklich eine Frage gestellt hatte. Die meisten seiner Fragen schienen allerdings eher rhetorisch zu sein. Er konnte sich nicht erinnern, wovon Mr. Sharpe in diesem Moment sprach. Waren es die Juden? Die Schwarzen? Die asozialen Schmarotzer?

Mr. Sharpe war ein kleiner Mann von etwa fünfundfünfzig Jahren. Sein Haar lichtete sich bereits beträchtlich, und seine Augen wirkten gelb in der grau-rosafarbenen Gesichtshaut mit den grauen Bartstoppeln. Er trug einen großen alten Mantel und Arbeitsstiefel. Er hatte Grout in der Kneipe angesprochen, in die dieser gegangen war, im ›Nag's Head‹. Steven wollte normalerweise mit Betrunkenen in Pubs nichts zu tun haben, und es war ziemlich offensichtlich, daß Mr. Sharpe um die Mittagsstunde im ›Nag's Head‹ der Trunkenbold vom Dienst war, aber Steven war selbst ziemlich voll, und abgesehen davon, daß Mr. Sharpe sich anscheinend erfreulich viel Sorgen um Verschwörungen machte — Grout hatte den Gedanken noch nicht vollständig aufgegeben, einen Kameraden im Exil zu finden und mit ihm gemeinsam einen Fluchtplan auszuarbeiten —, hatte sich sein neuer Bekannter überdies als sehr großherzig erwiesen, nachdem Steven ihm eröffnet hatte, daß er Geburtstag hatte. Es waren ihm sogar tatsächlich ein paar kleine Tränen in die Augen getreten, als Mr. Sharpe ihm lange und ausgiebig die Hand drückte und ihm mehrere Male mit lauter Stimme viel Glück und alles, alles Gute wünschte.

Von da an bezahlte Steven den größten Teil der Drinks, denn Mr. Sharpe war arbeitslos und hatte nicht viel Geld, aber das machte Steven nichts aus. Er zeigte Mr. Sharpe alles Geld, das er besaß, und erklärte, daß er am Morgen ausbezahlt worden sei.

»Das sind vielleicht Flaschen, wa?« sagte Mr. Sharpe und versprühte unabsichtlich Spucke, »verdammte Flaschen — alle; ich möchte wetten, die Gewerkschaft war dran schuld, wa?«

Grout war sich dessen nicht ganz sicher, aber er erzählte Mr. Sharpe, daß es ihm sowieso nicht leid täte. Er ließ ihn auch wissen, daß er natürlich nicht das ganze Geld ausgeben könnte, weil er noch etwas für die Miete und für Essen und so brauchte und weil er auf sein Arbeitslosengeld warten mußte. Mr. Sharpe pflichtete ihm bei, daß er auf der Hut sein sollte; es waren viele schlaue Juden und schwarze Schnorrer unterwegs; die Juden ergaunerten sich das Geld, und die Nigger schlitzten einem die Kehle auf, sobald sie einen nur sahen.

Als die Kneipe um drei schloß, gingen sie mit ein paar Flaschen Starkbier, die sie an der Gassenschänke erworben hatten, hinüber zu dem kleinen Park. Steven hatte Mr. Sharpe außerdem eine Packung Zigaretten und Streichhölzer gekauft. »Du bist ein echter Herr, Steve, das bist du, ein Herr«, hatte Mr. Sharpe gesagt, und Steven fühlte sich dabei fast so gut wie damals, als der Polizist ihn ›Sir‹ genannt hatte. Er schniefte, seine Augen juckten.

Sie tranken die Flaschen Starkbier leer, und dann schlug Mr. Sharpe vor, einen Sprung hinüber zu machen zum Spirituosenhandel von Marks & Sparks am Chapel Market und ein paar Flaschen Apfelmost zu besorgen. Der war billig. Wenn Steve ihm vielleicht das Geld leihen würde? Sagen wir, einen Fünfer ... nein, ein Zehner wäre doch besser, da er gerade seinen spendierfreudigen Tag hatte und sehen wollte, ob Steve ein echter Kumpel sei ... er würde das Zeug schon kaufen, nachdem Steve in der Kneipe und überhaupt so großzügig gewesen war. Er würde es ihm am Mittwoch wiedergeben, wenn er seine Sozialhilfe bekäme.

Steven hielt das für einen anständigen Vorschlag, und er gab Mr. Sharpe zwei Zehnpfundnoten. »Nimm die zwanzig«, sagte er. Mr. Sharpe war überwältigt und betonte noch mal, daß Steven ein echter Herr sei. Er ging in den Laden und kam mit vier Flaschen Apfelmost und einer Stange Zigaretten zurück.

Obwohl er spürte, daß er betrunken war, fühlte sich Steven nicht so niedergeschlagen wie sonst, wenn er zuviel in sich reingekippt hatte; eigentlich war er ganz glücklich, wie er da auf der Bank unter den Bäumen von Islington Green saß, während der Verkehr ringsum harmlos vorbeiströmte. Es war angenehm, mit jemandem reden zu können, jemandem, bei dem man spürte, daß er mit einem auf einer Seite stand, der einen nicht auslachte und nicht verachtete, der Mitgefühl zeigte für die Art, wie man behandelt wurde, jedoch kein Mitleid, weil man der und das war; jemandem, der einem zum Geburtstag alles Gute wünschte. Es störte ihn nicht, daß Mr. Sharpe so ziemlich allein redete.

»Du has' was von mein alten Chef, weissu«, sagte Mr. Sharpe, während er mit der Zigarette zwischen seinen Fingern Rauchmuster zeichnete. »'n prima Kerl, prima Kerl, verstehse; streng, aber gerecht; der hatte kein Verständnis nich' für irgen'nen Blödsinn oder wenn de zu spät kams' oder so, der war so'n richtig Geradeauser, wenn de weiß' was ich mein'. Textilbranche war das; hatte mit 'ner Menge Juden zu tun. Klar, hat mir nich' gefallen, aber Geschäft is' Geschäft, wa? Letztes Jahr is' er pleite gegangen, verstehse? Da mußt' er mich und die anneren Jungs entlassen. Re ... Rezession war das, aber auch die verdammten Gewerkschaften. Mit denen hat er kein langes Federlesen gemacht, hat se bei sich nich' erlaubt, ganz richtig, sag' ich. Aber er hat gemeint, daß se hinter sein' Rücken doch irgenswie ... er war ja nich' blöd. Na ja, jedenfalls war's die Rezession, das hat er uns gesagt, und er sagte, daß er ganz gerührt is', weil er uns geh'n lassen muß, wo wer doch so hinter ihm stehen. Und das stimmt; als er uns vor'n paar Jahren erklärt hat, wie's steht, ham wer auf 'ne Lohnerhöhung verzichtet, wa? Letztes Jahr ham wer sogar 'n Lohnabstrich hingenommen, so sehr ham wer unsere Jobs retten woll'n, verstehse? Nich' wie diese Flaschen vonne Gewerkschaft. Wir ham Verantwortungsgefühl, das ham wer. Jawoll, er war richtig gerührt, war er. Mr. Inglis hieß er. ›Ich heiße Inglis, und ich bin englisch‹, hat er immer gesagt.« Mr. Sharpe lachte.

Steven nahm seinen blauen Sicherheitshelm ab und wischte sich über die Stirn. Er hätte eigentlich mal irgendwo pinkeln müssen. Zum Glück gab es am Rand des kleinen Parks Toilettenhäuschen. »Tja, er is 'n feiner Kerl, dieser Mr. Inglis. Und weiß de, was er zu mir gesagt hat? Er hat mir gesagt, er hat in den letzten fünf Jahren überhaupt kein' Gewinn gemacht. Diese beschissenen Trotzkisten, die quatschen immer von de großen Bosse und so, aber die ham keine Ahnung. Ich weiß es, weil einer meiner Neffen so'n Trotzkist is', wa? 'n kleiner Scheißer is' er bloß, aber als ich 'n letz'mal geseh'n hab', hätt' ich'm bald de Zähne eingeschlag'n; wollt' er mehr doch erzähl'n, ich sei 'n Rassist, wa? ›Hör mal, Junge‹, hab' ich zu'm gesagt, ›ich hab' mit Schwarze gearbeitet, und mit einjen hab' ich mich angefreund', was du wahrscheinlich nie getan has', und ich hab' se richtig gemocht, 'n paar davon. Jamaikaner war'n das — nich' die kleinen Pakis —, und 'n paar war'n ganz okay, aber das ändert nix dran, daß wer zuviel von denen hier ham, desweg'n bin ich noch lang kein Rassist, oder? Du Flasche, du!‹ Das hab' ich ihm direkt ins Gesicht gesagt.« Mr. Sharpe nickte angriffslustig, da er im Geiste das Streitgespräch noch mal durchlebte.

Steven spielte mit dem ledernen Schweißband des Sicherheitshelms. Er schwitzte. Es war vermutlich ungefährlich, den Helm abzunehmen; es gab weit und breit kein Gerüst. Er legte den Helm auf die Bank, zwischen sich und Mr. Sharpe, der fortfuhr:

»Wo war ich steh'ngeblieb'n? Ach ja. Mr. Inglis, er sagt, er hat seit fünf Jahren kein' Gewinn gemacht, aber de Leute denken, er is' steinreich, nur weil er mit'n Rolls-Royce rumfährt, dabei gehört der der Firma. Nich' ma' sein Haus gehört 'm, sondern seiner Frau; so isses. Er würd' genauso gern 'n Mini fahr'n, aber dann würden 'n die Leute inner Branche nich' ernst nehm', oder? Vor allem de Juden.«

Steven schüttelte den Kopf, da er dies für die angebrachte Geste hielt. Er war nicht so ganz glücklich über die Erwähnung des Rolls-Royce. Er zog in Betracht, Mr. Sharpe über die Gefahren des Aufgeschlitztwerdens durch Rolls-Royce-Kühlerfiguren aufzuklären, aber dann ließ er es doch lieber bleiben.

»Aber ich bin froh«, sagte Mr. Sharpe lächelnd, während er sich eine weitere Zigarette ansteckte, »daß er's geschafft hat, wieder auf de Füße zu komm'. Zufällig hab' ich 'n letztens getroffen, als ich 'n Job suchte; er hat 'ne neue Firma inner Islington Park Street aufgemacht, 'ne Näherei un' Nähmaschinenreparatur und all so was. 'türlich wimmelt es in dem Laden von so kleinen Asiatenfrauen und so'm Zeug, aber wie Mr. Inglis sagt, tät' er lieber Weiße für sich arbeiten lassen, aber die sin' zu faul, wa? Er kricht einfach keine weißen Frauen, die für solche Löhne arbeiten, und weiß de warum? Weil se mehr Geld ham, wenn se vonne Regierung unterstützt wer'n und nebenher schwarzarbeiten, deshalb. Mr. Inglis würd' mich un' die anneren Jungs gern wieder an de Maschinen stell'n, aber de verdammten Gewerkschaften ham uns mit ihren Forderungen um'n Job gebracht, versteh'se? Mr. Inglis kann sich nich' leisten, mehr als 'n paar erfahrene Kerle zu beschäftigen, und all die anneren sin' ... jetz' weiß ich nich' genau, wie se heißen ... du weiß' schon, die Jugendlichen, für die de Regierung Geld zahlt, damit se was gelernt kriegen und so.«

Steven nickte. Er betrachtete die Spiegelungen der Bäume über ihm, die über die glänzende blaue Oberfläche seines Sicherheitshelms glitten und schwankend tanzten. Es war wirklich ein überaus hübscher Blauton. Er nahm den Helm von der Bank und legte ihn sich auf den Schoß.

»Un' dieser bescheuerte junge Neffe von mir, der behauptet, sie nehm' einem nich' die Jobs weg! So'n Blödmann! Ich glaub', der spritzt sich so'n Drogenzeug. Ich wette, wenn de dir seine Arme anguckst, siehste lauter Einstiche. Ich hab's auch mal probiert, als ich bei de Marine war, irgendwo in so 'nem Land im hinteren Orient, 'nem ganz beschissenen Ort ... aber ich hab' gar nix davon gemerkt, weil ich auch nich' so blöd war, so viel zu neh'm, daß ich hops gehe. Ich nich', Kumpel; wenn de mir 'n Glas Bier gibs' unne Zigarette, bin ich ganz zufrieden.«

Mr. Sharpe zog an seiner Zigarette und nahm einen Schluck aus der Flasche.

Grouts Gedanken kreisten um Bierkästen. Einmal hatte er einen gehabt; er erinnerte sich, wie er die Essex Road entlanggekommen war, genau auf dem Stückchen Gehsteig, das sie jetzt jenseits des Rasens vor sich sahen. Die Sache mit dem Kasten war ihm anfangs als ausgezeichnete Idee erschienen; ein Ausweg, um nicht ständig nach parkenden Autos Ausschau halten zu müssen. Er hatte den Bierkasten, den er eines Nachts hinter einer Kneipe gefunden hatte, einmal bei der Arbeitssuche mit sich genommen, etwa vor einem Jahr. Immer wenn er Luft holen mußte und kein abgestelltes Auto und keine niedrige Mauern in der Nähe waren, um ihn vor den Laserachsen zu schützen, brauchte er lediglich den Kasten abzusetzen und sich daraufzustellen. Endlich die vollkommene Sicherheit!

Es war eine geniale Idee gewesen, doch die Leute hatten ihn wie einen Verrückten behandelt. Junge Männer brüllten ihn an, Frauen mit Kindern gingen ihm aus dem Weg, eine Bande von Jugendlichen verfolgte ihn. Schließlich warf er den Kasten in den Kanal, zutiefst getroffen nicht nur durch die Reaktionen, die die Menschen gezeigt hatten, sondern auch durch die Erkenntnis, daß er nicht die Charakterstärke besaß, ihnen standzuhalten; er ertrug soviel Schmach nicht, er konnte nicht damit umgehen, soviel Aufmerksamkeit auf sich zu ziehen.

Ja, es hatte weh getan, aber er hatte aus der Erfahrung gelernt. Er wußte jetzt, wie gerissen sie waren, wie sorgfältig sie ihm jeden leichten Ausweg versperrten. Reine Genialität würde ihm das Dasein hier nicht erleichtern. Er mußte sich auf die eigentliche Flucht konzentrieren, auf das Finden des SCHLÜSSELS, des echten AUSWEGS. Vielleicht sollte er Mr. Sharpe nach Hotblack Desiato fragen. Er kannte sich in der Gegend offenbar ein wenig aus, obwohl Steven sich nicht erinnern konnte, ihn je zuvor gesehen zu haben, weder im ›Nag's Head‹ noch sonstwo … aber er hatte erzählt, daß er in der Nähe wohnte. Vielleicht könnte er ihm einen Hinweis geben.

Ja, er schätzte, daß die Sache mit dem Bierkasten doch keine so gute Idee gewesen war; er hatte sie dadurch allzu deutlich merken lassen, daß er sie durchschaute, daß er sie verachtete. Er mußte raffinierter vorgehen.

»… diese kleine Flasche, wa? Nennt mich 'ne Flasche …« sagte Mr. Sharpe gerade. Steven nickte. Er müßte jetzt wirklich bald mal die Toilette aufsuchen. Er nahm den Sicherheitshelm und hängte ihn über die Ekke der Bank. Er stellte die Flasche mit Apfelmost auf den Schotter zu seinen Füßen; sie wackelte und fiel um und rollte ein Stück, wobei ein paar Sekunden lang Most aus ihrem Hals blubberte, bevor er sie zu fassen bekam. Er stellte sie wieder aufrecht hin, diesmal vorsichtiger.

»Hoppala«, sagte er.

»He, Steve«, sagte Mr. Sharpe und fuchtelte mit seiner Flasche herum »musse besser aufpassen, das is'n wertvolles Zeug, is' das. Jetz' kannse dir nich' mehr leisten, so'n wertvolles Zeug zu verschwenden, wa? Nich' mal an dein' Geburtstach kannse das.« Mr. Sharpe lachte. Steven lachte ebenfalls und stand von der Bank auf. Er hatte leichte Bauchschmerzen. Er stolperte ein bißchen, als er sich von der Bank entfernte, und sein rechter Fuß stieß gegen die Plastiktüte mit den übrigen Getränken und der Stange Zigaretten, die Mr. Sharpe gekauft hatte. »Schön senkrecht bleim, Junge«, lachte Mr. Sharpe und streckte eine Hand aus, um Grout aufzufangen.

»Muß nur mal eben aufs Klo«, sagte Steven. Er klopfte sanft auf Mr. Sharpes Hand und setzte sich in Bewegung.

»He, Steve, mach für mich gleich mit!« rief ihm Mr. Sharpe hinterher und lachte. Steven lachte auch.

Es ging ihm eigentlich nicht schlecht, aber er konnte nicht mehr richtig aufrecht stehen; es war, als hätte er Blinddarmschmerzen oder so was. Er ging nach vorn gebeugt weiter. Zum Glück war es nicht sehr weit bis zu den öffentlichen Toiletten.

Im Männerklo pinkelte er lange und ausgiebig, und danach ging es ihm besser. Er war reichlich betrunken, das war ihm klar, aber ihm war nicht schlecht. Eigentlich fühlte er sich ziemlich gut. Es war angenehm, jemanden zu haben, mit dem man sich unterhalten konnte, jemanden, der einen verstand. Er war froh, daß er

Mr. Sharpe kennengelernt hatte. Es war schade, daß es nirgendwo eine Gelegenheit gab, um sich die Hände zu waschen; seine waren ein bißchen klebrig. Aber so schlimm war das auch wieder nicht. Er atmete ein paarmal tief durch, um wieder einen etwas klareren Kopf zu bekommen.

Als er aus dem Toilettenhäuschen trat, fiel sein Blick auf ›Jim's Café‹ auf der gegenüberliegenden Straßenseite, und er blieb stehen. Er überlegte, ob er Mr. Sharpe zum Essen einladen sollte. Das wäre doch nett. Er schwankte leicht, als er in den kleinen Park zurückging. Es waren noch etliche andere Männer in der Grünanlage. Einige von ihnen sahen sehr arm und heruntergekommen aus, und Grout hatte Mitleid mit ihnen.

Als er zu der Bank zurückkam, war Mr. Sharpe verschwunden.

Er stand da und starrte die Bank an, taumelnd und mit verschwommener Sicht, und er versuchte dahinterzukommen, ob es die richtige Bank war. Obwohl sie an der richtigen Stelle zu stehen schien, kam es ihm zunächst so vor, als könnte sie es nicht sein, weil sein guter blauer Helm nicht da war, der an einer Ecke gehangen hatte. Die Tragetüte mit ihrem gesamten Inhalt war ebenfalls weg. Er ließ den Blick ratlos über die Bänke in der Nähe schweifen. Dort saßen lediglich ein paar Stadtstreicher herum. Er kratzte sich am Kopf. Was war denn nur passiert? Vielleicht war es nicht die richtige Bank, vielleicht war er überhaupt am ganz falschen Ort. Aber nein, der Boden davor war von ziemlich viel grauer Zigarettenasche bedeckt, und eine leere Apfelmostflasche lag hinter der Bank, an der Betonbegrenzung, die den Schotterweg und den grünen Rasen trennte. Seine Flasche war verschwunden.

Er sah sich um. Der Verkehr summte auf der Essex Road; Busse fuhren als rote Schemen in beiden Richtungen über die Upper Street. Was war denn bloß passiert? Hatte die Polizei Mr. Sharpe fälschlicherweise für einen

Stadtstreicher gehalten und mitgenommen? Ganz sicher waren es nicht die PEINIGER gewesen; sie würden es nicht wagen, etwas so Ungeheuerliches zu tun, etwas, das so sehr gegen die Regeln verstieß, oder? Nur weil er und Mr. Sharpe zu gut miteinander ausgekommen waren?

Er blickte sich immer noch um und rechnete damit, daß er Mr. Sharpe plötzlich sehen würde, wie er ihm von einer anderen Bank aus zuwinkte, ihm mit einer Handbewegung zu verstehen gab, er solle kommen und seinen Apfelmost zu Ende trinken und sich nicht so albern benehmen. Vielleicht war Mr. Sharpe auf eine andere Bank umgezogen. Ja, so mußte es sein. Er suchte mit den Augen alle anderen Bänke ab, doch er entdeckte nichts anderes als Penner und finstere Gestalten. Hatten sie Mr. Sharpe etwas angetan?

Es *mußten* die PEINIGER gewesen sein. Es handelte sich wohl um einen ihrer Tricks, eine ihrer üblen Machenschaften. Er glaubte nicht, daß es die Juden waren, wie Mr. Sharpe gesagt hatte, er wußte, daß es die PEINIGER waren. Er würde sie jedoch drankriegen, das schwor er sich. Er mußte dieser Sache auf den Grund gehen, gleich hier und jetzt!

Er torkelte zu dem nächsten Penner, einem alten Mann, der im Gras lag. Er hatte sehr langes, fettiges schwarzes Haar und eine Sammlung von Plastiktüten auf dem Boden um sich herum verteilt.

»Was ist mit meinem Freund geschehen?« fragte Grout. Der Penner öffnete die Augen. Sein Gesicht war sonnengegerbt und schmutzig.

»Ichch hab' nichchts getan, ehrrlichch nichcht, Junge«, sagte er. Ein verdammter betrunkener Schotte, dachte Grout.

»Was ist passiert?« fragte Grout beharrlich.

»Was, Junge?« Der Schotte versuchte, sich aus dem Gras zu erheben, schaffte es aber nicht. »Ichch hab' nichchts gesehen, ehrrlichch. Ichch hab' bloß geschlafen, ehrrlichch. Ichch hab' nichchts angefaßt, Junge. Machch mirr keine Vorrwürfe. Ehrrlichch. Es ist dochch kein Verrbrrechchen zu schlafen, oder? Ichch bin im Ausland gewesen, Junge, in frremden Länderrn.«

Grout verwirrte diese letzte Bemerkung, er schüttelte den Kopf. »Sind Sie sicher, daß Sie nichts gesehen haben?« fragte er mit Bedacht und zeigte diesem betrunkenen Schotten, daß er wenigstens wußte, wie man richtig sprach. Er verlieh seiner Stimme einen drohenden Unterton, als er endete: »*Ganz* sicher?«

»Ja, ichch bin sichcherr, Junge«, sagte der Schotte. »Ichch hab' geschlafen, das ist alles.« Er schien langsam aufzuwachen und gab sich mit seiner Aussprache etwas mehr Mühe. Grout kam zu dem Schluß, daß der Mann sehr wahrscheinlich nichts wußte. Er schüttelte den Kopf und ging zu der Bank, stellte sich daneben, blickte sich ratlos um.

Ein Penner ein paar Bänke weiter in Richtung Upper Street winkte ihm zu. Grout drehte sich um und ging über den Weg zu dem Mann. Dieser war noch älter und schäbiger als der Schotte, der im Gras geschnarcht hatte, und hielt eine seiner Tragetaschen umschlungen. Wo um alles in der Welt waren alle sauberen Menschen geblieben? fragte sich Grout.

»Sochst doinen Froind, Moister?« Du lieber Himmel! Dieser hier war ein Ire! Wo waren alle Engländer geblieben? Warum schickte man nicht einen Teil *dieses* Haufens dahin zurück, woher er kam?

»Ja, ich suche meinen Freund«, sagte Steven kühl und zurückhaltend. Der Ire nickte in Richtung der Spitze des kleinen dreieckigen Parks, wo die Bushaltestellen auf der anderen, der nördlichen Seite der Upper Street waren.

»Er ist dort rübergegangen. Hot doin ganzes Zoig mitgenommen«, sagte der Ire.

Grout war verdutzt. »Warum? Wann?« Er kratzte sich erneut am Kopf.

Der Ire schüttelte den Kopf. »Dos woiß ich nicht, Moister. Er ist gloich aufgestonden, ond weg wor er, nochdem do aufs Klo gegongen bist. Ich habe gedocht, ihr hättet oich gezonkt oder so.«

»Aber mein Helm ...?« sagte Grout, der noch immer nicht den blassesten Schimmer hatte, warum Mr. Sharpe so etwas hätte tun sollen.

»Dos blaue Ding?« sagte der irische Penner. »Dos hot er in soine Tüte geton.«

»Ich verstehe nicht ...«, sagte Grout, und seine Stimme versagte, während er langsam in die Richtung ging, in die der Ire gezeigt hatte.

Er verließ die kleine Grünanlage, wartete, bis kein Auto kam, dann überquerte er die Straße. Auf der anderen Seite der Upper Street hielt er sich unterhalb des Bordsteins auf der Fahrbahn, anstatt auf den Gehsteig hinaufzutreten, aus Angst, etwas könnte ihm von den Gebäuden auf den Kopf fallen, während er seinen Helm nicht aufhatte. Ein scheußliches Gefühl breitete sich in seinem Bauch aus, als ob seine Eingeweide sich verknoteten; er fühlte sich wie damals im Heim, als alle Kinder, mit denen er Freundschaft geschlossen hatte, adoptiert oder weggeschickt wurden, und nur er zurückblieb; oder wie damals, als er sich bei einem Ausflug nach Bournemouth am Strand verirrte. So etwas kann mir doch nicht widerfahren, nicht an meinem Geburtstag, dachte er immer wieder. Nicht an meinem Geburtstag. Er ging am Rand der Straße entlang, wich den parkenden Wagen aus, die mit der Schnauze in Richtung des schrägen Bordsteins abgestellt waren, bis zu den Bushaltestellen, und hielt die ganze Zeit über Ausschau nach Mr. Sharpe. Aus irgendeinem Grund stellte er sich vor, daß Mr. Sharpe den blauen Helm trug, und er merkte, daß er andauernd danach suchte, anstatt nach Mr. Sharpe, den er, so wurde er sich jetzt bewußt, wahrscheinlich nicht besonders gut hätte beschreiben können, wenn die Polizei ihn dazu aufgefordert hätte.

Er ging immer weiter, und das schreckliche Gefühl in seinem Bauch wuchs wie etwas Lebendiges, drückte ihn, bedrängte ihn. Menschen wimmelten um ihn herum, auf dem Gehsteig, an den Bushaltestellen, kamen aus Eingängen oder stiegen aus Bussen, Schwarze und Weiße und Asiaten, Männer und Frauen, Leute mit Einkaufswagen oder Werkzeugkästen, Frauen mit Kleinkindern, die sie in Kinderwagen schoben oder an einer Hand hinter sich herzerrten. Ältere Kinder rannten vorbei, schreiend und johlend. Manche Leute aßen Hamburgers aus Styroporschachteln oder Pommes frites aus Tüten, manche trugen Einkaufstaschen oder Pakete, es waren alte und junge und dicke und dünne und große und kleine, langweilig oder auffällig gekleidet. Ihm wurde schwindelig, als ob der Alkohol oder die schwüle Luft ihn auflöste, als ob der Schmerz in seinem Innern ihn auswränge wie ein nasses Handtuch, ihn verzwirbelte und quetschte. Er stolperte, taumelte und rempelte Menschen an, immer auf der Suche nach dem blauen Helm. Er spürte, wie er sich auflöste, wie seine Identität wegsickerte und sich in diesem Ansturm von Gesichtern verlor. Er stieß gegen einen querverlaufenden Bordstein, überzeugte sich, daß kein Omnibus kam, dann trat er in die Busspur auf der Fahrbahn, machte kehrt, um den Weg zurückzugehen, den er gekommen war, diesmal mit einigem Abstand zur Menge, torkelnd und stolpernd. Er blickte sich nach hinten um, aber es näherten sich noch immer keine Busse, bereit, in die Busspur einzuschwenken und ihn zu zermalmen; nur der Verkehr von der Ampel ein Stück weiter unten kam mit brüllenden Motoren herangebraust. Er hörte die Maschine eines Motorrads, aufheulend und Fehlzündungen hustend. Er ging unablässig weiter, zurück in Richtung Park; vielleicht war Mr. Sharpe zurückgekommen. Die Schlaglöcher, die er ausgebessert hatte, waren irgendwo hier in der Gegend …

Lärmende, kreischende Motoren brüllten ihn an. Er

achtete nicht drauf. Der Motor eines Zweirads, spukkend, ein Dieselmotor, tuckernd. Plötzlich fühlte er sich schwindelig und benommen, gleichzeitig erfüllt von Panik und der beunruhigenden Überzeugung, daß er an dieser Stelle schon mal gewesen war, all dieses schon mal gesehen hatte. Er schaute einen Augenblick lang hinauf zum Himmel und merkte, wie er stolperte. Sein Kopf wurde wieder etwas klarer, und er stürzte nicht in den Verkehrsstrom, aber viel hatte nicht dazu gefehlt. Gleich darauf hörte er ein gewaltiges Donnern, ein Krachen, als ob ein Wagen auf etwas geprallt wäre, aber wahrscheinlich war das nur der Lärm, den leere Lieferwagen oder Lastautos machten, wenn sie über diese Geschwindigkeitsschwellen, oder wie die Dinger hießen, rumpelten, oder zu schnell durch Schlaglöcher brausten. Er drehte sich langsam um, immer noch mit einem seltsamen Gefühl, um zu sehen, ob es sich um eins der Schlaglöcher handelte, die Dan Ashton und sein Bautrupp geflickt hatten. Er hätte wetten können, daß es eins von denen war.

Eine Frau schrie etwas vom Gehsteig herüber.

Er blickte wieder nach oben, in den blauen Himmel hinauf, und sah, daß ein Gegenstand herabsegelte, wie eine Spiegelung, die über eine gerundete, glänzend blaue Fläche glitt.

Ein sich drehender Zylinder.

Ein Motorrad und ein Lastwagen mit tiefliegender Ladefläche blitzten auf einer Seite auf. Er blieb stehen, wie gebannt, und dachte: mein Helm ... mein Helm ...

Das herabstürzende Aluminiumbierfaß erwischte genau seinen Kopf.

Chinesisches Scrabble

Sie saßen, eingehüllt in ihre Pelze, in einem kleinen offenen Lichthof nahe der höchsten Spitze der Vermächtnisburg.

Ein paar baufällige Türme und zerfallende Fragmente von Stockwerken mit Räumen und Kammern erhoben sich zu ihrer einen Seite in den strahlenden grauen Himmel, doch die meisten der Gemächer waren leer und unbenutzt und taugten nur als Vogelnistplätze. Steine, und zwar graue Schieferbrocken, lagen wild verstreut überall auf dem kleinen freien Platz, wo sie saßen. Ein paar verkümmerte Bäume und Büsche, kaum mehr als überwucherndes Unkraut, ragten aus dem eingestürzten und zerbrochenen Mauerwerk. Bruchstücke von Bögen und Säulen lagen um sie herum, und während sie Chinesisches Scrabble spielten, fing es an zu schneien.

Quiss blickte in träger Überraschung nach oben. Er konnte sich nicht erinnern, daß es seit ... sehr langer Zeit einmal geschneit hatte. Er pustete einige der kleinen, trockenen Flocken von der Fläche des Spielbretts. Ajayi hatte gar nichts davon gemerkt; sie war immer noch in die Betrachtung der beiden übriggebliebenen Plastikplättchen versunken, die auf dem Holzstück vor ihr lagen. Sie waren fast fertig.

Ganz in ihrer Nähe hockte die rote Krähe auf einer narbigen, bröckeligen Säule und sog paffend an dem grünen Stumpen einer dicken Zigarre. Sie hatte so ziemlich zur gleichen Zeit mit dem Rauchen angefangen, zu der die beiden mit dem Spiel begannen. »Ich sehe schon, daß das eine geraume Weile dauern wird«, hatte sie gesagt. »Ich wende mich besser einigen anderen Interessen zu. Vielleicht bietet Lungenkrebs eine reizvolle Abwechslung.«

Quiss hatte sie beiläufig gefragt, woher sie die guten Zigarren hätte. Er hätte wissen müssen, daß das keinen Sinn hatte, sagte er sich später. »Leck mich doch«, hatte die rote Krähe geantwortet.

»Das andere Spiel, das ihr gespielt habt, hat mir gefallen«, verkündete die rote Krähe plötzlich zwischen zwei Zügen an der Zigarre von der Säule herunter. Quiss ließ sich nicht herab, zu ihr hinaufzusehen. Die rote Krähe balancierte auf einem Bein und nahm den kurzen Zigarrenstummel mit dem anderen Fuß aus dem Schnabel. Sie betrachtete nachdenklich das glühende Ende der Zigarre. Eine Flocke des leise fallenden Schnees senkte sich darauf und verzischte. Die rote Krähe neigte den Kopf zur Seite und warf einen vorwurfsvollen Blick gen Himmel, dann fuhr sie fort, nachdem sie sich die Zigarre wieder in den Schnabel gestopft hatte (so daß ihre Worte seltsam verfremdet herauskamen): »Ja, dieses ›Ohne Plan — Fertig — Los‹ war nicht schlecht. Mir hat das Spielbrett gefallen, wie es sich unendlich in alle Richtungen erstreckte. Ihr zwei habt ganz schön bescheuert ausgesehen, das kann ich euch sagen, wie ihr da in der Mitte eines unendlichen Spielbretts gestanden habt, in der Taille abgeschnitten. Wie echte Schwachköpfe habt ihr ausgesehen. Dieses Dominospiel war schlichtweg blöd. Auch das hier ist ziemlich langweilig. Warum gebt ihr nicht einfach eure Niederlage zu? Ihr kommt nie auf die Antwort. Stürzt euch doch dort über den Rand. Das dauert keine Sekunde. Verdammt noch mal, in eurem Alter sterbt ihr unterwegs bestimmt am Schock, bevor ihr überhaupt am Boden aufschlagt.«

»Hmm«, sagte Ajayi, und Quiss fragte sich, ob sie

dem Vogel zugehört hatte. Doch sie grübelte immer noch stirnrunzelnd über den Plättchen auf ihrer kleinen Holzleiste. Sie sprach mit ihnen, oder mit sich selbst.

In ein paar Tagen, sofern Quiss richtig gezählt hatte, wären sie seit zweitausend Tagen gemeinsam in der Burg. Natürlich war er schon vor ihr dagewesen, wie er sich stolz erinnerte.

Es war gut, daß er die Tage zählte und ihm auf diese Weise kein Jubiläum entging, so hatten sie wenigstens hin und wieder Grund zum Feiern. Er hatte angefangen, sie auf verschiedenen mathematischen Grundlagen zu errechnen, der Basis fünf, Basis sechs, sieben, acht, natürlich neun, zehn, zwölf und sechzehn. Zweitausend Tage waren also ein vierfacher Grund zum Feiern, da sich diese Zahl durch fünf und acht und zehn und sechzehn dividieren ließ. Schade war nur, daß Ajayi seine Begeisterung nicht teilte.

Quiss wischte sich langsam über den Kopf und vertrieb ein paar kleine kalte Schneeflocken. Einige weitere pustete er vom Spielbrett. Vielleicht waren sie bald gezwungen, wieder hineinzugehen, wenn es nicht aufhörte zu schneien. Sie waren des Spielzimmers überdrüssig geworden, und es hatte den Anschein gehabt, als ob die Witterung milder geworden sei, also hatten sie nach vielem Hin und Her beim Majordomus endlich die Genehmigung erwirkt, den kleinen Tisch mit dem Juwel in der Mitte endlich wieder vom Boden abschrauben zu lassen (eine scheinbar leichte Arbeit, die drei — manchmal mehr — sich ständig zankende Diener, bewaffnet mit Ölspendern, Schraubenziehern, Hämmern, Bolzenschneidern, Zangen, Pinzetten und Sechskantschlüsseln fünf volle Tage lang auslastete), damit er durch die oberen Stockwerke der Burg an einen Ort hinauftransportiert werden konnte, der unbeabsichtigterweise, dank der zerbröselnden Baumasse der Etagen darüber, zum Dach der Burg geworden war. In dieser Art hochgelegenem Lichthof, umgeben von kümmerlichen Bäumen und herabgestürzten Steinen und entfernten Türmen, spielten sie nun schon seit fünfzig-und-noch-was Tagen das Spiel Chinesisches Scrabble. Das Wetter hatte es gut mit ihnen gemeint; kein Wind wehte, es war etwas wärmer als zuvor (bis heute), und der Himmel war zwar immer noch grau, aber strahlend grau. »Vielleicht haben wir Frühling«, hatte Quiss fröhlich gesagt. »Vielleicht haben wir Hochsommer«, hatte Ajayi betrübt gemurmelt, und Quiss war wütend auf sie geworden, weil sie so pessimistisch war.

Quiss kratzte sich die Kopfhaut. Das war ein seltsames Gefühl, seit der Burgbarbier ihm die Haare geschnitten hatte. Er war nicht sicher, ob die Haare nachwachsen würden oder nicht. Sein Kinn und seine Wangen, die nach neunzehnhundert Tagen in der Burg graugesprenkelt von einem struppigen Bartgewuschel war, fühlte sich jetzt unter der Berührung glatt an, wenn auch immer noch vom Alter gefurcht.

Quiss stieß einen komischen kleinen Lacher aus, als er an den Burgbarbier dachte, der neurotisch war. Er war deshalb neurotisch, weil es seine Aufgabe war, jeden Mann in der Burg zu rasieren, der sich nicht selbst rasierte. Quiss hatte von diesem bemerkenswerten Typen gehört, lange bevor er ihn kennenlernte, denn der Majordomus hatte Quiss gleich nach seiner Ankunft auf der Burg etwas über den Barbier erzählt, in Beantwortung seiner Frage, ob es an diesem Ort auch so etwas wie verhältnismäßig normale menschliche Wesen gäbe. Quiss hatte dem Majordomus anfangs nicht geglaubt, er hatte angenommen, der grauhäutige Mann mache Witze. Ein Barbier, der jeden rasierte, der sich nicht selbst rasierte? Quiss hatte gesagt, er glaube nicht, daß es eine solche Person gäbe.

»Das ist die vorübergehende Schlußfolgerung«, hatte der Majordomus gesagt, »zu der der Barbier ebenfalls gekommen ist.«

Quiss begegnete dem Barbier erst viel später, auf einer seiner Erkundigungstouren durch die mittleren Stockwerke der Burg. Der Barbier hatte einen riesigen, vorzüglich eingerichteten, fast gänzlich unbenutzten Salon mit einem hübschen Blick über die schneebedeckte Ebene. Der Barbier war größer und magerer als der Majordomus, und er hatte eine tiefschwarze Haut, weißes Haar und eine Halbglatze. Er rasierte die rechte Seite seines Schädels kahl bis auf die Haut. Die linke Seite zierte ein hübscher Schopf, oder vielmehr Halbschopf einer lockigen weißen Mähne. Er rasierte sich die linke Augenbraue weg, ließ die rechte jedoch unangetastet. Er hatte einen halben Schnauzbart, und zwar auf der linken Seite. Sein Bart war sehr üppig und buschig, allerdings nur rechts, auf der anderen Seite war er glattrasiert.

Der Barbier trug einen dicken weißen, makellosen Overall und eine weiße Schürze. Entweder sprach er nicht dieselbe Sprache wie Quiss oder er hatte das Sprechen verlernt, denn als Quiss den mit Messingarmaturen und roten Ledersitzen ausgestatteten Salon betreten hatte, war er nur um Quiss herumscharwenzelt, hatte auf seine Haare und seinen Bart gedeutet und gezwitschert wie ein Vogel und bei seinem merkwürdigen Tanz heftig mit den Armen und Händen herumgefuchtelt. Er schwenkte ein großes, staubiges weißes Handtuch in Quiss' Richtung und versuchte, ihn mit flehenden, eindringlichen Gesten dazu zu bewegen, in einem der Sessel Platz zu nehmen. Quiss, der gegenüber Leuten, die viel herumzappelten und zitterten, schon unter normalen Umständen mißtrauisch und auf der Hut war, aber erst recht, wenn sie ihm mit irgend etwas nahe kamen, das einer langen Schere oder einem Kehlenschlitzer-Rasiermesser glich, hatte den Rückzug angetreten. Später jedoch sollte er feststellen, daß der Barbier bei der Ausübung seines Berufs eine ausgesprochen sichere Hand hatte. Das Haar des Majordomus wuchs noch, und er ließ es regelmäßig vom Barbier schneiden.

Vor etwa hundert Tagen oder so hatte Quiss einen kleinen Diener zum Barbier geschickt, um ihm ausrichten zu lassen, daß er, Quiss, beabsichtigte, ihn baldigst aufzusuchen, um sich die Haare schneiden zu lassen. Entweder hatte der Zwerg die Botschaft falsch übermittelt oder der Barbier hatte sie falsch verstanden oder vielleicht hatte er es auch nicht abwarten können, jedenfalls kreuzte er kurz darauf im Spielzimmer auf, ausgerüstet mit einem tragbaren Barbierset. Quiss ließ ihn seine Haare schneiden, während Ajayi zusah. Der Barbier machte dabei einen äußerst zufriedenen Eindruck; er plapperte vergnügt vor sich hin, während er mit viel Geschick Quiss' verfilzte Haare stutzte und ihm den Bart abrasierte.

Die rote Krähe hatte ebenfalls zugesehen, was eine Qual war, denn sie erzählte Quiss andauernd, daß der Barbier ihm genauso professionell die Kehle durchschneiden würde, wenn er ihn nur recht nett darum bäte; denn letztendlich — welche Alternative hätte er denn? Wahnsinnig zu werden oder eines Tages auf der Treppe auszurutschen …

Quiss strich sich über das Kinn und fand — hundert Tage später — das Gefühl der glatten Haut immer noch aufregend neu und angenehm.

Er hatte kein Glück mit seinen Bemühungen, die Dienerlein soweit zu bringen, ihm aus den Küchenvorräten irgend etwas Alkoholisches zu brauen oder zu destillieren. Und er hatte nie wieder jene offene Tür entdeckt, oder überhaupt eine offene Tür. Neuerdings waren alle geschlossen und abgesperrt. Das letzte Interessante, auf das er stieß, war wieder mal ein dummer Scherz, und noch dazu einer, den er gar nicht so richtig verstand.

Er hatte sich tief in den Untergeschossen der Burg befunden, auf der Suche nach der Tür oder nach dem Dienerlein, das ihn in dem Raum ertappt hatte (er träumte immer noch von diesen fremdartigen braunen Armen, dem blauen Himmel mit dem Schweif quer darüber, dieser *Sonne!*), und er hatte in der Ferne ein ständiges monotones Stampfen gehört, irgendwo in dem Netz von Tunnels und Korridoren.

Er folgte dem Geräusch, bis er in einen Bereich kam, indem die Böden der Gänge und Nischen mit einem feinen grauen Staub bedeckt waren und auch in der Luft ein Dunst von demselben trockenen Zeug hing. Der Boden bebte im Rhythmus des Stampfens. Er stieg einige breite, ausgetretene Stufen in einen querverlaufenden Korridor hinunter, und mußte wegen des Staubs niesen.

Ein Dienerlein mit grauen Stiefeln und ohne Krempe um die Kapuze hastete durch den breiten Gang, in den die Stufen hinunterführten. Es blieb stehen, als es ihn sah.

»Kann ich Ihnen helfen?« quiekte es. Seine Stimme war sehr hoch, aber zumindest klang sie zivil. Quiss beschloß, sich diesen Umstand zunutze zu machen.

»Ja, das kannst du«, sagte er, wobei er sich ein Stück seines Pelzes vor den Mund und die Nase hielt, um den Staub abzuhalten. Seine Augen brannten. Das Stampfen war jetzt näher, am Ende des Korridors, wo er geradeaus auf eine Doppeltür blickte. »Was ist das für ein höllischer Lärm? Woher kommt dieser Staub?«

Das Dienerlein blickte ihn eine Weile lang schweigend an, dann sagte es: »Kommen Sie mit mir!« Es ging in Richtung der Doppeltür davon. Quiss folgte ihm. Die Doppeltür bestand aus Plastik, mit durchsichtigen Plastikeinsätzen etwa in menschlicher Kopfhöhe. Auf einem der Türflügel war ein großes Zeichen angebracht, das wie ein D aussah. Es erinnerte Quiss an einen Halbmond. Auf dem anderen Türflügel, dem rechten, war das Zeichen P. Das Dienerlein rauschte eingehüllt in eine dicke Staubwolke durch die Türflügel. Hustend und sich den Pelz fester vor den Mund drückend, hielt Quiss einen Türflügel auf und blickte auf die andere Seite.

Im Innern eines gewaltig großen, höhlenartigen Raums wuselten Hunderte der Winzlinge hin und her. Es gab Förderbänder, Kräne und Bagger, Kessel und Loren und ein Schmalspurbahnsystem mit Schienen, die — soweit sie durch die Haufen und Schwaden von Staub sichtbar waren — denjenigen sehr ähnelten, die Quiss in der Burgküche aufgefallen waren. Die ganze Umgebung war angefüllt mit dichten Wolken des feinen grauen, wirbelnden Staubs, und alles bebte und hallte wider von dem unaufhörlich stampfenden, krachenden Lärm, den er schon zuvor aus der Ferne gehört hatte. Der Krach wurde von einer einzigen riesenhaften Maschine genau in der Mitte des Raumes verursacht. Es sah so aus, als ob die Maschine zum größten Teil aus großen, mannsdicken Säulen, einem Gewirr aus Drähten und Kabeln sowie einem Gitterwerk aus ständig sich hebenden und fallenden Schleusen aus Metallmaschengeflecht bestünde.

Im Mittelpunkt der Maschine blitzte etwas massiv Aussehendes im Takt des Stampfens auf. Über dem Mittelpunkt der Maschine hob und senkte sich ein silberfarbener Metallzylinder ebenfalls im Takt des Schlagens. Graue, grob bearbeitete Blöcke oder Gebilde wurden auf der einen Seite in die Maschine eingefahren; Staub wurde auf der anderen Seite herausgeblasen. Staub und Geröll. Das Geröll wurde auf einem Förderband abtransportiert und zu großen Kesseln gebracht, die Quiss mit Mühe und Not in der staubdunstigen Ferne ausmachen konnte. Offenbar war vorgesehen, daß der Staub von Absaugröhren, die in die Decke eingelassen waren, geschluckt werden sollte (auch dies ähnelte dem System in der Küche), doch schien eine ganze Menge Staub die Ansaugstutzen zu verfehlen. Quiss sah — durch all den Staub in der Luft — große Verwehungen davon wie erstarrte Wellen rund um die Kessel und die Gehäuse der Förderbänder. An verschiedenen Stellen schaufelten Zwerge mit grauen Stiefeln den grauen Staub in Laufkatzen oder kleine baggerschaufelähnliche Karren, die auf den Schmalspurschienen liefen. Andere Winzlinge steuerten mit grauen Haufen von Staub vollbeladene Schubkarren über gefährlich schmale Stege und Böcke an den Rand von riesigen Kesseln und kippten den Staub hinein; ein großer Teil davon stob wieder heraus.

Soweit Quiss in der grauen Düsternis erkennen konnte, schöpften große, von oben herunterhängende Eimer eine graue, zähe Flüssigkeit aus den Kesseln, die in Hohlformen in den Förderbändern geschüttet wurde und auf diesem Wege in langgestreckten, zischenden Maschinen verschwanden; am jenseitigen Ende der Maschinen wurden die Hohlformen von den grauen Skulpturen abgehoben, die dann wiederum durch Zwergenmuskelkraft oder mit kleinen Wagen zu einem weiteren Förderband transportiert wurden, das in die stampfende Maschine in der Mitte des Raums lief ...

»Was, in drei Teufels Namen, soll das denn sein?« fragte Quiss fassungslos und wegen des Staubs hustend.

»Das ist De Pe«, sagte das Dienerlein schlicht; es stand mit verschränkten Armen vor ihm. »Dies ist das Nervenzentrum der ganzen Burg. Ohne uns würde die ganze Anlage einfach knirschend stehenbleiben.« Er klang stolz.

»Bist du *sicher?*« sagte Quiss unter Husten. Der Zwerg warf sich in die Brust.

»Haben Sie sonst noch Fragen?« sagte er kühl. Quiss betrachtete die Gegenstände, die er für Skulpturen gehalten hatte, auf ihrem steten Weg auf dem Förderband in ihre Zerstörung. Es waren komische Formen: 5, 9, 2, 3, 4 ...

»Ja«, sagte er und deutete auf die Formen. »Was soll das sein?«

»Das *sind*«, entgegnete das Dienerlein spitz, »Zahlen.«

»Für mich sehen sie aber nicht wie Zahlen aus«, sagte Quiss.

»Nun, es sind aber welche«, erwiderte der Zwerg ungeduldig. »Das ist der ganze Sinn.«

»Der ganze Sinn von *was?*« fragte Quiss und lachte und hustete fast zu gleichen Teilen. Er merkte, daß er den kleinen Kerl ärgerte, und genoß das als besonderen Spaß. Bestimmt hatte er noch niemals solche Zahlen gesehen, aber natürlich konnten es leicht Zahlen einer fremdweltlichen Sprache oder eines anderen Systems sein. Ajayi hätte sie vielleicht sogar erkannt.

»Der ganze Sinn dessen, was wir hier *tun*«, sagte der Kleine in einem Ton, als ob er versuchte, mehr Geduld an den Tag zu legen, als er eigentlich aufbringen konnte. »Dies hier ist der Zahlenzermalmungsraum. Das da sind die Zahlen«, sagte er mit einer überdeutlichen Aussprache, als ob er einem sich absichtlich begriffsstutzig anstellenden Kind etwas erklären wollte, und vollführte mit einem Arm eine umfassende Geste nach hinten zu dem Förderband, »und hier werden sie *zermalmt*. Diese Maschine ist ein Zahlenzermalmer.«

»Ihr spinnt«, nuschelte Quiss in den Pelz.

»Wie bitte?« sagte das Dienerlein; seine Haltung versteifte sich, und dann machte es einen Satz nach vorn, wobei es sich zur vollen Größe aufplusterte — so bescheiden diese auch war. Quiss hustete.

»Nichts. Woraus fertigt ihr die Zahlen an? Was ist das für ein graues Zeug?«

»Straßen von Salt Lake City«, sagte der Zwerg, als ob nur ein Idiot eine solche Frage stellen könnte. Quiss runzelte die Stirn.

»Und was, zum Teufel, ist das?«

»Das ist wie Straßen von Paris, nur fader«, sagte der Zwerg, dann wandte er sich um und stapfte durch die Verwehungen von grauem Pulver davon. Quiss schüttelte den Kopf, hustete und ließ schließlich die Plastiktürflügel zuschwingen.

Ajayi war immer noch in die Betrachtung des Spielbretts und ihrer beiden übrigen Plättchen versunken; ihr Blick wanderte vom einen zum anderen hin und her. Dann stützte sie die Ellbogen auf den Knien auf, legte das Kinn in die Hände, schloß die Augen und machte ein nachdenkliches Gesicht.

Schnee sammelte sich in ihrem dünnen grauen Haar, aber sie merkte immer noch nicht, daß es schneite. Ihr Gesichtsausdruck wurde noch konzentrierter. Sie waren fast am Ende.

Chinesisches Scrabble wurde auf einem gitterartigen Spielbrett gespielt, entfernt ähnlich den unendlichen Quadraten des Ohne-Plan-Spielbretts, auf dem sie vor Hunderten von Tagen gespielt hatten, doch beim Chinesischen Scrabble setzte man kleine Plättchen mit Piktogrammen darauf in die Quadrate, die durch die Linien des Gitters gebildet wurden, anstatt kleine Steine auf den Schnittstellen zu plazieren. Diesmal hatten sie sich nicht mit komplizierten Dingen wie unendlich langen Strekken auseinandersetzen müssen, doch das Problem war die Wahl der Piktogramme gewesen, das ihnen zu Beginn des Spiels zu schaffen gemacht hatte. Abgesehen von allem anderen waren sie gezwungen gewesen, eine Sprache zu lernen, die sich ›Chinesisch‹ nannte.

Allein dafür hatten sie mehr als siebenhundert Tage gebraucht. Quiss war mehrmals nahe daran gewesen aufzugeben, aber Ajayi hatte ihn irgendwie bei der Stange gehalten; die neue Sprache fesselte sie. Sie war ein Schlüssel, behauptete sie. Jetzt las sie sogar noch mehr als früher.

Ajayi öffnete die Augen und betrachtete erneut eingehend das Spielbrett.

Die Bedeutungen und Möglichkeiten des Piktogramms vor ihr füllten ihren Geist aus, während sie versuchte, die letzten beiden Plättchen irgendwo in das Netz von verzwickten Pfaden einzupassen, das sie und Quiss auf dem kleinen Spielbrett geschaffen hatten.

Chinesisch war eine schwierige Sprache, sogar noch schwieriger als diejenige, die sie davor angefangen hatte zu lernen und die sich ›Englisch‹ nannte, doch beide waren die Mühe wert. Sie waren selbst die Mühe wert, Quiss auf demselben Bildungsweg hinter sich herzuzerren. Sie hatte ihm geholfen und geschmeichelt und mit ihm geschimpft und ihn angebrüllt und beleidigt, bis er endlich in der Sprache, in der sie das Spiel spielen mußten, die dafür ausreichenden Kenntnisse besaß, und irgendwann hatte er auch das grundlegende Wesen des Spiels begriffen, so daß sie ihm kaum noch zu helfen brauchte; es war ihr gelungen, ungefähr dahinterzukommen, welche Plättchen er noch auf seiner Seite hatte, als das Spiel sein letztes, schwierigstes Stadium erreichte, und sie hatte ihm absichtlich leichte Eröffnungen überlassen, damit seine unvollkommenen Sprachkenntnisse nicht verhinderten, daß er die letzten Plättchen ablegen konnte. Das Ergebnis war, daß sie jetzt in Bedrängnis geraten war und keine Möglichkeit sah, wo sie die beiden letzten Piktogramme hätte ablegen können, die ihr noch geblieben waren. Wenn sie sie nicht irgendwo unterbringen und einen oder zwei neue Begriffe bilden konnte, müßten sie noch mal von vorn anfangen. Das nächste Spiel würde nicht so lange dauern wie dieses, an dem sie jetzt seit dreißig Tagen saßen, aber sie befürchtete, daß Quiss ungeduldig würde. Er hatte schon mehrmals rumgenörgelt, weil sie ihm angeblich die Sprache nicht anständig beigebracht hätte.

Doch die Sprache war für sie ein wundervolles, zauberhaftes Geschenk gewesen. Um das Spiel richtig spielen zu können, mußten sie natürlich Chinesisch verstehen, eine Sprache aus der Untertan-Welt der Burg, jenes noch immer namenlosen Planeten, von dem all die Bücher offenbar stammten. Der Majordomus hatte ihnen daher ein Wörterbuch zur Verfügung gestellt, in dem chinesische Bildzeichen und ihre Entsprechung in einer der Sprachen aufgeführt waren, die auf beiden Seiten der Therapeutischen Kriege gebräuchlich war; es war ein uralter, längst entzifferter Schlachtencode von so ausgeklügelter Eleganz, daß seine Anwendung als Sprache ihm ein Überleben gesichert hatte, lange nachdem sein Geheimnis gelüftet war.

Mit diesem Schlüssel konnte sich Ajayi jede beliebige Sprache erschließen, die ihren Ursprung auf diesem namenlosen Globus hatte. Sie hatte nur ein paar Tage gebraucht, um ein Chinesisch-Englisches Wörterbuch aufzutreiben, und danach konnte sie die Bücher, die sie fand, entschieden leichter lesen. Sie lernte nebeneinander Chinesisch für das Spiel und Englisch für ihren persönlichen Lesespaß und beherrschte das indo-europäische System lange vor den unzugänglicheren orientalischen Sprachen verhältnismäßig sicher.

Es war, als ob die ganze klotzige, bröselnde Ruine der Burg plötzlich durchschaubar wurde; jetzt gab es noch so viel mehr Bücher, die sie entdeckte und an sich nahm und lesen konnte und genoß; eine gesamte Zivilisation und umfassende Kultur breitete sich vor ihr aus, so daß sie sie nach Lust und Laune erforschen konnte. Sie lernte bereits Französisch, Deutsch, Russisch und Lateinisch. Bald würden Griechisch und, abgeleitet vom Lateinischen, Italienisch kein allzugroßer Schritt mehr sein (ihr Englisch war ihr bereits bei den alten romanischen Sprachen hilfreich). Die Burg war nun nicht mehr das Gefängnis, als das sie ihr zuvor erschienen war; es war eine Bibliothek, ein Museum für Literatur, Schriftkunde und Sprachen. Das einzige, was ihr Kummer bereitete, war der Umstand, daß sie keinen Weg fand, die Zeichen auf den Schieferscheiben zu übersetzen. Diese geheimnisvollen, vergrabenen Symbole gaben ihre Bedeutung noch immer nicht preis. Sie hatte eine Wand nach der anderen durchstöbert, doch nirgendwo hatte sie auch nur eine einzige Erwähnung dieser seltsamen schlichten Zeichen gefunden, die irgendwie in den grobkörnigen Stein geritzt worden waren.

Doch das war ein geringer Kummer im Vergleich zu der ungeheuren Befriedigung, die sie über die Entdekkung des Schlüssels zu den Ursprachen der Burg empfand. Sie hatte angefangen, methodisch alle klassischen Werke über die Vergangenheit des namenlosen Planeten zu lesen, nachdem sie vor längerer Zeit schon ein Buch gefunden hatte, das als Führer durch die Literatur dieser Welt dienen konnte. Abgesehen von gelegentlichen Vorgriffen in spätere Zeiten — um ihren Appetit anzuregen —, hielt sie sich sehr streng an eine chronologische Reihenfolge bei der Auswertung der Bücher, die sie entdeckt hatte und in ihrem Zimmer aufbewahrte. Sie war jetzt, am Ende des ersten und — wie sie hoffte — letzten Spiels des Chinesischen Scrabble gerade im Begriff, sich mit den Dramatikern der Elisabethanischen Zeit in England zu befassen, und sie war schon ganz aus dem Häuschen über Shakespeare, wobei sie inbrünstig hoffte, er möge in den späteren Kritiken, die ihr bereits in die Hände gefallen waren, nicht unangemessen hochgelobt worden sein.

Doch obwohl sie schon so weit gekommen war, hatte sie zwangsweise einiges übergangen; es gab noch etliche Bücher, die sie noch ergründen oder die sie noch einmal lesen müßte, nachdem sie die Werke der letzten Epoche, in der noch Bücher gedruckt worden waren, gelesen hatte (vielleicht endeten die in der Burg vorhandenen Zeitdokumente auch nur an einem bestimmten Punkt; sie wußte nicht, was geschehen war; war irgendeine verheerende Katastrophe über die Welt hereingebrochen, war man zu einer anderen Form der Kommunikation übergegangen oder enthielt die Burg einfach nur Werke bis zu einer bestimmten Ära in der Geschichte der Welt?).

»Mach schon, Ajayi«, sagte Quiss mit einem Seufzen, »ich bin seit einer Ewigkeit fertig. Warum zögerst du?«

Ajayi blickte zu dem alten Mann mit dem scheckigen Haar auf, mit den glattrasierten Wangen und dem breiten, gefurchten Gesicht. Sie zog eine Augenbraue hoch, sagte jedoch nichts. Sie hätte gern angenommen, daß ihr Gefährte scherzte, doch sie befürchtete, daß er es ernst meinte.

»Ja, leg mal 'nen Zahn zu«, sagte die rote Krähe. »Meine Zigarre geht bei dem verdammten Schnee dauernd aus.«

Da hob Ajayi den Blick zum Himmel und merkte, daß es schneite. Irgendwie war ihr ins Bewußtsein gedrungen, daß Quiss ständig das Spielbrett vor ihr frei blies, doch sie war so sehr ins Grübeln versunken gewesen, um eine passende Stelle für die auf ihrer Seite verbliebenen Plättchen zu finden, daß es gar nicht bis in ihr Denken eingesickert war, daß es Schnee war, den er wegblies.

»Oh«, sagte sie, als sie plötzlich merkte, was los war. Sie sah sich um, offensichtlich einen Moment lang verwirrt. Sie zog sich die Kragen ihrer Pelze fester um den Hals, obwohl es eher milder geworden war, seit es angefangen hatte zu schneien, und nicht kälter. Sie sah das Spielbrett stirnrunzelnd an, dann blickte sie wieder zu Quiss auf. »Sollten wir uns wieder ins Spielzimmer begeben, was meinst du?«

»Um Himmels willen, nein«, mischte sich die rote Krähe mit empörter Stimme ein. »Laß uns das doch jetzt endlich hinter uns bringen. So eine Scheiße!« Sie zog sich die Zigarre aus dem Schnabel, betrachtete ihr nasses, schwarzes Ende und schleuderte sie dann mit einem Schlenker ihres dürren schwarzen Beins weg. »Es hat wohl wenig Sinn, einen von euch Misttypen zu fragen, ob er Feuer hat«, murmelte sie, dann schüttelte sie heftig den Kopf, breitete die Flügel halb aus und spreizte den Schwanz. Sie schüttelte den Schnee ab, der sich auf ihrem Rücken angesammelt hatte. Ein paar kleine rote Federchen schwebten auf den weichen Boden hinab, wie seltsame Blutflocken in dem weißen Niederschlag.

Ajayi vertiefte sich wieder in den Anblick des Spielbretts.

Quiss hatte die Hoffnung endgültig aufgegeben, eine Art von *coup-de-château* durchführen zu können. Der Majordomus befand sich in einer unerschütterlichen Position, so stellte er fest, weil er jenseits der Zeit lebte. Vor fünfhundert Tagen hatten einige der Küchengehilfen, mit denen Quiss sich angefreundet hatte, in der Küche gearbeitet, als ein provisorischer Herd in die Luft flog und einen riesigen Kessel mit einem kochenden Eintopfgericht auf den Majordomus ausschüttete, der gerade vorbeikam. Ein halbes Dutzend Küchengehilfen wurden Zeugen dessen, was als nächstes geschah: in einer Sekunde war der Majordomus noch da und schritt dahin, in der nächsten verschwand er unter einem gewaltigen Metallbottich, der herabfiel und barst und zersprang und einen großen Teil des Küchentrakts mit siedendheißem Pichelsteiner überschwemmte. Zwei von Quiss' kleinen Dienerlein waren nur ein paar Meter davon entfernt; sie hüpften um ihr Leben und landeten in dem Spülbecken mit Geschirr, das sie gerade abwuschen, um der Flutwelle einer dampfenden, blubbernden Brühe zu entgehen.

Einen Moment später spazierte der Majordomus auf der *anderen* Seite des Spültischs vorbei und wies den Unterkoch dieses Bereichs an herauszufinden, wer verantwortlich für den Bau des behelfsmäßigen Ofens war, demjenigen zu befehlen, einen anderen zu bauen und ihn dann bei lebendigem Leibe darin zu verbrennen. Er ging weiter in sein Büro, als ob nichts passiert wäre. Beim Wegräumen der Überbleibsel des zerschmetterten Ofens und des zerbrochenen Kessels wurde keine Leiche entdeckt. Einer der Küchenjungen — immer noch im Schockzustand — hatte berichtet, daß der Majordomus sich schlichtweg materialisiert hätte, direkt vor seinen Augen.

Quiss war kein Narr. Es gab keine Möglichkeit, gegen eine solche Macht anzugehen.

Er hatte ebenfalls den Gedanken aufgegeben, den

Prozeß irgendwie abzukürzen, der in Gang gesetzt wurde, wenn sie ein Spiel beendet hatten und eine Antwort auf die Rätselaufgabe lieferten, die ihnen gestellt war. Die rote Krähe hatte ihm verraten, wie das Ganze ablief — ausgerechnet das Wesen, von dem er am wenigsten ein solches Entgegenkommen erwartet hätte, doch offenbar war sie der Ansicht, daß sie ihn durch eine derartige Aufklärung noch mehr entmutigen und auf dem Weg zur Selbstzerstörung ein Stück voranschicken würde.

Quiss hatte inzwischen nicht mehr die ganze Geschichte im Gedächtnis, aber sie zog sich unheimlich lang hin, und es ging darin unter anderem um den Servierdiener, der die Antwort in einem Raum voller Bienen flüsternd äußerte, die daraufhin so etwas wie ein Nest bauten, das ein Geschöpf, das Botenkrähe genannt wurde, auffraß und dann wegflog.

Anschließend trat etliches weitere komische wilde Viehzeug auf, von denen die meisten letztendlich einander verschlangen, dann spielte die Handlung an einem Ort auf der Oberfläche von Wo-immer-sie-sein-mochten, mit Tausenden von kleinen Seen, auf die Tausende von Tieren zumarschierten und sich gleichzeitig entzündeten und so das Eis auf den Seen schmolzen, und zwar in einer bestimmten Abfolge, die eine Art von organischem Kommunikationssatellit mit Nachrichtenübermittlungslaser steuerte ... danach wurde es noch komplizierter.

Mit anderen Worten, das Ganze war narrensicher. Den Diener, der das Flüstern erledigte, irgendwie zu bestechen oder einzuschüchtern, war ebenfalls zwecklos, da eine abschließende Prüfung durch die Person oder das Ding, das kommen würde, um sie aus der Burg zu holen, in Form einer Befragung der Dohlen und Krähen nach ihren Beobachtungen stattfinden würde, um sicherzustellen, daß alles mit rechten Dingen zugegangen war.

Das Ganze spielte sich natürlich in einer Art Zeitraffer ab, was der Grund dafür war, daß ihnen trotz der labyrinthartigen Verzwicktheit des Beantwortungsprozesses die Reaktion darauf innerhalb von wenigen Minuten überbracht wurde. Quiss fand all das außerordentlich bedrückend.

Nun, sie standen kurz vor dem Ende des Spiels. Vielleicht, tröstete er sich, würden sie es diesmal richtig machen. Sie hatten nur noch eine gute Antwort als Lösung des Rätsels auf Lager, was einerseits beunruhigend, andererseits aber auch ermutigend war. Vielleicht *mußte* diese die richtige sein, vielleicht würden sie jetzt endlich die richtige Aussage machen und könnten von hier wegkommen.

Quiss versuchte an die Dinge zu denken, an die er bisher versucht hatte, nicht zu denken; die Dinge, die ihm am Anfang so sehr gefehlt hatten, daß der Gedanke daran weh tat. Er konnte jetzt ohne große Schwierigkeiten daran denken, so ziemlich ohne daß es ihn schmerzte. Er schwelgte in der Erinnerung an die guten Dinge des Lebens, die vielen Freuden des Fleisches und des Geistes, an den Spaß am Kampf, an Aufruhr und fröhliche Besäufnisse.

All das war jetzt so weit weg. Es kam ihm vor, als hätte jemand anderes es erlebt, ein Enkel oder späterer Nachfahre, eine völlig andere Person. War es möglich, daß er wie ein alter Mann dachte? Daß er wie einer aussah, war noch lange kein Grund, aber vielleicht entstand so eine Art Rückkoppelung, eine gegenseitige Wechselbeziehung von Ursache und Wirkung, die dazu führte, daß sein Denken sich allmählich seiner äußeren Hülle anpaßte. Er wußte es nicht. Vielleicht lag es an all dem, was ihm hier auf Burg Türen widerfahren war, an all den Enttäuschungen, all den verpaßten Gelegenheiten (die braunen Frauenarme, diese strahlende Verheißung eines Kondensstreifens am Himmel, diese Sonne, diese Sonne an diesem wolkenverhangenen Ort!), an all dem Chaos und der Ordnung, der scheinbaren Sinnlosigkeit, dem anscheinend gesteuerten Wahnsinn der Burg. Vielleicht griff er nach einer Weile unweigerlich auf einen über.

Ja, dachte er, die Burg. Vielleicht macht sie uns zu dem, was wir sind, was wir sein werden. Vielleicht formt sie uns, wie diese Zahlen in ihrem ewigen Kreislauf zwischen Zerstörung und Wiedererstehung. Tatsächlich: Zertrümmerung und Auflösung, ein Nachruf bei der Geburt — warum nicht? Es würde ihm sogar leid tun, wenn er ginge, in gewisser Hinsicht. Die Winzlinge, die er sich als Kontaktpersonen in der Küche herangezogen hatte, hatten wenig gemein mit den Truppen von Haudegen, an die er gewöhnt war, und auch nicht mit den schlachterprobten Söldnern, doch sie hatten bei all ihrer Hektik und Unzulänglichkeit ihren eigenen Reiz; sie erheiterten ihn. Sie würden ihm fehlen.

Er lachte beim Gedanken an den Barbier, er erinnerte sich an seine Begegnung mit dem Meister der Maurer und mit dem Oberaufseher des Bergwerks; beides bestimmt stolze und eindrucksvolle Männer, die er gern näher kennengelernt hätte. Selbst der Majordomus war interessant, wenn man ihn erst einmal zum Sprechen überredet hatte, auch ungeachtet seiner Fähigkeit, Katastrophen zu entkommen.

Aber ein ganzes Leben, mehr als ein ganzes Leben hier?

Plötzlich erfüllte ihn dieser Gedanke unwillkürlich mit tiefer, schrecklicher Verzweiflung. Ja, wenn sie endlich diesen Ort hier verlassen könnten, würde er ihm fehlen, auf eine seltsam verquere Weise, doch das war nur natürlich; als Gefängnis war es in der Tat sehr erträglich, und alles, das einem nicht abgrundtief zuwider war, konnte im Laufe von genügend Zeit Stoff für wehmütige Erinnerungen bieten und im Gedächtnis den Mechanismus in Gang setzen, der das Gute zur Speicherung auswählt und das Schlechte aussortiert. Doch darum ging es nicht, darum ging es einfach nicht!

Hierzubleiben hieße, versagt zu haben, sich geschlagen zu geben, den Fehler zu bestätigen und zu vertiefen, den er ursprünglich begangen und der ihn hierhergebracht hatte. Die Pflicht rief ihn. Nicht dem Lager, dem er angehörte, gegenüber, nicht einmal seinen Kameraden gegenüber; all das spielte hier keine Rolle. Es war eine Pflicht sich selbst gegenüber.

Wie merkwürdig, daß er ausgerechnet jetzt, an diesem seltsamen Ort, einen Satz, eine Idee vollkommen verstand, die er während seiner theoretischen und praktischen Ausbildung immer wieder gehört und immer wieder verächtlich abgetan hatte.

»Ah!« sagte Ajayi und unterbrach damit Quiss' Gedanken. Als er aufblickte, sah er, wie die Frau über das Spielbrett griff, ihre Hand wölbte und in die Halbschale blies, die so entstand, dann ihren Atem hinunter zur Oberfläche des Spielbretts leitete und die Schneeflocken aufwirbeln ließ, die sich dort abgesetzt hatten. »So«, sagte sie, während sie die beiden Plättchen zusammen in einer Ecke des Spielbretts niederlegte; dann lächelte sie ihren Gefährten stolz an. Quiss betrachtete die beiden soeben gesetzten Plättchen.

»Das wär's also«, bemerkte er und nickte.

»Findest du das nicht gut?« fragte Ajayi mit einem deutend ausgestreckten Zeigefinger.

Quiss zuckte gleichgültig die Achseln. Ajayi hatte den Verdacht, daß er die Bedeutung der neuen Begriffe nicht ganz verstand, die sie auf dem Spielbrett gebildet hatte.

»Es wird schon stimmen«, sagte Quiss und machte kein besonders beeindrucktes Gesicht. »Damit ist das Spiel zu Ende. Das ist die Hauptsache.«

»Na, ich danke Jessus Kristus dafür«, sagte die rote Krähe. »Ich war kurz davor einzuschlafen.« Sie flatterte von ihrem Thron auf der abgebrochenen Säule und schwebte über das Spielbrett, um es zu inspizieren.

»Ich wußte gar nicht, daß du auf der Stelle schweben kannst«, sagte Ajayi zu dem Vogel; seine Flügelschläge, die er direkt über ihnen vollführte, wühlten den Schnee durcheinander, der auf sie und auf das Spielbrett fiel, und erzeugte ein künstliches Gestöber.

»Eigentlich dürfte ich das nicht können«, sagte die rote Krähe geistesabwesend, den Blick fest auf das Spielbrett geheftet. »Aber schließlich dürften Krähen eigentlich auch nicht sprechen können, oder? Ja, das könnte der Sache nahekommen, schätze ich.«

Quiss beobachtete den Vogel, der über ihnen kraftvoll mit den Schwingen schlug. Er verzog das Gesicht, als dieser sein schmähliches Lob für ihr Spiel von sich gab. Die rote Krähe ließ einen Laut hören, der sich wie Niesen anhörte, und sagte dann: »Wie lautet also diesmal euer Beitrag zum Witz und zur Weisheit des Universums?«

»Warum sollten wir dir das verraten?«

»Warum nicht?« entgegnete die rote Krähe pikiert.

»Na ja ...«, sagte Quiss nachdenklich, »... weil wir dich nicht leiden können.«

»Du liebe Güte, ich mache doch nur meine Arbeit«, sagte die rote Krähe und hörte sich dabei ernsthaft betroffen an. Ajayi gab ein Lachen von sich, das in ein Husten überging.

»Ach komm, verrat es ihr doch!« sagte sie und machte mit einer Hand eine abwinkende Bewegung.

Quiss bedachte zunächst sie und dann den Vogel mit einem weiteren mürrischen Blick, dann räusperte er sich und sagte: »Unsere Antwort lautet: ›Man kann nicht ...‹, nein, ich meine: ›Es gibt weder noch.‹«

»Oha«, sagte die rote Krähe, die immer noch über ihnen schwebte, unbeeindruckt. »Donnerwetter!«

»Na, hast du vielleicht eine bessere Antwort?« sagte Quiss streitsüchtig.

»Jede Menge, aber die sag ich euch Misttypen sicher nicht.«

»Nun«, schaltete sich Ajayi ein, während sie mit steifen Gliedern aufstand und sich den pudrigen weißen

Schnee von den Pelzen strich, »ich denke, wir sollten hineingehen und einen Diener auftreiben.«

»Macht euch keine Mühe«, sagte die rote Krähe. »Gestattet, es wird mir ein Vergnügen sein.« Sie lachte gakkernd und flog davon. »›Es gibt weder noch.‹ Ha ha ha ha …« Sie zog den Klang ihrer verhallenden Stimme wie einen Schweif hinter sich her, als sie davonflog.

Ajayi hob langsam den kleinen Tisch und das Spielbrett an, und zusammen machten sie und Quiss sich auf den Weg zwischen dem eingestürzten Mauerwerk des Daches hindurch zu ihren unversehrten Gemächern, die ein ganzes Stück weit weg lagen. Quiss blickte der roten Krähe nach, die sich mit langsamen Flügelschlägen durch die schneegefülle Luft bewegte, bis er sie aus den Augen verlor.

»Glaubst du, sie wird es irgend jemandem ausrichten?«

»Vielleicht«, sagte Ajayi, die das Tischchen vorsichtig trug und achtgab, wohin sie die Füße setzte.

»Glaubst du, wir können ihr trauen?« fragte Quiss.

»Wahrscheinlich nicht.«

»Hmm«, machte Quiss und strich sich über das glatte Kinn.

»Mach dir keine Sorgen«, sagte Ajayi, während sie mit behutsamen Schritten über einige zerbrochene Schieferplatten trat und sie ihren Weg in Richtung des Schutzes eines halbeingefallenen Wandelgangs fortsetzten, »wir können es immer noch selbst jemand anderem mitteilen.«

»Hmm, das stimmt eigentlich«, sagte Quiss, als sie den Wandelgang betraten, über einige umgestürzte Säulen und die Reste des Daches kletternd. Sie gelangten unter den Schutz des Daches, wo es noch einigermaßen in Ordnung war, und dabei rutschte Quiss auf einer vereisten Stelle aus; im Rutschen schrie er auf, streckte beide Hände aus in dem Versuch, sich auf der einen Seite an einer Säule und auf der anderen Seite an Ajayi Halt zu verschaffen. Er stieß gegen das Spielbrett.

Die Plättchen fielen durcheinander. Quiss stürzte schwerfällig zu Boden.

»Oh, *Quiss!*« sagte Ajayi. Sie stellte das Spielbrett schnell ab. Dann eilte sie zu dem alten Mann, der am Boden lag, alle viere ausgestreckt auf dem Eis, auf dem er ausgerutscht war, den Blick starr nach oben zum gewölbten Dach des Wandelgangs gerichtet. »Quiss!« sagte Ajayi und kniete sich unter Schmerzen neben dem Mann nieder. »Quiss!«

Quiss gab einen erstickten, würgenden Laut von sich; seine Brust hob und senkte sich schnell. Sein Gesicht war grau. Ajayi schlug sich für eine Sekunde die Hände seitlich gegen das Gesicht und schüttelte den Kopf; Tränen schossen ihr in die Augen. Aus Quiss Kehle drang ein Gurgeln, die Augen traten ihm aus den Höhlen. Sie nahm seine Hand in die ihren, hielt sie fest und beugte sich über ihn. »O Quiss ...«

Der Mann sog einen riesigen, mühsamen Schwall Luft in die Lunge; er hob die Arme und pochte sich auf die Brust, während er versuchte, sich zur Seite zu rollen. Als sie merkte, was er vorhatte, half ihm Ajayi. Er richtete sich ein wenig auf, stützte sich auf einen Ellbogen und setzte sich schließlich mit Ajayis Hilfe vollends auf. Er schlug sich schwach mit geballter Faust in den Rükken. Ajayi löste ihn ab, schlug fester. Er nickte, und sein Atem ging jetzt wieder etwas regelmäßiger.

»Mir ist ... die Luft weggeblieben ...«, sagte er und schüttelte den Kopf. Er rieb sich die Augen. »Okay.« Er sog noch tiefer Luft ein. Sein Blick wanderte zum Spielbrett, auf dem das Muster zerstört und die Plättchen verstreut waren. »O Scheiße!« sagte er und vergrub das Gesicht in den Händen.

Ajayi knetete seinen breiten Rücken durch die schwere Bekleidung hindurch und sagte: »Mach dir nichts draus, Quiss. Hauptsache, du bist in Ordnung.«

»Aber auf dem Brett ... ist alles ... durcheinander«, japste Quiss.

»Ich weiß noch, wie es ausgesehen hat«, beruhigte ihn Ajayi, wobei sie sich von hinten dicht zu ihm beugte und ihm ins Ohr sprach; sie versuchte, ihrer Stimme einen zuversichtlichen und ermutigenden Klang zu verleihen. »Ich habe lange genug daraufgestarrt, bei Gott. Es ist in mein Gedächtnis eingegraben. Mach dir deswegen keine Sorgen. Bist du in Ordnung? Sicher?«

»Ich bin in Ordnung, hör auf ... so ein Theater zu machen!« sagte Quiss unwirsch und versuchte, Ajayi mit einer Hand wegzuschieben. Sie sank auf den Knien von ihm zurück, ließ die Hände in den Schoß fallen und senkte den Blick.

»Tut mir leid«, sagte sie und erhob sich langsam von den Knien. »Ich hatte nicht die Absicht, Theater zu machen.« Sie beugte sich vor, kauerte auf den Schenkeln, wobei sie vor Anstrengung keuchte, und fing an, die heruntergefallenen Scrabble-Plättchen auf einer Seite aus dem Schnee, der durch das Dach des Wandelgangs hereinschwebte, und von der eisverkrusteten Oberfläche der Schieferplatten aufzulesen.

»Verdammtes Eis«, fluchte Quiss heiser. Er hustete und rieb sich die Nase. Dann sah er zu der Frau, die die Stücke behutsam vom Boden auflas und wieder auf dem Spielbrett auslegte. »Hast du eine Rotzfahne?«

»Was? Ach so, ja.« Ajayi griff in eine der Taschen ihres Pelzes und brachte ein kleines Taschentuch zum Vorschein. Sie reichte es Quiss, der sich lautstark die Nase schneuzte und ihr das Tuch zurückreichte. Sie faltete es zusammen und steckte es weg. Ajayi seufzte. Sie hätte ihm gern gesagt, daß er aufstehen sollte, er würde sich erkälten, wenn er so auf den gefrorenen Steinplatten sitzen bliebe. Aber sie wollte kein Theater machen.

Quiss stand mit einiger Mühe auf, grunzend und fluchend. Sie beobachtete ihn aus dem Augenwinkel, während sie weiter die verstreuten Teile auflas, in ständiger

Bereitschaft, ihm zu helfen, wenn er darum bitten würde, oder schnell zuzupacken, wenn er wieder hinzufallen drohte. Quiss war endlich auf den Beinen; er rieb sich die Hinterbacken und den Rücken und lehnte sich gegen eine Säule.

Es konnte so leicht passieren, daß sie zu Tode kamen, gemahnte sie sich. Sie mochten zwar bei einem Alter stehenbleiben, doch sie waren betagt und zerbrechlich und schwach und unfallgefährdet. Bis jetzt waren sie noch nie schlimm gestürzt oder hatten sich etwas gebrochen, doch wenn sie sich Verletzungen zuzögen, würde es sehr lange dauern, bis sie heilten. Sie hatte vor langer, langer Zeit einmal den Majordomus in dieser Hinsicht befragt. Sein Rat hatte gelautet: »Fallen Sie nicht hin.«

Sie glaubte, daß sie alle Plättchen eingesammelt hatte. Sie zählte sie, alle, die auf dem Spielbrett lagen, und stellte fest, daß noch eins fehlte. Sie stand auf, immer noch mit steifen Gliedern, und drückte den schmerzenden Rücken durch; dann suchte sie mit den Augen den Schnee ringsum und die großen Schieferplatten ab.

»Hast du sie alle?« fragte Quiss. Er war immer noch blaß im Gesicht, aber nicht mehr so grau wie vorher. Ajayi schüttelte den Kopf und sah sich weiter um.

»Nein. Eins fehlt.« Quiss ließ den Blick schnell über die Schieferplatten schweifen.

»Das hätte ich mir denken können. Sie gestatten uns jetzt nicht, das Rätsel zu beantworten. Ich wette, wir müssen noch mal ganz von vorn anfangen. Ich wette. Genau das wird passieren. Das ist einfach *typisch.*« Er wandte sich rasch ab und schlug mit der flachen Hand gegen eine der Säulen, hielt ihr weiterhin den Rücken zugekehrt und atmete schwer; den Kopf tief zwischen die Schultern gezogen.

Ajayi sah ihn an, dann hob sie den kleinen Tisch hoch, um zu prüfen, ob sie ihn vielleicht auf das eine fehlende Plättchen gestellt hatte, als sie Quiss zur Hilfe gekommen war. Doch das Plättchen war nicht da. »Wir werden es finden«, sagte sie und blickte in die Schneeverwehungen. Sie war sich ihrer Sache nicht so sicher, wie sie hoffte, sich anzuhören. Sie konnte es nicht begreifen; so weit konnte das Plättchen doch nicht gehüpft sein, oder? Sie zählte die Plättchen auf dem Spielbrett ein zweites und dann ein drittes Mal.

Allmählich wurde sie wütend, erstens, weil Quiss hingefallen war, und zweitens, weil er versucht hatte, sie wegzuschieben; außerdem wegen des fehlenden Plättchens und wegen der Burg überhaupt; wegen der roten Krähe, des Majordomus, der gesamten Dienerschaft. *Wo* konnte das blöde Ding bloß sein?

»Bist du sicher, daß du richtig gezählt hast«, sagte Quiss mit müder Stimme, während er sich noch immer gegen die Säule stützte.

»Natürlich, ich habe mehrmals gezählt. Eins fehlt«, fauchte Ajayi, und ihre Stimme überschlug sich fast. »Hör jetzt auf, so dumme Fragen zu stellen!«

»Kein Grund, mir den Kopf abzureißen«, sagte Quiss eingeschnappt. »Ich habe nur versucht zu helfen.«

»Also, dann such das Plättchen«, sagte Ajayi. Sie hörte sich selbst, und sie haßte sich dafür. Sie durfte nicht so sehr die Selbstbeherrschung verlieren, sie durfte Quiss nicht so anfauchen; das war nicht gut. Sie mußten in dieser ganzen Misere zusammenhalten und nicht streiten wie Schulkinder oder Ehepaare, die sich auseinandergelebt hatten. Aber sie konnte sich nicht zurückhalten.

»Hör mal«, sagte Quiss aufgebracht, »ich hab das beschissene Spielbrett nicht absichtlich umgestoßen. Es war ein Mißgeschick. Wäre es dir lieber gewesen, ich hätte mir den Hals gebrochen?«

»Natürlich nicht«, sagte Ajayi mit Bedacht, um nicht zu fauchen oder zu schimpfen. »Ich habe nicht gesagt, daß du es mit Absicht getan hast.« Sie sah Quiss nicht an, sondern bewegte den Kopf von einer Seite zur anderen, immer noch den Schnee und den Schiefer absuchend, offensichtlich fest entschlossen, das fehlende Plättchen zu finden, doch ihr Denken war ausschließlich auf die Worte gerichtet; sie wußte, daß sie das Plättchen nicht gesehen hätte, auch wenn es direkt vor ihren Augen läge; sie konzentrierte sich nicht auf die Suche.

»Vielleicht wäre dir das lieber gewesen, was?« wiederholte Quiss. »He?«

Daraufhin sah sie ihn an. »O Quiss, wie kannst du so etwas sagen!« Sie hatte ein Gefühl, als hätte er ihr einen Tritt versetzt. Er hatte keine Veranlassung, so etwas zu sagen. Warum sagte er so etwas?

Quiss schnaubte nur. Er schob sich mit einem leicht zitternden Arm von der Säule weg, und dabei fiel das vermißte Plättchen aus dem unteren Saum eines seiner Pelze, wohin es sich verkrochen hatte, als es und er gefallen waren. Im selben Moment erschien eine kleine Gestalt am anderen Ende des Wandelgangs; sie trat aus einer Tür, die in den Hauptteil der Burg zurückführte. Sie beide blickten zuerst das herausgefallene Plättchen an, dann den kleinen Diener. Er fuchtelte mit den Armen in der Luft herum und schrie mit aufgeregter Stimmte:

»Haben Sie gesagt: ›Es gibt weder noch‹?«

Sie sahen einander erneut an. Ajayi wollte antworten, mußte die Absicht jedoch aufgeben und klopfte sich statt dessen mit einer Hand oben auf die Brust; ihre Kehle schien vollkommen ausgetrocknet zu sein, sie brachte keinen Ton heraus. Quiss nickte überschwenglich. »Ja!« brüllte er. Er hörte nicht auf, mit dem Kopf zu nicken.

Das Dienerlein schüttelte den Kopf. »Nein«, sagte es und verschwand mit einem Achselzucken wieder in der Burg.

Irgendwo in der Ferne, unter ihnen in den Ruinen, krähte eine vertraute Stimme und gackerte vor Lachen.

TEIL FÜNF

Half Moon Crescent

An der Ecke Maygood Street und Penton Street war eine Dienststelle des Arbeitsamtes, zu der die Leute gingen, um sich als Arbeitslosenhilfe-Empfänger eintragen zu lassen. Ein Schild besagte: Tür C — Nachnamen A-K, Tür D — Nachnamen L-Z. Graham ging daran vorbei, den Blick auf den eigentlichen Half Moon Crescent gerichtet, jenen Straßenbogen mit großen Häusern, in dem Sara ffitch wohnte. Er hatte das Gefühl, daß sich ihm der Magen drehte, so groß war die nervöse Spannung seiner Vorfreude. Er fühlte sich zitterig, aufgedreht; die etwas schwüle, benommen machende Luft hatte plötzlich etwas Scharfes. Farben traten lebhafter hervor, Gerüche (nach Kochdünsten, Asphalt, Auspuffgasen) wurden eindringlicher. Die Gebäude — gewöhnliche dreigeschossige, hügelanwärts aneinandergereihte Häuser im viktorianischen Stil, von denen die meisten zu mehreren Wohneinheiten umgebaut worden waren — erschien ihm fremd und sonderbar.

Sein Herz schlug schneller, als er ein Motorrad vor einem der Häuser im Half Moon Crescent stehen sah, aber es stand vor der Tür des Hauses neben dem, in dem Sara wohnte, und es war eine rote Honda, keine schwarze BMW. Er atmete mehrmals tief durch und versuchte auf diese Weise, seinen Herzschlag etwas zu verlangsamen. Er schaute hinauf zu dem Fenster, aus dem Sara sich manchmal herauszubeugen pflegte, aber sie war nicht zu sehen.

Sie wird aber bestimmt zu Hause sein, redete er sich

ein. Sie ist auf keinen Fall ausgegangen. Sie ist zu Hause. Sie hat es sich gewiß nicht anders überlegt.

Er ging zu den Klingeln mit der Gegensprechanlage und drückte fest auf den Knopf für ihre Wohnung. Er wartete und starrte beschwörend das Sprechgitter an, aus dem ihre Stimme kommen würde. Jetzt gleich.

Er wartete.

Er legte den Finger auf den Knopf, im Begriff, noch mal zu drücken; dann zögerte er, unsicher, ob er lieber noch eine Weile warten sollte oder nicht. Vielleicht war sie noch nicht ganz wach oder stand gerade unter der Dusche; alles mögliche war denkbar. Es konnte viele Gründe geben, warum sie nicht aufmachte. Er fuhr sich mit der Zunge über die Lippen und starrte weiterhin das Sprechgitter an. Er beugte sich vor, um noch einmal auf den Klingelknopf zu drücken, und schloß dabei die Augen. Er ließ den Knopf los.

Es war noch reichlich Zeit. Selbst wenn sie nicht zu Hause war, konnte er warten; wahrscheinlich war sie nur noch mal eben rausgegangen, um etwas für den Salat zu besorgen, den sie für sie beide zubereiten wollte.

Er überlegte, ob er ein drittes Mal klingeln sollte. In seinem Magen war ein Gefühl der Schwere, der Übelkeit. Er stellte sich vor, daß jemand aus den Häusern an der Ecke der Maygood Street ihn in diesem Moment beobachtete, seinen Rücken betrachtete, während er vor der Sprechanlage stand, wartend und immer noch wartend. Ein klickender Laut ertönte aus dem Sprechgitter. »Hallo?« sagte eine atemlose Stimme. Sie war es!

»Ich ...«, setzte er an und verschluckte die Worte, so trocken war seine Kehle. Er räusperte sich hastig. »Ich bin's, Graham.« Sie war zu Hause, sie war zu Hause!

»Graham, es tut mir leid«, sagte sie. Sein Herz setzte einen Schlag lang aus, er schloß die Augen. Sie würde ihm sagen, daß sie es sich anders überlegt hatte. »Ich war im Bad.« Der Türöffner summte.

Er starrte einen Augenblick lang gebannt die Tür an,

dann die Sprechanlage, dann wieder die immer noch summende Tür. Er schob sie schnell auf, noch so eben, bevor das Summen aufhörte. Die Tür schwang auf, und er betrat das Haus.

Mit Teppich belegte Stufen führten zu einer Souterrain-Wohnung hinunter, geradeaus war die Tür zur Wohnung im Erdgeschoß. Er ging die Treppe hinauf, über einen billigen, aber freundlich wirkenden Teppich; das Geländer war weiß gestrichen, die Wände waren mit einer verblassenden pastellfarbenen Tapete beklebt. Er hörte die Klänge einer alten Beatles-Platte, die unten gespielt wurde. Er gelangte zum Treppenabsatz des ersten Stockwerks. Weitere Stufen führten zu einer anderen Wohnung hinauf, doch die Tür im ersten Stock, zu ihrer Wohnung, stand offen. Er klopfte, trat ein und blickte sich voller Angst um, es könnte vielleicht doch die falsche Wohnung sein oder sie hätte die Tür nur aus Versehen offen gelassen. Er hörte Wasser in einem Raum zu seiner Rechten plätschern. Ein Lichtstrahl fiel durch den Spalt unter der Tür heraus. »Graham?« sagte sie.

»Hallo«, rief er. Er lehnte die Zeichenmappe am Boden gegen die Wand und schloß die Tür zum Treppenhaus.

»Komm nur rein, nach links.« Ihre Stimme wurde ertränkt durch das Rauschen von fließendem Wasser. Er nahm die Zeichenmappe wieder auf und ging nach links in ein kleines, vollgestopftes Zimmer mit Couch und Sesseln, Fernsehgerät, Stereoanlage, Bücherregalen und einem kleinen Couchtisch; auf der anderen Seite, ein paar Zentimeter erhöht, vom Hauptteil des Zimmers durch ein schmales Holzgeländer getrennt, das von jeder Wand über etwa ein Drittel der Breite in den Raum hineinragte, befand sich eine Kochnische; Herd und Kühlschrank und Spüle, ein größerer Tisch, und dahinter, mit vorgezogenen Gardinen aus weißer Spitze, die sich leicht im Wind bauschten, war das Fenster.

Er stellte die Mappe neben der Couch ab. Auf einem kleinen Tisch an der einen Seite der Couch stand das Telefon; er erinnerte sich daran, wie er es endlos hatte klingeln lassen, während sie sich vor dem Gewitter unter der Bettdecke verkrochen hatte. Er durchquerte den Raum zu dem erhöhten Küchenteil, trat auf den abgewetzten Linoleumboden und ging zum Spülbecken. Er ließ kaltes Wasser aus dem Hahn über seine Hände laufen und klatschte sich ein paar Spritzer auf die Stirn. Er trocknete sich Gesicht und Hände am Geschirrtuch ab; es gab kein Handtuch. Er zitterte.

Er ging wieder hinunter in den mit Teppichboden ausgelegten Bereich und stand mit wild klopfendem Herzen vor den Regalen neben dem Fernsehapparat. Er entdeckte ein Buch, das er zwar nicht gelesen, das er aber als Fernsehverfilmung gesehen hatte. *Das Restaurant am Ende des Universums* war der zweite Teil der Geschichte, die mit *Per Anhalter durch die Galaxis* begonnen hatte; Slater hatte ihm erzählt, daß die BBC beim Drehen der Serie einfach beide Teile miteinander vermengt hatte. Graham nahm den schmalen Band heraus und blätterte ihn durch auf der Suche nach einer bestimmten Stelle. Er fand sie, etwa in der Mitte des Buches. Die Szene drehte sich um eine Figur namens Hotblack Desiato, der aus irgendwelchen steuerlichen Gründen ein Jahr tot verbrachte. Desiato hieß eine Immobilienmaklerfirma in Islington, Graham war ihr Firmenschild aufgefallen; Douglas Adams mußte in jener Gegend gewohnt haben.

Er stellte das Buch zurück. Obwohl es lustig war, war es eine eher *seichte* Lektüre; er wollte, daß ihn Sara beim Lesen von etwas Anspruchsvollerem antraf.

Es gab eine Menge Bücher über die besten Was-auch-immer und die schlechtesten Was-auch-immer; Bücher voller Zitate, Kritiken, Sammlungen von Parabeln und Euphemismen, Listen von Listen, Bücher, die schlicht mit Tatsachen angefüllt waren; Bücher über die Ereignisse eines jeden Tages innerhalb eines Jahres, Bücher mit letzten Worten, über berühmte Fehler, die nutzlosesten Gegenstände. Graham wußte, was Slater von solchen Werken hielt; er hatte zu ihnen eine ausgesprochen düstere Einstellung: sie waren ein weiteres Zeichen, Daß Das Ende In Sicht War. »Begreifst du denn nicht?« hatte er eines Tages in dem kleinen, verräucherten Café in der Red Lion Street gesagt. »Wir haben es hier mit einer Gesellschaft zu tun, die ihre Angelegenheiten regelt, um sich auf das Ende vorzubereiten, indem sie einen Schlußstrich unter alles zieht, was vollbracht worden ist. Dieses Zeug und die Bombenliteratur ... unsere Gesellschaft ruht auf einem Sockel des Todes, verliebt in die Vergangenheit, vor sich nur Verwüstung sehend, eine Verwüstung, der wir fasziniert, aber hilflos gegenüberstehen. Wählt Thatcher! Wählt Reagan! Laßt uns alle zusammen sterben! Juchheissascheißa!«

Graham nahm ein Buch über die marxistische Wirtschaftslehre heraus, schlug eine Stelle im vorderen Drittel auf und begann zu lesen. Seine Augen nahmen die Worte auf, doch es war eine trockene, unzugängliche, komplizierte Materie, und der Inhalt floß von der Oberfläche seines Geistes ab wie Wasser von einer mit Sonnenschutzmittel eingeölten Schulter.

»Graham«, sagte Sara von der Tür her. Er drehte sich mit pochendem Herzen um und sah sie, wie sie vom Flur aus seitlich um den Türrahmen gebeugt hereinblickte; ein weißes Handtuch war um ihren Kopf gewikkelt wie ein Turban, ein dünnes blaues Hauskleid um ihren Körper. Ihr Gesicht sah blaß und krankhaft mager aus ohne die übliche Umrahmung durch das üppige schwarze Haar. »Es dauert nicht mehr lange. Setz dich doch.« Sie ging in das Zimmer auf der gegenüberliegenden Seite des Flurs, das seiner Vermutung nach das Schlafzimmer sein mußte. Er stellte das Werk über Ökonomie ins Regal zurück.

Er setzte sich und blickte sich im Raum um. Nach einer Weile erhob er sich, um die Plattensammlung zu begutachten. Es kam ihm alles ziemlich überholt vor; viele alte Stones-Platten waren darunter, aber vor allem Led Zeppelin und Deep Purple, mittelalte Floyd- und frühe Bob-Seeger-Sachen. Meatloaf war so ziemlich das Neueste. Komisch. Die Sammlung mußte wohl dem Mädchen gehören, dessen Wohnung dies eigentlich war und das sich jetzt in Amerika aufhielt.

Er stöberte noch mal das Bücherregal durch.

Im selben Moment kauerte auf der St. John Street, nicht weit von den Gebäuden der City University und einen knappen Kilometer von der Kreuzung Pentonvill Road und Upper Street entfernt eine Gestalt in schwarzem Lederzeug, die einen Vollintegralhelm mit verdunkeltem Visier trug, neben einem Motorrad des Typs BMW RS 100, das gegen die hohe Bordsteinkante gelehnt war. Der Mann in der schwarzen Lederkleidung setzte sich zurück und blickte die Straße nach Norden hinauf, was seine Fahrtrichtung gewesen war, als die Maschine vor einer Viertelstunde plötzlich anfing, zu stottern und Fehlzündungen zu haben, während er verabredungsgemäß zum Half Moon Crescent unterwegs war. Er fluchte, beugte sich wieder vor, drehte flink einen kleinen Schraubenzieher in der Hand und bastelte an den Fassungen der Zündkerzen herum. STK 228T war das polizeiliche Kennzeichen des Motorrads.

Graham nahm ein Buch über Moralphilosophie heraus. Das sah nach der Art von Buch aus, bei dessen Lektüre man sich überraschen lassen konnte. Slater hatte natürlich seine Ansichten über Moralphilosophie, wie über alles. Seine Lebensphilosophie, so pflegte er zu sagen, basiere auf der Moral des Hedonismus. Das war das Moralsystem, nach dem jedes anständige, unerschrokkene, einigermaßen aufgeklärte menschliche Wesen lebte, das in der Lage war, ein Quorum von Neuronen zusammenzukratzen, doch kaum jemand war sich selbst dessen bewußt. Die Moral des Hedonismus besagte, daß man sich verlustieren sollte, wo immer man in diesen Zeiten eine Gelegenheit dazu fand, daß man jedoch, anstatt ganz und gar in solchen Vergnügungen aufzugehen, sich in vernünftiger und einigermaßen verantwortungsbewußter Weise verhalten sollte und niemals die allgemeineren moralischen Aspekte und ihre Manifestationen in der Gesellschaft aus den Augen verlieren durfte. »Amüsier dich, sei nett, tendiere zur Linken und höre niemals auf zu *denken*, so kann man es schlicht zusammenfassen«, hatte Slater gesagt. Graham hatte genickt und bemerkt, daß das leichter gesagt als getan sei.

Allmählich langweilte ihn das Buch über Moralphilosophie, das ihm noch undurchsichtiger und schwieriger vorkam als das über Ökonomie, und er stellte es wieder ins Regal. Er ging zurück zur Couch und setzte sich, wobei er auf die Uhr sah. Es war vier Uhr fünfundzwanzig. Er nahm seine Mappe hoch und legte sie sich auf die Knie. Er überlegte, ob er sie öffnen sollte, damit er in dem Moment, in dem Sara ins Zimmer käme, gerade die Zeichnungen betrachtete, vielleicht sogar noch ein paar allerletzte Veränderungen an ihnen vornahm; er hatte einen Tuschestift und einen Bleistift dabei, unten in der Mappe. Er verwarf den Gedanken. Er war nicht mit Slaters angeborenem schauspielerischen Talent begnadet, besaß nicht diese Leichtigkeit, einfach in eine Rolle zu schlüpfen. »Du hättest Schauspieler werden sollen«, hatte er im vergangenen Jahr zu Slater gesagt, als sie in Leslie's Sandwich Bar bei ein paar Tassen Tee und zwei süßen, klebrigen Kuchenstücken saßen.

»Das habe ich versucht«, hatte Slater gereizt erwidert. »Man hat mich aus der Schauspielschule geworfen.«

»Warum?«

»Wegen übertriebener Dramatik«, hatte Slater pathetisch erklärt.

Graham setzte die Mappe wieder zu Boden. Er stand auf, sah erneut auf die Uhr und ging wieder in den Küchenteil des Raums, ans Fenster. Eine sanfte Brise wehte die leichten weißen Vorhänge zu ihm herein. Der Anblick draußen, der bis zur Ecke der Maygood Street reichte, war friedlich. Ein paar geparkte Autos, geschlossene Türen, der übliche diesige Sonnenschein eines Stadtsommers.

Eine Fliege summte durch das Küchenfenster herein, und Graham beobachtete sie eine Weile lang, während sie durch den Küchenteil flog, über dem Herd kreiste, darunter durchflog, in der Gegend des Kühlschranks in der Luft taumelte, im Gleitflug die schwarze Oberfläche des runden Tisches in der Nähe des Fensters streifte und vor dem Vorratsschrank die Luft im Zickzack durchschnitt. Sie ließ sich auf einem der dünnen Plastikstühle nieder, die unter den runden Tisch geschoben waren.

Graham beobachtete weiter, wie sie die beiden Vorderbeine über den Kopf hob und sich putzte. Er nahm eine Zeitschrift vom Tisch und drehte sie langsam zu einer festen Rolle zusammen, dann trat er behutsam an den Stuhl, auf dem die Fliege saß. Die Fliege hörte auf, sich zu putzen; ihre Vorderbeine senkten sich wieder auf den oberen Rand der Rückenlehne. Graham blieb stehen. Die Fliege rührte sich nicht. Graham begab sich in Angriffsreichweite.

Er hob die Zeitschrift langsam hoch und spannte sich. Die Fliege rührte sich nicht.

»Graham«, sagte Sara von der Tür her, »was machst du?«

»Oh«, sagte er und legte die Zeitschrift wieder auf den Tisch. »Hallo.« Er stand peinlich berührt da. Die Fliege flog davon.

Sara trug einen schlabberigen olivgrünen Kattunanzug und darunter ein schwarzes T-Shirt. Ihre Füße steckten in rosafarbenen Leinenschuhen. Ihr Haar war immer noch aus dem Gesicht zurückgekämmt und am

Hinterkopf mit einem rosafarbenen Band zusammengehalten. Er sah sie zum erstenmal mit dieser Frisur, und sie wirkte dadurch noch zierlicher und dünner als sonst. Ihre weiße Haut schimmerte im Licht, das durch das Fenster hereinfiel. Ihre dunklen Augen mit den schweren Lidern, die wie Abdeckkappen wirkten, musterten ihn vom anderen Ende des Zimmers aus. Sie legte sich die Uhr an, ein schwarzes Band um das schmale Handgelenk.

»Bist du zu früh dran, oder geht meine Uhr falsch?« sagte sie und blickte darauf.

»Ich glaube nicht, daß ich zu früh dran bin«, antwortete Graham und sah seinerseits auf die Uhr. Sara zuckte die Achseln und kam näher. Er betrachtete ihr Gesicht; er wußte, daß er es niemals richtig würde zeichnen können, ihm niemals gerecht werden könnte. Es war makellos, ebenmäßig, vollkommen, wie etwas, das aus feinstem Marmor gehauen war und höchste Vornehmheit und Einfachheit der Linien besaß, und dabei eine Verheißung von Zärtlichkeit enthielt, eine greifbare Durchsichtigkeit ... Ich starre sie wieder mal ungehörig an, schalt er sich. Sie trat in den erhöhten Küchenteil, immer noch an dem Band ihrer Uhr herumnestelnd, ging zum Fenster und blickte kurz hinaus. Dann drehte sie sich zu ihm um.

Sie sah ihm in die Augen, und er hatte das Gefühl, irgendwie taxiert zu werden; sie holte tief Luft und nickte in Richtung des Tisches zwischen ihnen. »Sollen wir uns setzen?« sagte sie. Es hörte sich wie eine unpassende Bemerkung an. Sara zog sich einen der kleinen Plastikstühle unter dem Tisch hervor und setzte sich, mit dem Rücken zum Fenster. Sie sah Graham zu, wie er sich ebenfalls setzte. Sie hatte die Hände auf den Tisch gelegt; er legte seine ebenfalls dorthin, wie Fächer gespreizt, mit sich berührenden Daumenspitzen, wie es bei ihr der Fall war.

»Wann erscheint der Rest der Runde für die Séance?«

fragte er und wünschte sich im selben Augenblick, er hätte es nicht getan. Sara lächelte ihn auf eine seltsame, entrückte Weise an. Graham fragte sich, ob sie vielleicht irgendwas genommen hatte; sie hatte etwas von dem losgelösten Ausdruck an sich, den man bei Leuten antraf, die Haschisch geraucht hatten.

»Ich hatte keine Zeit, den Salat vorzubereiten«, sagte Sara. »Macht es dir etwas aus, wenn wir uns erst ein bißchen unterhalten?«

»Nein, leg los«, sagte Graham. Irgend etwas war faul, er hatte ein ungutes Gefühl. Sara war nicht so wie sonst. Sie sah ihn unaufhörlich mit diesem seltsamen leeren, abschätzenden Blick an, der ihm Unbehagen bereitete; am liebsten hätte er sich zusammengekringelt, um sich zu schützen, nicht er selbst sein und etwas von sich preisgeben zu müssen.

»Ich habe darüber nachgedacht, Graham«, sagte sie zaghaft und wandte den Blick von ihm ab und ihren Händen auf der schwarzen Tischplatte zu, »wie du ... diese Art von Beziehung siehst, die wir bis jetzt gehabt haben.« Sie sah ihn kurz an. Er schluckte. Was meinte sie damit? Wovon sprach sie? Warum?

»Na ja, ich ...« Er dachte angestrengt darüber nach, aber er hatte keine Gelegenheit gehabt, sich vorzubereiten, sich über dieses Thema Gedanken zu machen. Mit einer gewissen Vorwarnung hätte er vollkommen mühelos und natürlich darüber reden können, aber vollkommen aus heiterem Himmel so etwas gefragt zu werden ... das machte die Sache sehr schwierig. »Ich habe sie genossen — bis zu einem gewissen Grad«, sagte er. Er beobachtete ihr Gesicht in lauernder Bereitschaft, sich sofort anders auszudrücken, sogar den Inhalt des Gesagten zu verändern, je nachdem, welche Reaktion seine Worte in ihrem weißen Gesicht auslösten. Sara lieferte ihm jedoch keinerlei Hinweise. Sie starrte immer noch auf ihre blassen, schmalen Hände hinunter, die Lider so weit gesenkt, daß Graham ihre Augen fast nicht sehen konnte. Ein kleiner weißer Teil des vernarbten Hautgewebes um ihren Hals zeigte sich in dem eckigen Ausschnitt des T-Shirts, unter der blassen Säule ihres Halses.

»Ich meine, es war toll«, sagte er nach einer kleinen Pause linkisch. »Mir ist klar, daß du ... na ja, daß du an jemand anderes gebunden warst, aber ich ...« setzte er zu einem erneuten Versuch an. Ihm fiel nichts zu sagen ein. Warum tat sie ihm das an? Warum mußten sie über so etwas sprechen? Welchen Sinn hatte das? Er kam sich betrogen vor, mißbraucht; vernünftige Leute sprachen doch über so etwas nicht mehr, oder? Lange Zeit war darüber soviel Mist gesagt und geschrieben und gefilmt worden; der ganze romantische Quatsch, dann die idealistische, unrealistische Naivität der sechziger und das blauäugige Evangelium der neuen Moral der siebziger Jahre ... all das war vorbei; die Leute neigten weniger dazu, zu reden, sondern hielten es für angebrachter, einfach zu handeln. Er hatte sich darüber mit Slater unterhalten, und der hatte ihm zugestimmt. Das war nicht so sehr ein Rückschritt, als vielmehr ein Abschlaffen, um Atem zu schöpfen, so glaubte Graham. Slater war der Ansicht, daß es Das Ende bedeutete, aber andererseits gab es wenig, von dem Slater das nicht annahm.

»Glaubst du, du liebst mich, Graham?« fragte Sara, immer noch ohne ihn anzusehen. Er runzelte die Stirn. Das war wenigstens eine direkte Frage.

»Ja, das tue ich«, sagte er leise. Es hörte sich falsch an. Es entsprach nicht seiner Vorstellung, wie er es ihr hatte sagen wollen. Diese Nachmittags-Szene, die Helligkeit des Zimmers, die Entfernung, der schwarz lackierte Tisch zwischen ihnen; all das paßte nicht zu dem, was er zu sagen hatte, wie er ihr seine Gefühle erklären wollte.

»Ich dachte mir, daß du das vielleicht sagen würdest«, meinte sie und starrte weiterhin auf ihre weißen Hände auf dem Tisch. Ihre Stimme jagte einen eisigen Schauder durch ihn hindurch.

»Warum fragst du mich all das?« sagte er. Er bemühte sich, seinen Ton etwas spaßhafter klingen zu lassen, als ihm wirklich zumute war.

»Ich wollte wissen ...« Sara zögerte, »... wie deine Gefühle sind.«

»Die Gefühle sind frei«, sagte Graham lachend. Sara sah ihn an, still und weiß, und er würgte das Lachen in seiner Kehle ab, tötete das Lächeln auf seinem Gesicht. Er räusperte sich. Was war hier im Gange? Sara saß eine Zeitlang schweigend da; ihre Hände lagen unverändert auf dem Tisch, eingehend betrachtet.

Vielleicht sollte er ihr die Zeichnungen zeigen, die er von ihr angefertigt hatte, dachte er. Vielleicht war sie über irgend etwas bekümmert oder einfach ganz allgemein in einer niedergeschlagenen Stimmung. Vielleicht sollte er versuchen, sie von dem abzulenken, was immer sie bedrücken mochte. Sara sagte: »Verstehst du, Graham, ich habe dich betrogen. Wir haben dich betrogen. Stock und ich.«

Graham merkte, wie sein Magen zu einem Eisklumpen gefror. Bei der Erwähnung von Stocks Namen geschah etwas tief in seinem Innern, eine Reaktion des Bauches, die überkommene Urangst und Traurigkeit.

»Was heißt das?« fragte er.

Sara zuckte krampfhaft die Achseln; die Sehnen an ihrem Hals standen heraus wie straffe Seile. »Du weißt doch, was Betrügen ist, oder nicht, Graham?« Ihre Stimme klang fremd, überhaupt nicht wie sonst. Er bekam den Eindruck, daß sie sich das alles zurechtgelegt hatte; daß sie, genau wie er, sich im voraus die Dinge ausgedacht hatte, die sie sagen wollte (wobei sie im Vorteil war, da sie das Austragungsfeld vorgegeben hatte), so daß ihre gesprochenen Worte vielmehr wie geschriebene Textzeilen wirkten, eine Szene, die auf der spannungsgeladenen Bühne ihres Körpers gespielt werden mußte.

»Ja, ich glaube schon«, sagte er, weil sie stumm blieb

und es den Anschein hatte, als würden sie so lange nicht weiterkommen, bis ihre Frage beantwortet war.

»Gut«, sagte sie und seufzte. »Es tut mir leid, daß du betrogen worden bist, aber es gab Gründe dafür. Möchtest du, daß ich sie dir erkläre?« Sie hob den Blick wieder, auch diesmal nur für eine Sekunde oder so.

»Ich verstehe nicht«, sagte Graham unter Kopfschütteln und versuchte gleichzeitig, durch seinen Gesichtsausdruck und den Klang seiner Stimme deutlich zu machen, daß er nicht ganz so im Ernst sprach wie Sara. »Was meinst du mit ›betrügen‹? Wie habt ihr mich betrogen? Ich habe von Anfang an über Stock Bescheid gewußt, ich habe von eurer Beziehung gewußt, aber ich habe nie ... na ja, sicher war ich nicht begeistert darüber, aber ich habe nie ...«

»Erinnerst du dich an das eine Mal, als es regnete und du mich angerufen hast ... ich glaube, du sagtest, von einer Telefonzelle aus?« unterbrach ihn Sara.

Grahm lächelte. »Natürlich. Du hast dich mit einem auf höchste Lautstärke aufgedrehten Walkman unter der Bettdecke verkrochen, um das Gewitter zu übertönen.«

Sara schüttelte heftig und kurz den Kopf, so daß die Bewegung eher wie ein krampfhaftes Zucken aussah und nicht wie eine Äußerung. Sie hielt den Blick weiter auf ihre Hände gesenkt. »Nein. So war es nicht. Was ich wirklich unter der Bettdecke tat ... ich habe mit Bob Stock gefickt. Als du ewig lange klingeln ließest, und immer noch klingeln ließest, da hat er ... da hat er seine Stöße dem Takt des Klingelns angepaßt.« Sie sah ihm in die Augen, ihr Gesicht war äußerst ernst, ja erbarmungslos (während sich die schmerzenden Eingeweide in seinem Bauch drehten). Ein kaltes, verzerrtes Lächeln huschte über ihr Gesicht. »Als dritter im Bunde warst du ein sehr brauchbarer Partner bei unserem Fick. Rhythmisch und ausdauernd.«

Er merkte, daß er nicht mehr sprechen konnte. Es war nicht so sehr die Tatsache dieser geschmacklosen Enthüllung an sich, als vielmehr der Ton, mit dem sie vorgebracht wurde, der so weh tat; diese klinische, knallharte Ausdrucksweise, diese ungerührte Stimme, auch wenn diese äußere Ruhe durch den angespannten Hals, das Zuckende ihrer Bewegungen und Gesten Lüge gestraft wurde. Sie fuhr fort:

»An dem Tag, als ich mit dir vom Fenster herunter gesprochen habe, als du unten auf der Straße standest, als wir dann nach Camden Lock gegangen sind ... da war Stock hinter mir; er hat das Fenster auf meinen Rücken heruntergelassen. Ich hatte nur das Hemd an. Da hat er mich von hinten gevögelt, während ich mit dir sprach, verstehst du?« Ihre Mundwinkel zuckten zweimal nervös, dann verzogen sie sich zum Ansatz eines trockenen Lächelns. »Er hatte immer angekündigt, daß er das einmal tun würde, wenn es sich ergäbe, daß er bei deinem Auftauchen hier wäre und mich fickte, während wir miteinander redeten. Ich habe ihn ermuntert, es zu tun. Es war sehr ... erregend, verstehst du?«

Er schüttelte den Kopf. Er hatte das Gefühl, daß ihm schlecht wurde. Das war abartig, krankhaft. Das entsprach genau den Witzen, die Slater immer gemacht hatte, war wie die schlimmsten schlüpfrigen Karikaturen weiblicher Untreue. Warum? Warum erzählte sie ihm all das? Was erwartete sie von ihm?

Sie saß auf der anderen Seite des runden schwarzen Tischs, das Haar streng zurückgebunden, das Wesentliche des dünnen, fast durchscheinenden Gesichts dargeboten, die Bahn freigeräumt zum Handeln. Jetzt beobachtete sie ihn, dachte er, auf die gleiche Weise, wie Wissenschaftler eine Ratte beobachten; ein Tier mit abgehobener Schädeldecke, mit bloßgelegtem Gehirn, mit Drähten an eine Maschine angeschlossen, die die kleinen elektrischen Impulse der Tiergedanken piepsen und aufleuchten ließen, in grellen grünen Linien aufgezeichnet, auf einer geglätteten Rolle Papier, mit dem Metallgekritzel von kratzenden Stiften. Aber warum nur?

Warum? (Und der Gedanke kam ihm: Wußte die Ratte jemals, konnte sie jemals begreifen, welches die Gründe waren für den grausamen Zweck, für den sie gebraucht wurde?)

»Du erinnerst dich doch?« sagte sie mit schnurrender Stimme. »Oder nicht?«

»Ich ... ich erinnere mich«, sagte er und fühlte sich vernichtet, nicht in der Lage, sie anzusehen; er starrte auf die Tischplatte und zwei oder drei Krümel, die darauf lagen. »Aber warum?« sagte er und hob kurz den Blick zu ihr. Er mußte die Augen gleich wieder von ihr abwenden. Er sah wieder auf den Tisch.

»... sogar beim allerersten Mal«, sagte Sara, ohne auf seine Frage einzugehen, »als wir uns bei der Party kennengelernt haben. Auf dem Klo. Kannst du dir vorstellen, daß Stock mit da drin war? Wir hatten es alles im voraus verabredet. Er ist an der Regenrinne hochgeklettert. Ich habe das Zimmer verlassen, in dem wir zusammen waren, und bin dort hinuntergegangen, um ihn zu treffen. Das habe ich in dem Bad gemacht — ich habe auf dem Boden mit Bob Stock gevögelt.« Sie artikulierte die Worte mit Bedacht.

»Wirklich?« sagte er. Er hatte alles vergessen, alle Gefühle verbannt, die er jemals für sie empfunden hatte. Er würde es irgendwann wieder empfinden, und es würde weh tun, aber im Moment hatte er es vollkommen verdrängt. Es bedeutete nichts mehr. Sie hatte die Regeln geändert, hatte die Beziehung, die zwischen ihnen bestanden hatte, in eine völlig andere Kategorie eingeordnet. Er legte sein altes Ich, den verletzten jungen Mann, für den Augenblick irgendwo auf Halde und konzentrierte sich, so gut er konnte, während in seinem Innern die pure Wucht und das Ausmaß der Veränderung noch immer tobten, auf das, was jetzt gesagt wurde, auf die neuen Regeln, auf diese Rolle, in die er zwangsweise gedrängt worden war, aus Gründen, die er noch nicht begriff. »Aber warum?« sagte er und versuchte, sich nicht verletzt anzuhören, das Spiel so zu spielen wie sie.

»Du hast als Lockvogel gedient«, sagte sie und zuckte die Achseln. Sie sah wieder auf ihre Hände hinab, die sie auf der schwarzen Fläche gespreizt hatte. »Meine Scheidung ... mein Mann hat mich beobachten lassen. Stock konnte sich nicht leisten, mit hineingezogen zu werden, aber wir wollten nicht ... konnten nicht aufhören, uns weiterhin zu treffen. Also beschlossen wir, jemand anderes zu benutzen, damit es so aussähe, als hätte ich etwas mit ihm. Man hat gesehen, wie du damals bei der Party mit mir nach oben gegangen bist; wir konnten uns ausrechnen, daß derjenige, wen auch immer mein Mann auf mich angesetzt hatte, bestimmt bei der Party war, sich irgendwie Zugang verschafft hatte, mich nicht aus den Augen ließ. Wir konnten uns denken, daß er sich ausmalte, daß wir es miteinander trieben. Ich habe es ja wirklich getan, aber das war meine persönliche kleine Extra-Einlage. Seither haben wir dich an der Leine. Es tut mir leid, Graham. Jedenfalls scheint unser Mann dich nicht zu verfolgen. Vielleicht ist der Auftrag beendet oder so. Vielleicht hat meine andere Hälfte einfach keine Lust mehr, weiterhin Geld für mich auszugeben; frag mich nicht.«

»Also«, sagte Graham, der befürchtete, ohnmächtig zu werden, während er sich auf seinem Stuhl zurücklehnte, als ob alles in Ordnung wäre, und versuchte, seine Lippen am Zittern zu hindern, eine Hand auf die Rückenlehne des Stuhls gelegt (wo, wie er sich unsinnigerweise erinnerte, zuvor die Fliege gesessen hatte), die andere immer noch auf dem Tisch gespreizt, wie ein sonderbares Tier in einer runden, schwarzen Arena, auf der gegenüberliegenden Seite ihrer blassen Finger. Seine Hand, die ein kleines bißchen zitterte, kratzte an einem Spritzer weißer Farbe auf der schwarzen Fläche, während er sagte: »Ich bin ... jetzt überflüssig geworden, wie?«

»Das hört sich ziemlich kaltschnäuzig an, was?« sagte Sara. Sie bemühte sich immer noch um einen gelassenen Tonfall, doch ihre Worte kamen abgehackt. Graham lachte und schüttelte den Kopf.

»Ach nein, nein, nicht im geringsten!« Er spürte, wie ihm die Tränen in die Augen traten, und er unterdrückte sie, da er ihr seine Gefühle nicht zeigen wollte. Er schüttelte den Kopf, lachte immer noch und kratzte weiter an dem weißen Farbklecks herum. »Nein, überhaupt nicht.« Er zuckte die Achseln.

Er spürte eine Art kitzelndes Jucken am ganzen Körper, als ob das gesteigerte Bewußtsein seiner bisherigen Erwartungen sich in ihm bemerkbar machte, in eine einzige Richtung zielend, wieder einmal, und jeder Nerv seiner Haut empfing eine geballte Ladung, die eine Unzahl von elektrischen Mittelwertsignalen an sein Gehirn feuerte, einen körperhaften weißen Laut, der den Eindruck von unverminderter, ungesiebter, übertriebener Alltäglichkeit vermittelte; ein Musterbeispiel für den Schmerz überdeutlich empfundener Normalität.

»Dann war das Ganze also nur eine Finte, ja?« sagte er nach einer Weile, nachdem von ihr nichts mehr gekommen war. Er war immer noch unfähig, seine Gefühle zu zeigen. Der Gedanke jagte ihm durch den Kopf, daß das alles nur ein schlechter Scherz war, oder vielleicht ein Test, eine letzte Prüfung, bevor ihm gestattet wurde, diese Frau näher kennenzulernen. Er konnte, durfte nicht übertrieben dramatisch werden.

»So kann man sagen«, gab Sara zu, wobei sie ihrer Stimme einen bewußt trägen Klang verlieh (er hatte den Eindruck, daß sie sich leicht dem Fenster zugedreht hatte, als ob sie auf etwas horchte), »aber es war mir nicht *zuwider.* Ich mag dich recht gern, Graham, wirklich. Aber da es nun mal so war, daß wir dich benutzten, gab es nicht viel, was ich oder … Stock hätte tun können, außer so weiterzumachen. Vielleicht sollte ich dir jetzt von alledem nichts erzählen. Vielleicht hätte ich einfach sagen sollen, du kannst nicht herkommen, und dich danach nie wiedersehen sollen. Aber ich wollte dir die Wahrheit sagen.« Sie schluckte ein paarmal, blickte zu ihren Händen auf den Tisch hinunter und schlug sie zusammen.

In ihrer Stimme war immer noch eine unechte Kälte, dachte er, während er an dem weißen Farbklecks herumkratzte; sie hatte ihm noch nicht die ganze Wahrheit erzählt. Sie wollte sehen, wie seine Reaktion war, wie ihre Worte auf ihn wirkten. Er saß da und überlegte, was er tun sollte. Was gab es in so einem Fall zu tun? Zusammenbrechen oder weinen? Gewalttätig werden? Einfach aufstehen und weggehen?

Er sah sie kurz an, dann wandte er den Blick ab. Sie saß da und beobachtete ihn, ruhig, aber irgendwie angespannt. Als er den Blick wieder zu ihr hob, bemerkte er etwas, das eine nervöse Muskelzuckung hätte sein können, an einem ihrer Kiefergelenke, unter dem rechten Ohr. In einer Ader an ihrem Hals, über der weißen Narben an der oberen Brust, pulsierte es heftig. Er wandte den Blick mit blinzelnden Augen wieder ab.

Er konnte nicht, er würde nicht zusammenbrechen. Sie würde ihn nicht weinen sehen. Ein zorniger, böser, wutentbrannter Teil in ihm, ein tief vergrabener Kern tierischen Hasses wollte über sie herfallen, in dieses kalte weiße Gesicht schlagen und ihr Fausthiebe versetzen, sie vergewaltigen, geschunden und mißhandelt zurücklassen; den Spieß umdrehen und sie in diesem grausamen, schmählichen Spiel übertrumpfen, das sie sich ausgedacht hatte. Der einzige Teil in ihm, dem er traute (allerdings der Teil, der ihn hierhergebracht hatte, in diese Situation, auch wenn das, soweit er sah, nicht schuldhaft geschehen war), war gleichermaßen abgestoßen von der Vorstellung jeder Art von Gewalt; sich zu einer der herkömmlichen sexuellen Reaktionen hinreißen zu lassen, einen jener abartigen Gegenschläge durchzuführen, war — unangemessen. Sinnlos. Ebensowenig gab es eine Möglichkeit, das Spiel (er suchte in seinem Innern nach einem passenden Wort) ... *ehrenhaft* weiterzuspielen. (Ein anderer Begriff fiel ihm nicht ein, obwohl dieses Wort altmodisch und verschroben war, in der Geschichte allzuoft mißbraucht, und nicht genau das aussagte, was er meinte. Aber in mehrfacher Hinsicht war das das einzige, was ihm blieb.)

»Das ist also die Wahrheit, ja?« sagte er, immer noch mit einer Art Halblachen in der Stimme, während seine Finger an der Tischplatte knibbelten.

»Glaubst du mir nicht?« sagte sie und räusperte sich beim Aussprechen des ersten Wortes unbeholfen.

»Ich glaube dir. Ich denke schon. Warum sollte ich nicht? Warum solltest du mir solche Sachen erzählen, wenn sie nicht stimmen?«

Sie antwortete nicht. Er lächelte leer, während er seinen Finger betrachtete, der sich immer noch bemühte, den angetrockneten Spritzer weißer Farbe von der schwarzen Tischplatte zu kratzen.

Am Motorrad-Schauplatz drehte die schwarze Gestalt am Chokehebel und gab Gas, doch der Motor stotterte, knatterte und hustete; fast wäre er abgestorben. Dann lief er ein paar Sekunden lang gleichmäßiger, allerdings noch lange nicht so, wie es sein sollte, und gleich darauf spuckte er wieder, ließ Takte aus. Der Mann trat mit dem Fuß gegen die Maschine, dann schwang er sich darauf und ließ den Motor aufheulen. Er sah nach hinten, um eine Lücke im Verkehr abzupassen. Er hatte den ersten Gang eingelegt und ließ die Kupplung kommen, und das Motorrad machte einen Satz nach vorn, dann setzte der Motor wieder aus, starb ab. Das Motorrad ruckelte vorwärts, während von hinten die Hupen von Autos und Lastwagen ertönten; die Maschine heulte wieder auf, machte einen erneuten Satz nach vorn, aber jedesmal, wenn der Motor das Gas annehmen wollte, stotterte er, und das Motorrad wurde langsamer.

»Scheiße!« schrie der Mann unter seinem Helm. »O Gott!« Er tippelte mit den Füßen über den Boden, um die Maschine wieder an den Bordstein zu bugsieren. Er stieg schnell ab. Sollte er zum Half Moon Crescent zu Fuß gehen oder im Eilschritt laufen?

»Also gut, du kommst dann«, hatte sie gesagt. Er hatte gelacht. Sie hatten genau geplant, wie sie Graham aus ihrer privaten Gleichung streichen würden. »Ich komme«, hatte er ihr versichert. »Kein Problem.« Sie hatte gesagt: »Wenn du nicht rechtzeitig aufkreuzt, muß ich vielleicht zu Plan B Zuflucht nehmen.« Er hatte gefragt, was dieser vorsah. »Ich gebe ihm, was er will«, hatte sie erklärt, »und sage ihm *danach*, er soll verschwinden ...«, worüber er — so fand er jetzt — ein wenig zu herzhaft gelacht hatte.

Er ließ sich schnell auf die Knie nieder, zog sich die Handschuhe aus, warf sie auf den Gehsteig, öffnete eine der hinteren Packtaschen und nahm den Werkzeugkasten heraus. »Komm jetzt, Stock«, redete er sich selbst zu, »du schaffst es, mein Sohn ...« Er holte den kleinen Schraubenzieher heraus. Verdammtes Motorrad! Ausgerechnet jetzt mußte es ihn im Stich lassen!

Er hatte sich Sorgen gemacht, vor allem ihretwegen, daß sie zu hart mit Graham umspringen könnte, bevor er hinkäme; sie sollte ihm lediglich sagen, daß sie sich entschieden hatte, mit Stock zusammenzubleiben, und den Jungen nicht allzusehr zu verletzen — gefährlich zu verletzen —, indem sie ihm die volle Wahrheit darüber eröffnete, wie sie ihn mißbraucht hatten. »Bring ihn sanft auf den Boden zurück, ja?« hatte er gebeten. Sie hatte ihn eine Zeitlang schweigend angesehen und dann ungerührt gesagt: »Ich bringe ihn auf den Boden zurück.«

Er blickte über den Sattel des Motorrads zu einem jungen Mann mit blondem Haar hinüber, der auf dem gegenüberliegenden Gehsteig ging. Eine Schrecksekunde lang, in der ihm das Herz bis in den Hals klopfte, dachte er, es sei Graham Park, doch dann erkannte er, daß es nicht so war. Als er die Augen wieder aufs Motorrad senkte, fiel sein Blick auf etwas Seltsames auf der Oberfläche des glänzend schwarz lackierten Benzintanks. Er betrachtete die Stelle genauer. Frische Kratzer durchzogen den Lack rings um den Chromdeckel auf der Einfüllöffnung und zusammengeklumpte kleine weiße Körnchen waren dort zu erkennen. Als er den Tankverschluß drehen wollte, um ihn zu öffnen, konnte er ihn mühelos einfach abheben; er war nicht eingerastet. Die kleinen weißen Körnchen fühlten sich klebrig an. »Ach du Scheiße«, hauchte er.

»Armer Graham«, sagte Sara ffitch und lächelte ihn verkrampft an, wobei sie den Kopf leicht zu einer Seite neigte, als wollte sie ihn dazu bringen, sie anzusehen.

»Warum gerade ich?« fragte Graham (und hätte am liebsten trotz allem gelacht, so absurd war alles, was sie sagte, so verlogen die ganze Situation, so festgelegt war seine Rolle — denn das Ganze war wie ein Spiel und eine bestimmte Szene, die sie beide zweifellos tausendmal in den populären Erzeugnissen dieser Kultur dargestellt gesehen hatten —, in der er nur vorgegebene Dinge sagen, nur auf eine vorgegebene Weise reagieren konnte).

»Warum nicht?« sagte Sara. »Ich habe von dir gehört, und zwar durch ... Slater. Du hast dich nach dem Typ angehört, auf den ich unter Umständen reizvoll wirken könnte, verstehst du?«

Er nickte. »Ich verstehe«, sagte er. Ein kleines Stück der weißen Farbe löste sich von der schwarzen Tischplatte und nistete sich unter seinem Fingernagel ein.

»Ich habe nicht geglaubt, daß du dich tatsächlich in mich verlieben würdest, aber es hat die Sache in gewisser Weise erleichtert, nehme ich an. Es tut mir allerdings leid um dich. Ich meine, nach alledem können wir jetzt nicht mehr weitermachen wie bisher, oder?«

»Nein. Nein, da hast du recht. Natürlich nicht.« Er nickte wieder, immer noch ohne sie anzusehen.

»Du scheinst nicht ... allzu betroffen zu sein?«

»Nein.« Er zuckte die Achseln, dann schüttelte er den Kopf. Das letzte Bröselchen Farbe, das noch auf der Tischplatte klebte, wollte sich einfach nicht lösen. Er nahm die Hände weg davon und sah sie an, dann beugte er sich auf dem Stuhl nach vorn, verschränkte die Arme und überkreuzte die Beine an den Fußknöcheln, als ob ihm plötzlich kalt wäre. »Dann hast du das Ganze also nur gespielt, ja?« fragte er.

»Eigentlich nicht, Graham«, antwortete sie. Er meinte, am oberen Rand seines Blickfelds, während er die Augen auf den Tisch gesenkt hatte, gerade noch zu sehen, daß sie den Kopf schüttelte. »Ich brauchte nicht allzuviel zu spielen. Ich habe ein paarmal gelogen, aber ich habe nicht viel versprochen, ich brauchte nicht besonders viel vorzutäuschen. Ich mochte dich. Ich habe dich bestimmt nicht geliebt, aber du bist ganz nett, ganz ... niedlich.«

Bei dem letzten Wort lachte er kurz lautlos auf; was für ein durch und durch falsches Lob. Und dieser Zusatz ›bestimmt‹; mußte sie den unbedingt einfügen, um ihn mit jedem einzelnen Wort und jeder Nuance in der Betonung noch mehr zu verletzen? Welche Verheerung mußte sie anrichten, um zufrieden zu sein? Zu welcher Reaktion versuchte sie ihn zu treiben?

»Ich habe dich geliebt, ich hielt dich für so ...« Er konnte den Satz nicht beenden. Wenn er weitersprӓche, das wußte er, dann würde er zusammenbrechen und weinen. Er schüttelte den Kopf und drehte die Augen zur Seite, damit sie das Glitzern darin nicht sehen konnte.

»Ja, ich weiß«, erwiderte Sara und seufzte gekünstelt, »es war ein ziemlich schmutziges Spiel, das weiß ich. Schrecklich unfair. Aber wer bekommt schon, was er verdient, hm?«

»Du Mistweib«, sagte er und sah ihr durch einen Tränenschleier in die Augen. »Du Drecksau!«

Etwas veränderte sich in ihrem Gesicht, als ob das Spiel jetzt endlich für sie interessanter geworden wäre; vielleicht hatten sich ihre Augenbrauen eine Spur gehoben, oder ihr spärliches Lächeln, dieses Verziehen der Mundwinkel, war wieder erschienen, aber was immer es auch war, es versetzte ihm einen fast physischen Schlag. Er war nicht stolz auf seine Worte, er wußte, wie sie sich anhörten, was der ganze Hintergrund und tiefere Sinn davon war, aber er hätte sie nicht unterdrücken können, sie waren das einzige, was er ihr entgegenschleudern konnte.

»Nun«, sagte sie gedehnt, »jetzt kommen wir der Sache schon näher.«

Er stand auf, sein Atem ging stoßweise, seine Augen trockneten wieder, schmerzten jedoch, während er sie anstarrte. Sie saß da und betrachtete ihn höhnisch, eine plötzlich aufkeimende Wachsamkeit, ja sogar Angst belebte die bis dahin kühlen, reglosen Gesichtszüge. »Was, zum Teufel, habe ich dir getan?« sagte er und schaute sie eindringlich an. »Was gibt dir das Recht, mich so zu behandeln?« Sein Herz pochte wild, ihm war schwindelig und übel, zitternd vor Wut stand er da; doch immer noch, immer noch fühlte sich ein Teil von ihm nicht betroffen und beobachtete diesen für ihn ungewöhnlichen, untypischen Wutausbruch, hörte die Worte, die er sprach, mit einiger Erheiterung, einer Art kritischer Anerkennung, die ungefähr dem glich, was er in ihren Augen sah und aus ihrem Gesicht las.

Sie zuckte die Achseln, schluckte und sah ihn unverwandt an. »Du hast mir nichts getan«, sagte sie langsam, »und auch ... Stock nicht. Wir hatten natürlich keinerlei Recht, so zu handeln. Aber welchen Unterschied macht das? Geht es dir deshalb wirklich schlechter?« Sie sah ihn an, als ob sie ihm eine ernsthafte Frage gestellt hätte, etwas, auf das sie in sich selbst keine Antwort finden konnte, etwas, das sie sich von ihm oder jemandem wie ihm beantworten lassen mußte.

»Was schert dich das?« sagte er, schüttelte den Kopf und beugte sich über den Tisch zu ihr hin. Seine Augen waren klar, er konnte sie jetzt ansehen. Sie hielt seinem Blick stand, etwas wie Angst ließ sie auf der Hut sein, vergrößerte die lidverhangenen Augen. Er sah wieder die kleine pulsierende Ader an der Seite ihres Halses, und ihm wurde das flache Sich-Heben und -Senken ihres T-Shirts unter dem Kattunanzug bewußt. Er roch das Öl, das sie nach dem Bad aufgetragen hatte, ihren sauberen, frischen Duft. Sie zuckte wieder ruckartig mit den Achseln.

»Es hat mich nur interessiert«, entgegnete sie. »Du brauchst es mir nicht zu sagen. Ich wollte nur wissen, wie man sich bei so etwas fühlt.«

»Was tust du nur, um Himmels willen?« Er konnte nicht verhindern, daß die Worte japsend aus ihm herausdrangen, konnte seinen Zorn nicht unterdrücken, den Schmerz nicht vertreiben. »Was versuchst du zu ... Warum mußtest du es auf diese Weise tun?«

»O Graham«, seufzte sie mit stockendem Atem, unter Kopfschütteln. »Ich hatte nicht vor, dir weh zu tun, doch als ich mir ausmalte, was ich dir erklären sollte, *wie* ich es dir erklären sollte, da ... erkannte ich, daß es auf eine bestimmte Art geschehen mußte. Verstehst du das nicht?« Sie sah ihn eindringlich an, fast verzweifelt. »Du warst einfach zu vollkommen. Es mußte sich in gewissen Bahnen bewegen, nachdem es erst einmal in Gang gekommen war. Ich kann es dir nicht richtig erklären. Du ... du hast es herausgefordert.« Sie hielt eine Hand hoch, als ob sie etwas abwehren wollte, mit dem er sie bewarf, als er den Mund öffnete, um zu sprechen. »Ja, ja«, sagte sie. »Ich weiß, das hört sich schrecklich an; es ist das ... was Vergewaltiger zu sagen pflegen, nicht wahr? Aber so war es mit dir nicht, Graham. Nur das allein hat mir das Recht gegeben, dir so etwas anzutun, mehr hast du nicht getan, als einfach so zu sein, wie du bist. Deine einzige Schuld ist, daß du unschuldig bist.«

Er starrte sie mit offenem Mund an. Er ging um den Tisch herum. Sie blieb still sitzen, als er ihr näher kam; ihr Pulsschlag wurde schneller, ihre Hände auf dem schwarzen Rund des Tisches verkrampften sich hastig ineinander. Sie sah weg, dorthin, wo er zuvor gesessen hatte. Er ging hinter den Stuhl, auf dem sie saß, zum Fenster, und blickte hinaus.

»Dann gehe ich also jetzt«, sagte er leise.

»Ich möchte, daß du gehst, ja.« Ihre Stimme war dünn und schneidend.

»Jetzt möchtest du es, wie?« wiederholte er, immer noch leise.

Ich könnte mich, dachte er, aus dem Fenster stürzen, aber es ist nicht sehr weit bis zur Straße, und warum sollte ich ihr noch eine weitere kleinere Darstellung von Traurigkeit und Verdrossenheit geben? Oder ich könnte diese Vorhänge hier zuziehen, mich zu ihr umwenden, ihr die Hand auf den Mund legen, sie auf den Tisch werfen, ihr die Kleider vom Leib reißen und sie dort aufspießen ... und einer anderen Rolle gerecht werden, mehr nicht. Ich könnte auf vorübergehende Unzurechnungsfähigkeit wegen Eifersucht plädieren, und ich hätte gute Aussichten, damit durchzukommen, je nachdem, welcher Richter das Urteil spricht. Ich könnte behaupten, daß keine Gewalt angewendet wurde (nur dieses unmanierliche Werkzeug zwischen den Beinen, nur dieses noch unmanierlichere Werkzeug zwischen den Ohren, nur die Ur-Gewalt, die Ur-Grausamkeit, die äußerste Verunglimpfung der Lust, *Freude,* verzerrt zu Schmerz und Haß. Ja, ja, das war es — die perfekte Folter; der Urtyp all der raffiniert ausgedachten Maschinen, mit denen wir Jungen gespielt haben. Vernichtung und Zerschmetterung des Inneren, ohne äußerlich Spuren oder Verletzungen zu hinterlassen).

Sie hat mich hereingelegt, Euer Ehren.

Ja, sie hat mich hereingelegt, *Sie Wichser,* Euer Ehren. Ich werde es nicht tun, weder ihr noch mir antun. Ich war schon immer der Ansicht, daß Pilatus das einzig Richtige getan hat: Hände waschen und die Meute ihre niederen Begierden befriedigen lassen. *Slater, mein Gehirn sitzt offenbar doch am rechten Fleck.* Er drehte sich um und erwartete fast, daß sie ein Brotmesser in der Hand hielt.

Aber sie saß immer noch da, auf ihrem Stuhl, mit dem Rücken zu ihm, das Haar am Hinterkopf zusammengebunden.

»Ich gehe jetzt besser«, sagte er und war auf trostlose, dumpfe Weise entzückt, daß seine Stimme nicht allzusehr bebte. Er ging langsam an ihr vorbei, trat hinunter in den mit Teppichboden ausgelegten Teil des Raums und nahm seine Mappe mit den Zeichnungen auf. Einen Moment lang erwog er, sie zurückzulassen, doch er brauchte die Plastikmappe; es wäre eine sinnlose Geste, sie zurückzulassen oder gar die Zeichnungen herauszunehmen.

Er ging in den Flur hinaus. Aus dem Augenwinkel sah er, daß sie sich nicht rührte. Sie saß unbeweglich auf dem Stuhl und beobachtete ihn. Er öffnete die dünne, leichte Wohnungstür, trat hinaus, ging die Treppe hinunter und durch die Haustür hinaus. Er legte das kurze Stück bis zur Ecke der Maygood Street zurück und marschierte diese hinauf. Er wartete beinah darauf, daß sie ihm nachrufen würde, aus dem Fenster, und er war bereits entschlossen umzukehren, wenn sie es täte, doch nichts war zu hören, und er ging weiter.

Als sie hörte, wie die Haustür unten ins Schloß fiel, und anschließend Schritte auf dem Gehsteig, sackte Sara plötzlich wie eine schlaffe Marionette zusammen, ihr Kopf fiel herunter wie in einer Ohnmacht und legte sich auf die schweißglänzende Haut ihrer Unterarme, nahe ihrer immer noch ineinander verschränkten Hände. Ihre

Augen blickten starr über die glatte dunkle Fläche der Tischplatte. Ihr Atem flachte ab, und ihr Puls wurde langsamer.

Er drehte erneut den Gasgriff des Motorrads und fädelte sich in den Verkehrsstrom ein, woraufhin er ein Hupkonzert hinter sich auslöste, weil der Motor wieder stockte. Er knirschte mit den Zähnen, fluchte, spürte, wie der Schweiß im Innern des schwarzen Helms heruntertröpfelte, und drehte wieder am Choke. Der stotternde Motor nahm plötzlich das Gas an, und die Maschine schoß nach vorn, neben einen Bierwagen mit ein paar Fässern auf der langen, tiefliegenden Ladefläche. Er gab Gas und schwenkte um den Watney's-Laster herum; die Aluminiumfässer hinten drauf glitzerten im Sonnenlicht. Als er auf einer Höhe mit der Fahrerkabine war, setzte der Motor erneut aus. Er schaffte es gerade noch, sich vor den Lastwagen zu setzen, dann wurde er wieder langsamer. Der Motor des Lastwagens brummte laut direkt hinter ihm. Die stotternde Maschine kam nicht wieder in Gang; er mußte noch einmal an den Bordstein fahren. Er wartete, bis sich links von ihm eine Lücke im Verkehr auftat, die ihm erlaubte, an den Straßenrand hinüberzuziehen, und achtete nicht auf das unablässige abgehackte Hupen des Watney's-Lasters, dem er jetzt mit seiner langsamen Fahrweise im Weg war.

Die Maschine spuckte, dann fing sie sich plötzlich und lief wieder glatt. Er zischte durch die Zähne und gab Gas. Das Motorrad schoß vor. Einige Schreie ertönten hinter ihm, aus der Fahrerkabine des Lastwagens in seinem Rücken. Sie kamen zur Ampel an der Kreuzung Pentonville Road und Upper Street; er mußte die Kreuzung überqueren und in die Liverpool Road einbiegen, um zum Half Moon Crescent zu gelangen.

Er wartete vor der Ampel. Der Bierwagen fuhr neben ihn, und der Fahrer beschimpfte ihn lautstark und fragte ihn, was er sich eigentlich denke. Er sagte nichts. Die

Ampel schaltete auf Grün, der Lastwagen fuhr an, der Motor des Motorrads erstarb vollkommen. Er ließ ihn wieder an, brauste dem Lastwagen hinterher und versuchte, sich vor ihn zu setzen. Der Lastwagenfahrer hielt den Fuß auf dem Gas, der Motor dröhnte. Das Motorrad kam wieder ins Stottern. Die Maschine packte kurz das Gas, setzte wieder aus, packte es wieder; nebeneinander donnerten das Motorrad und der Lastwagen die breite Upper Street hinauf, und der Bierwagen hinderte das Motorrad am Einbiegen in die Liverpool Road.

Er sah ein Schlagloch im Asphalt vor sich (und undeutlich nahm er Leute auf dem Gehsteig wahr, die auf Busse warteten und deren Gesichter auf der anderen Seite der tiefliegenden Ladefläche des Lastwagens vorbeihuschten). Das langgestreckte Loch in der Straßendecke vor ihm war nicht allzu breit; er konnte ihm leicht ausweichen, ebenso wie dem losen Schotter, der jenseits davon auf der Straße verstreut lag; er vollführte einen sanften Schlenker mit der Maschine.

Im ersten Moment sah es so aus, als ob der Lastwagen mit den Bierfässern ebenfalls um das Loch herumkäme, doch plötzlich steuerte der Fahrer auf das Loch und das Motorrad zu — als ob er jemandem ausweichen wollte, der von der Bushaltestelle auf die Fahrbahn trat —, und seine Räder gerieten holpernd und krachend in das Schlagloch mit dem gezackten Rand, wobei ein gewaltiges, hohl klingendes Scheppern ertönte, und von der nur gering beladenen hinteren Fläche, die plötzlich hochhüpfte, flog etwas in die Luft …

Graham ging die Straße entlang, durch das grelle Sonnenlicht des Spätnachmittags, über die Penton Street und in eine Gegend, in der die meisten Gebäude abgerissen worden waren. Um ihn herum standen einige Schemen von Bauwerken; Reihen und Gänge aus Wellblech, neu und zinkhell in der Sonne, senkrecht aufgestellt um leere, staubige Baustellen herum, wo Unkraut wucherte; in der Ferne gab es alte Gebäude, hohe, zerfallene Häuser, geneigt und verdreht, verwitterte Schieferplatten, von denen viele fehlten, unter dem Gewicht des Alters durchhängende Dächer, alte Fenster, von Grünspan überzogen, zerfressene Balken als baufälliger Abschluß der oberen Stockwerke. Neue Bordsteine, ungepflasterte Gehsteige, Staub und Sand. Durch Lücken in den Wellblechwänden erhaschte er immer wieder einen Blick auf verödete Baustellen. Die meisten waren eingeebnet, angefüllt mit verlaufenden Mustern von Unrat und wucherndem Unkraut. An einigen wurde gearbeitet; er sah die nackten Ziegelsteine und gezackte Gräben mit einem Betongrund, die Fundamente werden sollten; mit Schnur markierte Linien für den Verlauf der Reihen und die Höhe der Mauersteine.

Er schritt durch diese Ansammlung von Eisen und Dreck, sie wohl wahrnehmend, aber nicht für den Eindruck empfänglich, durch die etwas feuchte Luft und den Lärm des Verkehrs und der Notsirenen, durch den Geruch von Zementstaub und verfaulendem Abfall, zur Liverpool Road und weiter in Richtung Upper Street.

Wenn er über das nachdachte, was ihm soeben widerfahren war, konnte er es nur als etwas empfinden, das er beobachtet hatte, an dem er nicht wirklich beteiligt gewesen war. Er konnte nicht auf direkte Weise damit umgehen, konnte sich nicht irgendwie persönlich damit auseinandersetzen, auf einer Ebene, die etwas mit dem zu tun hatte, was er für sein eigentliches Ich hielt. Es war etwas zu Wichtiges, um rasch in sich aufgenommen zu werden; es war, als ob ein riesiges Heer nach langer Belagerung endlich das Haupttor einer großen Stadt durchbrochen hätte und hineingestürmt wäre, um die geschlagenen Verteidiger zu überwältigen; da sie jedoch nur durch diesen Engpaß in die Stadt gelangen konnten, ergab es sich, während die Heerscharen sich in die Straßen und Häuser ergossen und der Niedergang der Stadt gesichert, ja bereits eingeleitet war, daß eine ganze Weile lang an vielen Stellen innerhalb der Stadt keine unmittelbaren Schäden oder Beeinträchtigungen auftraten und das Leben fast wie normal weitergehen konnte.

Als er zur Upper Street kam, sah er einen Verkehrsstau und Menschenauflauf und das blitzende Blaulicht eines Notarztwagens, der in der Nähe der Bushaltestellen stand; die Leute spähten in diese Richtung, jeder bemüht, über die Köpfe der anderen hinwegzusehen, sich immer weiter vordrängend, um herauszufinden, was passiert war. Er konnte nicht hingehen, wollte keine anderen Menschen sehen.

Er überquerte die Fahrbahn durch die Reihen von stehenden Fahrzeugen hindurch und wartete auf eine Lükke in dem noch fließenden Verkehr in südliche Richtung, dann überquerte er auch die andere Seite der Fahrbahn, kam an einer weiteren riesigen Baustelle vorbei, wo hohe Kräne in den Himmel ragten und der Wind Staub aufwirbelte, und bog in Nebenstraßen ab, ohne von irgendwelchen Menschen Notiz zu nehmen, die schwarze Zeichenmappe an sich drückend, einige Bäume vor Augen, auf die er zusteuerte.

Richard Slater lag mit seiner älteren Schwester im Bett, mit der Frau, die Graham als Mrs. Sara ffitch kennengelernt hatte, deren wirklicher Name jedoch Mrs. Sarah Simpson-Wallace war (geborene Slater).

Sie trennten sich, ihr vermischter Schweiß trocknete auf den nackten Körpern. Sarah nahm ein weiteres Kleenex aus der Schachtel unter dem Bett, wischte sich die Schenkel ab und warf das durchtränkte Tuch in den kleinen Papierkorb aus Strohgeflecht am Fußende des Bettes. Sie stand auf, reckte die Arme empor und schüttelte das schwarze, zerzauste Haar.

Slater beobachtete sie. Er hatte ihr wieder mal Quetschungen zugefügt. Dunkelblaue Flecken bildeten sich an den Oberarmen, unter den Hinterbacken, an den

Schenkeln. Er hatte sie auch gebissen, und zwar in die weiße Narbe (wo sie es nicht so sehr spürte). Sie hatte gewinselt, während es geschah, hatte geschrien, doch — vielleicht weil sie so sehr erleichtert war, daß sie von Graham nicht tätlich angegriffen worden war — schien sie heute nicht in der Stimmung zu sein, sich zu beschweren. Trotzdem fühlte sich Slater schuldig. Er war zu grob und verachtete sich — und vielleicht sogar sie — deswegen. Er war noch nie mit jemandem so umgegangen, hatte nie auch nur die Lust dazu verspürt. Bei ihr konnte er nicht anders. Er wollte so sein, wollte sie roh anpacken, sie quetschen, sie aufspießen und fesseln, sie schütteln und kneten; Male auf ihr hinterlassen. Entweder so oder gar nicht; es war etwas Kaltes, Gefühlloses, fast wie Masturbation.

Warum? fragte er sich zum tausendsten Mal. *Warum tue ich ihr das an? Warum brauche ich das?* Er wußte, daß seine wahre Natur nicht so war. Es widersprach allem, an das er glaubte. Warum also?

Sarah nahm ein schlichtes blaues Seidenneglige vom Fußende des Bettes und warf es sich über. Sie trug immer noch die rosafarbenen Leinenschuhe, die sie nach dem Baden angezogen hatte.

Slater seufzte. Er sagte: »Das alles ändert nichts an der Tatsache, daß du es nicht hättest tun dürfen, nicht ohne meine Anwesenheit.«

Sarah zuckte die Achseln, ohne sich umzudrehen. »Ich hol mir 'nen Orangensaft. Willst du auch einen?« sagte sie.

»*Sarah!*«

»Was?« Sie wandte sich zu ihm um. Slater sah sie anklagend an. Sie erwiderte seinen Blick mit einem Grinsen. »Ich bin doch klargekommen, oder nicht? Es ist alles glatt gegangen.«

»Er ist kräftiger als du. Er hätte gewalttätig werden können. Schließlich ist er ein Mann, meine Liebe. Wir Kerle sind doch alle gleich, wußtest du das noch nicht?«

Er konnte bei diesen Worten ein Lächeln nicht unterdrücken.

»Zum Glück seid ihr nicht alle gleich«, sagte Sara und ging durch die Tür in den Flur und auf der anderen Seite ins Wohnzimmer und in die Küche. »Ganz und gar nicht«, sagte sie im Gehen vom anderen Zimmer aus. »Nicht einmal annähernd.«

Slater lag auf dem Bett, zitternd, nachdem sein Fleisch abgekühlt war. Er stand auf und nahm ein Blatt Papier vom Frisiertisch neben dem Bett. Es war ein alter Wahlwerbezettel der Labour-Partei, auf der Rückseite unbedruckt. Er zog einen Kugelschreiber aus der Innentasche seiner Motorradlederkleidung — die zusammen mit dem Kattunanzug und dem T-Shirt auf dem Boden verstreut lag —, setzte sich dann im Bett aufrecht hin und fing an zu schreiben, schnell und in krakeligen, kleinen abgesetzten Buchstaben.

Er schrieb:

> *Lieber Graham, ich weiß, was Sarah dir erzählt hat. Das war nicht die ganze Wahrheit, fürchte ich. Tatsache ist, daß* ich *Stock bin (und einmal war es auch Sarah, wie ich noch erklären werde). Es gibt keinen Bob Stock, es gibt nur mich.*
>
> *Sarah ist meine Schwester, und wir unterhalten seit etwa sechs Jahren eine inzestuöse Beziehung (o Horror; schuld daran sind getrenntgeschlechtliche Schulen, würde ich sagen). Sarah ist tatsächlich verheiratet, und ihr Mann hat sie tatsächlich beobachten lassen. Ich konnte nicht riskieren, mit ihr gesehen zu werden, deshalb habe ich Stock erfunden; ich habe das Motorrad auf einem Parkplatz hinter der Air Gallery abgestellt; ich kenne jemanden, der dort arbeitet und für mich das Lederzeug und den Sturzhelm aufbewahrt. Ich ziehe mich dort um und fahre mit dem Motorrad zu Sarah, schrecklich kraftstrotzend aussehend und inkognito.*

Soweit, so gut, magst du vielleicht denken, aber wir brauchten noch mehr; es war nicht allzu wichtig, ob herauskam, daß Sarah Ehebruch beging, aber es war wichtig, zumindest bis vor kurzem, daß nicht herauskam, mit wem. Ganz abgesehen von der Tatsache, daß unser Treiben natürlich vom Gesetz verboten *ist, wären unsere Eltern entsetzt darüber gewesen. Unser armer Dad, mußt du wissen, ist Abgeordneter der Konservativen für Salop West. Selbst* du *hast vielleicht schon mal von ihm gehört; er hält sehr streng auf Familienleben, Moral und solche Sachen; er ist Förderer des Festivals des Lichts, der Vereinigung der Fernsehzuschauer und Radiohörer (Mary Whitehouses Bande), und von SPUNK oder wie immer sich der Verein nennt — Gesellschaft zum Schutze von Ungeborenen Konservativen (sic!). Natürlich Befürworter der Todesstrafe.*
Der alte Knabe, der sich seinen Ruf geschaffen hat, indem er allen möglichen Moralistenquatsch verzapft, wäre am Boden zerstört gewesen durch die Enthüllung, daß seine beiden Kinder seit Jahren miteinander vögeln; dadurch wurde es nötig, daß wir uns diese ganze Geschichte ausdachten, und es wurde noch wichtiger, als die Vogelscheuche Maggie Wahlen ankündigte. Um wieder an den Punkt zu kommen, wo du die Szene betratst, so denke ich, du wirst verstehen, daß wir in einer derartigen Situation einen weiteren Sicherheitsposten brauchten, damit ich nicht erkannt wurde. Wir brauchten einen anderen Mann, um die Hitze abzuleiten, um den Typen abzulenken, der, wie wir wußten, Sarah auf der Fährte war. Wir haben dich ausgesucht. Na gut, ich *habe dich ausgesucht.*
Warum konnten wir nicht einfach aufhören, uns zu treffen? höre ich dich fragen. Haben wir versucht. Ging nicht. Sarah hat geheiratet, um aus der Sache herauszukommen, und ich bin hierher gezogen, aber keiner von uns beiden konnte aufhören, an den ande-

ren zu denken, wir konnten einander einfach nicht vergessen. Ich schätze, das Schicksal hat uns füreinander bestimmt.

Ich glaube, du hast dich ein bißchen in Sarah verknallt (obwohl man das bei dir nie genau sagen kann; du hättest total verrückt nach dem Mädchen sein können, ohne etwas davon rauszulassen; wie immer Joe Cool mimend), und wenn mein verdammtes Motorrad mich nicht im Stich gelassen hätte (ich glaube, irgendein Schweinehund hat mir Zucker in den Tank geschüttet), dann hätten wir dich etwas sanfter zu Boden gelassen; ich sollte auf der Straße vor dem Haus erscheinen, während Sarah dir in der Wohnung erklärte, daß sie dich zu sehr mochte, um etwas Ernstes mit dir anzufangen, weil sie von Grund auf schlecht sei und sie und Stock einander verdienten ... na ja, zu dem Zeitpunkt hielten wir das für eine gute Idee; du wärst durch die Hintertür davongehuscht, während Sarah in Panik geriet; innerlich in Aufruhr, aber mit dir selbst im reinen, in dem Bewußtsein Du Bist Zu Gut Für Sie, und sie, das unwürdige schlechte Weib, blieb mit dem nichtsnutzigen Mann zurück. Wie schön.

Jedenfalls sind die Wahlen jetzt vorbei, wie dir vielleicht nicht entgangen ist, und unser Vater war einer der einzigen beiden Tories, die ihren Sitz in einer Hochburg der Konservativen verloren haben (an einen Liberalen, ha ha), und nun zieht er sich aus der Politik zurück. Sarah wird nicht mehr beobachtet, soweit ich erkennen kann, also ist der Grund für das Versteckspiel weitgehend, wenn nicht ganz weggefallen — tut mir leid.

Warum wir den alten Faschisten überhaupt geschont haben? Was soll ich sagen? Vielleicht, daß Blut dicker ist als Wasser, aber auch, daß es nicht nur unseren Vater ruiniert hätte, wenn irgend etwas über Sarah und mich herausgekommen wäre, sondern es hätte vor allem unsere Mutter umgebracht, und sie ist nicht von

der schlechten Sorte. (Scheiße; wir beide lieben sie nach wie vor. So ist das.)
Mit anderen Worten: Familienloyalität. Ich weiß nicht. Nun, du mußt zugeben, wir haben gründliche Arbeit geleistet; wir haben sogar dafür gesorgt, daß du ›Stock‹ gesehen hast, als ich dabei war (erinnerst du dich; in der Kneipe?); das war Sarah, aufgepolstert mit Jeans und Pullovern und auf Zehenspitzen gehend, in meinen Stiefeln, die mit etlichen Socken von mir ausgestopft waren.
Ich weiß nicht, wie ...

In diesem Moment kam Sarah zurück, mit zwei Gläsern Orangensaft und einer großen Platte mit kleinen Häppchen Brot, belegt mit Pastete, verschiedenen Käsesorten und bestrichen mit Honig. »Hier«, sagte sie und stellte die Platte und ein Glas neben das Bett auf den kleinen Frisiertisch. »Was schreibst du da?«

»Einen Brief an Graham, in dem ich ihm die volle Wahrheit offenbare. Die ganze, und nichts als«, sagte Slater. Sarah sah ihn an, ohne etwas zu sagen, und trank einen Schluck aus dem schlanken Glas, das sie in der Hand hielt.

Slater betrachtete den Brief und überlas stirnrunzelnd seine eigenen hingekritzelten Zeilen. »Weißt du«, erklärte er seiner Schwester, »ich wünschte wirklich, ich könnte ihm das schicken.«

»Wenn du ihm darin die ganze Wahrheit verrätst, dann geht das auf keinen Fall.«

»Hmm. Ich weiß. Aber ich hatte trotzdem das Bedürfnis, es niederzuschreiben, für mich selbst.« Er sah sie an. »Ich schätze, ich bin immer noch nicht ganz entspannt.«

Sie ging näher zum Bett und sah zu ihm hinunter. »Machst du dir immer noch Sorgen wegen des Unfalls?« fragte sie.

Slater legte den Kugelschreiber und das Blatt Papier

auf den Frisiertisch. Er verdrehte die Augen, dann schlug er sich die Hände vors Gesicht. »Ja, ja!« jammerte er und fuhr sich mit den Händen durch die dunklen Haare; er starrte zur Decke, während sie ihn schweigend ansah. »O Gott, so eine Scheiße! Ich hoffe nur, sie haben die Nummer nicht erkannt.«

»Welche, die des Motorrads?« sagte sie und trank ihren Orangensaft.

»Ja, natürlich!« Er schüttelte den Kopf in Richtung Zimmerdecke, dann richtete er sich auf und stützte sich auf einen Ellbogen, um den Brief noch mal zu überfliegen, den Graham niemals lesen würde. Was sollte er noch schreiben? Wie sollte er enden? Sarah musterte ihn eine Weile, dann wandte sie sich ab und kämmte sich. Nach einer Weile hörte sie das Rascheln von Papier, das Klacken des Kugelschreibers auf dem Frisiertisch. Sie drehte sich zu ihm um.

»Besser?« fragte sie und legte den Kamm aus der Hand. Slater lag auf dem Bett, das zerknüllte Papier in der ausgestreckten Hand. Er schüttelte den Kopf, immer noch die Decke anstarrend, und ließ schließlich die Papierkugel aus der Hand rollen. Im selben Moment hauchte er »Ach, Rosenknospe!« Die Papierkugel kullerte über den Boden. Sie lächelte und stieß das Papier mit einem Fuß in rosafarbenem Leinschuh auf den Papierkorb zu.

Sie wandte sich ab und betrachtete sich im Spiegel, wobei sie sich schweigend über die blauen Flecken fuhr.

»Ist dir jemals«, sagte Slater, »der Gedanke gekommen, daß wir schlechte Menschen sein könnten? Ich meine ungeachtet der Tatsache, daß du schön bist und ich ein *guter Typ* bin … daß wir dennoch, aus irgendeinem schrecklichen, vielleicht genetisch bedingten, vielleicht sogar klassenspezifischen Grund …«

»Ich habe niemals eine andere Erklärung auch nur in Erwägung gezogen«, sagte Sarah lächelnd, noch immer in ihren eigenen Anblick versunken. Slater lachte.

Er liebte sie. Es war eine Bruder-Schwester-Beziehung, wie sie sein sollte; das meinten die Leute, wenn sie davon sprachen, daß man einander lieben sollte wie Bruder und Schwester ... so etwas war das, aber es war noch mehr. Er *begehrte* sie. Zumindest manchmal, zumindest zu Zeiten, in denen er sich nicht selbst dafür haßte, daß er sie auf diese Weise begehrte, wie es der Fall war.

Vielleicht war es dennoch möglich. Vielleicht konnte er sie ausschließlich im herkömmlichen Sinne wie eine Schwester lieben. Schließlich war sie allein das schon wert. Sie würde ihm deswegen nicht weniger bedeuten. Sex wog nicht mehr als das; zweifellos war es mit ihr gefühlsmäßig intensiver ... *gefährlicher* als mit anderen, aber nicht besser. Genaugenommen schlechter in diesem Halbschatten von Schuld und Selbstekel. Er sollte, er müßte sich wirklich ernsthaft um eine Veränderung bemühen; das, was Graham widerfahren war, was sie ihm angetan hatten, sollte ein tragischer Markstein sein, ein Anstoß ... wenigstens sollte es nicht vergeblich geschehen sein ...

Sarah ging zu dem alten Mono-Plattenspieler, der auf einem kleinen Tisch an der gegenüberliegenden Wand des Schlafzimmers stand. Sie nahm ihre derzeitige Lieblings-LP von Bowie heraus, seine neueste, und setzte den Tonarm auf den Anfang ihres Lieblingsstückes, ein Lied, das auch als Single erschienen war und noch immer einen Platz in der Hitparade einnahm. Der Saphir senkte sich in die Rille, genau zwischen zwei Stücken. Der alte Lautsprecher knackte ein bißchen und rauschte; sie drehte die Lautstärke auf und stellte den Mechanismus auf Wiederholung.

Slater lag auf dem Bett, drehte sich zur Seite und beobachtete sie. Er vergaß den Unfall, den er mitverursacht hatte, vergaß Graham und den Schmerz, zu dem er beigetragen hatte, während er seiner Schwester zusah, die sich vor dem Plattenspieler wiegte und schlängelte. Die Musik dröhnte los und füllte den kleinen Raum; sie wippte mit dem Kopf, ihr Körper wand sich unter der dünnen blauen Seide im Rhythmus der ersten paar sanften Takte des Liedes. Er spürte, wie sein Verlangen nach ihr wieder stärker wurde.

Sie kannte das Stück gut. Kurz bevor Bowies Stimme einsetzte, kurz vor den Worten »Let's dance«, drehte sie sich um und lächelte ihren Bruder an, führte die schlanken Hände zur Schulter, öffnete das blaue Seidennegligé und ließ es zu Boden gleiten, wo es sich in weichen Falten um die rosafarbenen Leinenschuhe legte, während sie zweimal im Takt der Musik nickte und bei der ersten Textstelle mit dem Mund die Worte formte ›Let's *fuck* ...‹

Einen Moment lang fühlte er hinter den Augen, dort, wo er wirklich sein Leben spürte, die höchste Verzweiflung und die unumgängliche Notwendigkeit, seine Empfindungen vor ihr zu verbergen, zu verhindern, daß sie sich auf seinem Gesicht zeigten.

Einen erstarrten Augenblick lang hielt der Ausdruck vorgetäuschten Entzückens und der Überraschung in seinem Gesicht an, während dahinter, in seinem Innern, ein Schmerz, den er ebensowenig bezeichnen konnte wie sein Verlangen, gleichzeitig mit seiner Begierde aufkeimte und ihn überwältigte.

Aus dem Notizbuch des Detective Sergeant Nichols; Befragung des Thomas Edward PRITCHARD, auf der Polizeiwache in Islington, am 28.6.83:

F: Was ist mit dem Motorrad, haben Sie dessen Nummer gesehen?
A: O ja, ich hab die Nummer von diesem Schwein gesehen, allerdings. Sie war STK 228 und etwas. Entweder I oder T. T, glaube ich.

□ Dr. Shawcross

Mr. Williams — Mike, wie er sich gern nennen ließ — war Stevens Freund im Krankenhaus. Er nannte Dr. Shawcross ›Dr. Schock‹, weil er behauptete, daß dieser einem, wenn man unartig war und nicht tat, was sie einem sagten, Elektroschocks verpaßte. Mr. Williams war lustig. Er brachte Steven unheimlich oft zum Lachen. Manchmal konnte er auch grausam sein, wie zum Beispiel letztens, als er in den Schoß von Harry-dem-Spinnenhasser mehrere Spinnen hatte fallen lassen (Mr. William hatte ein langes Wort gebraucht anstatt ›Spinnenhasser‹, aber Steven konnte sich nicht daran erinnern, wie es lautete). Das war grausam gewesen, vor allem deshalb, weil sie gerade beim Essen gesessen hatten, aber es war auch lustig.

Man hatte Steven die Schuld daran gegeben, und er war deswegen bestraft worden, aber er hatte vergessen, worin die Bestrafung bestanden hatte.

Die Krähen riefen seinen Namen.

Dr. Shawcross saß in seinem Büro und blickte zum Fenster hinaus auf die blattlosen Bäume der Landschaft von Kent; er beobachtete ein paar Krähen, die mit trägen Flügelschlägen von hohen Zweigen herab und über die kahlen braunen Felder schwebten. Vor ihm auf dem Schreibtisch lag aufgeschlagen die Akte von Steven Grout. Dr. Shawcross hatte einen Bericht über Steven geschrieben, und zwar für die Versicherungsgesellschaft, die für eines der in den Unfall verwickelten Fahrzeuge zuständig war; dieser Unfall hatte zur Folge gehabt, daß Grout hier eingewiesen worden war, in die Geschlossene Anstalt von Dargate.

Man schrieb den 16. Februar 1984 (Dr. Shawcross hatte das Datum bereits auf dem Blatt Papier vermerkt, auf dem er den Entwurf seines Berichts verfassen wollte). Es war kalt. Sein Wagen war heute morgen sehr zögernd angesprungen. Dr. Shawcross summte unmelodisch vor sich hin und griff hinunter zum Boden, wo seine Aktentasche stand. Er überflog die früheren Berichte über Grout, während er mit der rechten Hand in der Tasche nach seiner Pfeife und dem Tabak kramte. Er fand beides, legte die Pfeife auf den Schreibtisch und fing an, den Tabak in den Kopf zu stopfen.

Seine Gedanken schweiften ab, als sein Blick auf das Datum von Grouts Unfall fiel: 28. Juni des vergangenen Jahres. Er seufzte. Der Sommer kam ihm noch so weit entfernt vor, doch andererseits mußte er bis zum Juni dieses Papier für die Konferenz in Scarborough geschrieben haben; in dieser Hinsicht würde die Zeit sehr schnell vergehen; er würde damit noch ganz schön in Bedrängnis kommen, da ging er jede Wette ein.

Steven Grout (er hatte keinen Zweitnamen) war am 28. Juni 1983 in einen Verkehrsunfall verwickelt gewesen; ein Bierfaß war ihm auf den Kopf gefallen, nachdem es von der Ladefläche eines Lastwagens gerollt war. Grout war mitten in den Verkehr auf der Fahrbahn gefallen und von einem Wagen überfahren worden. Seine Schädeldecke war gequetscht worden, er hatte einen Schädelbasisbruch erlitten, beide Schlüsselbeine sowie das linke Schulterblatt wiesen Brüche auf, und außerdem hatte er mehrfache Rippenbrüche davongetragen.

Dr. Shawcross hatte eine seltsame Empfindung von *déjà-vu,* dann fiel ihm plötzlich ein, daß er neulich erst (war es gestern gewesen?) etwas über die Gerichtsverhandlung, in der es um diesen Fall ging, in der Zeitung gelesen hatte. War dabei nicht irgendeine prominente Persönlichkeit beteiligt gewesen, oder jemand, der etwas mit einer prominenten Persönlichkeit zu tun hatte? Es ging jedenfalls um irgend jemanden aus dem öffentlichen Leben, und um eine Art Skandal. Er konnte sich nicht genau erinnern. Vielleicht hatte er die Zeitung noch irgendwo zu Hause. Er würde gleich nachsehen, wenn er heute abend heimkäme, sofern er daran dachte und Liz die Zeitung nicht weggeworfen hatte.

Dr. Shawcross las die bisherigen Berichte durch, stopfte nebenher den Tabak in den Pfeifenkopf, schob sich die Pfeife in den Mund und klopfte dann auf der Suche nach Streichhölzern eine Jackentasche nach der anderen ab. Seine Augen huschten über die mit Maschine beschriebenen Seiten, um sein Gedächtnis etwas aufzufrischen, wobei er sich nur bestimmte wichtige Worte und Formulierungen einprägte: zyanotisch ... Brustwandflattern ... Intubation ... erhöhter intrakranieller Blutdruck ... Dexamethason und Mannitol ... verlangsamter Puls ... Anstieg des Blutdrucks ... sehr langsame Reaktion auf Tiefschmerz-Reize ... Augen diskonjugiert abweichend ... mögliche Kontusion des Frontallappens ... Nackenwinkel: eine Tracheostomie wurde vorgenommen ...

Dr. Shawcross zischte durch die Zähne, zog eine Schublade auf, wühlte kurz darin herum und fand eine Streichholzschachtel. Er entzündete die Pfeife.

Die neuesten Berichte betrafen Grout in physisch mehr oder weniger geheiltem Zustand, während seines Aufenthalts in der Rehabilitationsabteilung eines Krankenhauses in Nord-London. Grout fehlte jegliche zeitliche und räumliche Orientierung, hieß es in dem Bericht. Er war in der Lage gewesen, einem Gespräch zu folgen, jedoch nicht, sich an irgend etwas länger als ein paar Minuten zu erinnern; keine Wiedererkennung des Pflegepersonals von einem Tag zum nächsten.

Dr. Shawcross zog paffend an seiner Pfeife; einmal wedelte er während des Lesens mit der Hand eine Wolke blauen Dunstes vor seinen Augen weg. (Er hätte das

Rauchen eigentlich zu Beginn des neuen Jahres aufgeben sollen. Na ja, wenigstens rauchte er inzwischen nicht mehr zu Hause. Oder vielmehr kaum noch.)

Der Zustand des Patienten besserte sich nur langsam; bewußte und aufmerksame Wahrnehmung, aber immer noch Verwirrung, Desorientierung; deutliche Diskrepanz zwischen Lesefähigkeit und Gedächtnisleistung; verschwommene Erinnerung an weit zurückliegende Vergangenheit (er wußte jetzt, daß er in einem Kinderheim aufgewachsen war), dachte aber, das Datum sei der 28. Juni 1976.

Eine Formulierung tauchte immer wieder in den Berichten auf, in denen die Ergebnisse mehrerer Nachuntersuchungen und allgemeiner Check-ups aufgezeichnet waren, da sich Grouts posttraumatische Amnesie in die Länge zog: wenig Krankheitseinsicht ... keine Krankheitseinsicht ... Mangel an Einsicht in bezug auf seinen Zustand ... immer noch keine Krankheitseinsicht ...

Grout war im allgemeinen überaus euphorisch, lächelte ständig und nickte allen zu und machte das Zeichen des hochgestreckten Daumens; er war uneingeschränkt kooperativ bei den medizinischen Untersuchungen und schien geradezu emsig darauf bedacht zu sein, sich bei anderen Tests hinsichtlich seiner geistigen Fähigkeiten, denen er auf freiwilliger Basis unterzogen wurde, als hilfreich zu erweisen. Doch während er selbst sich für ein eigenständiges Leben sowie eine Arbeit oder berufliche Laufbahn gesund genug fühlte, machten sein schwaches Kurzzeitgedächtnis und der Mangel an jeglichem Eigenantrieb und Initiativverhalten ihn absolut untauglich für eine Existenz in einer anderen als der abgeschirmten Umgebung, in der er jetzt lebte. In diesem Maße mußte er also als dauerhaft Behinderter angesehen werden, mit einer sehr geringen oder überhaupt keiner Aussicht auf eine Besserung seines Zustands.

Dr. Shawcross nickte zu seiner eigenen Bestätigung. Das stimmte genau. Er hatte Steven noch an diesem Morgen untersucht, und der Mann, der einen recht glücklichen und zufriedenen Eindruck gemacht hatte, hatte nicht die geringste Chance, die Abteilung in absehbarer Zeit zu verlassen. Er war immer noch euphorisch, obwohl er auf Drängen zugab, daß sein Gedächtnis nicht mehr das sei, was es einmal gewesen war. Dr. Shawcross hatte ihn gefragt, ob er sich erinnerte, jemals mit anderen Patienten der Anstalt Tagesausflüge unternommen zu haben. Steven hatte ein übertrieben nachdenkliches Gesicht gemacht und gesagt, er glaube, daß er in Bournemouth gewesen sei, oder nicht? Dr. Shawcross wußte aus den Unterlagen, daß er an einem einzigen Tagesausflug teilgenommen hatte, der ihn allerdings nicht weiter als bis Canterbury geführt hatte.

Er erzählte Steven eine kleine Geschichte und bat ihn zu versuchen, sie sich ins Gedächtnis einzuprägen: Ein Mann in einem grünen Mantel, mit feuerrotem Haar, ging mit seinem Hund spazieren, einem Terrier, und zwar in Nottingham. Anschließend unterhielt er sich mit Steven darüber, wie dieser sich seit seiner Ankunft in der Abteilung im Januar eingelebt hatte.

Etwa fünf Minuten später hatte er Steven gefragt, ob er sich an die kleine Geschichte erinnern könne, die er ihm erzählt hatte. Steven hatte die Stirn gerunzelt und eine Zeitlang sehr nachdenklich dreingeblickt. War es dabei um einen glatzköpfigen Mann gegangen? hatte er gefragt. Dr. Shawcross hatte von ihm wissen wollen, ob er sich an irgendwelche Farben erinnern könne, die in der Geschichte vorgekommen waren. Steven hatte erneut die Stirn in Falten gelegt. Trug der Mann eine braune Jacke? hatte er gefragt. Dr. Shawcross hatte erwidert, daß sich das nach einem Rateversuch anhörte, und Steven hatte einfältig gelächelt und zugegeben, daß es so war.

Dr. Shawcross Mund erzeugte ein leises saugendes

Geräusch, als er an der Pfeife zog. Er lehnte sich in seinem Sessel etwas zurück und blickte wieder aus dem Fenster. Der Himmel war bedeckt mit tiefhängenden grauen Wolken.

Er fragte sich, ob es wohl zum Schneien oder Regnen kommen würde.

Steven befand sich an seinem Lieblingsplatz.

Es war eine Art Tunnel unter dem aufgeschütteten Damm der Bahnlinie, die an einer Seite am Grundstück des Krankenhauses vorbeiführte. Strenggenommen hatte er damit unbefugterweise das Gelände verlassen, aber nur so eben. Der Tunnel war höchstens fünfzehn oder zwanzig Meter lang, doch er war angenehm und dunkel und abgeschieden, denn die Eingänge zu beiden Seiten waren überwuchert von Büschen und kleinen Bäumen. In der Richtung, in die Grout im Sitzen blickte, über die nackte Erde der Felder und eine Reihe von Bäumen in der Ferne, über sanfte flache Hügel zum Meer hin, das sich außer Sichtweite befand, war das Ende des Tunnels mit einem windschiefen Holzgatter verbarrikadiert, um das sich Dornengestrüpp und lange Gräser gewunden hatten.

Steven saß auf einem sattelförmigen Eisensitz, der auf einer verrosteten alten Graswalze mit zerbrochener Zugstange angebracht war. Die verschrottete Graswalze war eines der vielen interessanten Dinge in diesem dunklen, feuchten Tunnel mit der weichen Erde. Außerdem gab es da einen alten, blaßrosafarbenen Plastikeimer mit einem Riß im Boden, vier vom Holzwurm zerfressene Zaunpfähle mit jeweils drei Krampen darin, eine alte Autobatterie, bei der das Oberteil fehlte, eine zerrissene Woolworth-Tragetüte, zwei zerdrückte leere Skol-Lager-Bierdosen, eine zerdrückte Pepsi-Dose, verschiedene Süßigkeiten-Verpackungen, eine feuchte alte Streichholzschachtel mit drei abgebrannten Streichhölzern darin, eine vergilbte Seite des *Daily Express* vom

Dienstag, dem 18. März 1980, und mehrere Dutzend Zigarettenkippen in unterschiedlichen Stadien der Auflösung.

Das Beste von alledem war jedoch die Graswalze, weil man darauf sitzen konnte, angenehm trocken und einigermaßen bequem, und hinausblickte über das dichte Gestrüpp am Ende des Tunnels und den Himmel und die Bäume und die Felder sah. Krähen umkreisten die Bäume, flogen über die Felder mit der nackten Erde. Die Krähen schrien, schrien seinen Namen.

Steven war glücklich. Es war kalt (er hatte zwei T-Shirts und zwei Pullover und einen Parka an), und er spürte, wie die Kälte des Eisensitzes unter seinem Hintern durch seine Haut drang; sein Atemhauch schimmerte hell in dem dunklen Tunnel, und er mußte die Hände in den Taschen lassen, weil er wieder mal seine Handschuhe verloren hatte, aber er war glücklich. Es war schön, ab und zu mal rauszukommen, auch wenn es ihm im Krankenhaus ziemlich gut gefiel. Mr. Williams brachte ihn zum Lachen mit seinen Streichen, die er anderen spielte, und den lustigen Dingen, die er sagte.

Manchmal machten sie Tagesausflüge, obwohl sich Steven nicht so recht erinnern konnte, wohin. Er las viel. Wichtige Bücher, obwohl ihm die Titel im Moment entfallen waren.

Er war mal glücklich gewesen, dann unglücklich (so glaubte er sich zu erinnern), während er nach etwas suchte, aber jetzt war er wieder glücklich. Er hatte all das Mr. Williams gegenüber erwähnt, wie er unglücklich gewesen war und nach etwas gesucht hatte, und Mr. Williams hatte ihm einen alten verrosteten Schlüssel geschenkt mit einem Plastikschild, auf dem »Ausgang« stand. Steven bewahrte beides in seinem Spind auf, und manchmal holte er es heraus und sah es sich an.

Er bewahrte auch noch andere Sachen in seinem Spind auf; Gegenstände von früher, aus der Zeit, als er unglücklich gewesen war. Man hatte ihm diese Sachen geschenkt ... im Moment fiel ihm allerdings nicht ein, wann das gewesen war ... aber es würde ihm schon wieder einfallen ... jedenfalls hatte man ihm ein Radio und einen Atlas gegeben, einige Bücher und eine sonderbare Metallfigur, die einen Löwen oder einen Tiger oder so etwas darstellte. Er bewahrte diese Dinge auf, weil es sich nicht gehörte, etwas wegzuwerfen, das man geschenkt bekommen hatte, aber eigentlich lag ihm nichts an den Sachen.

Dann gab es noch einige Steinchen und Plättchen eines Spiels, die ihm Mr. Williams gegeben hatte. Es war eine Schachfigur darunter, die wie ein kleines Schloß aussah, und eine andere, die wie ein kleines Pferd aussah; außerdem gab es Plastikblättchen mit Buchstaben und kleinen Zahlen darauf, und andere Plastiksteinchen, die Punkte auf einer Seite hatten.

In dem alten Landhaus, um das herum die Klinik gebaut worden war und sich seit ihrer Gründung nach dem Ersten Weltkrieg ständig ausgedehnt hatte, war die Bücherei der Geschlossenen Anstalt untergebracht. Ein alter Mann und eine alte Frau saßen darin an einem Couchtischchen und vertrieben sich die Zeit mit Spielen. Mr. William stibitzte Teile ihrer Spiele, wenn sie nicht hersahen — nur so zum Spaß. Er würde ihnen die Teile selbstverständlich irgendwann später zurückgeben, so daß es kein eigentliches Stehlen war, aber oh, es war so komisch zu beobachten, wie sie völlig aus dem Häuschen gerieten!

Steven war zwar der Ansicht, daß Mr. Williams unartig war, aber er brachte ihn nun mal zum Lachen, und es gefiel Steven, wenn ihm jemand vertraute, und es gefiel ihm, daß Mr. Williams ihn an seinen Späßen und Geheimnissen teilhaben ließ. Es war gut so.

Die Krähen riefen erneut seinen Namen, während sie ihre Kreise über den umgepflügten Feldern drehten, schwarze Schnipsel vor den grau leuchtenden Wolken.

Steven lächelte und ließ den Blick über den mit verstreutem Unrat bedeckten Boden des Tunnels schweifen. Er bückte sich und hob die Streichholzschachtel mit den drei abgebrannten Steichhölzern darin auf und drehte sie in der Hand hin und her. In der Ferne hörte er eine Lokomotive pfeifen.

Bald würde ein Zug dröhnend über ihn hinwegrattern, auf den Schienen oben auf dem Bahndamm, durch den der Tunnel führte. Steven mochte das geschäftige, stählerne Geräusch, das die Züge über seinem Kopf erzeugten. Es war kein bißchen beängstigend. Er betrachtete blinzelnd die Worte, die auf dem verblaßten Deckel der kleinen Streichholzschachtel aufgedruckt waren:

McGuffin's
Zündhöler
¡MARKE ZEN!
Durchschnittlicher Inhalt: $\sqrt{2}$

Steven verstand das nicht. Er drehte die Streichholzschachtel um und las das Rätsel, das auf der Rückseite aufgedruckt war. Auch dieses verstand er nicht. Er las sich den Text langsam selbst vor. *»F: Was geschieht, wenn eine unaufhaltsame Kraft auf einen unbeweglichen Gegenstand trifft? A: Die unaufhaltsame Kraft kommt zum Stillstand, der unbewegliche Gegenstand bewegt sich.«*

Steven schüttelte den Kopf und legte die Streichholzschachtel wieder zu Boden. Er zitterte. Es wäre bald Zeit für den Tee.

Dr. Shawcross kratzte sich mit einem Finger hinter dem linken Ohr, die Stirn gerunzelt wie die gepflügten Felder von Kent. Ihm fiel keine andere Formulierung ein, also schrieb er als Ende des Satzes wie auch des Berichtes, abgesehen von der Zusammenfassung, nieder: … *euphorisch, doch unverändert ohne jegliche Krankheitseinsicht.*

Steven blickte zu dem hellen umgekehrten U aus Licht, während der Zug über ihm dahinratterte und quietschte und der kleine Eisensitz auf der Graswalze leicht vibrierte. Die Krähen riefen seinen Namen; ihre heiseren Stimmen gingen in dem Krach der vorbeirasenden Eisenbahn nicht vollkommen unter: »Ger-out! Ger-out! Ger-out!«

Er war glücklich.

☐ Tunnel

Quiss stand auf der Balkonbrüstung und starrte hinunter auf die weiße Ebene unter ihm. Sein Mund war trocken, sein Herz klopfte rasend schnell; er zitterte, und ein nervöses Zucken verzog einen seiner Mundwinkel, während er leicht schwankend dastand und sich auf den Sprung vorbereitete.

Er war im Begriff, sich umzubringen, denn jetzt kannte er das Geheimnis der Burg. Er wußte, worauf ihr Fundament stand, wie ihr Untergrund beschaffen war. Die rote Krähe hatte es ihm gezeigt.

Sie hatten ein Spiel mit dem Namen Tunnel gespielt, das auf einem anderen Spiel namens Bridge basierte. Sie spielten jeweils mit beiden Händen und benutzten leere Karten, mit denen sie versuchten, etwas zu schaffen, das man ›Tricks‹ nannte. Das Prinzip war, daß Tunnel wie Bridge unter dem Tisch oder im Dunkeln gespielt wurde. Wie beim Ungepunkteten Domino hatten sie alle Stadien des Spielens durchmachen müssen, immer in der Hoffnung, irgendwann zu einem derartigen Ergebnis zu kommen, daß die leeren Karten — denen der kleine Spieltisch eine Wertigkeit zugedacht hatte, und zwar bei jedem Spiel eine veränderte — schließlich in einer logischen Anordnung auf dem Tisch lagen, die ›Tricks‹ also aus zueinander passenden Karten richtig zusammengestellt waren.

Das Spiel war zu Ende; nach eintausend Tagen hatten sie es geschafft, doch sie waren immer noch unentschlossen, welchen Vorschlag zur Lösung des Rätsels sie abgeben sollten. Es fiel ihnen nichts ein, auf das sie sich beide als vernünftige Antwort hätten einigen können. Quiss war es inzwischen gleichgültig. Es würde nun ohnehin nichts mehr ändern. Es gab hier nur den Tod, den Tod oder das, was die rote Krähe ihm gezeigt hatte. Er blickte auf den Schnee hinunter. Er bedeckte das Durcheinander von Schieferplatten tief unten, am Fuß der Burg. Er würde etwa einhundert Meter tief fallen. Es würde ein ziemliches lautes Windgeräusch entstehen, er würde kurze Zeit frieren, sich einen Augenblick lang schwerelos fühlen, und dann ... nichts. Er sollte es eigentlich jetzt gleich tun, aber er mußte sich zunächst darauf vorbereiten. Andererseits würde Ajayi möglicherweise nicht lange wegbleiben (sie war wieder mal, wie üblich, auf die Suche nach Büchern gegangen), und er wollte nicht, daß sie ihn so sähe. Er beugte sich vor, über den Rand der Brüstung, und biß sich auf die Lippe.

Diesmal kein Maschinengewehr, dachte er.

Er war tief unten im Bauch des Gebäudes gewesen.

Weitere verschlossene Türen. Die gleichen uralten Gänge mit der düsteren Beleuchtung. Seine Vertrauten unter den Burggehilfen wollten ihm nicht dabei helfen, die Schlüssel für die Türen aufzutreiben; sie sagten, sie hätten keinen Einfluß auf die Schlüsselbewahrer, sie würden keinen von denen kennen, und wenn sie anfingen, Erkundigungen einzuholen, dann würden sie sich auf der Stelle verdächtig machen; sie glaubten, daß der Majordomus längst darüber Bescheid wüßte, daß sie sich mit Quiss verbündet hatten, und es lediglich stillschweigend duldete.

Quiss hatte versucht, die Dienerlein, die er hier unten in der Tiefe getroffen hatte, bei den seltenen Gelegenheiten, wenn sie ihm über den Weg liefen, in Gespräche zu verwickeln, doch sie waren schweigsam und verschlossen. Er hatte erwogen, mal einem von ihnen einen Schlag über den Kopf zu geben und ihn zu durchsuchen; vielleicht könnte er ihm einen Schlüssel stehlen, der ihm etwas nutzte, doch sobald er nur den geringsten Hinweis auf diese seine Absicht hatte verlauten lassen, waren seine verbündeten Gehilfen in lautes Wehklagen ausgebrochen und hatten ihn angefleht, es nicht zu tun. Er und sie würden fürchterlich bestraft werden, wenn er versuchte, die Türen der Burg auf diese Weise zu öffnen. Die schwarzen Günstlinge, jammerten sie mit bebenden Stimmen; die schwarzen Günstlinge ... Quiss vermutete, daß sie von jenen Dienern sprachen, die er nur ein einziges Mal gesehen hatte, zusammen mit dem Majordomus, damals als er eine der Türen offen gefunden hatte und der Majordomus und seine schwarzgewandete kleine Gefolgschaft in dem quietschenden Aufzug erschienen waren. Zögernd verwarf er den Gedanken, sich durch Anwendung von Gewalt einen Schlüssel zu verschaffen.

Er schritt durch den Gang. Er befand sich in der engeren Umgebung des Trakts, in dem er die offene Tür entdeckt hatte, vor so vielen, vielen Tagen. Er bildete sich ein, so etwas wie ein Stampfen halb zu spüren, halb zu hören, und vermutete, daß er in der Nähe der Zahlenzermalmungsmaschine war, De Pe, wie sie der hochnäsige Dienerzwerg genannt hatte.

Der Gang verbreiterte sich im Querschnitt etwa zum doppelten Ausmaß, als es seiner Schätzung nach in der Burg das Normale war. Eine Schieferbank an der einen Wand bildete das Gegenüber einer Reihe von zwölf großen, wuchtigen Türen mit Metallverstrebungen.

Er war erschöpft, deshalb ließ er sich auf der Bank nieder und betrachtete durch das Halbdunkel die großen dunklen Türen.

»Müde, Alter?« sagte eine Stimme über ihm. Er hob den Kopf und entdeckte die rote Krähe, die auf einem Bolzen thronte, der hoch über der Schieferbank in die

Wand eingelassen war, nicht weit von der gewölbten Decke entfernt.

»Was machst du denn so weit hier unten?« fragte er das Geschöpf, überrascht darüber, es in dieser Tiefe des Burgbauwerks anzutreffen.

»Dir folgen«, sagte die Krähe.

»Welchem Umstand verdanke ich diese Ehre?«

»Deiner Dummheit«, erwiderte die rote Krähe und streckte einen Flügel aus, als ob er steif wäre. Eins ihrer kleinen Augen blinzelte in das schwache Licht, das aus den schimmernden durchsichtigen Röhren im Scheitel der Decke fiel.

»Wirklich?« sagte er. Wenn die Krähe ihn nur beleidigen wollte, dann sollte sie das eben tun. Wenn sie ein Gespräch führen wollte, dann mußte sie es in Gang bringen. Er vermutete, daß sie etwas zu sagen hatte. Sie war nicht ohne Grund hier.

»Ja, wirklich«, sagte die rote Krähe mürrisch. Sie flatterte von ihrem Thron an der Wand herunter und landete in der Mitte des Fußbodens, von wo sie ihn ansah. Sie legte die Flügel an, eingehüllt in etwas aufgewirbelten Staub. »Du hörst ja nicht auf die Vernunft, also werde ich dich mit der Nase auf die Dinge stoßen.«

»So, wirst du das?« entgegnete Quiss kalt. Ihr Tonfall gefiel ihm nicht. »Was für ›Dinge‹?«

»Nenn es *Wahrheit*«, sagte die rote Krähe und spie das Wort aus wie einen Gewöllklumpen.

»Was weißt du schon davon?« höhnte Quiss.

»Oh, eine ganze Menge, wie du gleich erfahren wirst, guter Mann.« Die Stimme der roten Krähe war ruhig, gemessen und spöttisch. »Sofern dir daran liegt, heißt das.«

»Das kommt darauf an«, sagte Quiss und musterte die Krähe mit einem finsteren Stirnrunzeln. »Von was genau reden wir eigentlich?«

Die rote Krähe zuckte mit dem Kopf und deutete auf die Wand mit den Türen hinter ihr. »Ich kann dich dort reinbringen. Ich kann dir das zeigen, nach dem du die ganze Zeit über schon auf der Suche bist.«

»Kannst du das wirklich?« sagte Quiss und straffte sich. Er überlegte, ob die Krähe wohl die Wahrheit sprach. Falls es so war, *warum* verriet sie ihm etwas?

Der Vogel, dessen leuchtend rotes Federkleid in der Düsternis zu einem dumpfen Burgunderton abgestumpft war, nickte. »Ja, das kann ich. Möchtest du hinter die Türen sehen?«

»Ja«, sagte Quiss. Es hatte wenig Sinn, das zu leugnen. »Was ist der Haken an der Sache?«

»Ach«, sagte die rote Krähe, und Quiss dachte, daß der Vogel, wenn er hätte lachen können, es jetzt getan hätte. »Ich verlange dein Wort.«

»Worauf?«

»Daß es dein eigener freier Wille war, daß ich dir das zeige, was ich dir zeigen werde, daß du aus freien Stükken mitkommst, wohl wissend, daß du ohne die Einflußnahme von meiner oder anderer Seite möglicherweise nicht das Verlangen haben wirst zurückzukehren, oder den Wunsch hegst, dich umzubringen. Das muß natürlich nicht unbedingt sein, doch für den Fall, daß du bleibst oder dich umbringst, mußt du mir dein Wort geben, daß du bestätigen wirst, daß ich dich vorher gewarnt habe.«

Quiss verengte die Augen, beugte sich auf seinem Schiefersitz vor, stützte die Ellbogen auf den Knien ab und legte sich eine Hand an die Lippen. Sein Kinn war rauh vor Bartstoppeln. »Du behauptest also, daß das, was du mir zeigen wirst, in mir vielleicht den Wunsch wecken wird, hinter jenen Türen zu bleiben, oder mich den Tod begehren lassen wird?«

»Kurz gesagt: mehr oder weniger«, krächzte die rote Krähe.

»Du wirst jedoch keine üblen Tricks anwenden, um mich zu beeinflussen?«

»Überflüssig.«

»Dann gebe ich mein Wort.«

»Gut«, sagte die rote Krähe mit einer gewissen Zufriedenheit. Sie schlug einmal mit den Flügeln und erhob sich in die Luft, und Quiss hatte den Eindruck, daß das mit zuviel Leichtigkeit geschah, daß keineswegs die Schwingen den Vogel bewegt hatten, sondern daß er diese nur zur Schau hatte flattern lassen. Der Vogel machte kehrt und flog den Gang hinunter, in die Richtung, in die Quiss unterwegs gewesen war. Er verschwand hinter einer Ecke in der Düsternis.

Quiss stand auf und fragte sich, ob von ihm erwartet wurde, daß er dem Geschöpf folgte. Er kratzte sich am Kinn und betrachtete das Dutzend Türen. Sein Herz schlug etwas schneller; was war hinter diesen Türen? Die rote Krähe wollte seinen und Ajayis Tod; sie wollte, daß sie ihre Niederlage eingestanden und ihren Kampf um die Lösung des Rätsels aufgaben. Das gehörte einfach zu ihrem Job, obwohl sie vorgab, sie beide sowieso loswerden zu wollen, weil sie langweilig waren. Sie wußte, daß Quiss das wußte, also war sie offenbar sehr zuversichtlich, daß das, was immer sich hinter den Türen befinden mochte, eine starke Wirkung auf Quiss haben würde, vielleicht stark genug, um ihn zu zerbrechen. Quiss war nervös, unruhig, aber fest entschlossen. Er konnte auffangen, was immer die rote Krähe ihm hinwerfen würde, konnte ertragen, mit was sie ihn beladen würde. Alles, was dazu beitragen könnte, daß sie den Weg aus diesem Gebilde fanden, und wenn es auch nur ein neuer Blickwinkel in seiner und Ajayis Misere war, wäre hilfreich. Übrigens wußte die rote Krähe wahrscheinlich nicht, daß er einmal schon hinter einer dieser Türen gewesen war, wenn auch nur für kurze Zeit. Wenn die Enthüllungen, die sich hinter diesen schweren Holztüren mit den Metallverstrebungen auftaten, etwas zu tun hatten mit den Löchern in der Decke und dem Ort namens ›Dreck‹, dann war Quiss nur allzu begierig darauf.

Die Tür, der Quiss am nächsten war, klickte. Er hörte ein Klopfen und trat vor. Es gab einen mit Metall ausgefütterten Schlitz in der Tür, von dem er annahm, daß er die Funktion eines Griffs hatte. Er zog daran; die Tür öffnete sich langsam, geschmeidig, und gab den Blick frei auf die rote Krähe, die in einem langen Korridor hockte, der von kleinen strahlenden Kugeln, die an der Wand angebracht waren, beleuchtet wurde.

»Willkommen«, sagte die Krähe. Sie drehte sich um und flog gemächlich durch den langen Korridor. »Schließ die Tür; folge mir«, sagte sie. Quiss tat, wie ihm befohlen.

Der Vogel flog, und er ging zu Fuß, etwa zehn Minuten lang. Der Tunnel führte leicht bergab und in einer sanften Biegung nach links. Es war ziemlich warm. Die rote Krähe flog stumm in einem Abstand von etwa fünf Metern vor ihm her. Schließlich kamen sie an eine weitere Tür, ähnlich derjenigen, durch die sie den Tunnel betreten hatten. Die rote Krähe hielt davor an.

»Entschuldige mich«, sagte sie und verschwand durch die Tür. Quiss war verdutzt. Er berührte die Tür, um sich zu vergewissern, daß es sich nicht um eine Projektion handelt; sie war massiv, warm. Sie klickte. Die rote Krähe erschien über Quiss' Kopf. »Nun, öffne sie«, sagte sie. Quiss zog die Tür zu sich her.

Er schritt, begleitet von der Krähe über und ein Stück hinter ihm, an einen sonderbaren Ort.

In seinem Kopf drehte sich alles, er fürchtete, jeden Augenblick zu stolpern. Er blinzelte und schüttelte den Kopf. Er hatte gleichzeitig das Gefühl, sowohl *in* einen Raum gegangen zu sein als auch hinaus ins Freie.

Es war, als stünde er auf einem flachen Wüstenboden oder dem Grund eines ausgetrockneten Salzsees. Doch der Himmel war in greifbarer Nähe, als ob sich eine flache Schicht Wolken bis auf ein paar Meter auf diesen salzigen oder sandigen Boden herabgesenkt hätte.

Hinter ihm (als er sich umwandte auf der Suche nach

einem Anhaltspunkt in der verwirrenden, von Säulen unterbrochenen Unendlichkeit vor ihm) war die Tür, durch die sie soeben eingetreten waren. Sie war in eine schwarze Wand eingelassen, die auf den ersten Blick gerade erschien, sich aber bei genauerem Hinsehen als gebogen erwies, als Teil eines gewaltigen Runds. Die rote Krähe flatterte müßig direkt über ihm und beachtete mit boshafter Erheiterung, wie sich Quiss wieder dem Raum vor ihnen zuwandte.

Die Tür bestand aus glattem Schiefer, die Decke war aus Glas und Eisenstreben und Wasser konstruiert, wie es in den oberen Geschossen der Burg üblich war. Säulen aus Schiefer und Eisen trugen das Dach, das sich in der gleichen Höhe erstreckte wie damals in dem Raum, in den Quiss vor ach so langer Zeit eingedrungen war, als er das Loch in dem Glas mit dem Wesen darüber und darum herum entdeckt hatte. Das einzige, was auf drei von vier Seiten fehlte, waren Wände.

Es war nicht hell, da nur ein paar wenige Leuchtfische in der Nähe über ihm träge durchs Wasser zogen, doch das Licht reichte, um zu erkennen, daß der Raum, in dem er sich jetzt befand, endlos erschien. Quiss spähte angestrengt in die Ferne, doch er konnte nichts anderes sehen als Säulen und Pfeiler, die in der gedrängten, verzerrten Tiefe vor ihm immer kleiner und kleiner wurden. Säulen und Pfeiler und … Leute. Menschliche Gestalten standen auf kleinen Hockern oder saßen auf hohen Stühlen, die Arme in eisernen Schlingen, die Schultern hochgedrückt gegen die Unterfläche der endlosen Glasdecke. Einige der Dinge, die er auf den ersten verblüfften Blick für Säulen und Stützen gehalten hatte, waren keine solchen; es waren Menschen, deren Köpfe in der Decke steckten; über ihnen waren dunkle schattenhafte Formen im Glas und umgaben die Löcher in der Decke wie bei jenem einen, in das er selbst kurz den Kopf gesteckt hatte, vor langer Zeit in jenem kleinen Raum.

Er schüttelte erneut den Kopf, spähte wieder in die

Weite. Der schmale Raum zwischen Boden und Decke verringerte sich in allen Richtungen und wurde zu einer dünnen Linie, verschwommen durch die Entfernung. Die Linie wirkte leicht gebogen, wie der Horizont eines leeren Gewässers, vom Schiff auf einem planetarischen Ozean aus gesehen. Ihm wurde wieder schwindelig. Seine Augen konnten den Anblick nicht verarbeiten; sein Gehirn nahm den kurzen Raum zwischen Boden und Decke auf und erwartete Wände, erwartete einen räumlichen Raum. Doch falls dies hier tatsächlich ein Raum war (und falls es nicht irgendeine Projektion war, oder vielleicht sogar ein grober Spiegeltrick), dann hatte es zumindest den Anschein, als ob sich seine Wände irgendwo jenseits des Horizonts befänden.

Er drehte sich wieder um, sehr behutsam diesmal, wobei er versuchte, sich an seine Grundausbildung für die Kriege zu erinnern, die unter anderem Gleichgewichts- und Orientierungs-Übungen umfaßt hatte, bei denen er sich so ähnlich wie jetzt vorgekommen war, und betrachtete noch einmal die schwarze Wand hinter sich und die darin eingelassene Tür mit den Metallverstrebungen. Er ließ den Blick über die sehr leicht gebogene Wand gleiten und versuchte, den Durchmesser des Kreises zu schätzen, den sie andeutete. Er mußte mehrere Kilometer betragen; ausreichend um die Burg, die Bergwerke und Steinbrüche zu umgeben. Diese Wand war die Wurzel der Burg, ihr Fundament. Dieser endlose Raum war so etwas wie ein riesiger Keller.

»Was ist das hier für ein Ort?« fragte er und hatte dabei den Eindruck, daß er flüsterte; sein Gehirn erwartete ein Echo, doch es erfolgte keins. Es war, wie im Freien zu sprechen. Er sah sich unter den Leuten um, die auf Hockern standen und auf hohen Stühlen kauerten, als die rote Krähe sagte: »Laß uns einen Spaziergang unternehmen. Folge mir, dann werde ich es dir erklären.« Sie flatterte langsam an ihm vorbei, und er ging zögernd hinterher. Er kam an einer der stehenden Gestalten vorbei: einem Mann, der mit Pelzen ähnlich den seinen bekleidet war, jedoch älter wirkte. Der Mann sah mager aus. Ein Rohr führte aus den Pelzen heraus vom Schritt des Mannes zu einem Steinkrug am Boden. Sie gingen an ihm vorbei.

Eine Bewegung weit in der dunstigen Ferne zog Quiss' Aufmerksamkeit auf sich. Es sah wie ein Zug aus, eine Schmalspureisenbahn mit einer kleinen Lokomotive davor, die trichterähnliche Wagen zog. Es war schwierig, die Entfernung zu schätzen, aber er vermutete, daß sie bestimmt vierhundert Meter weit weg war und sich zur Burg hinaus bewegte, fort in den dünnen Raum von stehenden Leuten und stützenden Säulen. Die Bahn fiel ihm ein, die er vor langer Zeit in der Küche gesehen hatte.

Er sah sich um und versuchte, die Dichte der anwesenden Leute zu schätzen. Es kam vielleicht eine Person auf zehn Quadratmeter. Gebannt betrachtete er sie; er sah Hunderte, Tausende von ihnen. Wenn die Dichte im ganzen Raum, den er im düsteren Dunst der Ferne ausmachen konnte, dieselbe war, bevor sich Boden und Decke scheinbar trafen, dann mußten …

»Er hat keinen Namen«, sagte die rote Krähe und flatterte vor ihm her, den Kopf von ihm abgewandt, die Stimme entfernt klingend. »Technisch gesehen ist dies hier, glaube ich, ein Teil der Burg. Man könnte es vielleicht sogar als Keller bezeichnen.« In ihrer Stimme schwang einen Moment lang ein Kichern mit. »Ich habe keine Ahnung, wie groß dieser Raum ist. Ich bin Zehntausend Flügelschläge in jede Richtung geflogen und habe nicht einmal eine Wand gesehen. Es ist alles sehr, sehr einheitlich gestaltet. Abgesehen von einer dichteren Verlegung der Schienen im Boden, siehst du hier das gleiche, was du überall in der Burg siehst, in jedem Teil von ihr. Es muß viele -zig Millionen von Leuten hier geben, deren Köpfe in der Decke stecken, in diesen umgedrehten Goldfischgläsern.

Quiss hatte keine Ahnung, was ein Goldfischglas war, aber es erschien ihm am angebrachtesten, so zu tun, als wüßte er nicht, was diese Leute taten, die die Köpfe in die Decke gesteckt hatten. Er fragte die Krähe danach.

»Es gibt ein bestimmtes Tier, das über der hohlen Halbkugel aus Glas sitzt, in die die Leute die Köpfe gesteckt haben«, erklärte die rote Krähe. »Dieses Tier übersetzt Gedanken von einer Zeit in die andere. Jeder einzelne dieser Leute steckt im Kopf eines menschlichen Wesens aus der Vergangenheit.«

»Aha«, sagte Quiss und hoffte, daß er sich weniger beeindruckt anhörte, als die rote Krähe erwartete. »Aus der Vergangenheit, sagst du?« Er kratzte sich am Kinn. Er konnte immer noch nicht glauben, was ihm seine Augen vermittelten; er ging weiter, ohne gegen etwas zu prallen, doch ein Teil von ihm rechnete immer noch damit, jeden Moment auf eine Projektionsleinwand oder einer Mauer zu stoßen.

Die rote Krähe vollführte vor ihm in der Luft eine mühelose Wende, so daß sie jetzt rückwärts flog, was ihr anscheinend genausowenig Schwierigkeiten bereitete wie das Vorwärtsfliegen oder das Zigarrenrauchen. »Du errätst es nicht, was?« sagte sie. Ihre Stimme klang nach hämischem Feixen, doch in ihrem ausdruckslosen Gesicht war nichts davon zu bemerken. Querstreben aus Eisen zur Unterstützung der Decke warfen Schattenstreifen auf die langsam schlagenden roten Flügel.

»Was soll ich erraten?«

»Was das hier ist. Wo du bist. Den Namen dieses Ortes.«

»Wo sind wir? Sag's mir doch«, bat Quiss und hielt im Gehen inne. Die kleine Bahn war in der Ferne verschwunden. Er bildete sich jedoch ein, sie noch so eben hören zu können; die Schienen sangen. Eine geflüsterte Version dieses Tons schien den Ort hier zu füllen, wie gedämpfte Stimmen.

»Hmm«, machte die Krähe. »Nun, du hast vielleicht noch nie etwas davon gehört; selbst zu Zeiten der Therapeutischen Kriege war die Erinnerung verloren ... na ja, wie auch immer. Dies ist, wie du dir vielleicht denken kannst, ein Planet. Sein Name ist *Erde.*«

Quiss nickte. Ja, das ergab mehr Sinn als das, was der kleine Diener ihm gesagt hatte, damals in dem Raum, den er offen gefunden hatte. ›Dreck‹, in der Tat.

»Das ist der Name dieses Ortes; dort steht die Burg, auf der Erde, gegen Ende des Lebens dieses Planeten. Es dauert nur noch einige hundert Millionen Jahre, dann verwandelt sich die Sonne in einen roten Riesen, der die inneren Planeten seines Systems versengen wird. Bis dahin, nachdem es keinen Mond mehr gibt und sich nichts mehr dreht und nichts mehr bebt, nachdem nichts mehr auf der Oberfläche vorhanden ist, soweit ich weiß, als nur die Burg, und alle Spuren früherer Zivilisationen und die menschlichen Rassen sich vor Milliarden von Jahren schlichtweg zu nichts abgenutzt haben oder unter den Kontinentalplatten verschüttet sind, bleibt dir dies als Vermächtnis.«

»Mir?« sagte Quiss. Er sah sich um. Hinter ihm war aus einiger Entfernung die sanfte Rundung der Grundmauer der Burg besser zu erkennen als aus der Nähe.

»Dies«, sagte die rote Krähe, »ist eins der Schicksale, die dich erwarten. Wenn du willst, kannst du dich zu diesen Leuten gesellen; kannst einer von ihnen werden und wie sie von der Vergangenheit träumen, im Körper einer beliebigen Person, die sie sich vor Milliarden und Abermilliarden von Jahren auserwählt haben.«

»Warum sollte ich das wollen, oder nicht wollen?«

»Vielleicht willst du das, weil du nicht an diesem Punkt sterben möchtest. Vielleicht willst du es nicht, weil du das hast, was man mitunter als zivilisiertes Bewußtsein bezeichnet. Verstehst du, jeder einzelne dieser Leute hat versucht, das zu tun, was ihr, du und deine Freundin, zu tun versucht, und sie alle haben versagt ...

und auch ihr werdet versagen: zu entkommen. Jeder einzelne von ihnen, diese Millionen von Individuen — alles Versager. Jeder hat den Versuch aufgegeben, die Lösung des Rätsels zu finden, das ihm gestellt worden war, und während andere sich fürs Vergessen entschieden haben, haben es diese hier vorgezogen, die ihnen verbleibende Zeit als Parasiten zu verleben, in den Seelen anderer, in vergessenen Zeiten. Sie erleben das, was andere erlebt haben, sie geben sich sogar der Illusion hin, sie könnten die Vergangenheit ändern, damit es den Anschein hat, sie ließen sich von ihrem freien Willen leiten und könnten beeinflussen, was ihre Wirtspersonen tun. Das bedeutet, den Tod hinauszuzögern, sich so etwas wie einer Droge zuzuwenden, der Realität den Rücken zu kehren, sich zu weigern, der eigenen Niederlage ins Gesicht zu sehen. Ich habe sagen hören, es sei besser als nichts, aber ...« Die Stimme des Geschöpfs verebbte. Seine Perlaugen blieben starr auf Quiss gerichtet.

»Ich verstehe«, sagte er. »Nun, ich muß sagen, gar so bedrückend finde ich das Ganze nicht.«

»Später vielleicht.«

»Vielleicht«, sagte Quiss und tat sein möglichstes, eine gleichgültige Miene zur Schau zu stellen. »Gehe ich recht in der Annahme, daß all diese Leute ernährt werden müssen und daß die Burgküche deshalb so groß und betriebsam ist, weil für so viele gekocht werden muß?«

»Aha, gut gedacht«, sagte die Krähe, und war dabei nur ein kleines bißchen ironisch. »Ja, die kleinen Bahnen fahren, vollbeladen mit Suppen und Brei, von der Küche bis in die entlegensten Winkel des Ortes, wo immer die sein mögen; einige Züge bleiben jahrelang verschollen, anderen kehren niemals zurück. Zum Glück ist der Bedarf dieser unseligen Versager an Nahrungsmitteln gering, so daß die Burgküche gerade noch damit fertig wird, obwohl man es selbst dort nicht schaffen würde, wenn man nicht mit der subjektiven Zeit jonglieren würde ... Soweit ich weiß, erstreckt sich dieses Kelleruniversum über den ganzen Planeten, und die Burg verpflegt all diese Leute; oder vielleicht gibt es auch noch andere Burgen; man hört so allerlei Gerüchte. Nun, jedenfalls ernährt die Burg all diese Leute, die du siehst. Sie werden sanft aus ihren Kopflöchern herausgelockt und bekommen eine Schale, aus der sie schlürfen können; dann sitzen sie mit leeren Augen da, wie im Schlaf, trinkend oder schlürfend, und anschließend gehen sie wie Zombies zurück in ihre eigene kleine Welt. Ihre Ausscheidungen werden mit den gleichen Zügen abtransportiert.« Die rote Krähe neigte den Kopf, und ihre Stimme klang fast verblüfft. »Aber sag mal, findest du das alles nicht ziemlich ... erschütternd? Das ist das Los, das dich erwartet, guter Mann. Auf diese Weise enden fast alle von ihnen, und es sind viele darunter, die um einiges heller sind als du. Frag den Majordomus, wenn du magst. Er wird meine Worte bestätigen. Nur *sehr* wenige entkommen. Nämlich buchstäblich keiner.«

»Trotzdem, wie du gesagt hast«, meinte Quiss, »es ist besser als nichts.«

»Ein Dasein als Parasit zu fristen? Letzten Endes den Kopf in irgendeiner billigen biologischen Zeitmaschine stecken zu haben? Das glaube ich nicht. Ich habe mehr erwartet, sogar von dir. Ich habe dich nicht angelogen, weißt du. Die Wahrheit ist abscheulich genug. Es ist nicht so, daß diese Zombies die Menschen, in deren Köpfen sie stecken, wirklich beeinflussen. Der Majordomus täuscht vielleicht gern vor, daß es so sei, daß sich der freie Wille im Lauf der Zeit entwickelt und daß es auf diese Leute zurückzuführen sei, wenn die von ihnen heimgesuchten Primitiven von plötzlichen Impulsen zu etwas getrieben werden, aber das ist alles Unsinn. Die Geschöpfe um die Löcher herum lassen sie vielleicht in dem Glauben, doch Experimente, die ich persönlich durchgeführt habe, zeigen ganz deutlich, daß nur die Illusion dieser Wirkung existiert ... und überhaupt, welche Erklärung ist die wahrscheinlichere?

Ich sage dir: diese Leute sind so gut wie tot. Ihr Tod ist ein Traumtod.«

»Immer noch besser als nichts«, entgegnete Quiss beharrlich. »Zweifellos.«

Die rote Krähe schwieg eine Zeitlang, flatterte träge vor ihm her, verharrte auf einer Stelle in der Schwebe, und ihre schwarzen Perlaugen starrten ausdruckslos in die Luft. Schließlich sagte sie: »Dann, Krieger, hast du keine Seele.«

Sie umflog ihn im Halbkreis und wandte sich in die Richtung der schwarzen Mauer, die das Fundament der Burg war. »Wir kehren besser um«, sagte sie. »Frag den Majordomus nach diesem Ort hier, wenn du Lust hast. Er wird wütend sein, aber er wird dich nicht bestrafen, und mich kann er nicht bestrafen. Frag ihn«, sagte die rote Krähe, während sie mit kräftigen Flügelschlägen zurückflog zu der gebogenen Mauer, der Wurzel von Burg Türen, der Vermächtnisburg; »alles, was dir in den Sinn kommt. Er wird bestätigen, daß fast keiner entkommt, daß die meisten hier enden oder — die Tapferen, die wirklich *Zivilisierten* — sich umbringen.«

Sie sahen die Tür wieder vor sich, durch die sie eingetreten waren; sie war immer noch angelehnt. Die rote Krähe flatterte neben Quiss; er schritt an den Pfeilern und Säulen und träumenden Leuten vorbei. Bei demselben Mann, der mit Pelzen bekleidet auf einem Hocker stand und den er zuvor schon eingehend betrachtet hatte, blieb er stehen, wandte sich der roten Krähe zu und sagte: »Ich möchte dich etwas fragen.«

»Ja, natürlich kannst du schon mal eine Vorbesichtigung haben«, sagte die rote Krähe und kam auf ihn zugeflogen. »Es gibt ein leeres ...«

»O nein«, entgegnete Quiss und sah den Vogel, der neben ihm innehielt, mit einem Kopfschütteln an. Quiss deutete mit einem Nicken in Richtung des dürren Mannes mit den Pelzen, dessen Kopf in die Glasdecke hineinragte. »Ich dachte nur, ob du vielleicht etwas über den da weißt, hm? Wie heißt er? Wie lange ist er schon hier?«

»Was?« sagte die rote Krähe, und hörte sich ein wenig verwirrt an, ja sogar aus der Fassung gebracht. (Quiss verbarg die Erregung des Triumphes, die ihn schüttelte.) »Der da?« Die rote Krähe kam noch etwas näher herangeflattert. »Ach, der ist schon ewig hier«, sagte sie, und ihre Stimme hatte die übliche Gelassenheit wiedergewonnen. »Sein Name ist, glaube ich ... Godot? Goriot? Gerrut; irgend etwas in der Art. Die Unterlagen sind nicht vollständig, weißt du. Ein merkwürdiger Fall ... hör mal, bist du sicher, daß du nicht sehen möchtest, wie es ist? Ich kann dir zeigen, wo ...«

»Nein«, sagte Quiss mit Nachdruck und schritt fest entschlossen auf die Tür zu, die in die Burg zurückführte. »Ich bin nicht interessiert. Laß uns jetzt zurückgehen.«

Und er war tatsächlich zum Majordomus gegangen, der ihm mitten in der Küchenhektik das meiste bestätigte, was die rote Krähe gesagt hatte.

»Na und?« hatte der Majordomus, offenbar verärgert, gefragt. »Sie haben also das Schicksal gesehen, das Ihnen höchstwahrscheinlich bevorsteht, und nun? Was wollen Sie jetzt von mir? Sie können sich nur glücklich schätzen, daß Sie nicht auf das Angebot der roten Krähe eingegangen sind; wenn Sie erst einmal richtig in einem dieser Dinger stecken, dann kommen Sie mit eigener Willenskraft nicht wieder heraus; es ist zu verführerisch. Wenn nicht jemand kommt und Sie herausholt, dann bleiben Sie dort und kosten jede Form menschlichen Erlebens aus. Wenn irgendwann ihr Magen knurrt, hat es Sie längst gepackt. Sie tauchen nur heraus, um etwas zu essen, und kommen sich dann wie in einem grauen Traum vor, verglichen mit dem, was Sie gerade verlassen haben.

Darauf hat es der Vogel angelegt. Er wollte Ihnen den freien Deckenplatz dort unten zur Verfügung stellen und Sie dann zurücklassen. Und glauben Sie ihm kein Wort von dem, was er über das Nichtbeeinflussenkönnen gesagt hat. Die Deckenplätze gestatten eine vollkommene Beherrschung der Gehirne der Primitiven. Alles kann geändert werden. Jedes Gehirn enthält sein eigenes Universum. Wir können *nichts* als sicher annehmen. Mehr kann ich Ihnen dazu nicht sagen. Wenn Sie offiziell dort eintreten wollen, wo Sie bereits inoffiziell geschnuppert haben, reichen Sie mir auf dem vorgeschriebenen Weg eine Kapitulationserklärung ein. Und jetzt gehen Sie, bitte.« Der Majordomus hatte finster dreingeblickt und war die wackeligen Holzstufen zu seinem Büro wieder hinaufgestiegen, weg von der unaufhörlichen chaotischen Betriebsamkeit der Küche.

Quiss war in das Spielzimmer zurückgekehrt; als er endlich dort angekommen war, waren seine alten Beine ziemlich müde.

Er erzählte Ajayi nichts von alledem.

Er stand auf der Balkonbrüstung.

Ja, die rote Krähe hatte recht gehabt. Sie wußte es nicht, sie konnte sich ihrer Sache nicht sicher gewesen sein, sie hatte wahrscheinlich lediglich das Grauenvolle am Los der Träumer ausgewalzt, um ihn zu bluffen und in ihm den Wunsch zu wecken, das Experiment auszuprobieren, und dann hätte sie ihn dort einfach zurückgelassen. Doch gleichwohl hatte sie recht gehabt, was die allmähliche Wirkung ihrer Enthüllung betraf.

Der Gedanke an diesen niedrigen, grenzenlosen Raum unter der Burg erfüllte Quiss' Denken — und, entscheidender noch, seine Träume — nun schon seit fast hundert Tagen und Nächten. Eine tiefe, düstere Depression hatte sich auf ihn herabgesenkt und lastete auf ihm wie eine schwere Rüstung. Er kam sich vor wie ein Krieger in Kettenhemd und Brustpanzer, der durch Treibsand taumelte ...

Er konnte nicht verhindern, daß seine Gedanken immer wieder um das kreisten, was er gesehen hatte, um die bloße Ausdehnung des Raums unter ihnen, diese Empfindung klaustrophobischer Unendlichkeit. So viele Menschen, so viele zerschlagene Hoffnungen, verlorene Spiele, aufgegebene Träume; und die Burg, eine einzige Insel vertaner Chancen in einem gefrorenen Ozean verpaßter Gelegenheiten.

Dieses helle, verführerische Bild, an dem er sich während so langer Zeit aufgerichtet hatte, mit den braunen Armen, dem blauen Himmel, dem strahlenden Lichtschweif; jetzt erschien es ihm wieder und tat ihm weh, quälte ihn in seinen Träumen. Seine Seele war bereits verloren in jenem tiefen, dunklen, echolosen und gleichzeitig echoerfüllten Raum weit unter ihm; grenzenlos, mauerlos der Ort, bodenlos seine Verzweiflung.

Seine Hoffnung, seine Entschlossenheit — einst so feurig, so ungestüm und kraftstrotzend und energiegeladen — waren auf Grund gelaufen, eingerostet, lahmgelegt.

Das waren die Machenschaften der Burg, so wirkten sie, sowohl auf ihre Bewohner als auch auf sich selbst. Ein Abnutzen, ein langsames Abreiben und gleichzeitiges Verschmelzen, sowohl ein Wegschwemmen als auch ein Festfressen, wie wenn sandiges Wasser durch eine riesige Maschine fließt. So kam er sich jetzt vor. Er fühlte sich wie ein Sandkörnchen im Getriebe dieses Ortes, nicht bedeutender.

Er starrte hinunter auf die Felsen und den Schnee tief unter ihm, schaukelte einmal auf den Füßen vor und zurück und spürte, wie er zitterte. Seine Kiefer wollten klappern, aber er biß die Zähne zusammen. Der Wind wehte böig und zerrte an ihm. *Kalt wie ein Gletscher,* dachte er und lächelte bitter. Ein langsam fließender Gletscher. Ein geeignetes Bild, um es mit in den Tod zu nehmen, fand er, und er erinnerte sich an den Raum mit dem zerflossenen Glas, den letzten Wermutstropfen, der nach den Enthüllungen der roten Krähe das Faß letztendlich zum Überlaufen gebracht hatte. Das war der eigentliche Zündfunke gewesen, deshalb stand er jetzt hier.

Es war ein Raum, den er bei einem seiner inzwischen selten gewordenen Spaziergänge entdeckt hatte. Er war etwas herumgewandert, hatte sich wie üblich verlaufen, und war dann in diesen Raum innerhalb der dikken Mauern geraten, wo der Wind hereinblies und der Schnee sich auf dem Glasboden unter den Fenstern häufte.

In den Fensteröffnungen waren Reste von Metallrahmen; das fiel ihm auf, als er zu einer der Luken ging, um hinauszublicken und die Landschaft unten auf sich einwirken zu lassen (eigentlich müßte er das Schieferbergwerk sehen, wenn ihn sein Richtungssinn nicht täuschte, doch in letzter Zeit hatte er ihn bereits mehrfach irregeführt).

Etwas wie klarer Teer war aus den fast leeren Rahmen geflossen, wo nur noch jeweils ein Stückchen dünne Glasscheibe in den unteren Winkeln der sechseckigen Rahmen steckte. Das Glas unter seinen Füßen war dunkel. Er blickte durchs Fenster hinaus, die Augen gegen die Kälte verengt, während der durch die tiefe Luke kanalisierte Wind hereinheulte. Der Boden verlief zu den Fenstern hin leicht schräg nach oben. Ein durchsichtiges Material, wie Eis, haftete an den Mauern unter den Fenstern. Er bückte sich, wobei er vor Anstrengung ächzte, um es zu untersuchen, und ließ sich schließlich steif auf die Knie sinken, um am Boden zu kratzen (unter der dünnen Schicht aus Glas war Schieferboden). Er klopfte gegen das durchsichtige Zeug, das noch in dem Fensterrahmen über ihm war, und fuhr dann mit einem Finger über die Reste der Glasscheibe, die noch in dem Rahmen steckten, über das Fensterbrett und über die erstarrte durchsichtige Flüssigkeit, die sich über die Wand ergossen hatte, bis sein Finger schließlich hinunter zum Boden glitt, ohne eine Unebenheit, einen Riß oder eine Fuge unter seiner Spitze gespürt zu haben.

Das Glas in den unteren Ecken der Rahmen, auf den schmalen Fensterbänken, an den Wänden unter den Fenstern und auf dem Boden des Raums ging ineinander über. Alles war aus einem Stück. Er blieb auf den Knien und ließ die Hände in seinem senkrechten Schoß ruhen. Er starrte geradeaus.

Er erinnerte sich — er wußte nicht, aus welcher Zeit — daran, daß Glas, gewöhnliches, aus Sand hergestelltes Glas, theoretisch eine Flüssigkeit war, und daß mit sehr empfindlichen Meßgeräten in alten Gebäuden eine beträchtlich dünnere Beschaffenheit im oberen Teil einer Fensterscheibe und eine entsprechend dickere unten festgestellt werden konnte, da das Glas allmählich dem unaufhörlichen Einwirken der Schwerkraft nachgegeben hatte. In der Vermächtnisburg, zumindest an einigen Stellen, war dieser Prozeß im Laufe der langen Zeit einfach noch weiter gediehen. Das Glas war aus dem Rahmen, über die Fensterbank, entlang der Mauer zum Boden geflossen — und floß immer noch.

Er kniete da, ließ sich diese Erkenntnis durch den Kopf gehen, und nach einer Weile fing er zu seiner eigenen Überraschung an zu weinen.

Jedenfalls war das Bergwerk vom Fenster aus nicht zu sehen gewesen; er hatte seine Wanderung wieder aufgenommen, geistig weggetreten, bis er unversehens an seinen Ausgangspunkt zurückgekehrt war, in das leere Spielzimmer.

Er war fast automatisch zum Balkon gegangen, dann war er stehengeblieben, um nachzudenken; er war auf unbestimmte, fast unbewußte Art überrascht über die Leichtigkeit, mit der es ihm plötzlich möglich war, sich mit dem eigenen Tod abzufinden, ihn sogar herbeizusehnen.

Er dachte nach, und da war nichts.
Also kletterte er auf die kalte Steinbrüstung.

Jetzt wußte er, was die rote Krähe mit Seele gemeint hatte; daß eine nicht reduzierbare Größe unreligiöser Natur, daß eine Selbstheit im Begriff war, sich in ihrer tiefgründigsten Eigenbestimmung auszudrücken, in ihrer Selbstzerstörung.

Quiss schloß die Augen und beugte sich vor.

Arme schlossen sich um seine Taille; er wurde zurückgezogen. Als er die Augen öffnete, sah er, wie der Himmel abkippte, wie sich die Burgmauer über ihm neigte, als er fiel. Ajayi ächzte, als sie gemeinsam auf den Schieferboden des Balkons polterten. Quiss rollte weiter, in die Wärme des Spielzimmers, und schlug mit dem Kopf gegen den Glasboden.

Er blickte auf und sah verschwommen, daß Ajayi draußen auf dem Balkon am Boden lag; ihr Brustkorb hob und senkte sich heftig, ihre weitaufgerissenen Augen starrten ihn an. Sie rappelte sich auf. »Quiss ...«

Er kam taumelnd auf die Füße, holte mit der Hand aus und schlug ihr mit voller Wucht ins Gesicht, womit er sie wieder zu Boden schickte. »Laß mich in Ruhe!« brüllte er. »Warum kannst du mich nicht in Ruhe lassen?« kreischte er. Er bückte sich und hob sie auf. Ihr Mund blutete, sie war kreidebleich. Sie schrie auf und hielt sich die Hände vors Gesicht, um sich zu schützen. Er stieß sie ins Spielzimmer, und sie taumelte über den Boden, stolperte über einige herabgefallene Bücher und stürzte wieder, alle viere ausgestreckt. Er rannte hinter ihr her. »Du kannst mich einfach nicht in Ruhe lassen, was?« schluchzte er. Seine Augen füllten sich mit Tränen, seine Hände und Arme zitterten. Er bückte sich und hob die Frau erneut vom Boden auf; sie hielt die Hände hoch, die Augen fest zugedrückt, das Gesicht verzerrt; er schlug sie, sie schrie wieder auf und stürzte zu Boden, als er sie losließ. Er holte mit dem Fuß aus, im

Begriff, sie zu treten, so wie sie dalag, zusammengerollt auf dem Glasboden, die Hände über dem Kopf, weinend.

Er sah nicht weit von sich entfernt den Spieltisch, auf dem der Stapel Spielkarten lag. Er trat nicht nach der Frau, sondern stapfte zu dem kleinen Tisch, schnappte ihn an zwei Beinen, trug ihn zu der Frau hinüber, und als sie mit angstvoll aufgerissenen Augen aufblickte, hob er den Tisch über ihren Kopf (sie zuckte zusammen, krümmte sich, hielt sich die Hände wieder schützend über den Kopf; die Karten flatterten zu Boden) und ließ das Möbelstück niederkrachen, auf den Glasboden neben ihrem Kopf, wobei der Tisch zersplitterte und sich ein Netz von Rissen in einem gezackten Umkreis von einem Meter Durchmesser über die durchsichtige Oberfläche des Bodens ausbreitete.

Der Tisch war in viele Teile zerbrochen; der kleine rote Juwel in seiner Mitte zerbarst in tausend Stücke, ein Flechtwerk von glänzenden Fasern quoll aus der kunstvoll verzierten Tischplatte, eine Sekunde lang funkelnd und zischend, dann qualmend und erlöschend, und die stämmigen Beine des Tisches platzten krachend auf und enthüllten fest zusammengepreßte bedruckte Seiten. Quiss versetzte den Bruchstücken ein paar Fußtritte, dann wandte er sich ab, schlug sich die Hände vor die Augen und schluchzte.

Er schwankte davon, in den hinteren Teil des Raums, weg vom Balkon.

Ajayi blickte auf, über die Reste des zerschmetterten Tischs, und sah, wie Quiss gegen die Wand an der Wendeltreppe prallte. Er stolperte die ersten Stufen hinunter und verschwand. Sie atmete wieder durch und betupfte ihre aufgerissene Lippe mit dem Saum ihres Pelzes.

Sie saß jetzt aufrecht auf der Glasfläche und rutschte von den dünnen Rinnsalen warmen Salzwassers weg, die sich von den Sprüngen, die der Einschlag des Tisches verursacht hatte, in alle Richtungen ausbreiteten und allmählich einen Teich bildeten. Sie zitterte.

Sie betrachtete die traurigen Überbleibsel des Tisches.

Nun, sie hatten ihr letztes Spiel gespielt, darüber waren sie nicht im Zweifel gelassen worden. Kein Tisch — keine gültigen Spiele. Jetzt hatten sie also noch ihre eine unbenutzte Antwort übrig.

Sie versuchte, in Ruhe nachzudenken, und überlegte, was in Quiss wohl das Verlangen geweckt haben mochte, sich umzubringen. Sie wußte es nicht. Er war in letzter Zeit immer bedrückter gewesen, doch er wollte nicht über die Gründe sprechen, sofern es welche gab. Sie hatte gehofft, er würde mit der Sprache herausrücken; er war auch zuvor schon hin und wieder niedergeschlagen gewesen, wie sie auch, doch während der letzten hundert Tage war an ihm eine besondere Art von Verzweiflung zu bemerken gewesen, und es war immer weiter abwärts mit ihm gegangen; er hatte sich geweigert, darüber zu reden oder sich irgendwie aufmuntern zu lassen. Vielleicht hätte sie ihn gerade jetzt nicht allein lassen sollen, aber was hätte sie tun können? Wenn er wirklich fest entschlossen war, sich umzubringen, dann konnte sie ihn eigentlich nicht daran hindern. Es war sein Leben, er hatte das Recht dazu. Vielleicht war sie einfach nur selbstsüchtig.

Sie stand zitternd auf. Sie fühlte sich etwas benommen, und sie hatte an den verschiedensten Stellen Schmerzen. Nun, immerhin war nichts gebrochen, und das war ein Grund, um dankbar zu sein.

Sie stellte fest, daß die Beine des Tisches im Innern aus Büchern bestanden hatten. Bei einigen davon waren die Umschläge und viele Seiten zerrissen; Fetzen davon hafteten immer noch am Furnier des Holzes, das sie umgeben hatten, als sie noch Teil des Tisches waren. Es gab zwei oder drei Bücher, die für jedes der drei Beine verwendet worden waren. Die Bücher waren auf englisch geschrieben.

»*Titus Groan*« las sie und sprach leise vor sich hin.

»*Das Schloß, Labyrinthe, Der Prozeß* ...« und ein weiteres Buch, dessen Titelblatt fehlte. Sie betrachtete die zerfetzten Reste der ersten Seite und runzelte die Stirn.

Sie sah sich die anderen Bücher an, die sie in der Hand hielt. Das war interessant. Nach einigen davon hatte sie gesucht, da sie in Literaturführern, die sie zur Auswahl ihres Lesestoffs benutzte, oder in irgendwelchen Kommentaren darüber etwas gelesen hatte. Sie waren nicht an den Stellen in der Burg gewesen, wo sie erwartet hatte, sie zu finden. Vielleicht war es bezeichnend, daß sie statt dessen aus dem Innern des Spieltisches zum Vorschein gekommen waren. Sie musterte erneut das Buch ohne Titelseite.

Sie beschloß, dieses namenlose Buch als erstes zu lesen. Vielleicht würde es helfen, sie ein bißchen zu beruhigen, sie abzulenken ...

Ja, dachte sie, während sie zu ihrem Schemel ging, dieses würde sie als erstes lesen und danach die anderen. Sie konnte nichts anderes tun als hoffen, daß mit Quiss alles in Ordnung war. Sie hatten immer noch ihre letzte Antwort auf Lager, um sie abzugeben.

Sie setzte sich.

Sie fing an zu lesen.

Was sonst hätte sie schließlich tun können?

Die Geschichte begann:

Er wandelte durch die weißen Flure ...

[illegible] Sie betrachtete die [illegible]
[illegible]
[illegible] die andere [illegible]
[illegible]
hatte sie gemerkt, [illegible]
[illegible] oder [illegible]
[illegible] etwas gelesen hatte. Sie
[illegible]
erwartet hatte, [illegible] Vielleicht war es bezeich-
nend, daß sie [illegible] dem Innern des Sprach-
schiffes vom [illegible] waren. Sie musterte
erneut das Buch ohne Titelseite.

Sie begriff, dieses titellose Buch als erstes zu le-
sen. Vielleicht würde es helfen, [illegible] zu begrei-
fen, [illegible]

Ja, dachte sie, [illegible]
dieses würde sie als erstes lesen und danach die anderen.
Sie konnte nichts anderes tun als hoffen, daß mit Glück
alles in Ordnung war. Sie hatten immer noch eine letzte
[illegible] auf Lager, um sie abzugeben.

Sie setzte sich.

Sie fing an zu lesen.

Was sonst hätte sie schließlich tun können.

Die Geschichte begann.

Er wanderte durch die [illegible]

E N D E

TEIL SECHS

Die Wahrheit und die Folgen

Bäume standen rings um die Öffnung am Ende des Kanaltunnels, der unter dem Hügel hindurchführte, über den er gerade gegangen war. Graham ging durch ein kleines Tor und den Weg hinunter zum alten Trampelpfad; er schritt durch Gras und Blumen. Ein entlegener Teil seines Geistes flüsterte ihm zu, daß er auf seiner Strecke über den Hügel genau der Linie des Tunnels gefolgt war, als er von dem Haus im Half Moon Crescent, das über dem Tunnel lag, bis hierher, zu seinem Eingang spaziert war.

Ein plötzlicher körperlicher Schmerz durchzuckte seinen Bauch, als ihm jener Tag wieder einfiel, als sie sich — er unten auf der Straße stehend und sie sich aus dem Fenster beugend — über Geheimgänge hinunter in den unterirdischen Tunnel unterhalten hatten … er schüttelte den Kopf, um den Gedanken zu vertreiben.

Er stellte fest, daß er tief durchatmen mußte, tiefer als vorher, um seinen Kopf klarzubekommen und seinen Magen zu besänftigen. Er stand am Ufer des Kanals und blickte hinüber zur anderen Seite und der Grasböschung dort, über das stille, unbewegte Wasser. Er lauschte auf die entfernten Geräusche des Verkehrs; wieder heulte eine Notsirene auf, vielleicht der Notarztwagen, den er gesehen hatte. Er sah sich nach einem Platz um, wo er sich hinsetzen konnte, und ging ein Stück auf dem Pfad weiter, bis er an eine Stelle kam, wo Schotter gestreut worden war und auf der staubigen Fläche des Trampelpfades schwarze Tropfen waren, die wie getrocknetes Blut aussahen; Fliegen summten.

Im Gras entdeckte er ein zerfetztes Pornoheftchen. Er sah genauer hin und sah die Hinterbacken einer Frau über einem Paar haariger Knie. Der Po der Frau war leicht gerötet; eine Hand war darüber erhoben, allzu deutlich ein Schlagen vortäuschend, nicht in Bewegung, sondern in der Schwebe verharrend. Während seines Betrachtens ließ eine leichte Brise die Seiten des Magazins rascheln, so gefällig, wie in einem Hollywood-Film die Windmaschine beim Szenenwechsel den Kalender umblättert. Die übrigen Bilder in dem Magazin unterschieden sich kaum von dem einen.

Er wandte sich ab, angewidert von etwas anderem als dem jämmerlichen, aber vergleichsweise doch recht harmlosen Fetischismus, dem in dem Heftchen gehuldigt wurde, und sah einen Schwarm Fliegen, der von etwas Dunklem im Gras aufstob, das wie ein Tierbein aussah.

Er schloß die Augen und versuchte, die Tränen willentlich herauszudrücken, da ein letzter Teil von ihm sich erst jetzt ergeben hatte; er wollte vor dem animalischen Gefühl kapitulieren, gegen das er bis jetzt angekämpft hatte, doch wie er so dastand, spürte er, daß keine Tränen kamen, sondern nur eine resignierte, häßliche Bitterkeit in ihm aufstieg, ein allgemeines Auflehnen gegen alles um ihn herum, gegen alle Menschen und ihre Werke und Gedanken, all ihr törichtes Handeln und ihre sinnlosen Ziele. Er öffnete die schmerzenden Augen und blinzelte wütend.

Das hier war es; das war alles, was wirklich etwas bedeutete; hier hast du all deine Zivilisation, deine Millionen Jahre Evolution; genau hier; ein verschmiertes und zerfetztes Magazin für Seicht-Sados und ein zerhacktes Haustier. Sex und Gewalt, armselig wie alle unsere üblichen Phantasien.

Der Schmerz in seinem Bauch, der ihn zuvor schon

befallen hatte, kam wieder, scharf und schneidend wie eine rostige Klinge.

Er wucherte in ihm, wie ein verheerender Krebs; ein rasender Ekel, die totale Allergie, die sich gegen alles ringsum richtete, gegen die dreckige, ausgeweidete Weltlichkeit aller Dinge, die pure kriechende Abscheulichkeit des Daseins, all die Lügen und Schmerzen, das legalisierte Töten, den privilegierten Diebstahl, den Völkermord und den Haß und die ungeheuerlichen Grausamkeiten der Menschen, all die hungerleidende Schönheit der aus dem Boden sprießenden Armen und der an Körper und Geist Verkrüppelten, all das lebensverachtende Elend der Städte und Lager, die schmachtenden Fanatiker aller Überzeugungen und Glaubensrichtungen, die quälend geniale, sorgsam zivilisierte Unbarmherzigkeit der angewandten Technik des Schmerzes und der Ökonomie der Gier, all die hohlen, wohlklingenden, beschissenen Worte zur Rechtfertigung und Erklärung des schreienden Jammers unserer eigenen Grausamkeit und Dummheit; all das häufte sich in ihm, lastete auf ihm wie das Gewicht der Atmosphäre, dieser schrecklichen Masse Luft über einem, wenn sie nicht mehr durch den Druck von innen ausgeglichen wird; so daß er sich gleichzeitig zerquetscht, innerlich zermalmt fühlte, aber auch aufgedunsen; platzend unter der krankmachenden Last einer billigen und schwülstigen Enthüllung.

Er drehte sich zum Kanal um, im Bauch so etwas wie einen Klumpen Blei. Seine Zunge war geschwollen, Übelkeit stieg ihm in der Kehle hoch. Seine Zunge, dieses Instrument der Artikulation, fühlte sich an wie ein vergifteter Schleimbeutel, eine Drüse, angefüllt mit allen Ausscheidungen und allem Unrat des Körpers, prall vor Fäulnis und Verwesung, reif wie ein aufgeblähter Kadaver. Er kämpfte gegen den Drang an, sich zu übergeben, versuchte, seine bebenden Eingeweide nicht zu beachten. Er nahm seine Zeichenmappe, öffnete sie neben dem Kanal und schüttelte die großen Blätter aus ihr heraus.

Es waren Zeichnungen von ihrem Gesicht, in Hunderten von kleinen Strichen angelegt, um ein Labyrinth zu schaffen, alle sorgfältig mit Feder und feiner schwarzer Tusche ausgeführt. Er hielt sie auch jetzt noch für die besten Arbeiten, die er je gemacht hatte.

Er betrachtete sie, im Stehen schwankend; ihm war schlecht, schlecht vom Magen her, schlecht vom Gehirn her. Dann ließ er eine Zeichnung nach der anderen in das träge, schlaffe Wasser des Kanals fallen. Sie schwebten und trudelten durch die Luft, einige glitten gemeinsam, einige landeten allein, einige fielen mit der Vorderseite nach unten, einige fielen mit der Rückseite nach unten; einige wurden von anderen verdeckt, einige blickten hinauf zum klaren Himmel, andere hinunter ins trübe Wasser. Er beobachtete, wie das Wasser sie durchtränkte und die Tusche schwarz über die vielen Versionen ihres Gesichts rann, während die langsame Strömung des Kanals sie allmählich erfaßte, sie bewegte und von ihm wegschwemmte, zum Eingang des Tunnels, zurück unter den Hügel und die Häuser und den entfernten Straßenverkehr.

Er stand da und blickte ihnen nach, seine Übelkeit war etwas abgeflaut, doch der Schmerz in seinem Bauch war noch da; seine Augen waren unfähig zu weinen. Dann zog er den Reißverschluß der Mappe wieder zu. Er war im Begriff zu gehen, dann überlegte er es sich anders; er kehrte zu der Grasböschung zurück, hob das Seicht-Sado-Magazin auf und warf es ebenfalls in den Kanal. Dann wedelte er die Fliegen von dem blutigen Beinstumpf mit dem schwarz-weißen Fell weg, hob ihn an einer abstehenden Kralle hoch und schleuderte ihn auch noch ins Wasser.

Er beobachtete, wie all das auf den Tunneleingang zugetrieben wurde; die großen flachen Papierrechtecke wie schwarzgefleckte Blätter von irgendeinem seltsamen Winterbaum; das Magazin wie ein toter Vogel, der Rücken unter Wasser, die Seiten wie schlaffe Flügel ausgebreitet; der mit Mühe schwimmende Beinstumpf und ein paar unverdrossene Fliegen, die immer noch über ihm summten.

Dann stieß er mit dem Fuß den blutgefleckten Staub vom Pfad in den Kanal; Steinchen versanken, der Staub bedeckte die Wasserfläche. Und während der Staub in der Luft und auf dem Wasser schwebte und sich langsam wieder auf den Pfad herabsenkte, ging er davon; am Kanal entlang, zurück zu dem kleinen Tor, zurück in Richtung Stadt.

ENDE